Stefanie Mohr, geboren 1972, liebt ihre Heimatstadt Nürnberg, in der sie ihr bisheriges Leben verbracht hat und (fast) jeden Winkel kennt. Sie wohnt und arbeitet als freiberufliche Sprachlehrerin und Fotografin im Nürnberger Norden. Im Emons Verlag erschienen »Das letzte Lächeln« und »Die dunkle Seite des Sommers«.

STEFANIE MOHR

Frauentormauer

FRANKEN KRIMI

emons:

FSC
www.fsc.org
MIX
Papier aus verantwortungsvollen Quellen
FSC® C083411

Umschlagfoto: Stefanie Mohr
Umschlaggestaltung: Tobias Doetsch
Druck und Bindung: CPI – Clausen & Bosse, Leck
Printed in Germany 2011
ISBN 978-3-89705-800-2
Franken Krimi
Originalausgabe

Für
Christine & Christian Heißler

Last night, I was on the threshold of hell.
Today, I am within sight of my heaven.

Emily Brontë, »Wuthering Heights«

Samstag

Gedankenverloren starrte Sophie in den allmählich dunkler werdenden Himmel über Bad Windsheim, der sich nun, zur Blauen Stunde, vom gleißenden Orange des Sonnenuntergangs in tiefes Blau färbte. Es war das schönste Licht des ganzen Tages: sanft und klar. Leider hielt das Schauspiel um diese herbstliche Jahreszeit Ende September gerade einmal dreißig Minuten an.

Sophie trieb schwerelos in dem Salzsee der Franken-Therme und paddelte nur leicht mit den Füßen. Ruckartige Bewegungen waren in dem Wasser mit exakt sechsundzwanzig Komma neun Prozent gesättigter Sole schlichtweg unmöglich. Der hohe Salzgehalt ließ den Körper nicht – wie in einem normalen Süßwassersee – geschmeidig über das Wasser gleiten, sondern behinderte ihn in seinem Fortkommen. Es fühlte sich an, als würde man von unsichtbaren Fesseln zurückgehalten. Der Aufenthalt in dem Salzsee war mit einem Badeerlebnis im Toten Meer vergleichbar – allerdings mit dem Vorteil, dass man Europas größten, ganzjährig beheizten See dieser Art von Nürnberg aus innerhalb einer knappen Stunde erreichen konnte. Und das ganz ohne Flugzeug!

Mit allen vieren von sich gestreckt war Sophie sich anfänglich wie ein gestrandeter Wal vorgekommen. Schon wenn man versuchte, die Trittleiter hinunterzugehen, die vom Steg ins Wasser führte, merkte man, dass hier etwas nicht stimmte: Die Beine wurden zurück nach oben gedrückt und weigerten sich, tiefer ins Wasser einzutauchen. Es kostete eine gewaltige Anstrengung, um überhaupt ins Becken zu steigen. Mehr als ihre Waden hatte Sophie nicht in den Solesee bekommen, bevor sie sich hinabgebeugt und reichlich ungeschickt auf den Rücken gelegt hatte. Doch mittlerweile war sie mit sich und ihrer Umgebung wieder im Reinen. Zumindest so lange, bis sie sich überlegen musste, wie sie diesen Schwebezustand wieder einigermaßen elegant verlassen konnte. Einen Moment, den sie geflissentlich aufzuschieben suchte.

Inzwischen war es um sie herum dunkel geworden, das herrliche Blau war verschwunden. Es musste auf zwanzig Uhr zugehen.

Gerne wäre Sophie gemeinsam mit Hackenholt händchenhaltend im warmen Wasser getrieben und hätte den nun bald sichtbar werdenden Sternenhimmel bewundert. Vielleicht hätte sich eine Sternschnuppe genau diesen Augenblick ausgesucht, um über den Himmel zu ziehen. Doch Hackenholt war vor einer Dreiviertelstunde zur Massage gegangen und seither nicht wieder zurückgekehrt.

Sophie wandte den Kopf und blickte suchend den Steg entlang. Noch immer keine Spur von ihm. Was die Masseurin wohl während der »Beautyanwendung für den Mann« mit ihm anstellte? Eigentlich hatte die Behandlung nur rund fünfundzwanzig Minuten dauern sollen. Seit Sophie die offizielle Bezeichnung für die Massage bei ihrer Anreise am gestrigen Nachmittag zum ersten Mal gehört hatte, neckte sie Hackenholt damit. Insgeheim freute sie sich aber schon auf seinen nach Traubenkernöl duftenden Körper, dessen Haut sich von den nachmittäglichen Saunagängen gestern bereits zarter als gewöhnlich angefühlt hatte. Sophie sehnte ihre zweite Nacht in dem schönen Hotel mit Wasserbett herbei.

Doch vorher galt es erst einmal, Hackenholt zu finden. Wahrscheinlich war er nach der entspannenden Massage prompt im Ruheraum eingeschlafen. Das wäre dann das zweite Mal innerhalb von vierundzwanzig Stunden. Bereits gestern war er nach dem zweiten Saunagang in seiner sanft schaukelnden Hängematte eingenickt. Sophie grinste: Das Wohlfühlwochenende tat nicht nur ihr, sondern auch ihm gut. Es bildete den Abschluss ihres Sommerurlaubs. Die ersten vierzehn Tage hatten sie in Irland verbracht, die letzten zehn in Nürnberg – und zwar wieder einmal mit der halbherzigen Suche nach einem Haus.

Langsam hob Sophie ihren rechten Arm aus dem Wasser und tauchte ihn dann sanft wieder ein, um eine Hundertachtzig-Grad-Wendung zu vollführen. Anschließend paddelte sie ebenso langsam mit ihren Füßen in Richtung Steg zurück, wo sie sich mit den Armen am Treppengeländer emporhangelte. Als sie zur Hälfte an der frischen Luft war, schaffte sie es endlich auch, ihre Beine unter Wasser zu tauchen und sich mit den Füßen auf der Leiter abzustützen. Zum Glück gab es weit und breit niemanden, der sich über ihre tollpatschigen Bemühungen, dem Wasser zu entsteigen, amüsieren konnte. Schnell schlüpfte sie in ihren Bademantel, den sie zuvor auf die Holzplanken des verlassenen Stegs gelegt hatte. Die Nachtluft war herbstlich kühl.

Im Inneren der hell erleuchteten Therme fand sie Hackenholt weder im Ruheraum der Wellnessoase noch in der Saunalandschaft. Auch in keiner der Thermal-Badehallen war er zu entdecken. Irritiert schlug Sophie wieder den Weg zurück in den Wellnessbereich ein, um an der dortigen Rezeption nachzufragen, ob jemand wusste, wo Hackenholt abgeblieben war. Als sie an einem Gang vorüberkam, der zu den Toiletten führte, hörte sie plötzlich die Stimme ihres Freundes. Er telefonierte beziehungsweise beendete gerade ein Gespräch. Sophie sah noch, wie er das Handy ausschaltete und wieder in der Tasche seines Bademantels versenkte, bevor er sich mit einer müden Geste über das Gesicht fuhr und einen Moment lang durch die Glasscheibe in die Gartenlandschaft starrte.

Die Reflektion von Sophies Bademantel ließ ihn sich schließlich umdrehen. Sophie musterte ihn prüfend und wartete auf den Satz, der ihr inzwischen so vertraut geworden war, der ihr Zusammenleben vom allerersten Moment an bestimmt hatte und der Hackenholts Gesichtsausdruck zufolge auch jetzt unweigerlich ausgesprochen werden würde.

»Es ist etwas passiert. Ich muss nach Nürnberg zurück.«

»Ist der Oberbürgermeister umgebracht worden, oder was gibt es sonst so Dringendes, dass dir deine Kollegen unseren vorletzten Urlaubstag nicht gönnen?«, frotzelte Sophie.

»Eine tote Prostituierte an der Frauentormauer.«

»Und was hat das mit dir zu tun? Können Manfred, Ralph oder Saskia das bis Montag nicht alleine übernehmen? Vom Kriminaldauerdienst mal ganz zu schweigen. Die letzten drei Wochen haben sie doch auch ohne dich überstanden, wenngleich du alle zwei, drei Tage heimlich angerufen hast. Und jetzt guck nicht so erstaunt, natürlich habe ich das mitbekommen.«

Hackenholt lächelte in sich hinein und legte seine Arme um Sophie. Offenbar war es gar nicht so einfach, Geheimnisse vor ihr zu haben. Er hätte schwören können, dass sie von den Telefonaten nichts bemerkt hatte.

»Prostitution fällt in Nürnberg in den Bereich des Fachdezernats, das für Organisierte Kriminalität zuständig ist«, sagte er leise. »Im Moment sind da alle ein bisschen nervös, insbesondere im Hinblick auf das, was gerade in Norddeutschland abgeht.«

Sophie sah ihn mit gerunzelter Stirn an. »Du meinst die Bandenkriege zwischen den Rockern?«

Hackenholt nickte.

Sophie verdrehte die Augen. »Frank, du bist nicht mehr in Münster! Du bist jetzt in Nürnberg. Hier gibt es keine solchen Banden. Hast du schon jemals einen Höllenengel auf seiner Harley durch die Innenstadt fahren gesehen? Ich jedenfalls nicht.«

»Nur weil man etwas nicht sieht, heißt das noch lange nicht, dass es nicht existiert. Außerdem übernehme ich ab Montag die Leitung vom Kommissariat, weil unser Chef in Urlaub geht.« Er machte eine kurze Pause. »Aber das viel Entscheidendere ist: Ich habe die Tote gekannt.«

Sophie sah ihn überrascht an. »Du hast Kontakt zu Prostituierten?«

Hackenholt schüttelte den Kopf. »Nicht wirklich. Aber die Frau war bei mir, weil sie bedroht wurde und Anzeige erstatten wollte. Dass sie eine Prostituierte war, habe ich gerade eben erst erfahren.«

Sophie seufzte. Sie wusste, wann sie verloren hatte. Hackenholt bemerkte ihre plötzlich nach unten sackenden Schultern. Ihre Reaktion versetzte ihm einen Stich ins Herz, weil er wusste, dass er sie enttäuschte. Er zog sie noch enger an sich.

»Es tut mir leid.« Wie oft schon hatte er den Satz in einer ähnlichen Situation zu ihr gesagt? Aber er hatte nun mal keinen normalen Bürojob mit geregelten Arbeitszeiten, freien Wochenenden und Feiertagen.

»Ist schon gut«, antwortete sie ebenso leise. »Haben wir noch so viel Zeit, ins Hotel zu gehen und unsere Sachen zu packen, oder willst du von hier aus gleich losfahren? Dann nehme ich später den Zug.«

»Warum bleibst du nicht noch bis morgen? Es ist doch schon alles bezahlt, und du hast dich so auf das Wochenende hier gefreut. Ich versuche morgen Nachmittag wieder herzukommen und dich abzuholen.«

»Dafür wirst du ganz sicher keine Zeit haben.« Sie sah ihn unschlüssig an, nickte dann aber zögerlich. »Einverstanden, ich bleibe da. Vielleicht hat meine Schwester ja Lust, herzukommen und den Tag morgen mit mir in der Therme zu verbringen. Ansonsten fahre ich irgendwann am Nachmittag mit dem Zug heim. Du brauchst dich jedenfalls nicht nach mir zu richten.«

»Bist du sauer?«

Sophie schüttelte den Kopf, und weil sie merkte, dass Hackenholt ihr nicht glaubte, flüsterte sie ihm noch ins Ohr: »Ich werde dich heute Nacht vermissen.« Dann küsste sie ihn zum Abschied zärtlich auf den Mund.

Am Plärrer bog Hackenholt in die Ludwigstraße ab. Vorbei am Spittlertorturm fuhr er entlang der schönen alten sandsteinernen Prachtbauten auf die Jakobskirche und das links davon gelegene Polizeipräsidium zu. Unmittelbar vor dem Jakobsplatz bog er rechts in die Engelhardsgasse und an der Feuerwache 3 gleich wieder rechts in die Ottostraße ein, an deren Ende sein Ziel direkt an der Frauentormauer lag: das »Maison d'Amour – Himmelspforte«.

Obwohl er nur einmal ums Karree gefahren war und den Spittlertorturm nun von seiner östlichen Seite erreichte, fand sich Hackenholt in einer anderen Welt fern der sandsteinernen Prunkfassaden und Fachwerkgiebel wieder. Er parkte sein Auto in einer langen Schlange anderer Polizeifahrzeuge und drängte sich durch die Menschenmenge, die sich vor der Absperrung ballte. Das enorme Polizeiaufgebot hatte viele Schaulustige angezogen.

Samstagabend in Nürnbergs Vergnügungsviertel. Blinkende Neonreklamen erhellten das nächtliche Dunkel. Die Fenster mehrerer Häuser waren von roten Neonröhren eingefasst, Fassaden wurden von Wandlampen angestrahlt. Auch wenn gerade diese Ecke des Viertels durch das 2005 in der Engelhardsgasse eröffnete Holiday Inn eine enorme Aufwertung erfahren hatte, waren hier, direkt an der Mauer, die Renovierungsarbeiten des Quartiers noch nicht angekommen. Hackenholt konnte nachvollziehen, dass sich auch die Prostituierten eine Verschönerung ihrer Straße durch neue Lampen und andere Renovierungen wünschten.

Der Hauptkommissar zeigte dem jungen Uniformierten, den

er nicht kannte, seinen Ausweis und wurde anstandslos durch die Absperrung gelassen. Er war froh, dass sie so weiträumig angelegt worden war. So konnte er in aller Ruhe von außen das Bordell mustern, ohne seinerseits von den Leuten begafft zu werden.

Im Erdgeschoss hingen unterhalb der Fenster die obligatorischen Banner an der Hauswand. Eines warb für den FKK-Tag, an dem die Damen splitterfasernackt arbeiteten, ein anderes verkündete die ständige Anwesenheit von fünfundzwanzig Topmädels. Die Fenster im Erdgeschoss waren mit alten orangefarbenen Plastikmarkisen versehen, dazwischen hatte man an der Fassade Lichterketten befestigt. Zwischen Erdgeschoss und erstem Stock leuchtete der Schriftzug auf: »Maison d'Amour – Himmelspforte«.

Laufhäuser, wie Bordelle dieser Art im Fachjargon genannt wurden, arbeiteten nach einem einfachen Prinzip: Die Sexworkerinnen warteten im Türrahmen ihres Zimmers stehend oder auf Barhockern sitzend auf Kundschaft. Der Freier ging von Zimmer zu Zimmer, besah sich die Frauen, wechselte bei Interesse ein paar Worte mit ihnen und verhandelte dann gegebenenfalls über Preis und Leistung. Einigte man sich, so wurde die Zimmertür geschlossen, bezahlt und sodann die vereinbarte Leistung erbracht. Eine geschlossene Zimmertür bedeutete also: Nicht stören – hier wird gearbeitet!

Zudem hatten die Frauen, die auf einer Etage arbeiteten, meistens ein Auge aufeinander. War die Zeit abgelaufen, wurde schon mal energisch an die Zimmertür der Kollegin geklopft, um das Ende des Schäferstündchens zu signalisieren.

So viel wusste Hackenholt aus Erzählungen anderer Kollegen. Er nickte einem weiteren uniformierten Beamten zu, der die Eingangstür bewachte, und zwängte sich an ihm vorbei ins Innere des Etablissements. Vor ihm erstreckte sich ein kleines Vestibül, in dem ein pultähnlicher Tisch stand. Der Barhocker daneben war jedoch leer. Die auf dem Pult brennende weiße Stumpenkerze versuchte vergeblich eine romantische Stimmung aufkommen zu lassen. Im Meer der bunt blinkenden Lichterketten ging sie vollkommen unter. Der beigebraun geflieste Fußboden trug ebenfalls nicht dazu bei, die Atmosphäre gemütlicher zu machen, und auch der von der Decke hängende Traumfänger mit seinen angestaubten Federn unterstrich eher die Tristesse, als dass er sie abmilderte.

Hackenholt verzichtete darauf, den Aufzug zu nehmen, auf den ein Schild hinwies, und wandte sich stattdessen der rechter Hand gelegenen Treppe zu. Auf jeder zweiten Stufe stand ein Glas mit einem brennenden Teelicht. Bedächtig stieg der Hauptkommissar Stockwerk für Stockwerk hinauf. Unterwegs begegnete er keiner Menschenseele, alle Zimmertüren waren geschlossen. Erst als er das dritte Obergeschoss erreichte, drangen zwei Stimmen aus dem vierten zu ihm herunter. Die eine gehörte ganz eindeutig Christine Mur, der Leiterin der Spurensicherung, die andere seinem Kollegen Ralph Wünnenberg. Die beiden diskutierten gerade darüber, wann er, Hackenholt, endlich auf der Bildfläche erscheinen würde.

»Ich bin ja schon da«, murmelte er, während er die letzten beiden Stufen mit einem großen Schritt nahm und um die Ecke bog.

»Na, endlich!« Der Ausruf stammte natürlich von Christine Mur. Sie war offenbar – wie so oft – in einer Laune, in der ihr nichts schnell genug ging. Auch Wünnenberg wandte sich zu dem Neuankömmling um und verdrehte flugs die Augen, während er mit dem Kinn dezent auf die agile Beamtin deutete.

»Schön zu wissen, dass ich dir die letzten Wochen gefehlt habe und du es anscheinend gar nicht mehr erwarten konntest, mich wiederzusehen, liebe Christine«, begrüßte Hackenholt seine Kollegin.

»Ich könnte mir auch eine nettere Samstagabendbeschäftigung vorstellen, als in einem Haus Spuren sichern zu müssen, in dem täglich Hunderte von Menschen ein und aus gehen.« Mur schnitt eine Grimasse, fuhr dann aber in gemäßigterem Ton fort. »Trotzdem schön, dass du es noch geschafft hast, dich aus der Wellnessoase loszueisen.« Für ihre Verhältnisse war der Empfang überaus herzlich.

Hackenholt quittierte ihn mit einem Lächeln, bevor er sich an Wünnenberg wandte. »Was ist passiert?«

»Die Prostituierte aus dem Nachbarzimmer«, der Ermittler deutete auf eine geschlossene Tür am Ende des Gangs, »hat gegen halb acht bei der Kollegin geklopft. Ihr war aufgefallen, dass deren Tür schon recht lange geschlossen war. Als auf ihr Klopfen hin keine Reaktion folgte, öffnete sie die Tür, schaute ins Zimmer und fand die Kollegin im Bett liegend auf. Sie vermutete, sie wäre bewusstlos, weil sie irgendetwas eingenommen hat, und rief einen Notarztwagen. Die Rettungsleitstelle hat gleich die PI Mitte informiert. Bei seinem Eintreffen konnte der Notarzt nur noch den Tod der Frau feststellen. Nicht natürliche Todesursache. Daraufhin haben die Jungs von der Streife den Dauerdienst verständigt, der wiederum bei mir anrief, weil ich dieses Wochenende Bereitschaft habe. Mir wurde gesagt, dass es sich bei der Toten um eine aus Thailand stammende dreiundzwanzigjährige Frau namens Sunee Schäfer handelte. Sie soll erst vor wenigen Wochen bei uns im Kommissariat gewesen sein, um Anzeige zu erstatten. Laut Vorgangsverwaltung hast du sie als Zeugin vernommen. Wahrscheinlich war das während meines Urlaubs, oder? Ich kann mich an die Sache oder die Frau nicht erinnern.«

Hackenholt nickte. »Was sagt der Gerichtsmediziner?«

»Er geht davon aus, dass die Tote erwürgt wurde, obwohl man so gut wie keine Würgemale am Hals sieht.«

»Wer war da?«

»Dr. Puellen.«

»Dann wird es sicher stimmen. Er hat sich noch nie zu einer leichtfertigen Vermutung hinreißen lassen. Worauf stützt er seine Annahme?«

»Hauptsächlich auf die punktförmigen Einblutungen ins Bindegewebe um die Augen sowie an der Innenseite der Augenlider. Außerdem auf die ausgeprägte Zyanose im Gesicht. Die Würgemale, meint Puellen, würden erst nach einiger Zeit deutlich hervortreten. Innere Verletzungen von Zungenbein und Kehlkopf konnte er nicht ertasten, aber genau wird das erst die Obduktion zeigen. Die ist übrigens für morgen früh um halb acht angesetzt. Ich habe gesagt, dass du hingehen wirst.«

Hackenholt nickte erneut. »In welchem Zimmer hat Frau Schäfer gearbeitet?«

»Nummer 43.« Wünnenberg deutete nach links.

Gemeinsam gingen sie den schmalen Gang entlang, bis sie vor einer Tür standen, auf der ein Aufkleber mit einer großen roten 43 prangte.

»Bist du hier drin fertig?«, fragte Hackenholt an Mur gewandt.

»Machst du Witze?« Sie schüttelte den Kopf. »Wenn du unbedingt jetzt schon rein willst, dann nur mit Schutzanzug.«

Hackenholt verzichtete und blieb auf der Schwelle stehen. Vor ihm lag ein kleines rechteckiges Zimmer. Gleich neben der Tür stand ein einfacher Kleiderschrank, der das daneben an der Wand angebrachte Handwaschbecken nur notdürftig vor allzu neugierigen Blicken schützte. Darüber hing ein schmuckloser Spiegel. Auf der Ablage standen Toilettenartikel. In ungefähr einem Meter Raumtiefe war ein rot-orange gestreifter Vorhang angebracht, der das restliche Zimmer vom vorderen Teil abtrennte. Der dahinterliegende Raum wurde von einem ein Meter vierzig breiten Bett dominiert. Hackenholt gegenüber stand eine Kommode mit einem kleinen Fernsehgerät. Das dazwischenliegende Fenster wurde von dünnen roten Stores verhüllt, durch die man den zur Hälfte heruntergelassenen Rollladen sah. Das Zimmer war weiß gestrichen, Bilder oder Dekoartikel gab es keine bis auf eine riesengroße rote und herzförmige Wandlampe, die an der Wand über dem Bett hing. Sie war eingeschaltet wie auch der Deckenstrahler, der mit seinem grellen Licht das gesamte Zimmer ausleuchtete.

Die Tote lag entkleidet auf dem Bett. Sie hatte eine schmale, knabenhafte Figur. Ihre Hände steckten bereits in Tüten, die dazu dienten, etwaige unter den Fingernägeln vorhandene Fremdspuren nicht zu kontaminieren oder gar zu verlieren. Hackenholt erinnerte sich an die Fröhlichkeit der Frau. An den Singsang ihrer Stimme. Trotz des Ernstes der Anzeige, wegen der sie zu ihm gekommen war, hatte sie immer wieder gelacht. Er wandte sich zu Wünnenberg um.

»Ist sie so gefunden worden? Ohne Kleider?«

Sein Kollege nickte. »Sie war nackt. Der Notarzt hat ausgesagt, dass sie bei seinem Eintreffen auf dem Bauch lag. Der Kopf war zur Wand gedreht, die Augen hatte sie geschlossen, der rechte Arm lag angewinkelt unter ihrem Gesicht. Außerdem war sie bis zum Hals mit einer Decke zugedeckt. Es muss so ausgesehen haben, als ob sie schlafen würde.«

Hackenholt sah Wünnenberg aufmerksam an. »Der Täter hat sie also absichtlich so hingelegt?«

Wünnenberg zuckte mit den Schultern. »Vielleicht wollte er

einfach nur einen Zeitvorsprung herausschinden, um in Ruhe abzuhauen, bevor jemand Alarm schlägt. Oder er hat gehofft, der Notarzt würde einen natürlichen Tod diagnostizieren.«

»Das macht eine Affekttat eher unwahrscheinlich. Wie sieht es mit dem Zeitpunkt des Todes aus? Konntet ihr das Zeitfenster eingrenzen?«

Wünnenberg schüttelte den Kopf. »Nur sehr grob. Ihre Körperkerntemperatur war zwar kaum gesunken, als Dr. Puellen und die Kollegen vom Dauerdienst sie gemessen haben, aber danach können wir nur bedingt gehen, da die Tote gut zugedeckt war. Wir werden uns wohl eher an den Totenflecken und der Leichenstarre als Anhaltspunkte orientieren müssen. Frau Schäfer hat auf jeden Fall eine Weile unbeachtet in ihrem Zimmer gelegen.«

»Sie kann noch nicht lange tot gewesen sein«, widersprach Hackenholt. »Nicht in einem Laufhaus. In einer Terminwohnung, wo es keine Kolleginnen gibt, wäre das vielleicht möglich, aber nicht hier, in einem Haus voller Menschen, in dem die Frauen aufeinander achten.« Er schüttelte den Kopf. »Wann wurde Frau Schäfer zuletzt gesehen? Und von wem? Wie sieht es mit den Aufzeichnungen der Überwachungskameras aus? Hat sich die schon jemand angeschaut?«

»Frank? Wir haben nichts verlernt, nur weil du im Urlaub warst!«, tönte Mur aus dem Inneren des Zimmers. Offenbar hatte sie das Gespräch zwischen den beiden Männern genau verfolgt.

»Schön, wieder zurück zu sein, oder? Sie hat dich schmerzlich vermisst, sich jeden Tag für eine Tasse Kaffee an deinen Schreibtisch gesetzt und sämtliche deiner Kugelschreiber zerlegt«, flüsterte Wünnenberg mit einem Zwinkern, wurde dann aber wieder ernst. »Hier im Haus gibt es auf jedem Stockwerk eine Überwachungskamera, außerdem noch eine am Eingang. Alle laufen unten im Büro des Wirtschafters auf Bildschirmen, allerdings gibt es keine Aufzeichnungen, sondern nur einen Live-View. Wir können also auf kein Bildmaterial zurückgreifen.«

»Das darf doch wohl nicht wahr sein!« Hackenholt schnitt eine Grimasse. »Und was ist mit diesem Wirtschafter? Zumindest der muss doch auf den Monitoren etwas gesehen haben! Und wie steht es mit den anderen Frauen auf der Etage? Die haben ihre Augen und Ohren doch auch überall.«

»In jedem Stockwerk gibt es fünf Zimmer, in denen die Frauen arbeiten und zum größten Teil auch wohnen. Eine Waschgelegenheit ist in jedem der Räume vorhanden, Bad und Toilette müssen sie sich teilen. Allerdings sind hier im vierten Obergeschoss nur zwei Zimmer vermietet, die anderen drei stehen leer.«

Hackenholt dachte einen Moment lang nach. »Was habt ihr sonst noch in Erfahrung gebracht?«

»Bislang nicht sonderlich viel. Manfred und Saskia sind auch erst vor Kurzem eingetroffen. Sie haben mit der Befragung der Prostituierten in den anderen Stockwerken begonnen. Ein ziemlich aussichtsloses Unterfangen, da wir noch keinen einzigen Dolmetscher hier haben und über die Hälfte der Frauen Deutsch nur als Zeichensprache beherrscht. Ich dachte, wir beide könnten als Erstes die Prostituierte vernehmen, die die Tote gefunden hat. Sie ist Deutsche.«

»Ist sie die andere Frau, die auf dieser Etage gearbeitet hat?«

Wünnenberg bejahte und wies auf die gegenüberliegende geschlossene Tür. »Marlies Steinbrunn, einundzwanzig Jahre, in Thüringen geboren. Sie wartet mit einer Kollegin vom Dauerdienst in ihrem Zimmer.«

Hackenholt klopfte an die Tür mit der Nummer 45 und trat ein, ohne eine entsprechende Aufforderung abzuwarten. Der Raum war ein Klon des Zimmers der Toten, nur die Bettwäsche war eine andere. An dem kleinen Tischchen neben dem Bett saß eine junge Frau und starrte betont desinteressiert ins Leere. Die neben ihr sitzende Beamtin erhob sich und bot Hackenholt ihren Stuhl an.

»Die soll gehen, sonst sag ich gar nix!«, stieß die Prostituierte hervor und deutete auf die Polizistin. Hackenholt war von der Vehemenz ihres Ausbruchs überrascht. Er blickte die Kollegin an und nickte ihr mit einem bedauernden Achselzucken zu, woraufhin sie wortlos das Zimmer verließ.

»So besser?«, fragte er, nachdem Wünnenberg die Tür geschlossen hatte.

Die junge Frau antwortete nicht. Sie trug ihre Arbeitskleidung – also so gut wie nichts.

»Wollen Sie sich nicht erst etwas anderes anziehen oder zumindest in Ihren Bademantel schlüpfen?«

»Warum? Mach ich dich etwa nervös?« Sie warf Hackenholt einen Blick zu, der kokett hätte sein sollen, jedoch nur tiefe Unsicherheit verriet.

»Nein.« Der Hauptkommissar schüttelte den Kopf. »Ich stehe nicht auf zwanzig Jahre jüngere Frauen. Ich dachte nur, dass es für Sie angenehmer wäre.« Er konzentrierte sich darauf, ihr mit gelangweilter Miene direkt in die Augen zu sehen. Wünnenberg lehnte sich außerhalb ihres Blickfelds gegen den Fenstersims und übernahm es, das Gespräch zu protokollieren.

»Erzählen Sie uns, was passiert ist, Frau Steinbrunn«, bat Hackenholt.

»Das habe ich doch schon tausend Mal gemacht!«

»Na, ganz so oft dürfte es noch nicht gewesen sein, aber Sie werden sich wohl oder übel mit dem Gedanken anfreunden müssen, die Geschichte noch ein paar weitere Male erzählen zu müssen.«

»Ich hatte heute Nachmittag meinen Freund zu Besuch. Nachdem er gegangen war, habe ich wieder zu arbeiten angefangen und wollte Sunee fragen, wie lange sie heute Abend macht. Ich bin in ihr Zimmer und hab sie da halt gefunden.« Marlies Steinbrunn verschränkte die Arme vor dem Körper.

»Gut, das war die Kurzfassung. Jetzt bitte die ausführliche.«

Mit einem Satz sprang die Frau auf. »Was wollt ihr eigentlich alle von mir? Ich weiß nichts. Ich hab nichts mitgekriegt, und ich bin garantiert auch nicht schuld daran, dass das passiert ist!«, schrie sie Hackenholt an.

»Niemand gibt Ihnen die Schuld an Frau Schäfers Tod, Frau Steinbrunn. Aber –«

»Doch!«, brüllte sie. »Alle geben mir die Schuld. Alle!«

Hackenholt schüttelte den Kopf. »Bitte beruhigen Sie sich und setzen Sie sich wieder hin«, sagte er ruhig und bestimmt. »Wir brauchen Ihre Hilfe, um herauszufinden, was genau passiert ist.«

»Aber davon wird sie doch auch nicht wieder lebendig«, schluchzte die junge Prostituierte auf. Plötzlich liefen ihr Tränen über die Wangen, und sie wirkte noch jünger, als sie ohnehin schon war.

»Nein, das wird sie natürlich nicht. Aber wir müssen die Umstände trotzdem klären, die zu ihrem Tod geführt haben«, formulierte er es bewusst vage. »Setzen Sie sich wieder hin, und dann gehen wir die Geschehnisse noch einmal Schritt für Schritt durch.«

Wünnenberg griff nach der neben ihm auf dem Fenstersims stehenden Kleenex-Schachtel und hielt sie Marlies Steinbrunn hin. Sie zog ein paar Tücher heraus und schnäuzte sich geräuschvoll. Dann warf sie die zusammengeknüllten Tücher in den Abfall und schlüpfte endlich in den an einem Haken an der Tür hängenden Morgenmantel, bevor sie sich wieder zu Hackenholt an den Tisch setzte.

»Wann ist Ihr Freund heute Nachmittag zu Besuch gekommen?«

»So um halb vier.«

»Und wann ist er wieder gegangen?«

»Gegen halb sieben.«

»Ist es denn niemandem aufgefallen, dass Sie drei Stunden mit ein und demselben Mann in Ihrem Zimmer waren?«

»Ich bin doch keine Angestellte!« Empört schüttelte sie den Kopf. »Ich schaffe, wann ich will. Und wenn ich keine Lust habe, dann arbeite ich eben nicht. Das entscheide ich ganz nach Lust und Laune. Ich arbeite in diesem Zimmer nicht nur, sondern wohne auch darin, solange ich in Nürnberg bin. Heute Nachmittag habe ich mir eben ein paar Stunden Pause gegönnt. War eh kaum was los. Aber gerade, als ich um drei Schluss machen wollte, kam noch eine Touristengruppe Japaner rein. Deswegen habe ich doch noch einen Kunden angenommen. Der Typ hat sich ziemlich viel Zeit gelassen. Als er endlich fertig war, hat mein Freund schon auf dem Barhocker vor meiner Zimmertür gewartet.«

Hackenholt nickte ihr stumm zu.

»Ich bin dann mit Leon duschen gegangen. Als wir zu mir ins Zimmer zurück sind, ist bei Sunee ein Kunde rausgekommen. Es war keiner von den Japanern. Mehr habe ich nicht mitbekommen.« Marlies Steinbrunn schnitt eine Grimasse. »Um halb sieben habe ich meinen Freund dann nach unten begleitet.« Sie machte eine Pause. »Dort hat mich ein Kunde angesprochen, mit dem ich dann wieder raufgegangen bin. Als wir fertig waren, wollte ich Sunee fragen, wie lange sie heute Abend macht, aber ihre Tür war zu. Ich habe gedacht, sie hätte noch einen Kunden, und habe gewartet. Aus ihrem Zimmer kam diese Musik, die sie manchmal laufen lässt, wenn sie einen Kunden massiert. Aber als nach einer halben Stunde ihre Tür immer noch zu war, fand ich das dann schon komisch. Also habe ich angeklopft und gerufen, dass die Zeit rum ist. So machen wir es immer, wenn einer kein Ende findet.«

Sie warf Hackenholt einen fragenden Blick zu. Er nickte. Die Gepflogenheit war ihm vom Erzählen bekannt.

»Als sich nach fünf Minuten noch immer nichts rührte, habe ich noch mal geklopft und bin dann rein. Der Vorhang war vor die Tür gezogen. Manche von uns machen das, wenn sie einen Kunden haben. Falls sich doch mal einer nicht an die Regeln hält und die Tür öffnet, dann steht er wenigstens nicht gleich mitten im Zimmer und sieht, was gerade läuft. Aber ich habe rein gar nichts gehört. Also habe ich den Vorhang ein Stück zur Seite geschoben und geschaut. Sunee ist im Bett gelegen. So, als ob sie schlafen würde. Aber irgendwas war komisch, deshalb habe ich sie gefragt, ob es ihr nicht gut geht. Sie hat nicht reagiert. Daraufhin bin ich zu ihr und habe sie gerüttelt. Und da …«, sie schluckte, »da hat sie sich auch nicht gerührt.« Die junge Prostituierte begann wieder zu schluchzen. »Ich habe gedacht, sie hätte irgendwas genommen. Kokain oder YABA oder so ein Zeug. Ich habe geschrien, dass wir einen Arzt brauchen. Die Mädels aus dem Dritten sind sofort hochgekommen, und irgendjemand hat dann den Notarzt gerufen.«

»Lassen Sie uns noch mal ein Stück in Ihrer Erzählung zurückgehen. Sie haben gesagt, als Sie mit dem Japaner fertig waren, hat schon Ihr Freund auf Sie gewartet.«

Die Frau nickte.

»Wann war das?«

»Kurz vor halb vier.«

»Sie sind dann duschen gegangen und auf dem Rückweg zu Ihrem Zimmer einem Freier begegnet, der aus Frau Schäfers Zimmer kam.«

Wieder nickte sie.

»Hat sie da noch gelebt? Haben Sie sie gesehen?«

Marlies Steinbrunn dachte kurz nach. »Er kam raus und hat die Tür hinter sich zugemacht«, sagte sie zögerlich, bevor sie einen Moment lang innehielt und dann langsam den Kopf schüttelte. »Nein, ich habe Sunee nicht gesehen. Das war eigentlich komisch, weil sie die Kunden sonst immer an die Tür gebracht hat.« Plötzlich riss sie die Augen weit auf. »Meinen Sie, der Typ hat Sunee umgebracht?«

»Wir müssen jetzt erst einmal versuchen herauszubekommen, wann Frau Schäfer zuletzt lebend gesehen wurde.« Hackenholt machte eine Pause. »Können Sie trotzdem den Mann beschreiben, der aus ihrem Zimmer kam? Er ist ein wichtiger Zeuge.«

Die junge Prostituierte kaute an ihrer Unterlippe. »Der hat ausgesehen wie ein Itaker. Einer von den Typen, die sogar auf der Schulter Haare haben. Schwarze Haare, starker Bartwuchs, klein, breit gebaut, aber nicht dick. Goldkettchen.«

Hackenholt bezweifelte, dass die junge Frau wusste, woher der Begriff »Itaker« ursprünglich stammte. Er war die Abkürzung für »italienischer Kamerad«. So wie sie es aussprach, klang es eher wie ein Schimpfwort.

»Wir brauchen dann bitte noch eine Telefonnummer, unter der wir Ihren Freund erreichen können, um ihn zur Vernehmung ins Präsidium zu bestellen.«

»Ich habe ihn vorhin schon angerufen, bevor Ihre Kollegen da waren. Er hat versprochen, so schnell wie möglich wieder hierherzukommen.«

Hackenholt erhob sich mit einem Seufzen. Die Verwertbarkeit einer Aussage nahm rapide ab, wenn die Zeugen vor einer Befragung Gelegenheit hatten, sich zu besprechen und Erinnerungen zu vergleichen. Doch er konnte es nicht mehr ändern, dass Frau Steinbrunn im Zeitalter des allgegenwärtigen Mobiltelefons offenbar unmittelbar nach der Entdeckung der Toten ihren Freund angerufen hatte.

Als die beiden Beamten aus dem Zimmer traten, stießen sie auf ihre Kollegen Manfred Stellfeldt und Saskia Baumann. Neben ihnen stand Dr. Holm, der an diesem Wochenende diensthabende Jour-Staatsanwalt.

»Des is furchdbår dou herinner. Bis edz hommer ieberhabbs kanne sachdienlichn Hinweis gräichd. Kanner sachd wos. Däi masdn schbrechn går ka Deitsch. Däi Kameras denner nix aafzeichner. Mir wissn nu ned ermål, wenn däi Dailänderi ungfähr umbrachd worn is. Ban Middoochessn hods aaf alle Fäll no glebbd. Un des wår heid Middoch geecher aans«, fasste Saskia Baumann ihre bisherigen Erkenntnisse nach einer kurzen Begrüßung zusammen.

»Na, ein bisschen mehr wissen wir schon«, korrigierte Hackenholt seine Kollegin. Er präsentierte kurz die Kernstücke der Aussage der soeben befragten Sexworkerin, dann kam er auf den Grund zu sprechen, warum er trotz Urlaubs überhaupt vor Ort war. »Am Tag vor meinem Urlaubsanfang, am 31. August, hat der Dienstgruppenleiter von der PI Mitte bei mir angerufen, weil Frau Schäfer bei ihm Anzeige gegen ihren Ehemann erstatten wollte. Es ging um schwere Freiheitsberaubung und gefährliche Körperverletzung. Anfänglich stand sogar noch ein versuchtes Tötungsdelikt im Raum. Bei der Vernehmung hat Frau Schäfer einen gemeinsamen Wohnsitz mit ihrem Mann in Nordhessen angegeben.«

»Stimmt. Sie ist in 35066 Frankenberg, Eder gemeldet«, warf Wünnenberg ein.

Hackenholt nickte. »Ihr Mann ist Deutscher, fast zwanzig Jahre älter und bezieht, übrigens genauso wie sie, Hartz IV. Nach eigenen Angaben ist sie Hausfrau. Vor vier Jahren hat sie Herrn Schäfer in Thailand kennengelernt, als der dort Urlaub gemacht hat. Über die genaueren Umstände hat sie sich nicht ausgelassen. Jedenfalls hat er sich Hals über Kopf in sie verliebt und wollte sie auf der Stelle heiraten. Das hat dann hier in Deutschland auch problemlos geklappt, doch bereits in der Anfangsphase der Ehe gab es immer wieder Konflikte. Dazu wollte Frau Schäfer jedoch keine näheren Angaben machen, außer, dass er sie nach Kneipenbesuchen in alkoholisiertem Zustand immer wieder mal geschlagen haben soll. Die Frage nach sexuellen Übergriffen hat sie jedoch verneint. Über die Jahre ist es immer schlimmer geworden, bis die Situation in einem Streit eskaliert ist. Das war eine Woche, bevor sie zu mir kam. Sie hat ihrem Mann gesagt, dass sie sich scheiden lassen will. Daraufhin hat er mit der Nachttischlampe auf sie eingeschlagen und gebrüllt, dass er sie umbringen wird. Nachdem er sich ausgetobt hatte, hat er sie im Schlafzimmer eingesperrt. Am nächsten Morgen hat er sie rausgelassen, damit sie auf die Toilette gehen konnte. In einem unbeobachteten Moment ist sie dann aus der Wohnung geflüchtet.« Hackenholt machte eine Pause.

»Un wäi is nåcherdla nåch Nämberch kummer?«

»Sie sagte, eine ihrer Freundinnen wäre vor ein paar Monaten von Hannover nach Nürnberg gezogen. Die hat sie angerufen, weil sie nicht wusste, was sie tun sollte. Die Freundin hat ihr dann nicht nur eine Mitfahrgelegenheit organisiert, sondern sie auch hier bei sich aufgenommen und schließlich dazu überredet, zur Polizei zu gehen, um Anzeige zu erstatten.«

»Wurden die von dem Übergriff resultierenden Verletzungen dokumentiert?«, fragte Dr. Holm.

Hackenholt nickte. »Sie hat ein ärztliches Attest vorgelegt, und eine Kollegin von der PI Mitte hat entsprechende Fotos gemacht. Allerdings waren die Verletzungen zum Teil bereits stark verblasst und am Abheilen, weil der Vorfall schon eine gute Woche zurücklag.«

Dr. Holm nickte verstehend.

Hackenholt nahm den Faden wieder auf. »Ich habe wie üblich einen Ermittlungsbericht geschrieben und ihn nach telefonischer Rücksprache an die für den Tatort zuständige Kriminalinspektion der Polizeidirektion Waldeck-Frankenberg geschickt. Von unserer Seite war es das dann.«

»Es war dir also nicht bekannt, dass sie als Prostituierte gearbeitet hat?« Stellfeldt massierte geistesabwesend seine Glatze. »Das ist ein interessanter Aspekt, aber jetzt müssen wir erst einmal mit den Kollegen in Nordhessen reden und hören, was sie auf deinen Bericht hin unternommen haben. Das könntest du doch übernehmen, Saskia. Fahr zurück ins Präsidium, suche dir den Ermittlungsbericht samt Zeugenbefragung aus der Ablage heraus, lies dich kurz ein und häng dich dann ans Telefon.«

Dr. Holm nickte erneut. »Und fragen Sie nicht nur, was die Kollegen bisher unternommen haben, sondern faxen Sie denen gleich anschließend ein erneutes Ermittlungsersuchen. Sie sollen den Ehemann sofort ausfindig machen und sein Alibi für heute Nachmittag überprüfen. Vielleicht ist er noch auf dem Rückweg, und die Kollegen erwischen ihn, wenn er gerade nach Hause kommt.«

»Es wäre prima, wenn du das jetzt gleich übernehmen würdest«, stellte Hackenholt an Saskia Baumann gewandt noch einmal heraus. Er glaubte, Stellfeldt insofern verstanden zu haben, als dass er es für besser erachtete, wenn die junge, hübsche Beamtin aus dem Bordell verschwand. Die Prostituierten schätzten solche Frauen in ihrer Umgebung nicht sonderlich, auch dann nicht, wenn sie dienstlich vor Ort waren. Allerdings war sich Hackenholt nicht sicher, ob die Kollegen in Nordhessen, wo fast perfektes Hochdeutsch gesprochen wurde, Baumanns Fränkisch verstehen würden. Aber in diesem Fall konnte sie zur Not ja eine Mail schreiben oder ein Fax schicken.

Baumann sah nicht gerade glücklich aus bei der Aussicht, den Rest des Abends im Büro zu verbringen, fügte sich aber in ihr Schicksal.

»Wir kommen dann so bald wie möglich nach«, versprach Hackenholt.

Nachdem die junge Beamtin das Bordell verlassen hatte, verabschiedete sich auch der Jour-Staatsanwalt.

»Und jetzt?«, fragte Stellfeldt. »Machen wir erst mal weiter wie gehabt? Ich befrage mit einem Kollegen vom Dauerdienst die Prostituierten und ihr den Wirtschafter?«

Hackenholt nickte.

»Der Wirtschafter wartet in seinem Büro im Keller«, informierte ein uniformierte Kollege die beiden Ermittler, als sie ins Erdgeschoss kamen. »Übrigens sind dort auch die Gesellschaftsräume untergebracht. Ein Aufenthaltsraum für die Frauen, Küche, Waschküche und Haushaltsräume.«

Das winzige Büro des Wirtschafters verdiente seinen Namen nicht: Abstellraum wäre treffender gewesen. Das fensterlose Zimmerchen war an drei Seiten mit Regalen zugestellt, die unter dem Gewicht ihrer Beladung zusammenzubrechen drohten. Nur in der Zimmermitte war Platz für einen Schreibtisch, der mit vier Monitoren ebenso unter zu viel Gewicht ächzte. Der Mann dahinter trug eine Jeans und ein Muskelshirt, das ebendas zur Geltung brachte: die Muskeln seines Trägers. Er outete sich damit unschwer als Wirtschafter: Mädchen für alles und muskelbepackter Hausmeister, wobei es in der Jobbeschreibung wahrscheinlich vor allem auf Letzteres angekommen war.

»Andreas Lewandowski«, stellte er sich vor. »Ich sorge hier in der ›Himmelspforte‹ für den reibungslosen Ablauf. Herr Gödecke, der Betreiber, ist drüben im ›Paradies der Lüste‹. Soll ich ihn zu unserem Gespräch dazuholen?«

Hackenholt schüttelte den Kopf und nahm auf einem der Bürostühle Platz. Wünnenberg lehnte sich gegen ein Regal.

»Worin genau bestehen denn Ihre Aufgaben?«

»Ich kümmere mich um alles, was hier im Haus so anfällt. Nehme Zimmerbuchungen entgegen, lasse mir die Ausweise und Arbeitspapiere von den neuen Mädchen vorlegen, kassiere die Mieten, passe auf, dass sich die Freier benehmen, und spiele auch mal den Schlichter, wenn sich die Mädchen untereinander streiten.«

»Das machen Sie alles alleine? Rund um die Uhr?«, fragte Hackenholt mit hochgezogenen Augenbrauen.

»Nein, natürlich nicht. Ich habe Kollegen. Zusammen mit den anderen zwei Häusern beschäftigen wir auch noch eine Putzfrau, die hin und wieder durchsaugt. Außerdem gibt es drüben im ›Paradies der Lüste‹ eine Kantine. Für fünf Euro am Tag bieten wir Vollpension an, ganz traditionsbewusst, wie das in einem guten Familienbetrieb so üblich ist.«

»Und wie verhält es sich mit zusätzlichen männlichen Mitarbeitern?«, formulierte Hackenholt die Frage nach anderweitigem Sicherheitspersonal um.

»Wie gesagt: Ich habe Kollegen. Und ein paar Aushilfen sehen nachts am Wochenende oder bei größeren Events zusätzlich nach dem Rechten. Bei Fußballspielen oder dergleichen.« Der Mann erhob sich. »Kann ich Ihnen etwas zum Trinken anbieten? Ein Mineralwasser vielleicht?«

Hackenholt schüttelte den Kopf, und auch Wünnenberg verzichtete, nachdem er weit und breit keine Kaffeemaschine entdeckt hatte.

»Herr Lewandowski, wann haben Sie Frau Schäfer heute zum letzten Mal gesehen?«

»Da muss ich überlegen.« Er setzte sich wieder hin und kratzte sich mit der rechten Hand den Nacken. Das Verhalten wirkte einstudiert, zumal sich Hackenholt sicher war, dass er ihm nicht als Erster diese Frage stellte. »Sunee war beim Mittagessen drüben. Danach ist sie auf ihr Zimmer gegangen und hat gearbeitet.«

»Und das heißt?«

»Das heißt, dass ich sie danach nicht mehr gesehen habe.«

»Was ist mit den Überwachungskameras? Wenn Frau Schäfer nicht gearbeitet hat, wird sie doch vor ihrer Türe gesessen haben.«

Lewandowski schüttelte den Kopf. »Sunee mochte es nicht, wenn man ihr beim Warten zuschaute. Sie hat sich so in ihr Zimmer gesetzt, dass allenfalls ihre Schuhspitze zu sehen war. Außerdem ist heute Nachmittag Herr Gödecke, der Betreiber, herübergekommen. Wir hatten einiges zu besprechen, also konnte ich nur sporadisch immer mal wieder einen Blick auf die Kameras werfen.«

»Frau Schäfer ist im Laufe des Nachmittags nicht noch einmal heruntergekommen? Etwa drüben in den Aufenthaltsraum, um sich etwas zu trinken zu holen oder eine Pause zu machen?«

Der Wirtschafter schüttelte den Kopf.

»Und Ihnen ist auch nicht aufgefallen, dass ihre Türe über längere Zeit geschlossen war? Vielleicht sogar über Stunden hinweg?«

»Sunee hat sich manchmal am Nachmittag hingelegt, wenn nicht viel los war, um dann nachts fit zu sein. Die Mädchen können tun und lassen, was sie wollen. Außerdem war ich, wie gesagt, anderweitig beschäftigt.«

»Wie war das mit der japanischen Reisegruppe? Wann ist die gekommen?«

Lewandowski zog die Mundwinkel abschätzig nach unten. »So gegen drei, halb vier. Ich habe nicht auf die Uhr gesehen.«

»Wie viele Männer waren es ungefähr?«

»Zehn? Zwölf?«

»Hat Frau Schäfer einen abbekommen?«

»Keine Ahnung.« Lewandowski zuckte mit den Schultern. »Hätte mich aber gewundert. Japaner wollen normalerweise große, vollbusige Blondinen.«

»Wie viele Besucher hatte Frau Schäfer im Laufe des Nachmittags?«, versuchte Hackenholt mit einer anderen Strategie voranzukommen.

»Woher soll ich das denn wissen? Wir führen hier keine Strichlisten.«

»Aber Sie sehen die Männer doch ins Haus kommen und durch die Flure laufen!«

»Trotzdem habe ich nicht die Zeit, jeden einzelnen zu beobachten, in welches Zimmer er geht!«

»Hatte Frau Schäfer heute irgendwelche Termine?«

»Wie meinen Sie das?«

»Hatte sich ein Freier telefonisch angekündigt, oder hat sie Bescheid gegeben, dass sie einen Bekannten oder ihren Ehemann erwartete?«

Der Wirtschafter schüttelte den Kopf. »Wir arbeiten nicht mit Terminvereinbarungen. Bei uns können die Kunden kommen und gehen, wann und wie sie wollen. Wenn das gewünschte Mädchen nicht frei ist, suchen sie sich entweder ein anderes oder schauen später noch mal vorbei.«

»Hatte Frau Schäfer in der Zeit, die sie hier war, Ärger mit einem Mann?«

Lewandowski verschränkte die Arme. »Alle Mädchen haben immer wieder mal Ärger mit dem einen oder anderen Mann. Vor allem die jungen Frauen, die sich noch nicht so gut im Geschäft auskennen. Da versucht schon mal ein Freier ihr hinterher einen Teil des Lohns wieder abzunehmen, weil er angeblich mit der Leistung nicht zufrieden war. Aber Sunee hat sich in den Wochen hier nicht beklagt.«

»Wenn eine Frau Schwierigkeiten hat, was tut sie dann?«

»Das kommt darauf an, wo sie sich befindet. Auf dem Flur sehe ich es mit Hilfe der Überwachungskameras, außerdem sind die anderen nicht weit und schreiten ein. Passiert etwas in den Zimmern, drücken die Mädchen den Panikknopf. Dann komme ich hoch und kümmere mich um die Angelegenheit.«

»Aber Frau Schäfer hat den Panikknopf heute nicht gedrückt?«

Er schüttelte den Kopf.

»Als die japanische Reisegruppe am Nachmittag hier war, hatte Frau Schäfer einen südländisch aussehenden Kunden. Können Sie sich an einen solchen Mann erinnern?«, wechselte Hackenholt erneut das Thema.

Wieder schüttelte Lewandowski den Kopf.

»War Frau Schäfer freiwillig hier?«

»Wie meinen Sie das?« Der Wirtschafter kniff die Augen zusammen.

»Hat ihr Ehemann sie zur Prostitution gezwungen?«

»Keine der Frauen wird bei uns zu irgendetwas gezwungen!«, protestierte Lewandowski.

Hackenholt ging nicht darauf ein. »Hat Frau Schäfer nur hier gearbeitet oder auch hier gewohnt?«

»Sie hat in dem Zimmer auch geschlafen.«

»Wie lange war sie schon hier?«

»Seit fünf Wochen.« Der Wirtschafter warf einen Blick auf den Wandkalender. »Um genau zu sein: Sie war seit dem 25. August bei uns.«

Hackenholt rechnete im Kopf nach: Das war ungefähr eine Woche, bevor Sunee Schäfer zu ihm aufs Präsidium gekommen war. »Und vorher? Wann ist sie vorher zum letzten Mal hier gewesen?« Er erkundigte sich bewusst, wann und nicht ob Sunee Schäfer bereits zuvor in dem Haus gewohnt hatte.

»Im Mai.«

»Blieb sie immer so lange?«

Lewandowski schüttelte den Kopf. »Bis jetzt ist sie immer genau zwei Wochen hier gewesen. Alle zwei Monate.«

»Und warum hat sie diesmal dann so viel länger gearbeitet?«

»Vielleicht hat es ihr diesmal besonders gut in Nürnberg gefallen?« Der Wirtschafter zuckte mit den Schultern. »Sie hat immer pünktlich ihre Miete bezahlt, mehr interessiert mich nicht.«

»Wie lange wollte sie noch bleiben?«

»Bezahlt hat sie bis kommenden Montag.«

»Wo wollte sie anschließend hin?«

Wieder zuckte Lewandowski mit den Schultern. »Ich fürchte, ich bin Ihnen keine große Hilfe.«

Hackenholt nickte, wobei offenblieb, ob er damit Lewandowskis Erkenntnis zustimmen oder das Ende des Gesprächs signalisieren wollte.

Gemeinsam gingen die beiden Beamten wieder ins Erdgeschoss zurück.

»Hast du auch das Gefühl, dass er uns irgendetwas verheimlicht?«, fragte Wünnenberg.

»Hast du etwas anderes erwartet?« Hackenholt klang müde.

»Eigentlich schon«, brummte Wünnenberg. »Immerhin ist eine der Mieterinnen umgebracht worden. Wenn alle Damen wirklich so freiwillig hier arbeiten, wie er uns glauben machen will, dann müsste es doch in seinem Interesse sein, die Tat schnellstmöglich aufzuklären. Sonst könnten sich die Frauen ein anderes Haus zum Arbeiten suchen.«

»Er wird auch alles daransetzen, die Tat aufzuklären – allerdings ohne unsere Hilfe.«

»Frank? Kommst du mal bitte?«, rief Christine Mur quer durchs Treppenhaus.

Hackenholt erklomm einmal mehr die Stufen in den vierten Stock. »Seid ihr mit dem Zimmer jetzt fertig?«

»Natürlich nicht!« Sie sah ihn böse an. »Es ist von oben bis unten voller Spuren, und alle müssen gesichert werden. Schließlich müssen wir in der Lage sein, auf jede der Einlassungen vom Täter zu reagieren und sie gegebenenfalls zu widerlegen. Auch wenn du ihn erst in einem halben Jahr oder noch später ermittelst. Aber bislang sind mir zwei Dinge aufgefallen: Wir haben in Frau Schäfers Zimmer keinen einzigen Cent und im Müll kein einziges benutztes Kondom gefunden.«

»Hm. Du meinst, sie hatte heute noch gar keinen Kunden?«

Mur schüttelte den Kopf. »Ich habe an zwei andere Szenarien gedacht: Entweder hat sie es verbotswidrig ohne gemacht, oder der Täter hat die benutzten Kondome mitgenommen, weil er seine Spuren entsorgen wollte.«

»Vielleicht hatte sie nur Kunden, denen sie … ähm … also, ich meine nur Oralverkehr.«

Murs Blick verdüsterte sich. »Schon mal was von Paragraph 6 der Bayerischen Hygiene-Verordnung gehört?«

Hackenholt sah sie unsicher an.

»In Bayern ist jegliche Form von ungeschütztem käuflichem Sex unter Androhung eines Zwangsgeldes verboten. Das gilt auch für Oralsex. Also kein ›Französisch‹ ohne Gummi! Außerdem würde das nicht erklären, warum die Thailänderin kein Geld im Zimmer hatte. Du solltest beim Wirtschafter mal nachfragen, ob die Frauen ihm ihre Einnahmen zur Aufbewahrung übergeben oder ob es sonstige Besonderheiten gibt, über die wir informiert sein sollten.«

Hackenholt nickte.

»Darüber hinaus«, fuhr Christine Mur fort, »erachte ich es als absolut sinnvoll, bei sämtlichen heute Abend anwesenden Personen nicht nur Fingerabdrücke für die daktyloskopische Untersuchung zu nehmen, sondern auch gleich eine DNA-Probe für die molekulargenetische zu erheben. Wer weiß, wie viele der Prostituierten, die heute Nacht hier gearbeitet haben, sich morgen noch in Nürnberg aufhalten.«

Hackenholt nickte noch einmal, bevor er sich auf den Weg zurück in den Keller begab. Der Wirtschafter hatte es sich zwischenzeitlich in seinem Büro gemütlich gemacht: Mit den Füßen auf dem Schreibtisch und einer Bierflasche in der Hand beobachtete er auf den Monitoren die Interaktionen der Beamten im Hausflur.

»Wie handhaben Sie es mit den Einnahmen der Frauen? Kassieren Sie die in regelmäßigen Abständen ein?«

Lewandowski warf Hackenholt einen abschätzigen Blick zu. »Ihnen will einfach nicht in den Kopf, dass wir hier nur die Zimmer und den Service stellen, die Mieterinnen aber alle auf eigene Rechnung arbeiten, oder? Ich bin kein Zuhälter, und die Mädchen sind keine Angestellten. Wir liefern die Räumlichkeiten, sie zahlen Miete. Alles andere interessiert mich nicht. Mit den *Honoraren* habe ich nichts zu tun.«

»Ist das nicht recht gefährlich für die Frauen? Ich meine, im Laufe einer Nacht kommt bei der einen oder anderen doch sicherlich ein ganz ordentliches Sümmchen zusammen. Hat da noch kein Freier einer Frau das Geld zu klauen versucht?«

»Damit das nicht passiert, bin ich da.«

»Frau Schäfer hat Ihnen also nicht Ihre Einnahmen übergeben? Zur Aufbewahrung, meine ich?«, wollte Hackenholt nach einer Pause nochmals wissen.

Der Wirtschafter schüttelte angewidert den Kopf.

»Und wie handhaben Sie das mit den Kondomen?«

»Es gibt keine, die es ohne Gummi macht!«, brauste Lewandowski auf. »Sie haben doch selbst oben am Eingang das Schild gesehen, das auf die Hygiene-Verordnung hinweist. Wir halten uns daran. Ich erkläre jeder Frau, dass sie sich strafbar macht, wenn sie keinen Gummi verwendet, weil wir hier in Bayern sind. Oder glauben Sie, ich bezahle fünfzehnhundert Euro Strafe? ›Tabulos‹ ist hier schon lange Vergangenheit.«

»Müssen die Frauen die Kondome auf eigene Kosten beschaffen, oder sind die in der Zimmermiete enthalten?«

»Die bringen sie selbst mit. Genauso wie ihre Bettwäsche und die Handtücher.«

»Wie häufig wird eigentlich der Müll in den Zimmern geleert?«

Der Wirtschafter sah den Hauptkommissar aus schmalen Augen an. »Was soll die Frage? Jeden Tag natürlich. Wir wollen schließlich keine Ratten im Haus haben!«

Wünnenberg betrat den Raum und machte Hackenholt ein Zeichen. Als sie vor der Tür des kleinen Büros standen, sagte er leise: »Leon Rudolph, der Freund von Marlies Steinbrunn, ist da. Wo wollen wir mit ihm reden?«

»Bring ihn hier in den Aufenthaltsraum.«

Der Mann, der mit Wünnenberg die Treppe herunterkam, war groß, blond und wirkte mit seiner an Unterernährung grenzenden Statur eher wie siebzehn als wie die dreiundzwanzig Jahre, die er laut des in seinem Ausweis vermerkten Geburtsdatums war. Außerdem war er auffallend nervös.

»Sie haben Ihre Freundin heute Nachmittag hier besucht?«, fragte Hackenholt freundlich.

Der junge Mann wirkte fahrig. »Ich weiß schon, was Sie denken. Wie kann man nur mit einer Prostituierten zusammen sein und so.«

Hackenholt schüttelte leicht den Kopf. »Wir denken gar nichts. Das ist allein Ihre Sache. Warum sollte außerdem nicht auch eine Sexworkerin eine intakte Beziehung haben? Alles andere sind Klischees von gestern. Uns interessiert etwas ganz anderes: Es geht um Ihren Besuch heute Nachmittag. Wann sind Sie hergekommen?«

»Ich war so gegen Viertel nach drei hier, vielleicht ein bisschen später.«

Hackenholt nickte. Die Aussage stimmte mit den Angaben überein, die sie bisher ermittelt hatten. »Könnten Sie uns bitte genau erzählen, was passiert ist, nachdem Sie das Haus betreten haben?«

Leon Rudolph überlegte einen Moment. »Ich bin mit dem Aufzug rauf in den vierten Stock, wo Marlies wohnt und arbeitet. Dort habe ich gesehen, dass ihre Türe zu war, also habe ich mich auf den Barhocker vor ihrem Zimmer gesetzt und gewartet. Als sie fertig war, sind wir gemeinsam duschen gegangen, und dann haben wir uns einen schönen Nachmittag gemacht. Aus dem Nachbarzimmer haben wir nichts mitbekommen.«

»Ihre Freundin hat Ihnen also bereits erzählt, was passiert ist?« Hackenholt sah Leon Rudolph scharf an.

»Eine riesige Sauerei!«, regte der sich auf. »Die verlangen hier ein Schweinegeld für die Zimmer, und dann passen sie nicht einmal anständig auf! Marlies soll noch heute Abend hier ausziehen. Auf keinen Fall bleibt sie alleine auf diesem Stockwerk. Das ist doch unverantwortlich!«

Hackenholt registrierte, dass der Junge wusste, dass auf der Etage nur zwei Frauen gearbeitet hatten. »Kehren wir noch mal zu heute Nachmittag zurück: Während Sie gewartet haben, was war da auf dem Flur los? Stand Frau Schäfers Türe offen? Haben Sie sich mit ihr unterhalten?«

Der junge Mann schüttelte den Kopf. »Nein, die Türen waren geschlossen. Die Etage war wie ausgestorben. Nur aus dem Zimmer gegenüber kam leise Musik.«

»Sie haben also die ganze Zeit allein auf dem Flur gesessen, während Sie gewartet haben?«

Er nickte.

»Und dann?«

»Dann kam dieser Japaner aus Marlies' Zimmer und hat mich frech angegrinst. Am liebsten hätte ich dem eine reingehauen.« Rudolph schluckte. Die mühsam unterdrückte Eifersucht war ihm anzumerken. »Aber Marlies stand gleich hinter ihm und …« Seine Stimme verlor sich, er knackte mit den Fingern. »Sie hat gesagt, dass sie duschen gehen will, also hab ich sie begleitet.«

»Und auf dem Rückweg vom Badezimmer, gab es da irgendwelche besonderen Vorkommnisse?«

Der junge Mann nickte. »Ja, als wir schon fast bei Marlies' Zimmer waren, ging die Tür gegenüber auf, und ein Mann kam heraus. Er ist zusammengezuckt, als er uns gesehen hat. Richtiggehend erschrocken ist er.«

Hackenholt horchte auf. »Erschrocken?«

»Ja. So, als ob man ihn bei etwas Verbotenem ertappt hätte. Er hat gleich weggeschaut und ist eilig zur Treppe gelaufen.«

»Wie spät war es da?«

Leon Rudolph zuckte mit den Schultern. »Keine Ahnung. Ich habe nicht auf die Uhr gesehen. Wahrscheinlich so gegen vier.«

Der Hauptkommissar machte sich eine Notiz und schrieb dann die ziemlich vage Personenbeschreibung auf, die Leon Rudolph von dem Mann geben konnte.

»Kann ich jetzt zu Marlies?«

Hackenholt nickte. »Sie müssten aber bitte noch Ihre Fingerabdrücke und eine DNA-Probe bei den Kollegen abgeben.«

Der junge Mann erbleichte. »Aber ... aber warum denn?«, stotterte er erschrocken.

»Für Vergleichsmaterial. Damit wir Ihre Spuren, die Sie im Aufzug und auf dem Flur hinterlassen haben, eliminieren können«, erklärte Hackenholt freundlich. »Und morgen Vormittag kommen Sie bitte mit Ihrer Freundin zu einer Lichtbildvorlage zu uns ins Präsidium. Mein Kollege wird mit Ihnen gleich noch einen Termin ausmachen.«

Nachdem Wünnenberg den Zeugen übernommen hatte, schaute Hackenholt auf die Uhr. Halb eins. Wie schnell die Zeit vergangen war. Stellfeldt kam die Treppe herunter und gesellte sich zu ihm. »Wir sind mit den Frauen durch.«

»Und?«

Der erfahrene Ermittler strich über seine Glatze. »Die Dolmetscher hätten wir uns glatt sparen können. Keine will etwas bemerkt haben, bevor Marlies Steinbrunn die Tote gefunden und nach einem Arzt geschrien hat.«

»Hat sich Saskia in der Zwischenzeit bei dir gemeldet?«

»Ja. Sie hat mit den Kollegen in Nordhessen gesprochen. Der Ehemann der Toten ist in der Vergangenheit zweimal polizeilich in Erscheinung getreten. Zum ersten Mal nach einer Wirtshausschlägerei und dann, als er besoffen Auto gefahren ist, einen Unfall gebaut hat und geflüchtet ist. Als die Kollegen vor ein paar Wochen deinen Ermittlungsbericht erhalten haben, haben sie ihm eine schriftliche Vorladung geschickt. Bei der Vernehmung hat er alles abgestritten und behauptet, seine Frau würde lügen. Einen Streit hätte es nicht gegeben, und von einer Scheidung wäre auch nie die Rede gewesen. Er soll sich furchtbar über die Anzeige aufgeregt haben und sehr wütend auf seine Frau gewesen sein. Deshalb haben ihn die Kollegen bei seiner Entlassung auch eindringlich davor gewarnt, seinen Zorn an ihr auszulassen. Das war vor anderthalb Wochen.«

»Das würde zeitlich durchaus passen, oder? Er ist stinksauer auf sie, braucht ein paar Tage, um herauszufinden, wo sie sich aufhält, fährt dann nach Nürnberg und stellt sie zur Rede. Vielleicht will er sie sogar wieder mit nach Hause nehmen, sie weigert sich, es gibt wieder Streit, und diesmal drückt er ihr den Hals zu.«

»Du vergisst, dass niemand einen Streit gehört haben will. Und wie ein Südländer sieht der Ehemann angeblich auch nicht aus. Eher wie der typisch deutsche Couch-Potato Mitte vierzig.«

»Hat Saskia unser neues Ermittlungsersuchen nach Hessen gefaxt?«

Stellfeldt nickte. »Sie hat sogar schon Rückmeldung erhalten: Die Kollegen haben den Mann in seiner Stammkneipe vorläufig festgenommen und vernehmen ihn im Moment.«

»Und was machen wir jetzt?« Wünnenberg war zurückgekommen.

»Heute Nacht können wir nichts mehr tun. Ich rufe noch in der Einsatzzentrale an, damit sie die Videobänder der Überwachungskameras der U-Bahn und so weiter sichern. Die werden wir morgen Vormittag auswerten. Bis dahin wissen wir dann auch, was die Vernehmung des Ehemanns ergeben hat. Und falls es nötig ist, gehen wir mit Frau Steinbrunn und Herrn Rudolph die Lichtbildervorlage durch.«

Hackenholt stieg noch einmal zu Christine Mur in den vierten Stock hinauf. Die Beamtin war verschwitzt und wirkte abgespannt.

»Bei dir alles in Ordnung? Du siehst müde aus.«

»Ein Tatort wie dieser ist für uns der blanke Horror! Kein Millimeter, dem nicht irgendwelche Spuren anhaften.« Sie ging zu ihrer Thermoskanne, um sich eine Tasse Kaffee einzuschenken, doch es kamen nur noch wenige Tropfen heraus. »Nur gut, dass wir hier fertig sind.« Mur unterdrückte ein Gähnen. »Danke übrigens für deine Postkarte aus Irland. Die war so ziemlich der einzige Lichtblick in den letzten vier Wochen.«

»So schlimm?«

»Schlimmer. Du kannst dir gar nicht vorstellen, was bei uns im Dezernat gerade abgeht. Ich muss um jedes kleinste Zugeständnis für meine Leute kämpfen. Und im Team ist die Stimmung auch nicht berauschend. Intrigen über Intrigen. Manchmal verspüre ich große Lust, einfach alles hinzuschmeißen und mir eine andere Dienststelle zu suchen. Sollen sie doch schauen, wo sie bleiben.«

»Und wer soll dann meine Fälle auf hieb- und stichfeste Beine stellen?« Hackenholt lächelte sie aufmunternd an.

Mur winkte ab. »Ach was. Gerade hier werde ich das Gefühl nicht los, dass ich irgendetwas übersehe.«

Hackenholt blickte sie aufmerksam an. »Wie kommst du darauf?«

»Ich weiß es nicht.« Mur zuckte mit den Schultern und schaute sich ein letztes Mal in dem kleinen Zimmer um, bevor sie das Licht ausschaltete, die Tür absperrte und sie amtlich versiegelte. »Vielleicht kommt das Gefühl auch nur davon, weil ich die ganze Zeit an die NitriBizz-Bar im Holiday Inn in der Engelhardsgasse denken muss.«

»Die sagt mir rein gar nichts«, gestand Hackenholt.

Binnen Sekundenbruchteilen hellte sich Murs Gesicht auf. »Hast du Lust, dort noch einen Absacker zu trinken? Die Bar hat mit Sicherheit noch offen.«

Hackenholt war perplex. Da traten ja ganz neue Seiten an der sonst zumeist so mürrischen und übel gelaunten Kollegin zutage, die bisher immer jede auch noch so winzige Spur am Tatort gefunden hatte, die es zu entdecken gab. Er spürte, dass er sie zutiefst enttäuschen würde, wenn er ablehnte.

»Also gut, eine Tasse Kaffee geht, aber dann muss ich heim. Dr. Puellen hat die Obduktion für morgen«, Hackenholt schaute auf seine Armbanduhr und berichtigte sich, »für nachher um halb acht angesetzt.«

»Ich weiß«, winkte Mur ab, »er hat mich auch dazu *eingeladen*.«

»Willst du dann nicht lieber sofort nach Hause fahren? Nach Feucht raus ist es noch eine ganze Ecke.«

Mur schüttelte den Kopf. »Das rentiert sich sowieso nicht mehr. Ich bleibe im Präsidium und werde mich dort eine Runde aufs Ohr legen.« Sie gab ihren Kollegen Bescheid, dass sie nicht mit ihnen in die Dienststelle zurückfahren würde, dann hakte sie sich bei dem vor dem Bordell wartenden Hauptkommissar unter. »Laufen wir? Ist von hier aus nur ein Katzensprung.«

Hackenholt schüttelte den Kopf. »Ich habe mein Auto mitten in der Ottostraße geparkt. Da kann ich es nicht stehen lassen. Sobald der letzte Streifenwagen weggefahren ist, ruft ein Anwohner den Abschleppdienst.«

Mur grinste. »Na gut, dann schauen wir eben, wie lange es dauert, bis uns das Gleiche in der Engelhardsgasse passiert, weil du in zweiter Reihe parkst.«

»Was ist das eigentlich für eine Kneipe?«, fragte Hackenholt unterwegs. »Der Name klingt reichlich seltsam.«

»Das ist eine kubanische Bar. Sie ist nach Rosemarie Nitribitt benannt.«

Hackenholt überlegte einen Augenblick. Irgendetwas sagte ihm der Name, er kam nur gerade nicht darauf. »Müsste ich die Dame kennen?«

»Allerdings!« Mur sah ihn mit hochgezogenen Augenbrauen an. »Schließlich war sie die Edelprostituierte, die in den fünfziger Jahren durch ihre Ermordung berühmt wurde.« Nach einem Moment fügte sie nachdenklich hinzu: »Es gefällt mir, dass die Betreiberfamilie vom Holiday Inn die Bar so genannt und damit die Brücke zwischen ihrem 4-Sterne-Hotel und der Nachbarschaft geschlagen hat.«

»Und warum hast du dann beim Gedanken an die Bar ein schlechtes Gefühl in Bezug auf unseren Fall?«

»Weil der Mord damals aufgrund von schlampiger Polizeiarbeit nicht aufgeklärt werden konnte. Den Frankfurter Kollegen ist eine Panne nach der anderen passiert. Akten verschwanden spurlos, ein Verdächtiger starb ihnen an einem Herzinfarkt unter den Händen weg, aber das Schlimmste war, dass der errechnete Zeitpunkt des Todes vor Gericht zu Recht angezweifelt wurde, weil die ermittelnden Beamten vergessen hatten, die genaue Temperatur in der Wohnung der Toten zu bestimmen. Im Ermittlungsbericht war nur vermerkt, dass es in der Wohnung aufgrund der Fußbodenheizung sehr warm gewesen war. Da die Tote erst nach Tagen gefunden worden war, konnte nie einwandfrei geklärt werden, wann genau sie ermordet wurde.«

Hackenholt konnte sich ein Lächeln nicht verkneifen. »Und deshalb hast du heute die Temperatur im Zimmer doppelt und dreifach gemessen?«

Mur nickte ernst. »Auch wenn unsere Tote keine Edelprostituierte war und sich kein schickes schwarzes Mercedes Cabriolet leisten konnte, haben die beiden Frauen neben ihrem Beruf noch etwas gemeinsam: Beide wurden erwürgt.«

Sonntag

Nachdem sich Hackenholt in seinen Bürostuhl hatte fallen lassen, suchte er in seiner Schreibtischschublade sofort nach Kopfschmerztabletten. Zwar hatte sich der Absacker mit Christine Mur in der Nacht auf eine sehr, sehr schnelle Tasse Kaffee beschränkt, da die Bar des Holiday Inn wider Erwarten schon um ein Uhr schloss, doch hatten sie anschließend noch eine Weile lang im Auto geplaudert, sodass Hackenholt schlussendlich doch erst um halb drei ins Bett gekommen war. Eindeutig zu spät, um gegen halb acht schon wieder für eine Obduktion bereitzustehen. Mur hatte am Morgen allerdings kaum ausgeschlafener ausgesehen und nur grollende Laute von sich gegeben. Nun, um kurz vor elf, fühlte sich der Hauptkommissar hundemüde und sehnte bereits den nächsten Urlaub herbei.

»Und? Was hat Dr. Puellen herausgefunden?« Stellfeldt lehnte im Türrahmen.

»Wollen wir nicht ins Besprechungszimmer gehen?«

»Sind doch sowieso nur wir drei.« Hackenholts Kollege nahm auf dem Besucherstuhl Platz, während Wünnenberg seinen soeben frisch gekochten Kaffee ausschenkte.

»Warum? Was habt ihr denn mit Saskia angestellt?«, fragte der Hauptkommissar erstaunt.

»Die geht unten beim Dauerdienst mit den beiden Zeugen die Bildvorlage durch. Ein Unterfangen, für das man fränkische Nerven aus Stahl braucht, da sich Frau Steinbrunn und Herr Rudolph nicht wirklich entscheiden können, wie der Mann nun ausgesehen hat.« Wünnenberg grinste schief. »Außer der Tatsache, dass er zwei Augen, eine Nase und einen Mund im Gesicht hatte, steht praktisch alles zur Diskussion.«

»Klingt nicht sonderlich vielversprechend«, seufzte Hackenholt. »Und was hat sich in Nordhessen getan?«

»Nichts Erfreuliches«, brummte Stellfeldt. »Heute Morgen um neun haben die Kollegen den Ehemann wieder laufen lassen. Er hat ein Alibi: Seit fünf Uhr nachmittags hat er in seiner Stammkneipe gesessen. Das hat nicht nur der Wirt, sondern auch drei andere Stammgäste bezeugt. Außerdem soll er Rotz und Wasser geheult haben, als er erfahren hat, dass seine Frau tot ist.«

»Wie weit ist es eigentlich von Nürnberg nach Frankenberg/ Eder?«

»Rund dreihundertfünfzig Kilometer, dreieinhalb Stunden einfache Fahrt. Völlig unmöglich, dass er zur Tatzeit in Nürnberg war.«

»Trotzdem müssen die Kollegen in Hessen an dem Fall dranbleiben. Wie ist es überhaupt dazu gekommen, dass seine Frau anschaffen ging? Hat er sie dazu gezwungen? Hat er sie vielleicht überhaupt nur deswegen nach Deutschland geholt?«

Stellfeldt nickte und machte sich eine Notiz. Dann kam er auf seine ursprüngliche Frage zurück: »Was hat die Obduktion ergeben?«

»Todesursache ist die Gewalteinwirkung auf den Hals und der dadurch bedingte Verschluss des Kehlkopfs beziehungsweise die Einengung der Atemwege. Sowohl Zungenbein als auch Kehlkopf waren gebrochen. Da muss jemand mit ganz schön viel Kraft zugedrückt haben. Dr. Puellen sagt, dass das Würgen sowieso eine Mordmethode ist, die vom Täter eine ziemliche Stärke erfordert. Sofern nicht die Karotiden abgedrückt werden, geht sie mit einem langen Todeskampf einher, in dessen Verlauf das Opfer sich vehement wehrt und der Täter den Griff immer wieder lockern und nachfassen muss. Am Hals der Toten konnte man Spuren davon erkennen. Es gab großflächige Unterblutungen, allerdings nur bei der Präparation der tieferen Regionen unter der Haut. Äußerlich sieht man nach wie vor nur verhältnismäßig wenig. Normalerweise entstehen bei dieser Mordmethode am Hals Kratzspuren, die von den Fingernägeln des Täters stammen, aber da bei unserem Opfer oberflächlich nichts zu sehen ist, schlussfolgert Dr. Puellen, dass der Täter entweder Handschuhe trug oder extrem kurze Fingernägel hatte.«

»Und wie genau konnte Dr. Puellen den Zeitpunkt des Todes bestimmen?«

»Anhand der Totenflecken und Leichenstarre sowie der postmortalen Erregbarkeit der Skelettmuskulatur und der Auskühlung des Körpers hat er errechnet, dass die Tote bei seinem Eintreffen bereits zweieinhalb bis fünf Stunden tot gewesen ist. Das würde bedeuten, dass sie grob zwischen fünfzehn Uhr dreißig und achtzehn Uhr ermordet wurde. Wärme und eine höhere Belastung der Muskeln kurz vor Eintreten des Todes beschleunigen üblicherweise das Einsetzen der Totenstarre. Dagegen ist die Körperkerntemperatur mit Sicherheit um weniger als ein Grad pro Stunde gesunken, da der Körper vollständig zugedeckt war. Wir haben es hier mit ziemlich vielen Unsicherheitsfaktoren zu tun, genauer als bis auf zweieinhalb Stunden kann Dr. Puellen den Zeitpunkt sowieso nicht eingrenzen.«

»Wenn wir nur jemanden auftreiben könnten, der sie nach dem Mittagessen noch lebend gesehen hat.« Stellfeldt strich sich gedankenverloren über seine Glatze. »Aber ihre Freier werden sich ganz bestimmt nicht freiwillig bei uns melden.«

»Danke für das Stichwort«, übernahm Hackenholt wieder. »Frau Schäfer hat am Tag ihres Todes ungeschützten Geschlechtsverkehr gehabt. Außerdem hatte sie mit Sicherheit mehr als eine Abtreibung vornehmen lassen.«

»Damit wäre wenigstens geklärt, warum Christine keine benutzten Kondome in dem Zimmer gefunden hat«, meinte Wünnenberg.

Stellfeldt wiegte den Kopf hin und her. »Ich kann mir nicht vorstellen, dass sie es wirklich immer ohne gemacht haben soll. Dass die eine oder andere Prostituierte mal die Vorschriften vergisst, wenn das Geld stimmt, das halte ich für mehr als wahrscheinlich, aber dass sie es generell ohne macht, das kann ich nicht glauben. Damit würde sie ein verdammt hohes Risiko eingehen. Und zwar nicht nur wegen der Infektionsgefahr, sondern vor allem auch, bei einer Kontrolle erwischt zu werden. Wenn eine so etwas macht, spricht es sich doch unter den anderen Frauen herum, weil es ihnen das Geschäft verdirbt. Der Konkurrenzkampf ist so enorm, dass die anderen der Polizei schnell mal einen anonymen Tipp geben, wen wir verdeckt kontrollieren sollen.«

Hackenholt runzelte die Stirn. »Habt ihr euch erkundigt, wie die anderen Damen das in dem Haus handhaben? Was ist, wenn die Betreiber der ›Himmelspforte‹ ihrem Etablissement einen Vorteil verschaffen wollen, indem sie alle Frauen anweisen, ihren Service auch ohne Kondome anzubieten?«

»Du denkst an einen Konkurrenzstreit im Milieu?«

Hackenholt nickte mit Bedacht. »Können wir das von vornherein ausschließen?«

»Nein, natürlich nicht. Ich denke, wir sollten die Kollegen vom Fachkommissariat einschalten und uns genauer über die derzeitigen Verhältnisse an der Frauentormauer informieren.«

»Ich habe in der Zwischenzeit diesen Wirtschafter überprüft«, erklärte Wünnenberg. »Andreas Lewandowski ist kein unbeschriebenes Blatt, aber das war ja auch nicht zu erwarten, nachdem er sich gestern so komisch verhalten hat. Er ist wegen Körperverletzung und Nötigung vorbestraft.«

Stellfeldt winkte ab. »Ich denke nicht, dass er etwas mit dem Mord zu tun hat. Wir haben die Prostituierten heute Nacht natürlich auch danach gefragt, was der Wirtschafter am Nachmittag gemacht hat. Keine einzige von ihnen hat ihn durch den Flur oder durchs Treppenhaus laufen sehen. Im Gegenteil, er soll in seinem Büro gewesen und mit dem Betreiber Abrechnungen durchgegangen sein. Ein paar Frauen haben die beiden Männer gesehen, als sie Zigaretten oder Getränke geholt haben.«

Hackenholt nickte. »Genau das hat er uns auch erzählt.«

Die Tür ging auf, und Baumann steckte den Kopf herein. »Då habbder eich vuur mir verschdeggd!« Sie trat ein und machte die Tür hinter sich zu. »Des is fei er Dråma mid denner zwaa. Mir hom uns edzerd däi ganzn Bildla oogschaud. Wår obber kanner derbei, der bassd hädd. Ban an sin däi Hår zlang odder ned gnouch gschneggld, odder er hod mehr Hår zwischn däi Aung odder, odder, odder. Iech bin mer ned ermål sicher, ob däi zwaa ieberhabbs en gleing Moo gsehng hom.«

»Aber sie können sich zweifellos an ihn erinnern?«, hakte Hackenholt nach.

Baumann nickte.

»Denkst du, es reicht für ein Phantombild?«

»Då frouchsd mi wos.« Baumann zuckte mit den Schultern. »Iech hob nu nie er Fandombildla machn loun. Wäi leffd nern des ieberhabbs?«

»Der Kollege hat ein Notebook, auf dem ein Programm namens ›ISIS‹ installiert ist. Ausformuliert bedeutet das: ›Interaktives System zur Identifizierung von Straftätern‹. Es verfügt über eine Datenbank mit segmentierten Typenbildern von Männern und Frauen jeder Altersgruppe und jeder ethnischen Herkunft. Die Idee, die dahintersteht, baut auf dem Prinzip der assoziativen Erinnerung über Bildinspiration und Fotomontage auf. Das heißt, Wahrnehmungen hinsichtlich einzelner Merkmale wie Nase, Mund, Augenbrauen, Kopfform, Frisur, Bekleidung, Brille, Schmuck, Narben und so weiter werden in eine grafische Information umgesetzt«, erklärte Stellfeldt. »Wir müssen also nicht mehr wie früher mit einem Setzkasten oder Folien arbeiten. Da wir für ein solches Bild aber einen Spezialisten vom Erkennungsdienst anfordern müssten, sollten wir vorher alle anderen Möglichkeiten ausgeschöpft haben.«

»Habt ihr euch schon die Filme der Überwachungskameras angeschaut?«, fragte Hackenholt nach.

Baumann schüttelte den Kopf. »Naa, bis edz simmer blous däi Lichdbildvorlång durchganger.«

»Dann erledigen wir das jetzt. Ich komme mit.« Hackenholt erhob sich. »Kümmert ihr euch solange um die anderen Routinearbeiten?«

Leon Rudolph saß an seinem Daumennagel beißend auf einem Stuhl, während Marlies Steinbrunn am geöffneten Fenster stand und eine Zigarette rauchte. Hackenholt überging es, sie darauf hinzuweisen, dass im gesamten Präsidium Rauchverbot herrschte. Stattdessen bat er die beiden Zeugen, ihm in einen anderen Raum zu folgen. »Wir werden uns jetzt gemeinsam die Aufnahmen einiger Überwachungskameras ansehen«, erklärte er ihnen.

»Aber in der ›Himmelspforte‹ werden doch keine Videos aufgezeichnet!«, protestierte die junge Sexworkerin. »Andreas hat immer behauptet, dass nichts aufgenommen wird. Schon gar nicht das, was in den Zimmern passiert!«

»Das stimmt, davon rede ich auch nicht. Wie Sie aber vielleicht wissen, fällt auch die Videoüberwachung im öffentlichen Raum in das Aufgabengebiet der Polizei. Dabei werden ausgewählte kriminalitätsbelastete öffentliche Örtlichkeiten im Rahmen eines polizeilichen Gesamtkonzeptes zur Gefahrenabwehr sowie Verhütung und Bekämpfung von Sicherheitsstörungen und Straftaten überwacht. Der Plärrer und die Königstorpassage sind beispielsweise solche Orte. Daneben wird der öffentliche

Raum aber natürlich auch von anderen Seiten kontrolliert. Kaufhäuser und Tiefgaragen werden immer von den Betreibern gefilmt, die VAG überwacht unter anderem sämtliche U-Bahnhöfe. Wir haben hier einige Videoaufnahmen von den Bahnsteigen der U-Bahn-Haltestellen, aber auch von den Kameras, die den Plärrer und den Anfang der Gostenhofer Hauptstraße oberirdisch überwachen. Schauen Sie sich die Aufnahmen bitte ganz genau an. Der Mann, der Ihnen im Flur begegnet ist, könnte gefilmt worden sein.«

Gemeinsam sahen sie sich eine Aufzeichnung nach der anderen an. Marlies Steinbrunn bat um zwei weitere Zigarettenpausen, doch nach anderthalb Stunden beugte sie sich plötzlich vor und deutete auf einen Mann, der gerade im Begriff war, am Plärrer in die U-Bahn Richtung Fürth zu steigen.

»Ich glaube, das ist er.« In ihrer Aufregung fasste sie nach der Hand ihres Freundes. »Was sagst du?«

»Ich weiß nicht«, sagte Leon Rudolph gedehnt. »Können Sie den mal größer machen?«

Natürlich konnte Hackenholt das.

»Doch, das ist er!« Die junge Frau nickte heftig.

»Sie haben gestern Abend gar nicht erwähnt, dass der Mann ein Fußballtrikot trug.« Der Hauptkommissar sah sie mit einem Stirnrunzeln an.

Marlies Steinbrunn spielte an ihren Haaren. »Ich habe doch gesagt, dass er Jeans und ein dunkles T-Shirt anhatte.« Plötzlich schluchzte sie los. »Ich war gestern ziemlich durcheinander, schließlich ist meine Kollegin gleich im Zimmer gegenüber umgebracht worden.«

»Und Sie?«, wandte sich Hackenholt an Leon Rudolph. »Können Sie sich an das Trikot erinnern?«

»Muss ich wohl vergessen haben«, murmelte der mit gesenktem Blick. »Ich habe die Klamotten von dem Typen gar nicht so bewusst wahrgenommen. Erst jetzt …« Er deutete auf die angehaltene Szene auf dem Bildschirm. »Irgendwie sind während der WM doch fast alle so rumgelaufen, da ist es mir wohl nicht als ungewöhnlich aufgefallen.«

»Sie sind sich also beide absolut sicher, dass das der Mann ist?«

»Ja«, bekräftigte Marlies Steinbrunn, »das ist der Typ, der aus

Sunees Zimmer kam. Ich erkenne ihn an der Art und Weise, wie er den Bahnsteig entlanggeht.«

Auch Leon Rudolph nickte jetzt eifrig.

Hackenholt blickte auf die Zeiteinblendung: fünfzehn Uhr zweiundfünfzig. Das würde passen.

»Sind wir dann jetzt fertig?«, fragte Rudolph plötzlich. »Marlies und ich wollen für ein paar Tage verreisen. Eigentlich wollten wir schon heute Mittag los.«

Hackenholt sah ihn überrascht an. »Das ist jetzt aber ein ganz ungünstiger Zeitpunkt. Warum möchten Sie denn so plötzlich Urlaub machen?«

Der junge Mann legte beschützend seinen Arm um seine Freundin. »Marlies fühlt sich in Nürnberg nicht mehr sicher. Sie konnte heute Nacht kaum schlafen.«

Hackenholt nickte. »Dafür habe ich natürlich Verständnis. Es ist schockierend, wenn im unmittelbaren Umfeld ein Kapitalverbrechen passiert. Da wünscht man sich durchaus, der Situation zu entfliehen. Aber wir benötigen Sie beide für eine Gegenüberstellung, sobald wir den Mann gefunden haben. Frau Steinbrunn«, wandte sich Hackenholt nun direkt an die junge Frau, »der Täter hat es nicht auf Sie abgesehen, und ich bin mir sicher, dass sich Herr Rudolph rührend um Sie kümmern und Sie keine Sekunde alleine lassen wird, wenn Sie nicht alleine sein wollen. Warten Sie mit dem Verreisen bitte noch ein paar Tage.«

Die junge Prostituierte schnitt eine Grimasse, antwortete aber nicht.

Hackenholt sah Baumann an. »Lässt du bitte von dem Bild Vergrößerungen machen, die wir herumzeigen können? Sag außerdem Manfred Bescheid und schaut euch dann die anderen Aufnahmen der Überwachungskameras an. Vielleicht findet ihr heraus, wo der Mann hingefahren ist. Eventuell könnt ihr auch seinen Weg in die Stadt zurückverfolgen und feststellen, woher er kam. Ich fülle in der Zwischenzeit mit den beiden den Zeugenbogen aus. Anschließend gehe ich mit Ralph und ein paar Kollegen noch mal rüber an die Frauentormauer und zeige das Bild herum. Vor allem in der ›Himmelspforte‹. Vielleicht haben wir ja Glück und jemand erkennt den Mann.«

Als die beiden Beamten am frühen Nachmittag das »Maison d'Amour« betraten, stellten sie eine kleine, aber entscheidende Veränderung fest: Der Empfangstisch stand nicht länger verlassen an der Wand, sondern war vielmehr in die Mitte des kleinen Vestibüls gerückt worden. Zwei Männer, die man aufgrund ihrer Statur beim besten Willen nicht übersehen konnte, saßen links und rechts davon. Sie brachten garantiert knappe hundert Kilo Lebendgewicht in Form von Muskelmasse auf die Waage. Zweifellos: Die »Himmelspforte« hatte aufgerüstet.

Hackenholt zückte seinen Ausweis und fragte nach dem Wirtschafter.

»Der Lewandowski ist unten in seinem Büro.« Einer der beiden Männer erhob sich.

»Danke, wir kennen den Weg.« Hackenholt zog den Fotoausdruck aus der Tasche und faltete ihn auseinander. »Haben Sie diesen Herrn schon mal gesehen?« Er beobachtete die Türsteher, doch die schüttelten nur die Köpfe, ohne eine Gefühlsregung erkennen zu lassen. Der Hauptkommissar bedankte sich und ging die Treppe hinunter in den Keller. Wünnenberg folgte ihm.

Im Aufenthaltsraum saßen vier Frauen, die sich lautstark in einer Sprache unterhielten, die Hackenholt nicht verstand. Dem Klang nach irgendetwas Osteuropäisches. Das Gespräch brach abrupt ab, als die Beamten eintraten.

»Kennen Sie diesen Mann?« Der Hauptkommissar hielt das Bild in die Höhe, bevor er es der Frau, die ihm am nächsten saß, in die Hand drückte. Sie schüttelte den Kopf und gab den Ausdruck an eine ihrer Kolleginnen weiter. Der Reihe nach sahen alle das Bild an und verneinten die Frage.

In der Tür erschien der Wirtschafter. Offenbar wollte er sehen, wem die fremde Männerstimme gehörte, die im Keller eigentlich nichts zu suchen hatte.

Wünnenberg wandte sich zu ihm um. »Wenn Sie bitte in Ihrem Büro auf uns warten, Herr Lewandowski. Wir kommen gleich zu Ihnen.«

»Hatte Frau Schäfer Feinde?«, fragte Hackenholt in die Frauenrunde.

Wieder erntete er stummes Kopfschütteln und ratloses Schulterzucken.

»Frau Schäfer hat seit fünf Wochen hier gelebt. Sie hat hier gewohnt, gegessen, geschlafen und gearbeitet. Sie alle müssen sie zumindest flüchtig gekannt, mit ihr eine Zigarettenpause gemacht oder sich mit ihr beim Essen unterhalten haben. Hat sie von ihrem Ehemann erzählt? Sie wollte nur noch bis Montag hier bleiben. Was wollte sie danach machen?« Stille breitete sich aus.

»Sie wollen nach Hause fahren«, sagte schließlich eine der Frauen. Sie sprach leise und mit starkem Akzent.

»Zurück nach Thailand, zu ihrer Familie«, ergänzte eine andere. »Aber vorher musste sie noch Geld verdienen. Schließlich kann man nicht mit leeren Händen nach Hause kommen.« Die Frau klang, als wüsste sie, wovon sie sprach. »Sie hat den ganzen Tag gearbeitet. Von morgens bis nachts.«

»Wollte sie für immer zurück?«, fragte Hackenholt.

»Nein, nur Urlaub machen. Und dann wieder hier arbeiten.«

»Wo hat sie ihr Geld aufbewahrt? Im Zimmer oder auf der Bank?«

Die Frau, die als Zweite gesprochen hatte, machte eine wegwerfende Handbewegung. »Keine hier bringt ihr Geld auf die Bank. Nur Bargeld ist gutes Geld.«

»Sie sagen, wenn haben fünftausend, dann fliegen«, sagte die Erste.

Hackenholt wusste nicht, ob er davon beeindruckt sein sollte, dass die Thailänderin in der verhältnismäßig kurzen Zeit anscheinend so viel Geld verdient hatte. Er kannte nicht einmal die gängigen Tarife, die ein Freier zu entrichten hatte. Wieder etwas, was er einen Kollegen vom Fachkommissariat fragen musste. Trotz allem konnte es für Frau Schäfer nicht einfach gewesen sein, das Geld zusammenzubekommen, denn die Sommermonate waren Urlaubszeit, in der auch in Nürnberg deutlich weniger los war als beispielsweise während der Spielwarenmesse oder des Christkindlesmarktes.

»Der Mann hat sie wegen dem vielen Geld umgebracht, nicht wahr? Weil er es ihr stehlen wollte.«

»Ist gefährlich mit dem Geld, habe ich schon immer gesagt. Deswegen gebe ich es jeden Tag einem Freund, damit er drauf aufpasst.« Die Frau erhob sich und gab damit das Signal, dass die Fragestunde zu Ende war. »Wir müssen wieder hoch, arbeiten.«

»Denkst du, sie hat in der kurzen Zeit wirklich fünftausend Euro verdient?«, fragte Wünnenberg mit gedämpfter Stimme, sobald die Frauen den Raum verlassen hatten. Offenbar fehlte auch ihm der nötige Einblick in die Materie. »Ich meine, die Mieten hier sind unter Garantie auch nicht gerade niedrig.«

»Genau danach können wir zum Beispiel gleich mal den Wirtschafter fragen.«

Andreas Lewandowski erklärte den Beamten nicht sonderlich bereitwillig, dass die Zimmermieten je nach Stockwerk, Jahreszeit und Buchungsdauer variierten. In diesem Jahr lagen sie zwischen vierzig und hundertfünfzig Euro. Pro Tag. Wobei die vierzig Euro ein »Kennenlern-Angebot« ausschließlich für die Prostituierte waren, die noch nie zuvor in der »Himmelspforte« gearbeitet hatten. Die hundertfünfzig Euro wurden zu Messezeiten verlangt.

Hackenholt war beeindruckt. Die Zimmervermietung an der Frauentormauer warf ziemlich viel Geld ab. Schließlich zog er das Bild aus der Tasche und hielt es dem Wirtschafter hin. »Haben Sie diesen Mann gestern hier gesehen?«

Lewandowski betrachtete den Ausdruck lange, schüttelte dann jedoch den Kopf. »Der war gestern nicht bei uns.«

»Wie können Sie sich da so sicher sein?«

»Das Trikot. Angetrunkene Fußballfans machen häufig Ärger. Der wäre mir sofort aufgefallen.«

»Aber Sie haben doch gar nicht die ganze Zeit alle Flure und den Eingang im Auge behalten«, widersprach Hackenholt.

»Trotzdem. Den hätte ich auf jeden Fall gesehen. Mit der Zeit entwickelt man einen siebten Sinn dafür, wann man auf den Monitor schauen muss.«

Hackenholt wartete einen Augenblick, aber der Wirtschafter fügte dem nichts mehr hinzu. »Wir müssen noch mal mit den Frauen reden.«

»Besser jetzt als in einer Stunde.«

Der Hauptkommissar sah ihn fragend an.

»Schalke spielt heute in Nürnberg. Je nach Ergebnis brummt dann hier der Laden.«

»Ist das auch der Grund, weshalb Sie mit dem Sicherheitspersonal aufgerüstet haben?«, fragte Wünnenberg, der es wieder vorgezogen hatte, sich gegen ein Regal zu lehnen, statt auf einem der Stühle Platz zu nehmen.

Lewandowski faltete die Hände hinter dem Kopf. »Sicherheit ist immer ein wichtiger Aspekt. Die Mädchen sollen angstfrei arbeiten können.«

Hackenholt erhob sich.

»Wir sind dann mal im Haus unterwegs.«

Gemeinsam arbeiteten sich die Beamten von Zimmertür zu Zimmertür vor. Die meisten Damen saßen auf ihren Barhockern im Flur. War eine beschäftigt und die Tür geschlossen, ließen die Ermittler sie aus und kamen ein paar Minuten später zurück. Etwas Neues erfuhren sie jedoch nicht. Keine der Frauen erinnerte sich, den Mann auf dem Bild am Tag zuvor gesehen zu haben.

Zurück im Präsidium hielten Hackenholt und Wünnenberg eine kurze Lagebesprechung mit den Kollegen ab, die das Bild des Unbekannten in den anderen Häusern entlang der Frauentormauer herumgezeigt hatten. Aber auch deren Bemühungen waren ohne Erfolg geblieben: Niemand wollte den Mann zum fraglichen Zeitpunkt gesehen haben.

»Mit Hilfe der Videoüberwachung der U-Bahnhöfe konnten wir ihn bis zur Haltestelle Klinikum in Fürth verfolgen. Dort verliert sich leider seine Spur«, meldete sich Stellfeldt zu Wort.

»Dann müssen wir uns vom Bereitschaftsrichter eine Öffentlichkeitsfahndung genehmigen lassen. Wir haben keine andere Chance, den Mann zu finden. Das Bild muss in den Zeitungen und so weiter veröffentlicht werden. Das wird den Druck auf den Täter ganz gewaltig erhöhen.« Hackenholt sah auf die Uhr. Halb vier. »Ich ruf gleich mal beim Jour-Staatsanwalt an und lass das absegnen. Der soll dann alles mit dem Bereitschaftsrichter abklären. Die Zeit drängt. Anschließend kümmere ich mich um den Kollegen von der Pressestelle, damit ihm alle notwendigen Unterlagen zur Verfügung stehen.«

Baumann seufzte. »Allmächd, des wird morng fei gscheid schdressich. Däi ganzn Leid, wo då oorufm un maaner, dass wos gseeng hom, un mir derffm des alles ieberbriefm.«

»Ach, Saskia, wir setzen einfach dich ans Telefon. Mit den Kristallkugelsehern wirst du schon fertig, wenn du ordentliches Hochdeutsch mit ihnen sprichst«, scherzte Wünnenberg.

Hackenholt schüttelte den Kopf. »Saskia hat völlig recht. Allein stemmen wir das nicht. Wir müssen eine Ermittlungsgruppe bilden. Es gibt einfach zu viele Spuren, denen nachgegangen werden muss. Wenn Anrufe beim Dauerdienst eingehen, werden sie zumindest tagsüber sofort an uns weitergeleitet. Es muss also immer einer von uns hier sein, der sie entgegennimmt. Und zwar schon gleich in der Früh. Die ersten Abonnenten lesen ihre Zeitung um fünf Uhr morgens.«

»Kein Problem«, winkte Stellfeldt ab. »Es macht mir nichts aus, so zeitig hier zu sein. Ich übernehme freiwillig die Frühschicht.«

Nachdem sie diesen wichtigen Punkt geklärt hatten, verabschiedete sich ein Kollege nach dem anderen in den letzten Rest, der vom Wochenende noch übrig war. Nur Hackenholt blieb zurück und erledigte die erforderlichen Anrufe.

Als Erstes informierte er den Staatsanwalt und legte ihm die Gründe dar, warum sie den Zeugen nur durch eine Öffentlichkeitsfahndung ermitteln konnten. Sobald er Dr. Holms Okay in der Tasche hatte, benachrichtigte er seinen Dezernatsleiter, der seinerseits den Abschnittsleiter Kriminalpolizei zu Hause anrief, um mit ihm hinsichtlich einer etwaigen Ermittlungsgruppe Rücksprache zu halten. Anschließend wurde der Kollege von der Pressestelle eingeschaltet, der umgehend in der Dienststelle erschien, um alle benötigten Unterlagen zu erstellen und diese über das Presseportal nicht nur an die Öffentlichkeit herauszugeben, sondern auch an die mittels RSS-Feed und anderer Datensysteme angeschlossenen Presseorgane zu übermitteln. In der Zwischenzeit notierte Hackenholt eine kurze Liste, aus welchen Fachkommissariaten die Kollegen sinnvollerweise kommen sollten, damit die Gruppe optimal besetzt war. Sein Ergebnis gab er schließlich seinem Vorgesetzten durch, als der ihn zurückrief, um ihm mitzuteilen, dass der Abschnitt-K-Leiter seine Zustimmung für eine dezernatsübergreifende Ermittlungsgruppe gegeben hatte.

Danach holte sich der Hauptkommissar die alte Ermittlungsakte in Sachen Sunee Schäfer von Baumanns Schreibtisch und arbeitete sie auf der Suche nach versteckten Hinweisen nochmals durch. Hatte er bei der Zeugenvernehmung etwas übersehen? Vor seinem inneren Auge sah er die kleine Thailänderin wieder neben seinem Schreibtisch sitzen: Sie war weder besonders auffällig geschminkt gewesen, noch hatte sie teure Kleider oder Schmuck getragen. Gerade ihre unverfälschte, natürliche Schönheit war ihm sofort aufgefallen. Als Beruf hatte sie explizit Hausfrau angegeben und gesagt, dass sie wie ihr Mann Hartz IV bezog. Hackenholt hatte keine Anhaltspunkte gesehen, ihr nicht zu glauben. Mit Hilfe einer Dolmetscherin hatte sie ihm erklärt, sie sei in ihrer Heimat nur ein paar Jahre zur Schule gegangen, gerade so lange, dass sie lesen und schreiben könne, eine Ausbildung habe sie aber nicht absolviert – ihre Familie sei zu arm gewesen. Hier in Deutschland habe sie zwar in den ersten paar Wochen einen Sprachkurs besucht, ihn dann aber abgebrochen, weil sie dem Unterricht nicht hatte folgen können. Die Schriftzeichen waren für sie unverständlich geblieben.

Hackenholt seufzte. Nein, es hatte keinen Anhaltspunkt gegeben, ihr nicht zu glauben oder die Situation als gefährlich einzuschätzen. Er stand auf und schloss das Fenster, bevor er sich auf den Heimweg machte.

Sophie war schon lange aus Bad Windsheim zurück, als er endlich Feierabend machte. Die Fenster zum Garten hin standen allesamt sperrangelweit offen. Gerade als er die Wohnung betrat, dröhnte ihm Eric Claptons Gitarrenriff entgegen, mit dem er den Song »Layla« eröffnete. Die armen Nachbarn! Ein weiterer Punkt, der dafür sprach, mit Sophie entweder in ein Häuschen ganz am Rand der Zivilisation zu ziehen, wo sie weit und breit niemand hören konnte, oder doch in dem Haus zu bleiben, in dem es die Nachbarn schon jahrelang gewohnt waren, gelegentlich die eine oder andere Musikdröhnung abzubekommen.

Der Hauptkommissar schnupperte. Aus der Küche drang ein Duft, den er nicht zuordnen konnte. Lecker war er aber allemal.

»Sophie?«, brüllte er gegen die Musik an. Keine Reaktion. An der Küche vorbei lief er auf die Terrasse. Sophie saß mit ihrem Netbook im Garten. Neben ihr lag ein Hund auf den Terrassenfliesen. Ein Golden Retriever. Hackenholt blieb wie angewurzelt stehen. Wo kam der denn auf einmal her? Bislang hatte keiner von

Sophies Freunden jemals bei einem Besuch einen Hund dabeigehabt. Das Tier hatte ihn bemerkt. Es hob den Kopf, sah einen Augenblick in seine Richtung, ließ die Schnauze dann aber desinteressiert wieder zurück auf seine Pfoten sinken.

»Haben wir Besuch?«, fragte Hackenholt im Näherkommen. Er küsste Sophie aufs Haar, dann beugte er sich zu dem Hund hinunter, um ihn an seiner Hand schnuppern zu lassen, bevor er ihm den Kopf kraulte. »Na, wer bist du denn?«

»Genau das habe ich ihn auch schon ein paarmal gefragt«, seufzte Sophie, »aber irgendwie mag er es mir einfach nicht verraten.«

Hackenholt sah sie fragend an.

»Ich bin heute Mittag um halb eins wieder hier gewesen. Das Hotelzimmer musste schon bis um elf Uhr geräumt sein. Weil meine Schwester keine Zeit hatte, nach Bad Windsheim zu kommen, bin ich mit dem Zug zurückgefahren, und als ich die Terrassentür aufgemacht habe, saß der Hund draußen vor dem Gartenzaun. Jemand hatte ihn mit der Leine an das Verkehrszeichen gebunden. Zunächst habe ich mir nichts dabei gedacht, aber als er drei Stunden später immer noch mutterseelenallein mitten auf dem Gehweg saß, habe ich angefangen mir Gedanken zu machen. Das ist doch Tierquälerei, ihn da ohne etwas zum Trinken in der prallen Sonne festzubinden. Jedenfalls habe ich ihn dann losgemacht, mit in den Garten genommen und ihm eine Schüssel Wasser hingestellt, die er sofort leer geschlabbert hat.«

»Und der Besitzer hat sich bis jetzt nicht blicken lassen?«

Sophie schüttelte den Kopf.

Hackenholt ging in die Hocke und griff nach dem Halsband. »Hm. Keine Steuermarke«, brummte er nach einem Moment. »Scheint fast so, als ob jemand den Kerl loswerden wollte.«

Sophie nickte. »Genau den Verdacht hege ich allmählich auch.«

»Und jetzt?«, fragte Hackenholt.

Sophie sah ihn mit großen Augen an. »Ja, wer von uns beiden ist denn hier der Polizist? Du oder ich?«

»Was hat das denn damit zu tun?«

»Na, du musst doch wissen, was jetzt zu tun ist. Sollen wir bei der PI Ost anrufen und sagen, dass wir einen Hund gefunden haben, oder bekleben wir sämtliche Bäume und Pfähle in der näheren Umgebung mit Zetteln, auf denen steht, dass er bei uns abgeholt werden kann?«

»Das Sinnvollste wäre wohl, wenn wir ihn gleich ins Tierheim bringen«, brummte Hackenholt.

»Aber ...«, Sophie sah ihn entgeistert an, »aber das können wir doch nicht machen! Der Ärmste ist bestimmt ausgesetzt worden.«

»Genau deswegen sollten wir ihn ins Tierheim bringen. Den kommt sicher keiner mehr bei uns abholen, und falls ihn wider Erwarten doch jemand sucht, können wir ihm ja sagen, wo er seinen Liebling finden kann.«

»Aber im Tierheim bekommt er bestimmt Flöhe.« Sophie beugte sich zu dem Hund hinunter und kraulte ihn hinter den Ohren. »Außerdem hat das Tierheim sicher schon zu.«

»Sophi-ie?«, fragte Hackenholt lang gezogen.

»Hm-mh?« Sie sah ihn mit einer Unschuldsmiene an.

»Sag jetzt nicht, dass du den Hund behalten willst.«

»Na ja, nicht richtig behalten«, meinte sie unbestimmt. »Eher so lange auf ihn aufpassen, bis er von seinem Herrchen abgeholt wird.«

»Wir haben aber gerade gemeinsam festgestellt, dass er höchstwahrscheinlich ein Herrchen hat, das ihn loswerden wollte und deswegen an einem Straßenschild mitten in Nürnberg festgebunden hat. Wenn du also den Hund behalten möchtest, bis er abgeholt wird, heißt das in der Schlussfolgerung, dass er für immer bei uns bleiben wird.«

Sophie zog einen Flunsch.

»Einen Hund legt man sich nicht einfach so im Vorbeigehen zu«, belehrte Hackenholt sie. »Da steckt eine riesige Verantwortung dahinter. Weißt du, wie alt der werden kann? So ein Tier ist wie ein Kind. Mit dem einen Unterschied, dass der Hund nie erwachsen wird und einen immer einschränkt. Wo soll er hin, wenn wir wegfahren wollen?«

»Zu meiner Schwester«, kam die Antwort wie aus der Pistole geschossen.

»Und wer geht morgens mit ihm raus? Ich kenne da nämlich jemanden, der nicht sonderlich gerne früh aufsteht. Darauf nimmt ein Hund aber keine Rücksicht.«

»Kein Problem. Ich kenne nämlich jemanden, der sowieso schon immer schrecklich früh aufsteht. Und diesem Jemand würde es sicherlich nichts ausmachen, auch noch die fünf Minuten früher aufzustehen, um mit dem Hund rauszugehen.«

»Und was ist, wenn wir beide arbeiten? Ich kann ihn ganz sicher nicht mitnehmen.«

»Ich bin ja nie lange weg, und ein paar Stunden kann er bestimmt auch alleine bleiben, ohne dass er die Wohnung verwüstet.«

Hackenholt seufzte. Offenbar hatte sich Sophie durchaus schon ein paar Gedanken gemacht, wie das Leben mit einem weiteren Familienmitglied aussehen könnte. »Ach, Sophie, einen so großen Hund in einer Wohnung mitten in der Stadt zu halten, das grenzt an Tierquälerei. Wo soll er denn genügend Auslauf bekommen? Der Garten hier ist winzig. Wenn wir irgendwo auf dem Land wohnen würden und ein riesiges Grundstück hätten, dann wäre es etwas anderes, aber so? Ein Hund muss doch auch beschäftigt werden, damit er nicht vor Langeweile sämtliche Schuhe zerlegt.«

»Ach, schau doch, wie brav er den ganzen Nachmittag hier rumliegt und keinen Mucks macht. Das ist kein Hund, der ständig Action braucht. Ich verspreche, ich werde auch mit ihm rausgehen und ihn beschäftigen, damit ihm nicht langweilig wird. Und wenn du ihn zum Joggen mitnimmst, bekommt er sogar noch zusätzlichen Auslauf. Jetzt lass ihn doch einfach bis morgen bei uns wohnen, und dann sehen wir weiter. Ja?«

Hackenholt nahm Sophie in die Arme. »Hast du dir das auch wirklich gut überlegt?«, fragte er leise.

Sie schüttelte heftig den Kopf. »Natürlich nicht. Aber ich kann ihn heute Abend einfach nicht ins Tierheim bringen.«

»Okay, aber ich rufe jetzt trotzdem bei der PI Ost an und frage nach, ob jemand einen Hund als vermisst gemeldet hat.«

Sophie nickte.

Hackenholt zückte sein Handy. Zu seiner Überraschung meldete sich Christian Berger. Besser hätte er es nicht treffen können. Er erklärte ihm kurz, dass ihnen ein Hund zugelaufen sei.

Berger seufzte. »Oje, da wird das Tierheim sicher ganz schön stöhnen, wenn wir ihnen jetzt noch einen Hund bringen. Die haben gerade sowieso schon mehr als alle Hände voll zu tun. Heute Mittag sind die Kollegen von der PI Süd zu einem Anwesen gerufen worden, in dem sage und schreibe fünfunddreißig Hunde unter widrigsten Bedingungen gehaust haben. Alle Tiere waren vollkommen verwahrlost, verdreckt und halb verhungert. Die Kollegen haben sich mit dem Veterinäramt kurzgeschlossen und die Hunde von Helfern vom Tierheim bergen lassen. Aber das ist ja nicht dein Problem. Ich schicke euch eine Streife vorbei, sobald wieder eine frei ist. Kann allerdings ein bisschen dauern.«

»Nein, Christian, lass mal. Das ist nicht nötig. Wir behalten den Hund mindestens für heute Nacht hier. Es ging mir nur darum, dass ihn nicht irgendjemand vermisst. Du kennst doch die Verrückten: Sehen irgendwo einen angeleinten Hund, machen ihn los und binden ihn dann ein paar Straßen weiter wieder an einen Lichtmasten. Mir wäre schon damit gedient, wenn du einen Vorgang schreiben könntest, dass uns ein Golden Retriever zugelaufen ist. Sollte dann jemand nach ihm suchen, ist wenigstens klar, wo er abgeholt werden kann.«

»Wunderbar, das mache ich sofort«, versprach Berger. »Ich rufe auch gleich im Tierheim an und gebe denen Bescheid, falls der Besitzer bei ihnen nachfragt.«

Hackenholt dankte seinem Kollegen und wollte schon das Gespräch beenden, als ihm eine Idee kam. »Sag mal, Christian, hättest du vielleicht Lust, für die nächsten paar Tage mal wieder bei uns auszuhelfen? Wir bilden ab morgen in dem Mordfall ›Himmelspforte‹ eine Ermittlungsgruppe. Wenn du magst, würde ich das mit deinem Dienststellenleiter abklären. Bei dir weiß ich wenigstens, dass die Sachen, die du übernimmst, Hand und Fuß haben.« Nicht so, wie bei manch anderem Kollegen, vervollständigte er den Satz in Gedanken.

Berger hatte natürlich Interesse, zumal er schon vor zwei Jahren unter Hackenholts Leitung bei einem Mordfall beim K11 mitgearbeitet hatte. Der Hauptkommissar versprach, alles Notwendige in die Wege zu leiten.

Montag

Am Morgen erschien Hackenholt eine Viertelstunde später als beabsichtigt in der Arbeit – er war mit dem Hund unterwegs gewesen und hatte dabei die Zeit aus den Augen verloren.

Da er nicht in der Stadt hatte spazieren gehen wollen, war er kurzerhand mit dem Tier Richtung Flughafen gefahren. Er hatte das Auto auf dem Parkplatz gleich neben dem westlichen Spotterhügel abgestellt, dann waren sie losgelaufen. In der frischen Luft der Morgendämmerung hatte ein Hauch des nahenden Herbstes gelegen, und die Felder der Kraftshofer Blumenbauern hatten voller Erika gestanden, die nun allmählich für den Handel fertig gemacht wurden.

Hackenholt musste sich eingestehen, dass er es sich durchaus vorstellen konnte, jeden seiner Tage mit einer Joggingrunde mit dem Hund zu beginnen; solange das Wetter schön war. Im Frühling, im Sommer und im Herbst. Leider gab es auch Regen- und kalte Wintertage. An ihnen würde es dann schon wieder ganz anders aussehen.

Im Büro begrüßte Hackenholt die Kollegen, die für die Ermittlungsgruppe abgeordnet worden waren. Neben Wünnenberg, Baumann und Stellfeldt, die das Kernteam bildeten, waren Christian Berger von der PI Ost sowie ein weiterer Streifenbeamter von der PI Mitte anwesend, der schon immer mal beim K11 hatte hospitieren wollen. Darüber hinaus saßen zwei Beamte von der Spurensicherung aus Christine Murs Team und weitere vier aus verschiedenen anderen Fachkommissariaten am Tisch. Unter ihnen war auch Roman Gessner, ein junger Kommissar, dessen Tätigkeitsschwerpunkt im Bereich der Bekämpfung der Organisierten Kriminalität lag, zu der auch Prostitution und Menschenhandel zählten.

Hackenholt erläuterte den derzeitigen Stand der Ermittlungen im Mordfall »Himmelspforte« und verteilte dann die Aufgaben, damit sich die Kollegen vom Kernteam wieder ihrer Arbeit widmen konnten. Gemeinsam mit den neuen Mitarbeitern schaute sich der Hauptkommissar sodann die relevante Stelle des Mitschnitts der Videoüberwachung an und händigte jedem einen Bildausdruck aus, der den gesuchten Freier zeigte. Anschließend wies er die Beamten nochmals ausdrücklich darauf hin, dass der Mann, dessen Konterfei in allen aktuellen Tageszeitungen der Region abgedruckt worden war, bislang lediglich als Zeuge gesucht wurde und nicht zwangsläufig etwas mit dem Mordfall zu tun haben musste. Dennoch war es essenziell, ihn ausfindig zu machen und jedem noch so vagen Hinweis auf die Person nachzugehen.

Stellfeldt legte gerade den Telefonhörer auf, als Hackenholt nach der Besprechung in sein Büro kam. »Gibt es schon erste Reaktionen auf den Fahndungsaufruf?«, fragte der Hauptkommissar hoffnungsvoll.

Der ältere Kollege schüttelte den Kopf. »Ich habe bloß mit dem Sachbearbeiter in Nordhessen gesprochen, um da oben mal ein bisschen Dampf zu machen. Die sollen so schnell wie möglich noch einmal mit dem Ehemann der Toten reden. Wir müssen mehr über die Frau erfahren. Seit wann arbeitete sie als Prostituierte und in welchen Städten? Hatte sie einen bestimmten Turnus, in dem sie gearbeitet hat? Gibt es Freunde, die uns etwas über ihr Leben erzählen können? Wenn ja, wo leben diese Freunde? Und so weiter. Außer ein paar Kleidungsstücken haben wir in ihrem Zimmer an der Frauentormauer keinerlei persönliche Gegenstände gefunden. Nicht einmal ein Handy.«

»Ich habe mir gestern Abend noch mal Frau Schäfers Zeugenaussage in der alten Akte durchgelesen. Bei ihrer Vernehmung hat sie angegeben, Hausfrau zu sein, und behauptet, hier in Nürnberg bei einer Freundin zu wohnen. Die soll ihr angeblich auch geholfen haben, von Frankenberg nach Nürnberg zu kommen, nachdem ihr Mann sie verprügelt und eingeschlossen hatte.«

»Das hast du Samstagabend schon erwähnt, ich erinnere mich.«

»Mittlerweile frage ich mich allerdings, ob es diese Bekannte überhaupt gibt, oder ob Frau Schäfer nur eine Scheinadresse angegeben hat. Unter der Anschrift ist niemand mit dem von ihr genannten Namen gemeldet. Gestern Abend war es schon zu spät, um dort noch vorbeizufahren, deshalb wollte ich es heute Vormittag versuchen, solange noch keine konkreten Hinweise auf unseren Tatverdächtigen eingegangen sind.«

»Wo soll die Bekannte denn wohnen?«

»In der Fuchsstraße. Das ist beim ehemaligen AEG-Werksgelände.«

»Die Ecke kenne ich«, nickte Stellfeldt. »Am Ende der Straße befindet sich das einstige Straßenbahndepot Muggenhof. Das war früher die Hauptwerkstatt der Nürnberg-Fürther Straßenbahn. Mein Großvater hat dort gearbeitet. Imposanter Jugendstilbau.«

Hackenholt war erstaunt. Er ertappte sich bei der Überlegung, dass er sich nie Gedanken über Stellfeldts Familienverhältnisse gemacht hatte. Alle anderen Kollegen erzählten hin und wieder eine Anekdote aus ihrem Privatleben, aber Stellfeldt hatte sich bisher immer sehr bedeckt gehalten. Lieber gab er das eine oder andere Erlebnis aus seinen vielen Dienstjahren zum Besten. Für Hackenholt war er ein Mensch, der schon immer eine Glatze hatte und Ende fünfzig war. Er nahm sich vor, Sophie nach der Straßenbahnwerkstatt zu fragen.

»Nimmst du Ralph oder einen anderen Kollegen aus der Ermittlungsgruppe mit?«, riss Stellfeldt ihn aus seinen Gedanken.

»Wohin hat sich Ralph denn verdrückt?«

»Er geht gerade mal wieder seiner Lieblingsbeschäftigung nach und kocht kannenweise Kaffee. Dank der zusätzlichen Kollegen hat er ja auch genügend Abnehmer für sein Gebräu.«

Wie aufs Stichwort erschien Wünnenberg in der Tür. »Wenn ihr mal einen wirklich erstklassigen Kaffee probieren wollt, dann müsst ihr unbedingt den hier testen.« Er hielt erst Stellfeldt und dann Hackenholt die Kanne unter die Nase, damit sie daran schnuppern konnten.

»Riecht wie Kaffee«, nickte Hackenholt bestätigend.

»Riecht wie Kaffee!«, rief Wünnenberg theatralisch. »Wie Kaffee?!« Angesichts so viel Ignoranz blieb ihm nur ein resigniertes Kopfschütteln. »Das duftet nach ›Guatemala Antigua‹. Riecht ihr nicht den Hauch von Kakao?« Wünnenberg wedelte mit der Hand über der Kanne hin und her und sah Hackenholt mit einem verklärten Blick an. »Kommt aus einer ganz besonderen Rösterei in Villingen. Sie heißt: ›Der Kaffeemacher‹. Die bieten sogar unterschiedliche Mahlgrade an, je nachdem, wie man den Kaffee aufbrühen möchte, ob mit Kaffeefiltermaschine, Handfilter, in der Bistrokanne …«

»Wenn der Kaffee nach Kakao riecht, dann nur, weil du deine Tasse seit dem letzten Kakao aus der Kantine mal wieder nur unters kalte Wasser gehalten hast, statt sie ordentlich mit Spülmittel auszuwaschen.« Christine Mur stand im Türrahmen. »Mensch, Ralph, du hast wirklich deinen Beruf verfehlt. Du solltest irgendwo auf dem Montmartre ein Bistro eröffnen, wo du den lieben langen Tag Kaffee kochen kannst.« Die Kollegin nahm ihm die Kanne aus der Hand, ging damit zu dem Bord, auf dem die Tassen standen, schenkte sich eine ein und nippte vorsichtig daran. »Hm! Schmeckt in der Tat nicht schlecht«, urteilte sie nach einem weiteren Schluck. »Ich geh dann mal wieder.«

Wünnenberg blieb vor Sprachlosigkeit der Mund offen stehen, als er Mur hinterherstarrte, die nicht etwa nur mit ihrem vollen Kaffeebecher verschwand, sondern gleich die ganze Kanne mitnahm.

Um den Kollegen von einer Kurzschlusshandlung abzuhalten, legte Hackenholt ihm den Arm um die Schulter und sagte betont jovial: »Na, dann steht unserem gemeinsamen Ausflug in die Fuchsstraße jetzt wenigstens keine Kanne mit frisch gekochtem Kaffee mehr im Weg. Und, Manfred«, wandte er sich an seinen anderen Kollegen, »wenn sich etwas tut, erreichst du mich auf dem Handy.«

Die Fuchsstraße war nur auf der westlichen Seite bebaut, auf der sich dreistöckige Mehrfamilienhäuser aneinanderreihten. Den dreckigen Fassaden war anzusehen, dass die letzte Sanierung bereits einige Jahrzehnte zurückliegen musste. Wünnenberg parkte den Dienstwagen auf der gegenüberliegenden Straßenseite, dann stiegen die Beamten aus und suchten nach der richtigen Hausnummer.

Wie Hackenholt nicht anders erwartet hatte, fanden sie den Namen der Freundin, bei der Sunee Schäfer untergekommen sein wollte, auf keinem der Klingelschilder. Schließlich hatte schon die Meldeamtsanfrage keinen Treffer ergeben, was aber zugegebenermaßen nicht immer etwas heißen musste. Die Ermittler klingelten aufs Gradewohl im Erdgeschoss. Nach einem Moment ertönte der Summer. In der Wohnungstür stand eine junge Frau mit einem Kleinkind auf dem Arm. Nachdem Hackenholt sich und seinen Kollegen vorgestellt und ausgewiesen hatte, zeigte er ihr eine Fotografie von Sunee Schäfer.

»Ist Ihnen diese Frau in den letzten Wochen hier im Haus begegnet?«

Die junge Mutter schüttelte den Kopf. »Nein, die habe ich noch nie gesehen, bei uns wohnen keine Schlitzäugigen.«

Damit hatte sich auch schon Hackenholts zweite Frage nach Sunee Schäfers Freundin erübrigt, die ebenfalls eine Asiatin sein sollte. Die Beamten bedankten sich und stiegen in die oberen Stockwerke, um dort dieselben Fragen zu stellen. Ein paar Minuten später standen sie wieder auf der Straße. Weder der Mieter im ersten noch der Student im zweiten Stock hatte jemals eine Thailänderin in dem Haus gesehen oder gar beherbergt. Der Student hatte jedoch angemerkt, dass zwei Häuser weiter eine Familie »Stäbchenesser« leben würde.

In dem angegebenen Haus öffnete ihnen eine Japanerin. Sie betrachtete die Fotografie in Hackenholts Hand prüfend, schüttelte dann aber den Kopf. »Die kenne ich nicht. Kommt sie aus Thailand? Die Gesichtszüge und die Hautfarbe würden dafürsprechen.«

Hackenholt war erstaunt, was die Frau aus dem Bild herauslesen konnte. Langsam nickte er. »Sie ist in der Tat eine Thai und hat angegeben, ungefähr vor einem Monat hier in der Straße bei einer Freundin gewohnt zu haben.«

Die Asiatin schüttelte den Kopf. »Das hat sie ganz sicher nicht. Ich würde mich an sie erinnern.« Sie machte eine kurze Pause. »Wenn Sie etwas über die Frau herausfinden wollen, dann versuchen Sie es am besten in den asiatischen Lebensmittelläden. Jeder will in der Fremde zumindest manchmal sein heimisches Essen genießen.«

»Das ist eine exzellente Idee«, sagte Hackenholt verblüfft, dankte der Japanerin für ihre Hilfe und verabschiedete sich.

Die beiden Ermittler waren noch nicht wieder bei ihrem Auto, als Hackenholts Handy klingelte. Es war Stellfeldt, der wissen wollte, ob sie schon auf dem Rückweg ins Kommissariat wären.

»Wir fahren gleich los. Gibt es etwas Neues?«

»Ja. Christian hat gerade angerufen. Er und der Kollege von der PI Mitte sind rausgefahren, um einem Hinweis nachzugehen. Sie haben einen Mann aufgestöbert, der unserem Gesuchten sehr ähnlich sieht, wenngleich Christian angedeutet hat, dass er es möglicherweise trotzdem nicht ist. Wie sollen wir vorgehen? Hören wir uns erst einmal an, was der Mann zu sagen hat, oder soll ich Marlies Steinbrunn und ihren Freund gleich für eine Gegenüberstellung zu uns ins Kommissariat bestellen?«

»Ruf sie auf alle Fälle an und gib ihr Bescheid, dass wir mit dem Bild an die Öffentlichkeit gegangen sind. Vielleicht weiß sie noch nichts davon, weil sie keine Zeitung liest. Ich habe gestern völlig vergessen, es ihr mitzuteilen. Bereite sie auch gleich darauf vor, dass wir sie mit größter Wahrscheinlichkeit bald brauchen werden und sie erreichbar sein muss. Am besten soll sie erst gar nicht aus dem Haus gehen.«

Im Kommissariat herrschte rege Betriebsamkeit. Stellfeldt hatte seinen Platz am Telefon einstweilen einer Kollegin überlassen und vernahm gerade einen Zeugen, der ins Präsidium gekommen war, um zu Protokoll zu geben, dass er glaubte, den Gesuchten am Samstagnachmittag in der Ludwigstraße gesehen zu haben. Er war ihm aufgefallen, weil er sich lautstark mit dem Beifahrer eines vorbeifahrenden Cabrios unterhalten hatte.

Baumann ging unterdessen dem Hinweis eines Anrufers nach, der in dem Gesuchten seinen Nachbarn erkannt haben wollte. Allerdings war der Nachbar, der dem Mann auf dem Foto angeblich so ähnlich sah, laut Melderegistereintrag rund zwanzig Jahre älter als der Gesuchte und lag in einem erbitterten Rechtsstreit mit dem Anrufer. Nachdem beide Streithähne wegen eines handgreiflichen Schlagabtausches vor rund einem halben Jahr erkennungsdienstlich behandelt worden waren, fand Baumann schnell heraus, dass sich die Ähnlichkeit allenfalls auf die italienischen Wurzeln beschränkte. Der Angeschwärzte hatte eine gänzlich andere Kopfform als der Gesuchte, wesentlich weniger Haare und eine viel breitere Knollennase. Daraufhin rief sie den Tippgeber an und bestellte ihn zu einer Vernehmung ins Kommissariat, was dieser jedoch kleinlaut ablehnte und behauptete, er könne sich auch getäuscht haben.

Als Berger und sein Kollege mit dem Aufgespürten eintrafen, übernahmen Hackenholt und Wünnenberg. Pietro Testa sah dem Gesuchten in der Tat ähnlich. Trotzdem fiel dem Hauptkommissar schon im ersten Moment etwas an ihm auf, das bestätigte, dass er nicht der Gesuchte sein konnte. Während sie mit dem Mann in ein anderes Zimmer gingen, hinkte der Italiener leicht, aber deutlich.

»Haben Sie sich gestern Abend beim Fußballspielen verletzt?«, fragte Hackenholt beiläufig.

Pietro Testa schüttelte den Kopf. »Mein rechtes Bein ist von Geburt an kürzer. Ich bin nicht der, den Sie suchen!«

»Verstehen Sie bitte, dass wir allen Hinweisen nachgehen müssen. Und je schneller wir festgestellt haben, dass eine Verwechslung vorliegt, desto früher können Sie auch wieder nach Hause«, versuchte der Ermittler ihn zu beruhigen. »Was haben Sie am Samstagnachmittag gemacht?«

»Ich war in der Stadt.«

Hackenholt stöhnte innerlich auf. Warum konnte der Mann nicht mit fünf Freunden, die ihm alle ein hieb- und stichfestes Alibi gaben, in seiner Lieblingskneipe gesessen haben?

»Das müssten Sie uns bitte etwas detaillierter erzählen. Um wie viel Uhr sind Sie in die Stadt gegangen?«

»Wir sind um viertel drei zu Hause losgefahren, aber das Parkhaus in der Adlerstraße war voll, deswegen mussten wir einige Zeit warten –«

»Sie haben gerade ›wir‹ gesagt«, unterbrach Wünnenberg den Mann. »Mit wem waren Sie unterwegs?«

»Mit meiner Schwester und meinem Schwager.«

Hackenholt nickte und machte sich eine Notiz. »Was haben Sie in der Stadt gemacht?«

»Wir sind ein bisschen durch die Geschäfte gebummelt und haben uns dann in ein Eiscafé am Heilig-Geist-Spital gesetzt.«

»Und danach?«

»Um Viertel nach vier haben wir uns im Admiral-Kino den Film ›Remember me‹ angesehen. Anschließend sind wir in ein Restaurant in der Südstadt gefahren, wo wir uns um sieben mit unseren Eltern zum Abendessen getroffen haben. Meine Schwester hatte vorgestern Geburtstag.«

»Sie sind also den ganzen Nachmittag nicht in der Nähe der Frauentormauer gewesen und auch nicht am Plärrer in die U-Bahn gestiegen?«

Pietro Testa schüttelte den Kopf.

»Wenn Sie mir jetzt bitte noch sagen, wie wir Ihre Schwester und Ihren Schwager erreichen können? Dann machen wir eine kleine Pause.«

Bis Hackenholt sich das Video der Überwachungskamera nochmals angesehen hatte, um zweifelsfrei sicherzustellen, dass der dort aufgenommene Mann nicht humpelte, hatte Wünnenberg Pietro Testas Angehörige telefonisch kontaktiert und die Bestätigung eingeholt, dass er am Samstagnachmittag ohne Unterbrechung mit ihnen zusammen gewesen war. Sobald beides feststand, entschuldigte sich der Hauptkommissar bei Testa für die entstandenen Unannehmlichkeiten und entließ ihn wieder nach Hause. Zuvor hatte er sich jedoch sein Einverständnis erbeten, ihn gegebenenfalls als Vergleichsperson wieder einbestellen zu dürfen, falls es zu einer Gegenüberstellung kommen sollte.

»Houston, wir haben ein Problem«, sagte Stellfeldt mit einem tiefen Seufzen und schloss sorgfältig die Tür hinter sich, kaum dass Wünnenberg den Raum verlassen hatte, um Testa hinauszubegleiten.

Hackenholt sah ihn fragend an.

»Wir haben einen anonymen Hinweis bekommen. Unser gesuchter Zeuge soll einem Manuel Santini verdammt ähnlich sehen, der zudem regelmäßig im Prostituiertenmilieu verkehrt.«

»Und wo ist das Problem?«

»Bewusster Manuel Santini ist ein Kollege von der PI Fürth.«

»Verdammt!«, entfuhr es Hackenholt. Er rieb sich mit der Hand über das Gesicht, fing sich aber sofort wieder. »Vielleicht hat ihn ja nur jemand böswillig angeschwärzt, weil er ihn mal festgenommen hat?«

»Darauf stützt sich im Moment auch meine Hoffnung, aber woher wüsste dieser Jemand dann seinen Vornamen?«

Hackenholt starrte aus dem Fenster. »Haben wir irgendwo Zugriff auf Bilder von dem Kollegen? Vielleicht sieht er dem Gesuchten ja gar nicht ähnlich.«

Stellfeldt schüttelte den Kopf. »Als Einzige, die wir fragen könnten, ist mir Christine eingefallen. Sie kennt doch immer alle möglichen Kollegen.«

»Gute Idee!« Hackenholt griff zum Telefonhörer und bat Christine Mur, deren Büro ebenfalls im zweiten Stock lag, zu sich herüber. »Was ist sonst noch an Hinweisen reingekommen?«

Stellfeldt winkte ab. »Wir haben alle Hände voll zu tun. Sämtliche Kollegen sind fleißig am Abgleichen diverser Daten. Die vier aus den anderen Kommissariaten sind jeweils zu zweit unterwegs und überprüfen zwei weitere Personen. Saskia und Christian sind auch gerade rausgefahren, weil wir einen Anruf bekommen haben, dass jemand, der wie unser Gesuchter aussieht, im McDonald's in der Sigmundstraße sitzt.«

»Mist, dann können wir Christian erst mal nicht fragen, ob er vielleicht diesen Santini von der PI Fürth kennt.«

Einen Augenblick später kam Mur zur Tür hereingeschneit.

»Was gibt's? Hat Ralph offiziell Beschwerde gegen mich eingereicht? Wegen der Entführung einer frisch gekochten Kanne Kaffee?«, fragte sie spöttisch.

»Komm rein und mach die Türe hinter dir zu.«

Mur zog überrascht die Augenbrauen hoch und folgte der Anweisung kommentarlos. In diesem Tonfall redete Hackenholt nicht oft.

»Was ist los?«

»Wir haben einen Anruf erhalten, dass der von uns gesuchte Zeuge ein Kollege von der PI Fürth sein könnte.«

Mur pfiff durch die Zähne. »Unschöne Sache. Wie willst du das handhaben?«

Sofort hatte sie die Zwickmühle erkannt, in der er sich befand. Natürlich war ein Polizist nicht einfach aufgrund seines Kollegenstatus' über jeglichen Verdacht erhaben, denn auch die Mitarbeiter des Polizeiapparats stellten einen repräsentativen Querschnitt durch die Bevölkerung dar – wie in jeder großen Firma. Von daher gab es logischerweise auch unter den Beamten schwarze Schafe.

Andererseits war der Beruf vom einstmals angesehenen und respektierten königlich bayerischen Wachtmeister zum Prügelknaben der Nation verkommen. Die schleichende Entwicklung, dass es zu immer mehr Beamtenbeleidigungen und Widerständen bei Festnahmen kam, war in den vergangenen Jahren jedermann im Polizeidienst aufgefallen. Die Gesellschaft reagierte zunehmend gewalttätiger auf Polizisten, die ihrer Dienstpflicht nachkamen. So allmählich rückte dies – dank Medienberichten und der von der Gewerkschaft öffentlich diskutierten Forderung nach schärferen Gesetzen – wohl auch ins Bewusstsein des Durchschnittsbürgers.

Es lag also durchaus im Bereich des Möglichen, dass jemand einem unbescholtenen Beamten eins reinwürgen wollte. Und natürlich machte es keinem Polizisten Spaß, gegen einen Kollegen Ermittlungen anstellen zu müssen, mal ganz davon abgesehen, dass diese mit extrem viel Fingerspitzengefühl durchgeführt werden mussten, damit der Beamte, so er wirklich Dreck am Stecken hatte, nicht Wind von der Sache bekam und geeignete Gegenmaßnahmen treffen und Beweismittel verschwinden lassen konnte.

»Kennst du einen Manuel Santini? Oder weißt du vielleicht, ob es irgendwo Fotos von ihm gibt?«

Mur schüttelte bedauernd den Kopf. »Tut mir leid, den kenne ich nur vom Hörensagen. Aber wenn ich mich recht entsinne, arbeitet er in der A-Schicht. Und die hatte am Samstag Spätdienst.«

»Dann bleibt dir wohl keine andere Wahl, als den Dienststellenleiter von der PI Fürth anzurufen und dich zu erkundigen, ob der Kollege am Samstagnachmittag wirklich im Dienst war«, stellte Stellfeldt fest. »Du weißt, wie die Medien reagieren werden, wenn ihnen jemand die Information zuspielt, dass der Gesuchte ein Kollege sein könnte. Vor allem im Moment, wo sie jedes einzelne Knöllchen zelebrieren, das einer der Chefs sich eingehandelt hat, und wir in der Öffentlichkeit sowieso schon nicht sonderlich gut dastehen.«

Hackenholt nickte und griff zum Telefonhörer, während die anderen beiden Beamten das Zimmer verließen.

»Auf Ihren Anruf habe ich schon gewartet«, brummte der Leitende Polizeidirektor, der der PI Fürth vorstand, verdrossen zur Begrüßung.

»Warum denn das?«, fragte Hackenholt überrascht.

»Der Dienstgruppenleiter von der A-Schicht, in der Polizeiobermeister Santini arbeitet, hat den Fahndungsaufruf im Lagebericht am Sonntagabend im Nachtdienst gesehen und mir heute Morgen gleich alle nötigen Unterlagen auf den Schreibtisch gelegt.«

Klasse, dachte Hackenholt. Und warum habt ihr uns dann nicht sofort Bescheid gegeben?

»Um welche Uhrzeit handelt es sich denn?«

»Der gesuchte *Zeuge*«, Hackenholt betonte bewusst das letzte Wort, »ist am Samstagnachmittag um fünfzehn Uhr zweiundfünfzig am U-Bahnhof Plärrer in die U1 Richtung Hardhöhe eingestiegen.«

Am anderen Ende raschelte Papier, dann ertönte wieder der Bariton des Leitenden Polizeidirektors. »Zu diesem Zeitpunkt war der Kollege in Ronhof im Einsatz. Er hat von fünfzehn Uhr zehn bis sechzehn Uhr einen Unfall zwischen zwei Pkw aufgenommen. Brauchen Sie das Aktenzeichen?«

Hackenholt verneinte, auch wenn er am liebsten darum gebeten hätte. Schon allein wegen des süffisanten Tons seines Gesprächspartners. Wann kapierten die Kollegen endlich, dass es nichts mit Nestbeschmutzung zu tun hatte, wenn man Hinweisen nachging, die in die eigenen Reihen führten? Trotzdem fühlte er sich erleichtert, als er den Telefonhörer aufgelegt hatte. Damit schied der Beamte von der PI Fürth definitiv aus, schließlich konnte er nicht an zwei Orten gleichzeitig gewesen sein.

Ein Geräusch ließ den Hauptkommissar aufschauen. Stellfeldt stand in der offenen Tür. Er war kreidebleich und stützte sich gegen den Türrahmen. Hackenholt sprang auf. Ein Herzinfarkt, schoss es ihm durch den Kopf. Manfred hat einen Herzinfarkt. Wenn ich ihn nicht festhalte, kippt er um. Wir brauchen einen Rettungswagen und einen Notarzt.

»Es hat einen Schusswaffengebrauch gegeben. Saskia und Christian …«

Stellfeldts Worte ließen Hackenholt mitten im Schritt innehalten.

»Was ist mit den beiden? Ist ihnen etwas passiert? Sind sie verletzt?«

Stellfeldt zuckte nur hilflos mit den Schultern. »Im Moment ist noch gar nichts klar. Ich habe sie doch zum McDonald's in die Sigmundstraße geschickt. Sie sollten einen Mann überprüfen. Du musst dich sofort auf den Weg machen. Die Einsatzzentrale hat schon alles, was Räder hat, hingeschickt.«

Wünnenberg erschien ebenfalls in der Tür. Wortlos hielt er einen Autoschlüssel in die Luft. Das war der Startschuss. Die beiden Beamten rannten los.

Auf dem Parkplatz vor dem Fast-Food-Restaurant in der Sigmundstraße herrschte Chaos. Streifenwagen, Zivilfahrzeuge, drei Rettungswagen, zwei Notarzteinsatzfahrzeuge drängten sich vor Ort, dazu viel zu viele Schaulustige, die um die weitläufige Absperrung herumstanden. Hackenholt quetschte sich durch die Menschenansammlung. Ausnahmsweise war es ihm egal, auf wie viele Füße er trat. Er hatte Berger entdeckt, der von Streifenkollegen umringt in der Mitte des Parkplatzes wartete. Der Schreck stand ihm ins Gesicht geschrieben. Entschlossen ging Hackenholt zu ihm, fasste ihn am Arm und führte ihn von den anderen weg. Er wollte vermeiden, dass der junge Beamte irgendwelche unüberlegten Dinge sagte, solange er so offensichtlich unter Schock stand.

»Er hat auf Saskia geschossen. Einfach so.« Bergers Stimme zitterte.

»Du musst mir nichts erzählen, Christian. Nicht jetzt. Warte damit, bis sich der erste Schock gelegt hat.«

Wie aus dem Nichts tauchte Christine Mur auf und verfrachtete die beiden in einen VW-Bus. »Saskia ist an der Schulter getroffen worden, aber bei Bewusstsein.«

»Und der Täter?«, fragte Hackenholt nach.

Mur schüttelte unbestimmt den Kopf. »Der Notarzt kümmert sich um ihn.« Damit ließ sie die zwei Beamten wieder allein.

Berger fuhr sich über das Gesicht. »Ich muss dir jetzt einfach erzählen, was passiert ist. Ich habe Angst, dass ich sonst ein Detail vergesse oder irgendetwas durcheinanderbringe.«

»Möchtest du nicht lieber mit einem unserer Notfallseelsorger reden? Du weißt, dass sie für solche Situationen besonders geschult sind und diese Momente schon mit anderen Kollegen durchlebt haben. Außerdem steht ihnen ein Zeugnisverweigerungsrecht zu.

Nichts von dem, was du ihnen erzählst, kann in einem Prozess verwendet werden.«

»In meinem Kopf geht gerade so viel vor, dass ich das Gefühl habe, er steht kurz davor zu platzen.«

Hackenholt warf seine Bedenken über Bord und nickte kurz. Er hatte Berger als stets gewissenhaft handelnden Kollegen kennengelernt. Er schätzte ihn und wollte ihm jede Hilfe zukommen lassen, die er ihm geben konnte. Trotzdem hoffte er inständig, der Jüngere werde ihm in seiner Erregung nichts erzählen, was ihm oder Saskia schaden konnte.

»Der Restaurantleiter hat bei Manfred im Kommissariat angerufen, weil er die Bestellung von jemandem aufgenommen hat, der aussah wie der Gesuchte auf dem Bild in der Zeitung. Wir sind sofort losgefahren. Als wir ankamen, sind wir gleich zur Theke und haben mit dem Chef gesprochen. Er hat den Mann bis zu unserem Eintreffen hingehalten, indem er ihm geistesgegenwärtig eine Nummer gegeben hat, weil angeblich gerade keine Hamburger fertig waren. Vor unseren Augen hat er ihm dann sein Essen gebracht und sich bei ihm entschuldigt. Saskia und ich haben uns an einen Tisch neben dem Ausgang gesetzt, ein Eis gegessen und den Mann beobachtet. Seine Haare waren zwar genauso gestylt wie die von dem Gesuchten auf dem Foto, aber ich fand, dass sein Gesicht irgendwie voller wirkte. Jedenfalls waren wir uns beide ziemlich sicher, dass er es nicht ist. Im Lokal war es wegen der Mittagszeit brechend voll. Wir haben gewartet, bis er aufgestanden und hinausgegangen ist. Draußen hat Saskia ihn angesprochen und ihm ihren Ausweis hingehalten. Und dann …«, Berger schluckte mühsam, »dann ging alles furchtbar schnell. Er ist losgerannt, zwischen den parkenden Autos hindurch. Wir wollten ihn in die Zange nehmen, Saskia hat ihm den Weg abgeschnitten, ich war schräg hinter ihm. Plötzlich hat er die Hand aus der Jacke hervorgerissen und auf Saskia geschossen. Einfach so. Während er rannte. Ich habe irgendwas gerufen, um ihn abzulenken, er hat sich auch halb zu mir gedreht, aber dann doch wieder zu Saskia umgewandt und noch einmal auf sie geschossen.«

»Wie viele Schüsse waren es insgesamt?«

»Zwei oder drei. Ich bin mir nicht sicher. Saskia hat ihre Waffe viel schneller gezogen als ich und als Erste zurückgeschossen. Ich denke, er hatte sie mit dem ersten Schuss nicht getroffen.«

»Und wie oft hast du geschossen?«

»Zweimal, immer auf die Beine. Dabei habe ich ihn recht unglücklich am Oberschenkel getroffen und die Schlagader erwischt.« Wieder schluckte Berger. »Ich habe mich auf ihn geworfen, ihn gefesselt und das Bein mit dem Gürtel abgebunden, dann habe ich mich um Saskia gekümmert.«

»Das war eine ganz klare Bedrohungssituation.« Hackenholt legte ihm die Hand auf die Schulter. »Du hast genau richtig reagiert und Saskia wahrscheinlich das Leben gerettet.«

Mur öffnete die Tür des VW-Busses. »Ich brauche deine Dienstwaffe für die ballistischen Untersuchungen«, sagte sie ungewohnt sanft und hielt Berger einen Asservatenbeutel hin.

Stunden später ließ sich Hackenholt schwer in seinen Bürostuhl fallen. Er war den gesamten Nachmittag ununterbrochen auf den Beinen gewesen und vollkommen erledigt. Der heutige Tag stellte den Alptraum eines jeden Beamten dar. Die Geschehnisse des Nachmittags waren ihm fast über den Kopf gewachsen. Zum ersten Mal seit seinem Dienstantritt in Nürnberg hatte er das Gefühl gehabt, nicht mehr die Kontrolle über das zu haben, was um ihn herum passierte.

Ein Schusswaffengebrauch war bislang – Gott sei Dank – trotz allem noch immer eine Seltenheit. Das zeigte sich auch daran, dass solcherlei Vorkommnisse einen Rattenschwanz an Meldungen und Berichten bis hin zum Innenministerium nach sich zogen.

Stellfeldt war sofort zu Baumann ins Krankenhaus gefahren und stundenlang so gut wie nicht ansprechbar gewesen. Er gab sich die Schuld für den Vorfall, da er die beiden Kollegen zu der Überprüfung geschickt hatte. Hackenholt hatte mehrfach versucht, ihn zum Heimgehen zu überreden, und wollte ihm sogar einen Arzt oder den Polizeiseelsorger rufen, aber Stellfeldt verweigerte alles – bis zu dem Moment, als der Chirurg ihnen die Nachricht brachte, dass die Operation ohne Komplikationen verlaufen sei. Baumann hatte Glück im Unglück gehabt und einen Steckschuss in die Schulter abbekommen, bei dem das Schulterblatt zwar in Mitleidenschaft gezogen, aber nicht zertrümmert oder gar ein Lungenflügel verletzt worden war.

Die Kollegen von der Kripo Schwabach, welche die Ermittlungen in dem Fall übernommen hatten, fanden innerhalb kurzer Zeit den Grund für die Überreaktion des Täters heraus. Der Italiener war ein in Rom wegen Mordversuchs verurteilter Schwerkrimineller, der seit Monaten auf der Flucht war und mit einem internationalen Haftbefehl zur Fahndung ausgeschrieben war.

Auch er war operiert worden und lag nun unter Polizeibewachung im Krankenhaus, bis ihm der Haftbefehl eröffnet werden konnte. Dann würden die Kollegen von der Justizvollzugsanstalt Nürnberg die Bewachung übernehmen, bis er auf die anstaltsinterne Krankenstation verlegt werden konnte.

Nachdem klar war, wie es um den Gesundheitszustand der beiden Verletzten stand, hatte Hackenholt Berger schließlich doch noch überzeugt, mit dem Polizeiseelsorger Kontakt aufzunehmen. Hackenholts Ansicht nach war es elementar, über das Geschehene zu reden und es gar nicht erst in sich hineinzufressen. Natürlich hätte er sich dem jungen Beamten auch selbst weiterhin zur Verfügung gestellt, doch an dem Nachmittag hätte er weder die erforderliche Zeit noch die nötige Ruhe gehabt, um mit ihm ungestört ein ausführliches Gespräch zu führen.

Neben den unzähligen Berichten hatte der Hauptkommissar auch mit dem zuständigen Staatsanwalt gesprochen, der ihm signalisierte, dass er die Situation nach bisherigem Stand der Dinge als eindeutig ansah und die Ermittlungen in den kommenden Tagen einzustellen beabsichtigte. Berger sollte bis dahin zu Hause bleiben und sich erholen. Also hatte Hackenholt dem jungen Kollegen nahegelegt, sich zumindest für die nächsten Tage krankschreiben zu lassen.

Die restlichen Mitglieder der Ermittlungsgruppe hatten in der Zwischenzeit unter Wünnenbergs Führung alle anderen Hinweise abgearbeitet, die eingegangen waren. Unterm Strich hatten sie dabei nichts Nennenswertes herausgefunden: Zwei weitere Personen waren zur Überprüfung ihres Alibis ins Kommissariat gebracht worden. Da die Ähnlichkeit mit dem Gesuchten jedoch nur auf den ersten Blick bestand und die Männer aufgrund ihrer von Freunden, Kollegen und Angehörigen bestätigten Alibis nicht in Frage kamen, hatte Wünnenberg sie ohne Gegenüberstellung wieder nach Hause geschickt.

Müde rieb sich Hackenholt mit der Hand über das Gesicht. Auf seinem Schreibtisch hatte sich ein Berg Telefonnotizen angesammelt. Er blätterte ihn lethargisch durch. Ein Vermerk, der von einem Kollegen vom Kriminaldauerdienst hinterlassen worden war, erregte seine Aufmerksamkeit. Eine Frau mit stark ausländischem Akzent hatte angerufen und explizit nach ihm, Hackenholt, verlangt. Sie wolle eine Aussage in Sachen der ermordeten Prostituierten machen, würde jedoch mit keinem anderen Beamten sprechen. Ihren Namen hatte sie nicht hinterlassen, wohl aber eine Handynummer, unter der sie zu erreichen war. Der Hauptkommissar überlegte, ob es sich bei der Anruferin vielleicht um Sunee Schäfers Freundin handelte, die er am Vormittag aufzuspüren versucht hatte. Aber warum sollte sie explizit nach ihm verlangen? Der Kollege hatte auf der Notiz vermerkt, er habe die Handynummer überprüft, die auf eine vor drei Jahren verstorbene Fünfundachtzigjährige registriert war. Wenn die Anruferin sich illegal im Land aufhielt, würde das dazu passen.

Hackenholt griff zum Telefonhörer und wählte die Nummer. Sofort schaltete sich die Mailbox ein. Er bat um einen Rückruf unter seiner Büronummer für den folgenden Tag ab halb acht. Dann erhob er sich, schaltete das Licht aus und verließ das Kommissariat.

Als er die Wohnungstür aufsperrte, kam ihm mit freudigem Schwanzwedeln der Hund entgegengelaufen. Sophie hatte ihn also noch immer nicht ins Tierheim gebracht. Nun ja, das hatte Hackenholt eigentlich auch nicht erwartet.

»Oh! Ich habe dich gar nicht hereinkommen hören. Ich wollte nur schauen, warum …« Sophie war aus dem Wohnzimmer gekommen und abrupt stehen geblieben. Schuldbewusst sah sie auf den Golden Retriever, der noch immer schwanzwedelnd um Hackenholt herumsprang, und biss sich auf die Unterlippe.

»Bist du böse, weil ich ihn nicht weggebracht habe?«, fragte sie nach einem Moment kleinlaut.

Langsam schüttelte Hackenholt den Kopf. »Ich habe mich schon mit dem Gedanken abgefunden, dass er den Weg ins Tierheim nicht finden wird. Falls du aber beabsichtigst, dir noch ein paar weitere Findelkinder zuzulegen, bleibt uns nichts anderes übrig, als uns doch nach einem Bauernhof auf dem Land umzusehen.«

Sophie sah ihn entsetzt an. »Keine weiteren Findelkinder – versprochen!«

»Meinst du nicht, du solltest deinen Standpunkt noch mal überdenken?«, fragte er leise, während er sie fest in die Arme schloss, damit sie sich nicht abwenden konnte. »Dein Widerstand gegen ein Haus auf dem Land ist ja schon fast pathologisch.« Er legte ihr den Finger auf die Lippen, weil er wusste, dass sie seine Bemerkung nicht auf sich sitzen lassen würde. »Ich kann mir durchaus vorstellen, morgens vor dem Dienst mit Lassie joggen zu gehen. Aber ich habe nicht jeden Tag die Zeit, mit ihm erst noch irgendwohin ins Grüne zu fahren. Und in der Stadt laufe ich nicht gerne, das weißt du. Das geht mir zu sehr auf meine alten Gelenke. Ich fände es einfach schön, wenn ich bloß zur Haustür rausgehen müsste und gleich in der Natur wäre.«

»Wie hast du den Hund genannt?«, fragte Sophie nach Luft schnappend. »Lassie? Aber wirklich nicht! Dann bringe ich ihn sofort ins Tierheim. Ein Lassie kommt mir nicht ins Haus! Mal ganz davon abgesehen, dass Lassie weiblich war und das hier ein Rüde ist.«

Hackenholt musste lachen. Es war ein befreiendes Lachen, mit dem die gesamte Anspannung des Tages von ihm abfiel. Er fühlte, dass er nun zu Hause angekommen war und das Büro mit den Schrecken der vergangenen Stunden zumindest für den Abend hinter sich lassen konnte. Sophie war seinen Argumenten mal wieder zielsicher aus dem Weg gegangen und hatte sich auf die einzige Nebensächlichkeit in seinem Satz gestürzt.

»Was hältst du von Trigger?«, fragte sie einen Augenblick später.

Hackenholt gefror mitten in der Bewegung. »Was?«, fragte er entsetzt. Sofort schob sich ihm wieder das Bild der Blutlache auf dem Parkplatz in der Sigmundstraße vor Augen. Er hatte den vorgeschlagenen Namen sofort mit dem englischen Ausdruck »to pull the trigger« assoziiert, was übersetzt »abdrücken« hieß.

»Ja. Trigger. Auslöser. Vielleicht ist der Hund ja der Auslöser, dass wir uns jetzt endlich ernsthaft auf die Suche nach einem passenden Haus machen und es auch finden«, meinte Sophie hoffnungsvoll. »Außerdem klingt der Name furchtbar gefährlich, findest du nicht? Genau der richtige für einen Freizeit-Polizeihund.«

Hackenholt stöhnte innerlich auf. Offenbar hatte Sophie kein Radio gehört und noch nicht mitbekommen, was in Nürnberg los gewesen war. Wenn er ihr nun ganz allgemein von einem Schusswaffengebrauch zwischen Polizeibeamten und einer Person erzählte, die sie hatten überprüfen wollen, würde sie ihn fragen, ob sein Kommissariat etwas damit zu tun gehabt hatte. Dann musste er die Wahrheit sagen, und wenn er das tat, würde sie seine Arbeit wieder tagelang zum Teufel wünschen und Angst um ihn haben – auch wenn sie Letzteres nie zugeben würde. Er entschied sich dafür, ihr nichts zu erzählen. Zumindest für den Augenblick nicht. Dann sollte der Hund lieber Trigger heißen, das war das kleinere Übel.

»Einverstanden«, willigte er ein, wenngleich auch wenig enthusiastisch.

Sophie stellte sich auf die Zehenspitzen und gab ihm einen Kuss auf die Wange. »Wollen wir zur Feier des Tages noch in die ›Schäufelewärtschaft‹ in der Schweiggerstraße gehen? Ich finde, die Taufe unseres neuen Familienmitglieds muss gebührend gefeiert werden.«

Wieder einmal wurde Hackenholt klar, wie leicht sie ihn um den Finger wickeln konnte. Trotzdem schüttelte er müde den Kopf. »Nicht heute. Lass uns die Taufe ein andermal nachholen. Heute genügt mir ein Joghurt, ein Buch und mein Sofa.«

Sophie musterte ihn mit gerunzelter Stirn. Ein solches, sein Lieblingsgericht verschmähendes Verhalten war etwas ganz Neues. Sie ließ die Sache jedoch auf sich beruhen, da sie niesen musste. Außerdem rieb sie sich die Augen, die schon den ganzen Tag lang brannten und juckten.

Erst als sie sich zwei Stunden später im Bett in seinen Arm legte, gestand er ihr endlich, was für ein Alptraum der Tag gewesen war.

Dienstag

Hackenholt schlief in dieser Nacht extrem schlecht. Kurz vor fünf Uhr stand er schließlich auf, ging mit Trigger hinaus, konnte sich allerdings nur zu einem kurzen Spaziergang mit dem Hund durchringen. Dann machte er sich auf den Weg in die Arbeit. Er hatte erwartet, um diese Uhrzeit allein im Kommissariat zu sein und war überrascht, auf Stellfeldt zu treffen.

»Willkommen im Club der Schlaflosen«, brummte der ältere Kollege zur Begrüßung. »Saskia geht es den Umständen entsprechend gut. Sie hat mir vorhin eine SMS geschrieben.«

»Das freut mich sehr«, sagte Hackenholt erleichtert. »Und du? Wie geht es dir?«

Stellfeldt zuckte mit den Schultern. »Der erste Schock ist vorbei, ich habe mich wieder gefangen. Ich denke, es geht mir nicht anders als dir: Ich hätte gut auf gestern verzichten können, aber Tage wie dieser gehören nun mal zu unserem Beruf und werden immer wieder vorkommen. Sie zerren einfach alte Erlebnisse ans Licht, an die man nicht gerne erinnert wird.«

Hackenholt nickte, dann wechselte er das Thema. »Ist seit gestern Abend irgendetwas Brauchbares reingekommen?«

»Ich bin gerade dabei, die Anrufnotizen vom Dauerdienst zu sichten, aber auf den ersten Blick schaut es nicht danach aus.«

»Okay, dann lese ich mich jetzt in die Berichte vom gestrigen Nachmittag ein und versuche meine Wissenslücken zu schließen.«

Er ging in sein Büro und begann die dort gestapelten Unterlagen durchzuarbeiten. Eigentlich hoffte er, das Nötigste bis zur Morgenbesprechung aufgeholt zu haben, doch plötzlich unterbrach er seine Arbeit und dachte darüber nach, wie die Besprechung überhaupt aussehen sollte. Als Leiter der Ermittlungsgruppe oblag es ihm, die gestrigen Ereignisse anzusprechen und sie gemeinsam mit den anderen aufzuarbeiten. Ein Bedarf dafür bestand in jedem Fall. Eine Kollegin aus ihrer Mitte war bei einem Einsatz schwer verletzt worden, ein Kollege hatte auf einen Menschen schießen müssen. Der Vorfall durfte nicht einfach unter den Teppich gekehrt werden. Jedem musste bewusst sein, dass er oder sie selbst an Baumanns oder Bergers Stelle auf dem Parkplatz hätte stehen, dass es jeden von ihnen hätte treffen können. Einerseits durften nach so einem Vorfall keine Ängste aufgebaut werden – andererseits auch keine Aggressionen. Hackenholt notierte sich ein paar Stichworte auf einem Schmierzettel, beschloss jedoch das Meiste intuitiv, aus dem Bauch heraus zu sagen. So konnte er am besten auf die Reaktionen der Kollegen eingehen.

Doch auch an diesem Tag kam alles anders als erwartet. Kaum hatten sich alle Beamten im Besprechungszimmer eingefunden und Hackenholt die ersten Begrüßungsworte gesprochen, wurde er ans Telefon gerufen. Der Dienstgruppenleiter der PI West erklärte ihm, der im Zusammenhang mit dem Prostituiertenmord gesuchte Zeuge habe sich mit einem Anwalt bei ihnen auf der Wache gemeldet. Hackenholt bat den Kollegen, den Mann samt Verteidiger sofort ins Präsidium bringen zu lassen.

Zurück im Besprechungszimmer kürzte er die Morgenrunde ab. »Eigentlich wollte ich heute als Erstes die gestrigen Ereignisse mit euch durchsprechen, aber das muss warten. Der von uns gesuchte Zeuge hat sich bei der PI West gemeldet und ist auf dem Weg hierher. Hoffen wir, dass es sich um den richtigen Mann handelt und er nicht nur ein Wichtigtuer ist. Ich möchte euch daher bitten, einstweilen an der Stelle weiterzuarbeiten, an der ihr gestern Abend aufgehört habt. Geht bitte vor allem den Hinweisen nach, die darauf abzielen, wer den Mann wo am Samstagnachmittag in der Stadt gesehen haben könnte. Vielleicht ist es ja möglich, auf diese Weise seinen Weg unabhängig von seinen eigenen Einlassungen zu rekonstruieren.« Hackenholt erhob sich und nickte Wünnenberg zu. »Kommst du mit?«

Der Deutsch-Italiener, der zehn Minuten später in das Büro des Hauptkommissars gebracht wurde, sah, im Gegensatz zu den gestrigen Personen, tatsächlich wie der Mann in dem Video aus, auch wenn er heute kein Fußballtrikot trug. Sein Name war Giuseppe Parisi. Seine Familie stammte aus Neapel, er war jedoch in Deutschland geboren, hatte seine ersten fünf Lebensjahre in Regensburg verbracht und war seither in Nürnberg zu Hause. Der

Einunddreißigjährige war verheiratet, hatte zwei kleine Kinder und arbeitete als Pizzabäcker in einer Fürther Trattoria.

Die Personalien waren schnell geklärt. Doch bevor Hackenholt mit der eigentlichen Vernehmung beginnen konnte, krächzte Parisi mit rauer Stimme, er sei am Samstag nicht an der Frauentormauer gewesen. Überhaupt habe er in seinem ganzen Leben noch nie ein Bordell aufgesucht. Hackenholt musterte den Mann. Schweißtropfen standen ihm auf der Stirn. Er sah aus wie ein Häufchen Elend.

»Dann erzählen Sie uns mal, was Sie am Samstagnachmittag in Nürnberg gemacht haben.«

»Bevor ich in die Arbeit gefahren bin, habe ich einen Umweg über die Innenstadt gemacht, um beim Saturn ein externes CD-ROM-Laufwerk umzutauschen. Das hatte ich ein paar Tage zuvor dort besorgt, aber dann hatte ein Kumpel noch eins für mich übrig, und ich wollte das gekaufte zurückgeben. Auf dem Rückweg bin ich noch schnell in den Fan-Shop vom Club gegangen und habe Tickets für das Derby gegen die Münchner geholt.«

»Meinen Sie den Fan-Shop in der Ludwigstraße?«

Parisi nickte.

»Und danach?«

»Bin ich zum Plärrer gelaufen und mit der U-Bahn nach Fürth in die Arbeit gefahren.«

»Aber zwischen dem Besuch im Ticket-Shop und der U-Bahn haben Sie noch einen kurzen Abstecher an die Frauentormauer gemacht«, warf Wünnenberg ein.

Parisi schüttelte heftig den Kopf. »Ich bin wirklich noch nie in einem Bordell gewesen. Noch nicht mal zum Gucken. Ich bin direkt zur U-Bahn gegangen.«

»Waren Sie die ganze Zeit alleine einkaufen, oder haben Sie unterwegs vielleicht jemanden getroffen?« Hackenholt dachte an den Hinweis des Zeugen, der den Gesuchten in der Ludwigstraße gesehen zu haben glaubte, als der sich mit einem Cabriolet-Fahrer unterhielt.

Der junge Mann dachte nach. »Doch! Auf dem Weg zum Ticket-Laden ist ein Kumpel vorbeigefahren. Er hat mir aus dem Auto zugewunken, und wir haben schnell ein paar Worte gewechselt.«

Hackenholt notierte sich den Namen des Bekannten. »Da waren Sie also schon auf dem Rückweg vom Saturn?«

Parisi nickte.

»Können Sie uns sagen, wann Sie Ihre Wohnung verlassen haben?«

»Ich habe die U-Bahn um zwei nach drei genommen.«

»Woher wissen Sie das so genau?«, fragte Wünnenberg argwöhnisch.

»Ich muss allerspätestens um halb fünf in der Arbeit sein, besser ist es, wenn ich schon um vier da bin. Ich dachte, dass ich in der Stadt nicht länger als eine Stunde brauchen würde, also bin ich um drei Uhr los.« Der Mann zog seinen Geldbeutel aus der Hosentasche, entnahm ihm eine Streifenkarte und hielt sie den Ermittlern hin. »Normalerweise kaufe ich eine Monatsmarke, aber weil ich die ersten zwei Septemberwochen Urlaub hatte, lohnt es sich für diesen Monat nicht. Also muss ich im Moment für alle Fahrten stempeln.« Nach einem Moment fügte er leise hinzu: »Zum Glück.«

Hackenholt beugte sich über den Fahrschein. Die Ziffern und Buchstaben, die er auf den entwerteten Abschnitten erblickte, waren für ihn böhmische Dörfer. Er warf Wünnenberg einen fragenden Blick zu, der entschieden den Kopf schüttelte.

Parisi bemerkte die Ratlosigkeit der Beamten und beugte sich vor. »Ich bin um drei Uhr mit der U3 an der Haltestelle Sündersbühl ein- und am Plärrer ausgestiegen. Um zehn vor vier bin ich mit der U1 vom Plärrer bis zum Klinikum Fürth gefahren und von dort in die Arbeit gelaufen.« Dabei deutete er erklärend auf die verschiedenen Ziffern. »Wo ich ausgestiegen bin, steht natürlich nicht auf der Streifenkarte.«

»Aber wenn Sie zum Saturn wollten, warum sind Sie dann nicht gleich bis Haltestelle Weißer Turm gefahren?«, fragte Wünnenberg.

»Weil die U3 da nicht hinfährt«, entgegnete Parisi erstaunt. »Das ist die neue, fahrerlose U-Bahn. Sie wissen schon, die, die gerne mal zwischendurch stehen bleibt. Deswegen bin ich auch eine Stunde früher losgefahren, mit der weiß man nie. Ich bin schon drei Mal eine Viertelstunde lang festgesessen, ohne dass sie sich auch nur einen Millimeter weiterbewegt hat.«

Davon hatte Hackenholt in der Zeitung gelesen. Er selbst war zum Glück noch nie stecken geblieben.

»Sie haben Ihren Stadtbummel also am Plärrer begonnen und auch dort wieder beendet?«, hakte er nochmals nach.

Parisi nickte. Nun schaltete sich auch sein Anwalt ins Gespräch ein.

»Anhand der Videoaufzeichnungen können Sie sicherlich den Weg meines Mandanten nachvollziehen. Insbesondere, wann er wo ein- und ausgestiegen ist. Und obwohl die Fahrkartenautomaten nicht auf die Minute genau gehen, werden Sie merken, wenn Sie den Weg nachvollziehen, dass mein Mandant gar keine Zeit für einen Bordellbesuch gehabt hat.«

Hackenholt unterbrach die Vernehmung, ging in sein Büro und rief bei der VAG an. Nach einem Augenblick hatte er einen kompetenten Mitarbeiter an der Strippe, der ihm die benötigten Auskünfte hinsichtlich der auf die Streifenkarte gestempelten Daten erteilen konnte. Flugs scannte der Hauptkommissar den Fahrschein ein und mailte ihn dem Mann zu, damit dieser zweifelsfreie Angaben dazu machen konnte.

Im Anschluss an das Telefonat rief er bei Marlies Steinbrunn an und bestellte sie mit ihrem Freund für halb elf zu einer Gegenüberstellung ins Präsidium ein. Die junge Frau klang verschlafen und reagierte zunächst äußerst eigensinnig, mäßigte sich aber, als Hackenholt sie daran erinnerte, dass eine ihrer Kolleginnen getötet worden war und es wirklich nicht angebracht war, die Widerborstige zu mimen. Dann beauftragte er einen Kollegen damit, die anderen Männer anzurufen, die dem Gesuchten ähnlich sahen und sich dazu bereit erklärt hatten, bei einer Gegenüberstellung mitzuwirken.

Zusammen mit Giuseppe Parisi mussten es entweder sechs oder acht Personen sein. Eine ungerade Zahl wäre ungeeignet. Psychologen hatten herausgefunden, dass man dazu neigte, immer die Person in der Mitte auszuwählen, und zwar allein aufgrund der Tatsache, da sie in der Mitte stand.

Danach rief der Hauptkommissar noch in der Staatsanwaltschaft an und fragte Dr. Holm, ob er bei der Gegenüberstellung anwesend sein wolle. Nachdem der Fall mittlerweile beträchtliche Wellen schlug, sagte der Jurist sein Kommen sofort zu.

Während der nun folgenden Wartezeit ging Hackenholt mit Stellfeldt noch einmal die Angaben durch, die Parisi gemacht hatte.

»Was meinst du, wie lange braucht man vom Plärrer zum Saturn?«

»Sieben, acht, maximal zehn Minuten, je nachdem, wie schnell man läuft«, mutmaßte Stellfeldt.

Hackenholt nickte. Er hatte Ähnliches geschätzt. »Hin und zurück wären wir also bei knappen zwanzig Minuten. Plus zehn im Saturn für den Umtausch, plus weitere fünf, um die Fußballtickets zu kaufen. Das macht insgesamt schon fünfunddreißig Minuten. Viel Zeit hätte er also an der Mauer wirklich nicht gehabt.«

»Du darfst nicht vergessen, dass zwanzig Minuten für den Besuch bei einer Prostituierten durchaus üblich sind. Außerdem haben wir nur seine Darstellung, wissen aber noch nicht, ob er überhaupt im Saturn war und ob er wirklich an dem Tag die Club-Karten gekauft hat und nicht vielleicht doch schon eine Woche früher.«

Hackenholt nickte. »Du hast recht. Es gibt noch viel zu überprüfen.«

In diesem Augenblick führte ein Kollege von der Ermittlungsgruppe Marlies Steinbrunn und Leon Rudolph herein. Hackenholt und Wünnenberg übernahmen die junge Frau, Stellfeldt und der Kollege, der die beiden abgeholt hatte, ihren Freund. Ein anderer Beamter sollte in der Zwischenzeit die Kandidaten für die Gegenüberstellung in Empfang nehmen. Außerdem bat Hackenholt, Christine Mur Bescheid zu geben, damit sie die Gegenüberstellung durchführte. Die Beamtin war nicht aktiv mit den Ermittlungen betraut und würde, da sie selbst nicht wusste, welcher der Männer der Gesuchte war, keine unbewussten Signale aussenden – genauso wie Dr. Holm. Ein Umstand, der gerade vor Gericht von entscheidender Bedeutung sein konnte, wenn man an einen verbissenen Strafverteidiger geriet. Nachdem Parisi bereits seinen Anwalt dabeihatte, wollte Hackenholt alles doppelt korrekt durchführen.

Bevor es jedoch zu der Gegenüberstellung kommen konnte, musste erneut eine ausführliche Zeugenbefragung durchgeführt werden. Der Hauptkommissar ließ sich von Marlies Steinbrunn detailliert schildern, wie und woran sie den Mann ihrer Meinung nach wiedererkennen würde.

»Ich denke, mir würde es am leichtesten fallen, wenn er mir wie am Samstag auf einem Flur entgegenkommt. Die hoch gezogenen Schultern, die in die Hosentaschen gestopften Hände, der auf den Boden gesenkte Blick, die Art, wie er sich zur Seite gedreht hat, als er an uns vorübergegangen ist: Das alles unterscheidet ihn von anderen.«

Schritt für Schritt sprachen sie nochmals durch, wie der Mann aus der Tür getreten und auf sie zugekommen war. Sobald dies feststand, ging Hackenholt zu Mur, die bereits auf Marlies Steinbrunn wartete, um sie in den Teil des Gebäudes zu bringen, in dem die Gegenüberstellung stattfinden sollte. Hackenholt erklärte der Kollegin die geänderte Situation.

Sie würden keine simultane Wahlgegenüberstellung durchführen, welche die klassische Form ist, bei der sich alle Probanden in einer Reihe nebeneinander aufstellen, sondern stattdessen eine sequenzielle Gegenüberstellung machen. Jeder Mann musste einzeln aus einem Zimmer treten und den Flur entlang auf Frau Steinbrunn zulaufen.

Mur verzog das Gesicht wegen der Mehrarbeit, verschwand dann aber zu den Probanden, um sie für die Gegenüberstellung neu zu instruieren. Zehn Minuten später klopfte sie wieder an Hackenholts Tür und holte die Zeugin ab, wobei sie ihr aufmunternd zulächelte.

»Jetzt zählt's«, murmelte Wünnenberg und machte sich an seiner Kaffeemaschine zu schaffen. »Hoffen wir, dass Frau Steinbrunn ihn wiedererkennt.«

Eine Viertelstunde später brachte Mur die junge Prostituierte zurück und holte dafür Leon Rudolph bei Stellfeldt ab. Hackenholt führte die vorgeschriebene ausführliche Nachbefragung durch, warum Marlies Steinbrunn sich so sicher war, den Mann Nummer drei wiedererkannt zu haben, dann war die junge Frau entlassen.

Wie sich in der anschließenden Besprechung zwischen Mur, Dr. Holm und den Ermittlungsbeamten herausstellte, hatte Marlies Steinbrunn Giuseppe Parisi sofort und zweifelsfrei wiedererkannt, wohingegen Leon Rudolph behauptet hatte, dass sich der gesuchte Freier nicht unter den Probanden befände.

Dr. Holm übernahm persönlich Parisis anschließende Vernehmung. Konfrontiert mit der Tatsache, dass die Zeugin ihn zweifelsfrei als den Mann identifiziert hatte, der um kurz nach halb vier aus Sunee Schäfers Zimmer gekommen war, brach er in Tränen aus. Immer wieder beteuerte er, noch nie zu einer Prostituierten gegangen zu sein.

»Der Mann muss Dreck am Stecken haben«, mutmaßte Dr. Holm in einem Gespräch unter vier Augen mit Hackenholt. »Er weiß, dass er dran ist, wenn er zugibt, die Prostituierte besucht zu haben. Deswegen streitet er es so vehement ab, überhaupt auch nur in der Nähe der Mauer gewesen zu sein. Das Ergebnis der Gegenüberstellung genügt, um einen Haftbefehl gegen ihn zu erwirken. Der verschafft uns genügend Zeit, um in Ruhe weiterzuermitteln. Warten wir ab, was eine DNA-Analyse zutage fördert. Wenn ich Frau Mur richtig verstanden habe, stehen auch noch die Ergebnisse der daktyloskopischen Untersuchung aus?«

Hackenholt nickte. Bislang war Parisi noch nicht erkennungsdienstlich behandelt worden.

»Vielleicht finden sich ja noch weitere Zeugen, die ihn unterwegs gesehen haben. Wichtig ist, dass wir seinen Weg genauestens rekonstruieren. Dass wir herausfinden, ob er wirklich beim Saturn und in dem Club-Laden gewesen ist. Aber das wisst ihr ja alles selbst.«

Kaum hatte der Staatsanwalt das Büro des Hauptkommissars verlassen, klingelte dessen Telefon. Der wachhabende Kollege der PI Mitte erklärte, neben ihm stünde eine Zeugin im Mordfall »Himmelspforte«, die unbedingt mit dem Leiter der Ermittlungen und mit niemand anderem sprechen wollte.

»Geht es um die Öffentlichkeitsfahndung?«, fragte Hackenholt nach.

»Nein, die Frau sagt, sie kennt die Ermordete. Sie heißt Naiyana Boonmee-Martin.« Der Polizist betonte jeden einzelnen Buchstaben des Namens. »Da bekommt man ja einen Knoten in der Zunge. Egal. Sie sagt, du hättest gestern Abend bei ihr angerufen und eine Nachricht hinterlassen, dass du heute Morgen für sie zu sprechen bist. Auch wenn sie das mit dem Morgen wohl etwas falsch verstanden hat.«

Hackenholt warf einen Blick auf die Uhr. Viertel nach eins. Die Zeit galoppierte ihm schon wieder davon. »Ich schicke jemanden, der sie bei euch abholt«, versprach er.

Doch nachdem er aufgestanden und auf den Flur getreten war, beschloss er, dass es ihm gut tun würde, selbst die paar Schritte rüber in die PI Mitte zu laufen, nachdem er den gesamten Vormittag sitzend verbracht hatte.

Naiyana Boonmee-Martin war eine kleine, zierliche Thailänderin mit atypisch kurzen Haaren und sehr schicker Kleidung. Auch wenn sie anfänglich einen eher bedrückten Eindruck machte, dauerte es nicht lange, bis ihr sonniges Gemüt zum Vorschein kam.

»Frau Martin –«, begann Hackenholt, doch die Frau unterbrach ihn sofort.

»Nicht Martin. Du sage Kim. Ist Spitzname. Nicht so schwer wie Naiyana.«

Hackenholt nickte erleichtert. Wie sie ihren eigenen Namen betonte, hätte er ihn nie aussprechen können.

»Verstehen Sie mich, oder soll ich einen Dolmetscher rufen?«

»Ah, ich alles gut verstehe.« Sie lächelte. »Keine Problem.«

»Gut. Worum geht es also? Was möchten Sie mir sagen?«

»Du suche Frau, die hat gesehe Sunee.«

»Wir suchen Personen, die Frau Schäfer am Samstagnachmittag gesehen haben«, konkretisierte er.

»Ich ware bei Sunee um vier Uhr.«

»Wo haben Sie Frau Schäfer getroffen?«

»In Zimmer.« Als sie merkte, dass er nicht verstand, was sie meinte, erklärte sie. »Ich immer arbeite bis vier Uhr. Dann gehe heim. Bevor gehe heim, ich gehe zu Sunee in vierte Stock. Bringe Kondome mit Erdbeere.«

Hackenholt starrte sie an. »Moment«, sagte er verwirrt. »Arbeiten Sie etwa auch in der ›Himmelspforte‹?« Das konnte doch nicht sein! Der Wirtschafter hatte kein Wort darüber verloren, dass am Samstagabend andere Frauen anwesend gewesen waren als am Nachmittag.

»Ja, ja.« Kim nickte eifrig. »Ich arbeite in erste Stock. Aber nur Morgenlatte-Schicht. Nicht nachts. Ist bessere Männer. Du verstehe?«

Der Hauptkommissar schüttelte den Kopf. Er verstand gar nichts. »Einen Moment, ich muss einen Kollegen etwas fragen.«

Er stand auf und ging ins Nachbarzimmer. Roman Gessner, der Beamte vom K41, der sich in der Nürnberger Prostitutionsszene auskannte, saß an einem Computer.

»Was genau ist eine Morgenlatte-Schicht?«, wollte Hackenholt von ihm wissen.

»Genau das, was du dir unter dem Begriff vorstellst«, grinste Gessner. »Frühdienst im Bordell. Es gibt mehr Freier, als du dir vorstellen kannst, die morgens vor der Arbeit mal schnell eine Nummer schieben. Für die Frauen ist die Schicht angenehmer, weil sie es nicht so oft mit betrunkenen Männern zu tun haben. Insgesamt ist das Klientel morgens wesentlich umgänglicher. Viele Prostituierte haben Stammkunden, von denen sie genau wissen, um welche Uhrzeit sie sie besuchen. Außerdem ist die Konkurrenz morgens nicht so groß, weil die meisten Frauen nicht gerne so früh aufstehen.«

»Ich habe eine junge Thailänderin drüben, die behauptet, in der ›Himmelspforte‹ diese Schicht zu arbeiten.«

Gessner nickte. »Die ›Himmelspforte‹ ist eins der Laufhäuser, das rund um die Uhr geöffnet hat. Wie die Prostituierten arbeiten, kannst du normalerweise auf dem Belegungsplan sehen. Da hat aber jeder Laden andere Abkürzungen.«

»Belegungsplan?«, fragte Hackenholt mit hochgezogenen Augenbrauen.

»Die Liste, auf der steht, wen man an dem jeweiligen Tag in welchem Zimmer antrifft. Sag bloß, du hast noch nie davon gehört?«

Hackenholt schüttelte den Kopf.

»Der Belegungsplan ist in so einem Laden das Wichtigste schlechthin. Nicht nur die Mieten werden danach abgerechnet. Wenn du eine Razzia machst, lässt du dir immer als Erstes diesen Plan geben, damit du vergleichen kannst, wie viele Frauen da sein sollten und wie viele tatsächlich anwesend sind.«

»Diese Liste sollten wir uns dann wohl schleunigst besorgen, was? Bislang wissen wir nur von den Frauen, die am Samstagabend noch in der ›Himmelspforte‹ anwesend waren, als die Kollegen von der PI Mitte eintrafen. Bis jetzt bin ich davon ausgegangen, dass Prostituierte abends und nachts arbeiten und es keine reine Tagschicht gibt.«

»Ich kümmere mich gleich darum«, versprach Gessner, doch Hackenholt schüttelte den Kopf.

»Nachdem wir das bis jetzt versäumt haben, kann es wohl auch noch eine halbe Stunde länger warten. Mir wäre es lieber, wenn du mich jetzt bei der Vernehmung der Thailänderin unterstützen würdest.«

Naiyana Boonmee-Martins Befragung zog sich doch noch länger als eine halbe Stunde hin, da Hackenholt eine Dolmetscherin bestellte, um die Aussage der jungen Frau, sie habe ihrer Landsmännin noch schnell Kondome ihrer Lieblingsgeschmacksrichtung aufs Zimmer gebracht, nachdem sie Feierabend gemacht hatte, gegen jegliche Zweifel abzusichern. Sunee hatte den Erdbeergeschmack geliebt, sie selbst mochte Pfefferminz, daher tauschten die beiden Frauen untereinander. Der Hunderter-Pack, den Kim kaufte, enthielt immer sämtliche Geschmacksrichtungen. Sunee hatte an dem Nachmittag um kurz nach sechzehn Uhr sehr lebendig in ihrem Zimmer gesessen und Tee getrunken.

Hackenholt rieb sich das Kinn. »Die Uhrzeit, Kim. Warum können Sie sich mit der Uhrzeit so sicher sein?«

Sie hielt ihm ihr Handgelenk hin, das eine zierliche Armbanduhr schmückte, und tippte darauf. »Ich arbeite festes Zeit. Ich anfange jede Tag punktlich sechs Uhr und aufhore punktlich vier Uhr.«

»Und am Samstag haben Sie nicht vielleicht früher aufgehört?«, versuchte es Hackenholt noch einmal. Parisi war um fünfzehn Uhr zweiundfünfzig in die U-Bahn gestiegen. Wenn Sunee Schäfer um kurz nach sechzehn Uhr noch gelebt hatte, konnte er nichts mit ihrem Tod zu tun haben.

»Keine Anderung. Immer gleich. Immer punktlich.«

»Haben Sie sich am Samstag von Ihren anderen Kolleginnen verabschiedet? Hat Sie jemand nach Hause gehen sehen?«

Kim nickte. »Nix viel los in erste Stock nach Japaner weg. Alle Mädchen sitze auf Flur und Langeweile.«

Hackenholt machte sich eine Notiz. Er würde die anderen

Prostituierten befragen müssen. Dann wechselte er das Thema. »Kim, waren Sie mit Frau Schäfer befreundet?«

Die junge Frau zögerte einen Moment, als müsste sie erst die Konsequenzen abwägen, dann nickte sie zögerlich.

»Wir haben in Zimmer Nummer 43 nur Kleider und ein paar CDs gefunden. Kein Handy, kein Tagebuch, keine Briefe. Besaß Frau Schäfer ein Handy?«

Kim nickte. »Sunee habe Handy, aber ist zu Hause bei Mann gebliebe. Nicht viele Freunde hier, die anrufe. Sunee gehe immer in Internetcafé bei Plärrer. Schreibe E-Mail und telefoniere mit Computer nach Hause. Viel billiger als mit Handy.«

Während sie das sagte, kam Hackenholt eine andere Idee. »Wissen Sie, wo Frau Schäfer ihr Geld aufbewahrt hat?«

»In Kommode.«

»Wo genau in der Kommode?«

»Lade ganz unten, Geld in Bauch von große Elefant.« Kim kicherte. Plötzlich sah sie auf ihre Armbanduhr und stand auf. »Ich gehe. Meine Mann warte. Du noch Frage, du mich anrufe.«

»Einen Moment bitte, Sie müssen das Protokoll noch unterschreiben.«

Sie nickte und nahm wieder Platz.

Als der Hauptkommissar die Papiere vor sie legte, holte sie ihren Ausweis aus der Tasche und schlug ihn auf. Hackenholt schüttelte den Kopf.

»Nein, den habe ich mir doch schon angesehen, den brauche ich nicht mehr. Sie müssen nur unterschreiben.« Er machte mit der Hand eine Schreibbewegung.

»Aber ich brauche Ausweis«, sagte Kim lächelnd. »Muss sehe, wie schreibe meine Name richtig.«

Ohne sich die Aussage nochmals von der Dolmetscherin vorlesen zu lassen, begann sie auf der ersten Seite an der Stelle, auf die Gessner deutete, hingebungsvoll ihren Namen zu malen. Hackenholts Gesichtszüge entgleisten einen Moment lang, während er der jungen Frau dabei zusah, wie sie Buchstabe für Buchstabe ihren Namen von dem Ausweis abmalte. Wie mochte es sich anfühlen, sich in einem Land zurechtfinden zu müssen, in dem man nicht einmal die Schriftzeichen lesen konnte?

Im Anschluss an das Gespräch rief der Hauptkommissar die Leiterin der Spurensicherung an. »Sag mal, Christine, als du Samstagnacht das Zimmer der Toten untersucht hast, hast du da auch in der Kommode Spuren gesichert?«

»Nein, nicht innen. Nur an deren Außenseite. Und bevor du fragst, ich habe an keinem der Schubladengriffe einen brauchbaren Abdruck gefunden, aber das hat mich nicht groß überrascht. An den Laden waren so komische Kugelknöpfe, die man mit der Handfläche zwischen Daumen und Zeigefinger umschließt, um sie aufzuziehen. Aber an der Außenfläche der Kommode haben wir jede Menge Spuren festgestellt.«

»Und hast du mal in die Schubladen geschaut?«

»Natürlich!« Murs Stimme klang mühsam beherrscht. »Es war nichts durchwühlt. Ganz im Gegenteil: Die Kleidungsstücke waren alle ordentlich sortiert.«

»Ist dir in dem untersten Schub vielleicht ein Plüschelefant aufgefallen?«

Einen Moment lang herrschte Stille in der Leitung. Mur dachte nach.

»Ja«, sagte sie dann zögerlich. »Jetzt, wo du danach fragst, fällt es mir wieder ein. Aber der Elefant war kein Stofftier, sondern so ein kleiner Rucksack, wie ihn Kindergartenkinder haben.«

»Hast du hineingeschaut?«

»Ja, er war leer.«

»Eine Zeugin hat ausgesagt, dass Sunee Schäfer darin ihr Geld aufbewahrt hat.«

»Dann muss ich sofort noch mal ins Bordell und mir das Innenleben der Schublade und vor allem des Rucksacks vornehmen.«

»Ich begleite dich. Ich muss auch noch ein paar Fragen in der ›Himmelspforte‹ stellen.«

Die beiden Türsteher waren an diesem Dienstagnachmittag wieder verschwunden. Das Pult stand an der Wand, die zur Hälfte heruntergebrannte Kerze war noch nicht entzündet worden. Im Foyer trennten sich die beiden Beamten. Mur nahm den Aufzug in den vierten Stock, Hackenholt die Treppe in den Keller. Lewandowski hatte sie auf der Überwachungskamera natürlich bereits entdeckt.

»Wie oft wollen Sie eigentlich noch hier herumschnüffeln?«, begrüßte er den Hauptkommissar missmutig. »Ist schon schlimm genug, was wir immer an Kontrollen mitmachen müssen, aber –«

»Nun, zumindest an meinem heutigen Besuch sind Sie selbst schuld, Herr Lewandowski«, unterbrach ihn Hackenholt. »Hätten Sie mir oder meinem Kollegen gleich am Samstagabend den Belegungsplan gegeben, wäre ich jetzt nicht da.«

»Sie haben nicht danach gefragt«, brauste der Wirtschafter auf.

»Und genau das hole ich jetzt nach«, antwortete der Ermittler gelassen und setzte sich unaufgefordert auf den Stuhl vor dem Schreibtisch. Er hatte es nicht eilig.

Lewandowski drehte sich um, nahm einen dicken Leitzordner von einem der Regalbretter, legte ihn auf seinen Schreibtisch und blätterte darin herum. Dann drehte er ihn wortlos zu Hackenholt, ließ ihn jedoch mitten auf dem Schreibtisch liegen, sodass der Ermittler gezwungen war aufzustehen, wenn er etwas erkennen wollte. Doch der Hauptkommissar bewegte sich keinen Millimeter vom Fleck.

»Eine Kopie, bitte. Sonst müsste ich den gesamten Ordner beschlagnahmen«, sagte er gleichmütig. »Und vom heutigen Tag bitte auch noch eine.«

Zähneknirschend kam der Wirtschafter der Aufforderung nach und ging zum Kopierer. Hackenholt nahm die zwei noch warmen Abzüge freundlich nickend entgegen und studierte sie aufmerksam.

»Sonst noch was? Ich ersauf momentan nämlich in Arbeit«, maulte Lewandowski ungehalten.

Hackenholt schaute ihn mit einer hochgezogenen Augenbraue an, bevor er seinen Blick demonstrativ durch den Raum schweifen ließ. Dann nickte er ein paarmal, als wollte er damit zum Ausdruck bringen, dass er dem Mann glaubte. »Nein, ich denke, für den Moment ist das alles. Ich gehe dann mal zu meiner Kollegin in den vierten Stock.«

»Wie lange wollen Sie das Zimmer eigentlich noch versiegelt lassen? Sie ruinieren uns damit das komplette Stockwerk. Unser Verlust summiert sich auf ein paar tausend Euro in der Woche. Keines der Mädchen will da oben arbeiten, weil es ständig auf Polizeisiegel starren muss.«

»Sobald die Staatsanwaltschaft der Freigabe zustimmt, werden wir sie entfernen.« Hackenholt erhob sich und ging zur Tür. Im Rahmen drehte er sich noch einmal um. »Sagen Sie, Herr Lewandowski, wann ist eigentlich Frau Boonmee-Martin am Samstag nach Hause gegangen?«

»Kenne ich nicht«, antwortete der Wirtschafter lethargisch.

»Kim.«

»Ach, die. Die macht immer um vier Feierabend.«

»Ich habe nicht gefragt, wann Sie *immer* Feierabend macht, sondern wie spät es Samstagnachmittag war, als sie mit ihrer Arbeit aufgehört hat.«

Lewandowski blickte auf. »Keine Ahnung. Ich habe gesehen, wie sie das Haus verlassen hat, aber nicht auf die Uhr geschaut.«

Auf dem Weg ins obere Stockwerk verglich Hackenholt die beiden Listen, um herauszufinden, welche der Damen sowohl am Samstag als auch heute anwesend waren. Er hatte Glück: Die fünf Zimmer der ersten Etage waren in festen Händen – zumindest seit Samstag. Nacheinander sprach er mit allen vier Frauen, die außer Kim hier arbeiteten. Zwei bestätigten, dass sie sich von der Kollegin verabschiedet hatten, aber die genaue Uhrzeit konnte keine von beiden beschwören. Eine konnte sich gar nicht erinnern, doch die letzte Frau, eine große Blondine, hatte einen wertvollen Hinweis für den Ermittler. Bei ihr waren an dem Nachmittag die Japaner Schlange gestanden. Nachdem sie mit dem ersten fertig gewesen war, hatte noch ein zweiter auf sie gewartet. Anschließend hatte sie sich eine kurze Pause gegönnt und war schnell zu einer Bäckerei in die Ludwigstraße gelaufen. Das war kurz vor vier Uhr gewesen. Auf dem Rückweg hatte sie Kim am Anfang der Frauentormauer getroffen.

Damit waren zwei Dinge klar: Kim hatte sich nicht in der Uhrzeit getäuscht, und da Sunee laut Kims Aussage zu diesem Zeitpunkt noch gelebt hatte, konnte Giuseppe Parisi nichts mit ihrem Tod zu tun haben. Stellte sich nur die Frage, warum er so vehement bestritten hatte, überhaupt das Bordell aufgesucht zu haben. In Gedanken versunken stieg der Hauptkommissar die Treppen zu Christine Mur hinauf. Im dritten Stock stellte sich ihm allerdings eine der Prostituierten in den Weg.

»Wie lange soll das eigentlich noch gehen, dass die Marlies nicht arbeiten darf?«, fragte sie ihn empört. »Bei uns ist das nicht so wie bei euch Beamten. Arbeiten wir nicht, verdienen wir auch kein Geld.«

»Ich habe keine Ahnung, wie lange Frau Steinbrunn noch pausieren möchte«, antwortete Hackenholt perplex.

»Pausieren *möchte*?«, mokierte sich die Prostituierte. »Sie haben es ihr doch verboten!«

»Wir kommen Sie denn darauf?«

»Marlies hat am Sonntag ihre Sachen geholt und gesagt, dass sie jetzt ein paar Tage lang weg ist, weil Sie ihr verboten haben zu arbeiten. Es wäre viel zu gefährlich, nachdem sie den Mörder gesehen hat. Wenn der davon Wind kriegen würde, käme er zurück und würde sie auch noch kaltmachen. Klar, dass Marlies da Schiss gekriegt hat. Aber ich frage Sie jetzt mal was: Wie soll ich, bitteschön, mein Geld von ihr zurückbekommen, wenn sie nicht arbeiten gehen darf?«

»Frau Steinbrunn hat bei Ihnen Schulden?« Hackenholts Interesse war geweckt.

»Marlies kommt nie mit ihrer Kohle aus. Hat einfach keine Disziplin. Kaum hat sie was verdient, schon gibt es ihr Typ für irgendeinen Hokuspokus aus. Dann kann sie die Zimmermiete nicht bezahlen und muss sich von einer von uns ein paar Scheine leihen, bis sie wieder genug reingearbeitet hat.«

»Sie hat also nicht nur bei Ihnen Schulden, sondern auch bei anderen Kolleginnen?«

»Svenja, du hast ihr Anfang letzter Woche auch was geliehen, nicht wahr?«, rief sie über den Gang.

»Hat sie mir aber am Sonntag zurückgegeben«, erklärte die Angesprochene schulterzuckend.

»Was? Dieses Flittchen! Mir hat sie noch keinen Cent zurückgezahlt.«

»Jetzt mal langsam«, unterbrach der Hauptkommissar die Unterhaltung mit erhobener Stimme. »Wer hat Frau Steinbrunn wann wie viel geliehen?«

»Von mir hat sie sich letzte Woche dreihundertfünfzig Euro geborgt«, antwortete Svenja.

»Die sie Ihnen vorgestern zurückgegeben hat?«

Die Frau nickte.

»Und von Ihnen?«, wollte Hackenholt von der Frau wissen, die ihn angesprochen hatte.

»Von mir hat sie am Freitag zweihundertfünfzig gewollt, aber ich habe ihr nur hundert gegeben. Bei Marlies weiß man nie, wann und ob man das Geld zurückbekommt. Ich glaube, den Rest hat sie sich von Sunee geschnorrt.« Die Frau zündete sich eine Zigarette an. »Das hilft mir jetzt aber auch nicht weiter. Am Ende haut Marlies noch aus Nürnberg ab, und ich sehe meine Kohle nie wieder.« Sie zog heftig an ihrer Zigarette, wobei sie die Augen gegen den Rauch zusammenkniff.

»Die Ereignisse von Samstagabend haben Frau Steinbrunn ziemlich mitgenommen«, versuchte Hackenholt die aufgebrachte Prostituierte zu besänftigen. »In ein paar Tagen hat sich das bestimmt gegeben und sie wird wieder arbeiten. Wir haben es ihr jedenfalls nicht verboten. Das ginge auch gar nicht, schließlich bräuchte es dazu eine entsprechende Rechtsgrundlage.«

Nachdenklich stieg der Ermittler die letzte Treppe in den vierten Stock hinauf. »Hast du etwas gefunden?«, fragte er Christine Mur.

»Ja, zwei Teilabdrücke auf der Vorder- und Rückseite des Plastikanhängers, mit dem man den Reißverschluss des Kinderrucksacks auf- und zumacht. Ich denke, zumindest der an der Vorderseite könnte groß genug sein, um ihn zweifelsfrei zuordnen zu können. Für alles andere brauchen wir eine DNA-Analyse. Auch an den Schubladeninnenwänden sind jede Menge Fingerabdrücke. Ich werde hier noch eine Weile beschäftigt sein.«

Zurück im Kommissariat vernahm Hackenholt noch einmal Guiseppe Parisi. Der Hauptkommissar versuchte dem Mann klarzumachen, dass er durch die neuen Erkenntnisse als Täter definitiv ausschied und er deswegen nun auch zugeben konnte, bei Sunee Schäfer gewesen zu sein. Nur die Frage nach der Uhrzeit blieb noch zu klären. Der Hauptkommissar versuchte ihm zu verdeutlichen, wie wichtig seine Aussage für die Ermittlungen war, doch Parisi blieb bei seiner anfänglichen Darstellung. Ein ums andere Mal beteuerte er, weder im Bordell noch bei der thailändischen Prostituierten gewesen zu sein.

Nachdem Hackenholt Dr. Holm die neue Situation dargelegt hatte, erteilte der Jurist seine Zustimmung, Guiseppe Parisi nach Hause gehen zu lassen und keinen Haftbefehl gegen ihn zu erwirken.

Kurze Zeit später fanden sich alle Kollegen der Ermittlungsgruppe – mit Ausnahme von Christine Mur – zu einer großen Besprechung zusammen, zu deren Beginn Hackenholt das nachholte, wofür am Morgen keine Zeit geblieben war: die Aufarbeitung der gestrigen Geschehnisse. Sobald er das Gefühl hatte, das Thema ausreichend besprochen, jedoch nicht zerredet zu haben, schwenkte er auf den aktuellen Ermittlungstand um.

»Damit stehen wir also wieder ganz am Anfang«, stellte Wünnenberg resigniert fest.

Stellfeldt schüttelte entschieden den Kopf. »Nein, im Gegenteil, wir haben sogar die erste Ungereimtheit aufgedeckt. Einerseits haben wir eine Zeugin, die einen Mann aus Sunee Schäfers Zimmer hat kommen sehen, andererseits will dieser Mann noch nie in dem Laufhaus gewesen sein.«

»Aber das war doch nur eine anfängliche Schutzbehauptung, die er jetzt nicht mehr ändern kann, da er sonst sein Gesicht verlieren würde«, argumentierte Wünnenberg dagegen. »Der hat doch immer noch Schiss, dass wir glauben, er wäre der Täter. Und seine Frau weiß wahrscheinlich auch nichts von den Bordellbesuchen.«

»Spekulationen bringen uns nicht weiter«, brummte Hackenholt. »Haben die Kollegen aus Nordhessen in der Zwischenzeit mal wieder von sich hören lassen?«

Stellfeldt schüttelte den Kopf.

»Dann müssen wir noch einmal nachhaken.« Hackenholt schaute in die Runde. »Was wissen wir bislang über Sunee Schäfer?«

»Sie stammte aus Thailand und war seit vier Jahren mit einem Deutschen verheiratet. Beide lebten von Hartz IV. Ihr Mann will nichts davon gewusst haben, dass sie anschaffen ging. Während der Ehe haben sie sich auseinandergelebt. Er wurde gewalttätig gegen sie, sodass sie sich von ihm scheiden lassen wollte«, begann Stellfeldt die wenigen Fakten darzulegen.

»Die einzige Bekannte, von der wir bislang wissen«, fuhr Wünnenberg fort, »ist eine Kollegin, die im selben Haus arbeitet. Allerdings klingt die Beziehung mehr nach einer Arbeitsbekanntschaft als nach einer richtigen Freundschaft. Ihr Handy hat Sunee Schäfer bei ihrer Flucht vor ihrem Mann zu Hause gelassen. Stattdessen ist sie des Öfteren in ein Internetcafé gegangen, um von dort aus E-Mails zu schreiben und über das Internet nach Thailand zu telefonieren. Außerdem wollte sie demnächst ihre Familie dort besuchen und soll in den fünf Wochen, die sie in Nürnberg gearbeitet hat, fünftausend Euro verdient haben.«

»Was sagst du dazu?«, fragte Hackenholt Roman Gessner.

»Nichts davon ist etwas Ungewöhnliches«, erklärte der Kollege vom Fachkommissariat. »Viele Thailänderinnen sind darauf aus, dauerhaft nach Deutschland zu kommen. Die einfachste Methode ist, einen Deutschen zu heiraten und sich nach zwei, drei Jahren wieder scheiden zu lassen, denn bis dahin haben sie einen eigenen, unbefristeten Aufenthaltstitel erworben. Entweder lernen sie die Männer über eine Internetagentur kennen, wofür dann aber oftmals hohe Gebühren anfallen, die die Frauen jahrelang in Raten zurückzahlen müssen, oder sie suchen bei der Arbeit gezielt nach heiratswilligen Männern. Ein Großteil der nach Deutschland verheirateten Thais hat nämlich in ihrer Heimat zuvor als Prostituierte gearbeitet.«

»Ich fürchte, dass die Ehe in unserem Fall auch auf diese Weise angebahnt wurde, da Frau Schäfer so gar nichts darüber sagen wollte, wie sie ihren Mann kennengelernt hat. Wir sollten die Kollegen in Nordhessen diese Frage ebenfalls abklären lassen. Vielleicht zeigt sich der Ehemann in dem Punkt ja gesprächiger.«

»Erwarte dir insgesamt bloß nicht zu viel von dem Mann. Es ist durchaus möglich, dass er von nichts gewusst hat«, warnte Gessner.

Hackenholt sah den Kollegen überrascht an. »Wie jetzt?«

»Schau, du darfst nicht von dir und deinen Verhältnissen ausgehen. Vergiss nicht, wie ihr den Mann bislang charakterisiert habt. Zwanzig Jahre älter als die Frau, Hartz-IV-Empfänger, Sextourist, ein simples Gemüt. Der ist nach Thailand gefahren und hat endlich das bekommen, wonach er hier die ganze Zeit vergeblich gesucht hat: Liebe, Zärtlichkeit, Geborgenheit. Eine Frau, die ihm jeden Wunsch von den Augen abliest. Er bringt sie mit nach Deutschland, heiratet sie, und dann beginnt der Alltag. Sie merkt, dass es finanziell nicht zum Besten steht. Natürlich lebt sie hier noch immer wesentlich angenehmer als zu Hause, aber sie kann kein Geld beiseitelegen, um es ihrer Familie zu schicken, für deren Einkommen sie nach wie vor mitverantwortlich ist. Also tut sie das, was sie auch schon in der Heimat gemacht hat: Sie geht anschaffen. Das Geschäft der Prostitution funktioniert überall auf der Welt gleich. Ihrem Mann sagt sie, sie würde für eine Woche nach Frankfurt zu einer Freundin fahren, arbeitet stattdessen aber im Puff.«

»Aber das muss doch auffallen. So gut wie jedes Bordell wirbt mit Bildern von den Frauen im Internet. Oder irgendein Kumpel ihres Mannes erkennt sie bei einem Besuch.«

»Dann geht sie halt nicht nach Frankfurt, sondern in ein anderes Bundesland, nach München oder nach Stuttgart zum Beispiel. Oder eben in kleinere Städte wie Nürnberg oder Erlangen, wo das Risiko einer Zufallsbegegnung wesentlich geringer ist. Und wegen der Bilder im Internet: Schau dir mal die einschlägigen Seiten an. Die wenigsten der Damen sind mit Gesicht abgebildet. Häufig siehst du entweder nur den Körper, oder das Gesicht wird von einem dicken schwarzen Balken oder nach vorne gekämmten Haaren verdeckt.«

Hackenholt blätterte in den vor ihm liegenden Protokollen. »Der Wirtschafter hat gesagt, sie sei alle zwei Monate für zwei Wochen hier gewesen.«

Gessner nickte. »Da hast du es doch. Und wenn du den Ehemann fragst, wird er dir sagen, sie hätte immer behauptet, sie würde in der Zeit eine Freundin besuchen. Im Nachhinein werden wir nie dahinterkommen, ob das eine Schutzbehauptung von ihm ist oder sie ihn wirklich angelogen hat.«

»Wie viel verdient eine Prostituierte eigentlich?«, fragte Wünnenberg neugierig. »Kann Sunee Schäfer in den fünf Wochen tatsächlich fünftausend Euro zusammenbekommen haben?«

»Eine schwierige Frage, aber ich halte es für durchaus möglich. Vielleicht ist die Summe sogar eher ein bisschen zu knapp kalkuliert, wenn sie wirklich auf eigene Rechnung gearbeitet hat, also ohne Zuhälter.«

Die Kollegen sahen Gessner erstaunt an.

»Ich sehe schon, ihr habt nicht viel Ahnung vom Milieu. Also, wir reden jetzt nur von Prostituierten, die in den Bordellen im Jakobsviertel arbeiten. Alle anderen lassen wir mal außer Betracht. Im Laufhaus kostet Oralverkehr dreißig Euro, Oralverkehr mit Geschlechtsverkehr fünfzig. Dauer: circa zwanzig bis dreißig Minuten. Am Wochenende, wenn viel Betrieb ist, kann der Preis auch mal ein bisschen höher liegen, wenn gar nichts geht und eine wirklich Geld braucht etwas darunter. Hat man Glück, kann man auch schon mal für dreißig Euro das volle Programm bekommen. Im Schnitt haben die Frauen zehn bis fünfzehn Freier am Tag. Während der Urlaubszeit im Sommer natürlich entsprechend weniger, da ist nicht so viel los. Wenn eine Frau also diszipliniert ihre Stunden runterarbeitet, kann sie durchaus auf fünfhundert Euro pro Arbeitstag kommen. Brutto. Davon müssen natürlich noch ihre Unkosten bezahlt werden. Zimmermiete, Steuerpauschale und Versicherung. Und essen muss sie ja auch noch etwas. Trotzdem hätte sie an einem Tag rund dreihundertfünfzig Euro Gewinn gemacht. Rechnet man das auf fünf Wochen um, so ergibt das sogar mehr als fünftausend Euro.«

»Fünfzehn Kunden? Und das Tag für Tag?«, Hackenholt klang schockiert. »Wie verkraften die Frauen das?«

Gessner zuckte mit den Schultern. »Indem sie sich in Gleichgültigkeit retten. Einige nutzen dazu Drogen: Alkohol, Tabletten oder härtere Sachen. Gerade unter den Thais ist neben Kokain auch YABA recht beliebt. Das ist die in Südostasien produzierte Variante von Methamphetamin. Eine synthetische Droge übelster Sorte. Andere reduzieren von Woche zu Woche ihre Stunden und lassen es am Service mangeln. Mit der Zeit kommen dann auch weniger Männer, denn es spricht sich schnell rum, welche Frau gut ist und welche nicht. Es gibt sogar Internetforen, in denen sich die User Tipps geben, welche Prostituierte in welchem Bordell besonders gut arbeitet und von welcher man besser die Finger lassen sollte, weil der Service schlecht ist.«

»Ganz schön harter Tobak, den du uns hier präsentierst.«

Gessner lachte freudlos auf. »Dabei war das noch gar nichts im Vergleich zu dem, was ich euch noch so alles erzählen könnte.«

»Ich glaube, das reicht für heute an Insiderwissen.« Der Hauptkommissar erhob sich. »Gehst du Saskia heute Abend noch besuchen?«, fragte er Stellfeldt.

»Natürlich. Jemand muss sie doch auf dem Laufenden halten, damit sie sich nicht ausgeschlossen fühlt.«

»Dann richte ihr bitte einen schönen Gruß von mir aus. Von uns allen«, verbesserte sich Hackenholt rasch. »Und sag ihr, ich schaue morgen vorbei.«

»Ich denke, sie würde sich mehr freuen, wenn du gleich heute mitkommst. Du weißt, dass sie sowieso schon immer mal wieder an sich zweifelt, weil sie glaubt, deinen Ansprüchen nicht gerecht zu werden. Gerade jetzt täte ihr deine Bestätigung sicher gut.«

Auch wenn Baumann Hackenholt kurz nach ihrem Dienstantritt beim K11 eingestanden hatte, sie fürchte, er würde lieber mit seinen männlichen Kollegen zusammenarbeiten als mit ihr, überraschte es den Hauptkommissar zu hören, dass sie offenbar nach wie vor nicht davon überzeugt war, dass er sie für eine gute Beamtin hielt. Dabei hatte er seither immer ein Augenmerk darauf gerichtet, ab und an mit ihr gemeinsam rauszufahren und sie regelmäßig für ihre gute Arbeit zu loben.

»Wenn ich ihr damit helfen kann, komme ich natürlich heute schon mit.«

Als Hackenholt um kurz vor acht endlich zu Hause war, erwarteten Sophie und Trigger ihn schon. Beide schienen aufgeregt zu sein. »Schade, dass du so spät heimkommst, ich wollte mit dir nämlich eigentlich noch ganz toll essen gehen.«

Hackenholt holte sich eine Flasche Mineralwasser aus dem Kühlschrank. »Nicht heute, Schatz. Dafür bin ich, um ehrlich zu sein, viel zu kaputt. Ich glaube, ich möchte nur noch auf dem Sofa liegen und dann früh ins Bett gehen.«

Sophie trat hinter ihn, legte die Arme um seine Hüfte und den Kopf an seinen Rücken. »Macht dir die tote Prostituierte so zu schaffen?«

Er seufzte. »Die Ermittlungen laufen gerade absolut lausig. Wenn wir glauben, einen Schritt vorangekommen zu sein, stellen wir fünf Minuten später fest, dass wir tatsächlich vier Schritte zurückgeworfen worden sind. Aber im Moment macht mir Saskia viel mehr Sorgen. Sie gibt sich die Schuld daran, dass die Personenüberprüfung nicht reibungslos verlaufen ist und der Täter auf sie geschossen hat. Das ist natürlich völliger Blödsinn, trotzdem scheint sie grad alles daran zu setzen, sich das einzureden.«

»Und wie geht es ihr physisch?«

»Ein Indianer kennt keinen Schmerz. Zumindest tut sie so. Aber ich glaube, sie will sich einfach nicht die Blöße geben zu jammern. Jedenfalls hängen noch eine Menge Schläuche an ihr herum.«

»Soll ich sie morgen Nachmittag mal besuchen gehen? Ich habe sie doch auf dem Klassik-Open-Air im Sommer kennengelernt. Meinst du, es wäre ihr recht, wenn ich mal vorbeischaue? Ich kann ja nach fünf Minuten wieder gehen, wenn es zu anstrengend für sie ist.«

Hackenholt wandte sich zu Sophie um, schloss sie in die Arme und gab ihr einen Kuss auf die Augenbraue. »Es wäre wunderbar, wenn du das machen würdest. Versuche sie auf andere Gedanken zu bringen, erzähl ihr von unserem Urlaub, der Haussuche, dem Hund. Wovon du magst, aber meide das Thema Polizei.« Plötzlich sah er Sophie genauer an. »Was ist denn mit dir los? Du siehst ja aus wie ein Junkie. Seit wann hast du so blutunterlaufene Augen?«

»Ach, ich weiß auch nicht. Ich muss mir wohl irgendwie eine Bindehautentzündung eingefangen haben. Die jucken schon seit gestern ganz fürchterlich.« Sophie verzog das Gesicht, dann wechselte sie das Thema. »Und jetzt? Was magst du essen? Ich habe heute Mittag mit meiner Schwester einen Shepherd's Pie gemacht. Magst du etwas davon?«

Hackenholt verzog das Gesicht.

»Als Alternative kann ich einen Nudel-Thunfisch-Salat anbieten.« Aber auch der entsprach nicht wirklich dem Traum eines ausgehungerten Hauptkommissars, wie Sophie seinem Gesichtsausdruck entnahm. »Ich bin schließlich davon ausgegangen, dass wir essen gehen«, verteidigte sie sich. »Aber ich glaube, in der Speisekammer steht noch eine Dose Bratwürste, und heute Nachmittag habe ich frisches Brot gebacken. Es ist noch ganz knusprig.«

Damit war nun endlich auch Hackenholt zufrieden.

Mittwoch

Hackenholt wollte gerade seine Sportschuhe zubinden, als sein Handy piepste. So früh? Das bedeutete normalerweise nichts Gutes. Es war Christine Mur, die ihn in brummigem Tonfall begrüßte.

»Bist du schon auf dem Weg in die Arbeit?«

»Nein, ich wollte gerade mit dem Hund raus.«

»Seit wann hast du denn einen Hund?«, fragte sie misstrauisch, ganz so, als hätte sich Hackenholt diese wenig plausible Ausrede nur einfallen lassen, um sich zu rechtfertigen, weil er nicht schon um sechs Uhr im Büro zu ihren Diensten stand.

»Seit ...« Er rechnete schnell nach. Es waren erst zweieinhalb Tage. »Seit Sonntagabend.«

»Sooosooo«, sagte Mur lang gedehnt. »Na, wenn du meinst, dass du dafür auch noch Zeit hast. Mir hat ja schon mein Barney gereicht, und der –«

»Christine? Warum hast du mich angerufen?«, fiel ihr Hackenholt ins Wort. »Wenn dir gerade langweilig ist, dann ist es zwar lieb, dass du dich mit mir über Haustiere unterhalten willst, aber das können wir auch zu einem späteren Zeitpunkt tun. Ich möchte jetzt nämlich wirklich noch mit dem Hund raus, sonst rentiert es sich nicht mehr, mit dem Auto ins Grüne rauszufahren.«

»Tja, das kommt davon, wenn man mitten in der Stadt wohnen will«, frotzelte sie trotz seiner Warnung weiter, bevor sie endlich doch noch zum Grund ihres Anrufs kam. »Kannst du bitte sofort ins Kommissariat kommen? Ich habe heute den ganzen Vormittag über eine Schulung. Deswegen bin ich auch schon so früh in die Arbeit gekommen. Ich wollte vorher schnell noch die weiteren Auswertungen der Fingerabdrücke in dem Zimmer der Toten abrufen. Und stell dir vor: Der Teilabdruck, den ich auf dem Reißverschlussanhänger des Elefantenrucksacks gefunden habe, konnte zugeordnet werden!«

Hackenholt war mit einem Mal ganz Ohr, der Hund vergessen. »Und? Von wem stammt er?«, drängte er.

»Von Marlies Steinbrunn«, ließ sie die Bombe platzen. »Der Rucksack ist allerdings nicht das einzige Objekt, an dem ich ihre Fingerabdrücke gefunden habe. Da sie eine Kollegin der Toten war, ist es nicht ungewöhnlich, wenn es im Zimmer Spuren von ihr gibt. Damit habe ich also schon gerechnet, das ist absolut natürlich. Meine sind ja auch überall in deinem Büro. Aber in unserem Fall gibt es Stellen, an denen die Finger von Marlies Steinbrunn meiner Meinung nach absolut nichts verloren haben, zum Beispiel innen in der Kommode. Aber genau da habe ich sie gefunden – und nicht etwa nur an einer Stelle, sondern in jeder einzelnen Schublade.«

Hackenholt war verwirrt. Sollte etwa die junge Prostituierte etwas mit dem Mord an ihrer Kollegin zu tun haben? Oder gab es einen plausiblen Grund, warum sich ihre Fingerabdrücke in der Kommode befanden? Hatte sie vielleicht selbst einmal in dem Zimmer gewohnt? Doch auch wenn dem so war, würde das nicht erklären, wie ihr Fingerabdruck auf Sunee Schäfers Elefantenrucksack kam.

»Hallo? Bist du noch dran?«

»Ja. Ich war nur gerade am Überlegen.«

»Tja, davon will ich dich natürlich nicht abhalten, aber ich war noch nicht fertig.«

»Was gibt es denn noch?«

»Ich konnte auch die Fingerabdrücke von Leon Rudolph verorten.«

»In Frau Schäfers Zimmer?«

»Ja. Am Türrahmen – und an ihrem Bett.«

»Was?«, entfuhr es Hackenholt.

»Du hast richtig gehört. Komm also endlich ins Büro, dann kann ich dir auf den Lichtbildern genau zeigen, wo wir die Abdrücke gefunden haben. Ich werde heute definitiv nicht an der Morgenbesprechung teilnehmen können. Ich muss um halb acht weg.«

»Einverstanden, gib mir eine Viertelstunde.« Hackenholt beendete das Gespräch und warf Trigger einen mitfühlenden Blick zu, der noch immer voller Vorfreude schwanzwedelnd neben ihm stand, weil er dachte, es würde nun gleich mit seinem neuen Herrchen hinaus in die Natur gehen.

»Trigger, heute wird Sophie mit dir spazieren gehen, ich muss leider sofort in die Arbeit. Aber wenn du ein bisschen an ihrer Bettdecke ziehst, wacht sie bestimmt vor neun Uhr auf.«

Im Büro ging Hackenholt mit Mur die Auswertungsergebnisse der daktyloskopischen Untersuchungen durch: Welcher Fingerabdruck war wo gefunden worden und gehörte zu welcher Person. Für eine bessere Übersichtlichkeit hatte Mur die Ergebnisse in eine Skizze des Zimmers eingetragen.

»Besonders interessant wird es, wenn wir die Resultate der DNA-Analysen bekommen, aber das kann noch Ewigkeiten dauern, da wir ziemlich viele Spurenträger ans LKA geschickt haben. Allerdings habe ich einen Vermerk geschrieben, dass die Anhaftungen auf dem Elefantenrucksack bevorzugt bearbeitet werden sollen. Und vielleicht kommen heute Nachmittag schon die ersten Ergebnisse hinsichtlich der DNA-Spuren, die wir am Körper der Toten gesichert haben.«

Hackenholt nickte gedankenverloren. Allmählich füllte sich das Kommissariat mit Leben. Mur schaute auf die Uhr.

»Du, ich muss jetzt los. Wenn etwas Dringendes ist, ruf mich einfach an. Ich habe mein Handy dabei. Ansonsten sehen wir uns am Nachmittag.«

In der Morgenrunde besprachen die Mitglieder der Ermittlungsgruppe kurz die neue Situation und kamen überein, Marlies Steinbrunn und Leon Rudolph sofort zum Verhör zu bestellen. Hackenholt rief kurz bei der jungen Prostituierten an und erklärte ihr, ihre Proteste ignorierend, es wären neue Fragen aufgetaucht, zu deren Klärung sie und ihr Freund sofort im Kommissariat erscheinen müssten. Sie würden in den nächsten fünf Minuten von zwei Kollegen abgeholt werden.

Als Gessner und der Beamte von der PI Mitte das junge Paar schließlich ins Kommissariat brachten, hielt es sich eng umschlungen, ohne irgendjemand eines Blickes zu würdigen.

»Die zwei haben sich wirklich gesucht und gefunden«, brummte Hackenholt, nachdem beide unter lautstarkem Protest getrennt und in separate Zimmer gebracht worden waren.

Gessner schüttelte den Kopf. »Lass dich von dem Typen nicht täuschen. Der ist nicht ihr Freund. Leon Rudolph sieht zwar aus wie ein Abiturient, ist aber mit Sicherheit ihr Zuhälter. Frag sie mal beiläufig, was sie eigentlich mit ihrem Geld macht. Ob sie jemanden hat, der es für sie *verwaltet*.«

»Bist du dir sicher? Der ist doch kaum älter als sie!«, meinte Hackenholt zweifelnd.

»Das spielt keine Rolle. Es gibt nicht nur Zuhälter, die ihre Frauen mit Muskelkraft unter Kontrolle halten – manche schaffen eine psychische Abhängigkeit. Typen wie den erkenne ich mittlerweile auf einen Kilometer Entfernung. Irgendwie bekommen die Kerle es mit, dass die jungen Dinger niemanden haben, der sich um sie kümmert. Sie tun ihnen schön, laden sie ein und machen ihnen weis, es würde sie nicht stören, wenn ihre Freundin anschaffen geht. Sie heucheln den Mädchen alles vor, was sie von zu Hause her nicht kennen und sich schon immer gewünscht haben: Verständnis, Geborgenheit, Liebe. Alles so lange, bis die Frauen ihnen hörig sind, sich unsterblich in sie verliebt haben und alles für sie tun würden. Nach zwei oder drei Wochen erzählen die Typen von ihren Schulden, die sie angeblich haben und dass sie untertauchen müssen, wenn sie nicht sofort mal schnell zwei Mille lockermachen können. Das ist dann der Anfang vom Ende. Die Zuhälter kommen einmal am Tag in die Bordelle zum Abkassieren – weil das von den Betreibern aber nicht gerne gesehen wird, tarnen sie sich als normale Kunden und tun so, als würden sie mit den Mädchen vögeln wollen. Meistens haben sie zwei oder drei Frauen parallel laufen. Was meinst du, was da für Geld zusammenkommt. Schau dir Leon Rudolph doch nur an. Von deinem Gehalt kannst du dir jedenfalls keine solchen Klamotten leisten.«

Hackenholt war beeindruckt und gleichzeitig froh, Gessner in der Ermittlungsgruppe zu haben, der immer wieder seine fachkundigen Anmerkungen einbrachte. Er hatte einen ganz anderen Einblick in die Materie. Natürlich war auch dem Hauptkommissar Leon Rudolphs stylische Markenkleidung der gehobenen Preisklasse aufgefallen, aber er hatte sie auf wohlhabende Eltern zurückgeführt.

»Frau Steinbrunn«, eröffnete Hackenholt wenig später die Vernehmung, »wir sind bei unseren Ermittlungen auf ein paar Ungereimtheiten gestoßen, wegen der wir Sie heute nochmals befragen möchten. Haben Sie selbst schon einmal Zimmer Nummer 43 bewohnt? Das Zimmer, in dem Sunee Schäfer zuletzt gearbeitet hat?«

»Nein, ich war zum ersten Mal im vierten Stock, und da will ich auch nie wieder hin! Die Mädels unten bekommen viel mehr Männer ab. Ich wollte nicht in die Etage, aber mir blieb nichts anderes übrig, weil sonst nichts mehr frei war.«

»Sind Sie jemals in Sunee Schäfers Zimmer gewesen?«

»Ja, natürlich. Wir haben manchmal zusammen eine Zigarette geraucht oder Tee getrunken.«

»Würden Sie also sagen, dass Sie mit ihr befreundet waren?«

Marlies Steinbrunn zuckte mit den Schultern. »Befreundet nicht gerade, aber Sunee hat immer viel gelacht und war guter Dinge. Das hat mir gefallen.«

»Wo hat Frau Schäfer ihr Geld aufbewahrt?«

»Keine Ahnung, woher soll ich das wissen?«

Hackenholt sah sie scharf an, dann legte er den in einen Asservatenbeutel verpackten Elefantenrucksack vor ihr auf den Schreibtisch. »Ihr Fingerabdruck war auf dem Reißverschlussanhänger.«

Marlies Steinbrunn wurde erst bleich, dann rot.

»Okay, okay. Sie haben recht. Ich habe gewusst, dass Sunee ihr Geld in dem Elefanten aufbewahrt. Sie wollte mir am letzten Freitag mit ein paar Scheinen aushelfen. Und weil sie sich gerade die Fingernägel lackiert hat und nichts anfassen konnte, hat sie mir gesagt, ich soll mir das Geld selbst rausnehmen.«

»Wie viel haben Sie sich von Frau Schäfer geborgt?«

»Hundertfünfzig Euro.«

»Haben Sie sich an dem Tag auch noch von einer anderen Kollegin Geld geliehen?« Hackenholt zog den Ordner mit den Protokollabschriften zu sich heran und blätterte darin herum, bis er die Aussage der Prostituierten aus dem dritten Stock fand.

»Ja. Aber was kann ich denn dafür, wenn das Geschäft so schlecht läuft, dass ich die Miete nicht bezahlen kann?«, fuhr sie den Ermittler an.

»Müssen Sie sich also öfter mal von einer Kollegin finanziell unter die Arme greifen lassen?«

»Schon, aber ich leihe mir das Geld immer nur so lange, bis ich es wieder reingearbeitet habe.«

»Welcher Tag war es noch mal, an dem Sie sich die hundertfünfzig Euro von Frau Schäfer geborgt haben?«

»Am Freitag.«

»Mal etwas ganz anderes«, wechselte Hackenholt scheinbar das Thema. »Wenn Sie doch gerade so blank sind, wovon wollten Sie eigentlich Ihren Spontanurlaub mit Herrn Rudolph finanzieren?«

»Es kostet nichts, in einem Zelt auf einer Wiese am Baggersee zu übernachten. Außerdem wollte Leon mich einladen.«

Hackenholt nickte und kam auf das ursprüngliche Thema zurück. »Wie ist das konkret abgelaufen, als Sie sich von Frau Schäfer das Geld geliehen haben? Sie sind zu ihr ins Zimmer, und dann?«

»Dann habe ich sie gefragt, ob sie mir etwas geben kann, und sie hat gesagt, das wäre kein Problem, aber ich soll es mir selbst nehmen, weil sie sich gerade ihre Finger macht und nichts anfassen kann.«

»Soso«, sagte Hackenholt. »Hat Frau Schäfer Sie bei irgendeiner früheren Gelegenheit auch schon mal gebeten, etwas aus ihrer Kommode zu holen?«

Marlies Steinbrunn schüttelte den Kopf.

»Und woher wussten Sie, wo das Geld ist?«

»Sie hat es mir gesagt.«

»Was genau hat Frau Schäfer Ihnen gesagt?«

»›Mach die unterste Schublade auf, da ist ein Elefant drin, aus dem kannst du es dir rausnehmen.‹ Und genau das habe ich getan.«

»Wissen Sie, wie viel Geld insgesamt in dem Rucksack war?«

»Keine Ahnung, die Scheine waren da einfach so reingestopft und nicht sortiert.«

»Fünfhundert Euro? Tausend? Fünftausend? Zehntausend?«, fragte Hackenholt. Seine Stimme wurde lauter.

»Ich weiß es nicht! Aber es war schon eine Menge Kohle.«

»Haben Sie Frau Schäfer das Geld zurückgezahlt?«

»Wie denn? Sie ist doch vorher …«

»Und es ist wirklich alles so passiert, wie Sie es uns gerade geschildert haben?«, hakte Hackenholt nochmals nach.

Marlies Steinbrunn nickte.

»Dann verraten Sie mir mal, was Ihre Fingerabdrücke in allen anderen Schubladen der Kommode zu suchen haben. Und wie es sein kann, dass Ihr Daumenabdruck noch immer auf dem kleinen, schmalen Anhänger war, mit dem man den Reißverschluss des Rucksacks öffnet, wenn Sie die hundertfünfzig Euro doch schon am Freitag herausgenommen haben. Das würde nämlich bedeuten, dass seither niemand mehr den Elefanten angefasst hat. Und wäre das der Fall, dann müsste er noch voller Scheine und nicht leer sein. Nein, Frau Steinbrunn, Sie haben die Kommode gezielt nach Frau Schäfers Geld durchsucht und es dann an sich genommen.«

»Aber Sunee hat das Geld doch nicht mehr gebraucht!«, schrie sie. »Sie war schließlich schon tot.«

Stille legte sich über das Zimmer. Die junge Prostituierte schlug die Hände vors Gesicht und begann zu weinen.

»Was ist am Samstagnachmittag wirklich in Sunee Schäfers Zimmer passiert, Frau Steinbrunn?«

Statt einer Antwort schüttelte sie den Kopf.

»Hat Frau Schäfer es abgelehnt, Ihnen Geld zu leihen, weil sie nur noch bis Montag in Nürnberg arbeiten wollte und sich ausgerechnet hat, dass Sie es ihr bis dahin nicht zurückzahlen würden? Aber Sie wussten genau wie die anderen Frauen, dass Ihre thailändische Kollegin in den vergangenen Wochen einen großen Geldbetrag angespart hatte, den sie in ihrem Zimmer aufbewahrte. Und als Frau Schäfer Ihnen nichts leihen wollte, ist es zum Streit gekommen und Sie haben ihr den Hals zugedrückt.«

»Nein!«, schrie Marlies Steinbrunn mit tränenerstickter Stimme. »Ich habe sie nicht angefasst.«

»Wer war es dann? Wer hat Sunee Schäfer umgebracht, Frau Steinbrunn? Vielleicht Ihr Zuhälter?«

»Ich habe keinen Zuhälter. Ich mache das nur für mich und Leon. Bis wir ein Café eröffnen können. Dann ist Schluss.«

»Und an wen geben Sie das Geld ab, das Sie verdienen?«

»Leon passt darauf auf, damit ich es nicht aus Versehen ausgebe. Er ist absolut zuverlässig, und ich liebe ihn.«

»Und warum gibt er Ihnen nicht einen Teil von Ihrem Geld zurück, damit Sie die Miete bezahlen können?«

»Er sagt, er kommt da nicht ran, weil es angelegt ist. Außerdem will er mich so animieren, mehr zu arbeiten und mehr Geld zu verdienen.«

Roman Gessner hatte also absolut recht gehabt mit seiner Einschätzung, dass Leon Rudolph Marlies Steinbrunns Zuhälter war. Hackenholt seufzte.

»Was ist am Samstagnachmittag im vierten Stock passiert, Frau Steinbrunn? Wer hat Sunee Schäfer umgebracht?«, wiederholte er seine noch immer unbeantwortete Frage.

»Ich weiß es nicht.«

»Natürlich wissen Sie es! War es Leon Rudolph?«

»Nein! Leon hat nichts damit zu tun! Es war genau so, wie ich es Ihnen erzählt habe. Er hat vor meinem Zimmer auf mich gewartet, als ich mit dem Japaner fertig war. Dann sind wir duschen gegangen, und auf dem Weg zurück ins Zimmer ist uns dieser Itaker begegnet.« Sie machte eine Pause.

»Und dann?«

»Dann habe ich es mir mit Leon gemütlich gemacht. Aber später sind uns die Zigaretten ausgegangen. Und weil ich nicht bis in den Keller zum Automaten laufen wollte, bin ich schnell zu Sunee, um mir welche von ihr zu leihen. Ihre Türe war angelehnt. Ich habe geklopft und bin rein, weil sie nicht reagiert hat. Sie lag im Bett, aber ich habe sofort gemerkt, dass etwas nicht stimmt, also bin ich in mein Zimmer zurückgerannt, um einen Arzt zu rufen. Aber Leon wollte erst mal selbst nachschauen gehen. Zusammen sind wir wieder rüber in ihr Zimmer. Er hat ihren Puls gefühlt und gesagt, dass nichts mehr zu machen ist. Es hat echt so ausgesehen, als ob sie einfach beim Schlafen gestorben ist, während sie Musik gehört hat. Leon meinte, sie hätte vielleicht einen Herzstillstand gehabt, wegen der ganzen Drogen, die die Thais immer nehmen.« Sie hielt einen Moment inne, bevor sie fortfuhr. »Ich wollte trotzdem einen Arzt rufen, aber Leon sagte, wir sollten lieber warten. Vielleicht würde sie jemand anderes finden. Also sind wir wieder in mein Zimmer zurück. Dann ist Leon eingefallen, dass ich ihm mal erzählt habe, Sunee würde immer viel mehr Freier abbekommen als ich. Er meinte, wir könnten doch mal schauen, was sie so an Geld rumliegen hat, sie würde es ja sowieso nicht mehr brauchen. Also bin ich wieder rüber und habe in der Kommode nachgesehen, während Leon in meinem Zimmer geblieben ist. Wegen der Videokameras. Er wollte nicht dabei beobachtet werden, wenn er mehrfach in Sunees Zimmer geht. Ich habe die Scheine aus dem Elefanten genommen und den Rucksack dann wieder zurückgelegt, damit alles so aussah wie vorher.«

»Was haben Sie mit dem Geld gemacht?«

»Ich habe es Leon gegeben.«

»Haben Sie sich denn nicht geschämt, einer Toten ihr Erspartes wegzunehmen?«

»Leon hat gesagt, Tote kann man nicht bestehlen.«

Hackenholt nickte. »Da hat Herr Rudolph ausnahmsweise mal recht. Das nennt sich dann nicht Diebstahl, sondern Unterschlagung, ist aber trotzdem eine Straftat. Wie ging es dann weiter?«

Die junge Frau holte tief Luft. »Wie ich es Ihnen schon gesagt habe: Ich habe Leon runtergebracht und auf dem Weg nach oben einen Freier getroffen. Nachdem der wieder weg war, habe ich Alarm geschlagen.«

»Hatten Sie denn keine Angst, dass in der Zwischenzeit jemand in das Zimmer geht und die Tote findet?«

Marlies Steinbrunn zuckte mit den Schultern. »Ich hatte die Türe zugemacht, nachdem ich das Geld aus ihrem Zimmer genommen hatte. Wenn die Türen geschlossen sind, geht da keiner rein. Außerdem wäre es ja egal gewesen, wer sie findet.« Sie machte eine Pause. »Wir haben Sunee jedenfalls nicht wegen ein paar blöden tausend Euro umgebracht. Das war ganz bestimmt dieser Typ, der uns auf dem Gang begegnet ist.«

»Sie meinen den Mann, auf den Sie auf dem Video gedeutet haben? Den, den niemand außer Ihnen erkannt hat? Nicht einmal Herr Rudolph, der ihm doch ebenfalls begegnet sein soll? Den Mann, bei dem sich sogar Ihr Wirtschafter sicher ist, ihn nicht gesehen zu haben?«

»Aber da kann ich doch nichts dafür, wenn den außer uns keiner gesehen hat«, antwortete sie trotzig.

»Frau Steinbrunn, hören Sie endlich auf, uns anzulügen. Der vermeintliche Freier ist ein reines Produkt Ihrer Phantasie. Die Geschichte haben Sie sich ausgedacht, damit Sie der Polizei etwas erzählen können, falls Frau Schäfer doch nicht einfach an einer

Überdosis gestorben ist. Der Mann, den Sie sich auf dem Video passend zur Uhrzeit herausgesucht haben, war nicht in dem Bordell. Und selbst, wenn es genau so gewesen wäre, wie Sie es uns aufzutischen versuchen, käme er als Täter nicht in Betracht, da Frau Schäfer danach noch von einer Ihrer Kolleginnen lebend gesehen wurde. Sie haben es doch selbst schon gesagt: Der Mann hat die Tür hinter sich zugemacht, aber als sie zum Zigarettenholen in Frau Schäfers Zimmer gingen, war sie nur angelehnt.«

Nachdem der Hauptkommissar Roman Gessner angewiesen hatte, bei der Staatsanwaltschaft eine Durchsuchungsanordnung für Leon Rudolphs Wohnung zu beantragen und die Durchführung dieser Maßnahme sodann zu leiten, widmete er sich Marlies Steinbrunns Freund. Die Vernehmung des jungen Mannes gestaltete sich jedoch äußerst simpel: Er blieb bei seiner ursprünglichen Version der Geschehnisse und stritt standhaft ab, Sunee Schäfers Zimmer an jenem Nachmittag betreten zu haben. Auf die Frage, wie seine Fingerabdrücke dann in den Raum kämen, räumte er ein, Sunee Schäfer zu einem früheren Zeitpunkt besucht zu haben, als Marlies ihm ihre thailändische Kollegin vorgestellt hatte. Seine Abdrücke in ihrem Zimmer müssten also noch von diesem Besuch stammen.

An dieser Stelle beendete Hackenholt die Vernehmung, entließ aber weder Leon Rudolph noch Marlies Steinbrunn.

»Ja, klar, und morgen kommt der Weihnachtsmann«, stieß Gessner kopfschüttelnd aus, als Hackenholt später in der Besprechung von der Vernehmung berichtete. »Wenn ich jemanden kennenlerne, dann schüttle ich seinem Bett die Hand. Absolut logisch! Aber vielleicht kommen wir über einen anderen Weg ans Ziel: Bei der Durchsuchung seiner Wohnung haben wir achteinhalbtausend Euro beschlagnahmt. Ausschließlich in kleiner Stückelung. Liegt alles schon bei den Kollegen von der Spurensicherung. Jetzt müssen wir abwarten, ob sie auf den Scheinen Sunee Schäfers Fingerabdrücke finden und wir auf diese Art nachweisen können, dass das Geld von ihr stammt. Außerdem haben wir die Kleidung, die Leon Rudolph am Samstagnachmittag getragen hat, sichergestellt und ebenfalls an die Kollegen übergeben. Wenn wir Glück haben, finden sich übereinstimmende Fasern.«

Hackenholt nickte.

Als Nächstes ergriff Stellfeldt das Wort: »Auch wenn es im Moment nicht sonderlich wichtig ist, aber das Königlich Thailändische Honorargeneralkonsulat in München hat uns eine Nachricht zukommen lassen: Sunee Schäfers Familie in Thailand wurde von ihrem Tod benachrichtigt und zu ihren Lebensumständen befragt. Am Anfang hat sie hin und wieder fünfzig Euro nach Hause geschickt, doch die Familie hat sich beschwert, weil das Geld nicht gereicht hat. Nach einem Dreivierteljahr begann sie jeden Monat fünfhundert Euro per ›Western Union‹ zu schicken. Die Familie ist nach ihrem Tod am Boden zerstört und weiß nicht, wovon sie leben soll.«

»Zumindest nicht von den Prostitutionseinnahmen ihrer nach Deutschland verheirateten Tochter«, murmelte Gessner angewidert.

Stellfeldt nickte nachdrücklich, bevor er fortfuhr: »Außerdem haben die Kollegen aus Nordhessen ein Vernehmungsprotokoll gefaxt. Herr Schäfer hat seine Frau während eines Thailandurlaubs auf der Insel Phuket kennengelernt. Ein anderer ›Tourist‹ hat ihn an einer Strandbar angesprochen, ob er eine Begleiterin sucht, und als er Ja sagte, kamen am Abend mehrere Damen an seinen Tisch, von denen er eine ausgewählt hat. Er muss also gewusst haben, dass seine Frau eine Prostituierte war. Seiner Liebe zu ihr tat das allerdings keinen Abbruch, da sie das ja nur machte, weil sie ihre Familie ernähren musste. Allerdings hat er sich keine Gedanken darüber gemacht, wer die Aufgabe übernehmen sollte, nachdem sie ihm nach Frankenberg gefolgt war. Er hat eingeräumt, dass sie von Deutschland aus manchmal Geld nach Hause geschickt hat, dachte aber, es wären fünfzig Euro, die sie vom Haushaltsgeld abgezweigt hätte. Deshalb gab es auch immer wieder Streit. Die Stütze hat ohnehin schon nicht gereicht. Ungefähr ein halbes Jahr nach ihrer Hochzeit hat sie angefangen alle zwei Monate für zwei Wochen zu einer Freundin zu fahren. Zunächst hat sie ihm nicht erzählt, dass sie dort etwas verdient, aber er hat es irgendwann an ihren neuen Kleidern gemerkt. Sie hat ihm daraufhin weisgemacht, die Freundin hätte ihr eine Putzstelle vermittelt, damit sie ein bisschen Geld für ihre Familie zu Hause verdienen kann. Auch deswegen kam es immer wieder zu Streitereien.

Sie hat das gesamte Geld für sich und ihre Familie ausgegeben und wollte es nicht mit ihm teilen. Einmal hat er fünfhundert Euro in ihrer Handtasche gefunden, nachdem sie bei der angeblichen Freundin gewesen war. Nachdem er ihr die Scheine weggenommen hat, hat es in der Ehe so richtig gekriselt.« Stellfeldt ging das Thema offensichtlich nahe. Er hatte sich in den letzten Minuten viel intensiver seine Glatze massiert als üblich. Nun schaute er von seinen Unterlagen auf. »Ich meine, Prostitution ist ja schön und gut, solange die Frauen kein Problem damit haben und sie das sicherlich hart verdiente Geld selbst behalten können. Aber all diese Aasgeier, die etwas davon abhaben wollen, widern mich einfach an!«

Roman Gessner nickte zustimmend. »Genau so sehe ich das auch. Es ist einfach indiskutabel, wenn den Prostituierten selbst nur ein Taschengeld bleibt, weil sie den Hauptteil an ihre Familien, Ehemänner oder gar Zuhälter abgeben müssen.«

»Was ist eigentlich mit Frau Schäfers Handy? Haben es die Kollegen in Hessen sichergestellt?«, versuchte Hackenholt die beiden Beamten von der emotionalen Schiene abzubringen.

Stellfeldt nickte. »Es ist auf dem Weg zu uns.«

Die Tür ging auf, und Christine Mur kam herein. In den Händen hielt sie einen Stapel Ausdrucke. Gruß- und wortlos setzte sie sich und ließ sich von Wünnenberg eine Tasse Kaffee einschenken, bevor sie begann: »Ich habe die ersten DNA-Ergebnisse erhalten. Sie betreffen allerdings nur die Spuren, die wir am Körper der Toten gesichert haben. Wir können jetzt nachweisen, dass sie mit fünf verschiedenen Männern ungeschützten Geschlechtsverkehr hatte. Auf dem Körper haben wir Spermaspuren von weiteren drei Männern gefunden.« Sie hielt inne und blickte mit gerunzelter Stirn in die Runde. Dann schluckte sie, als würde sie sich eine Bemerkung verkneifen, die ihr offenbar auf der Zunge gelegen hatte. »All diese Spuren können wir keinen Personen zuordnen. Weder Leon Rudolph noch dem Mann, der ihm und seiner Freundin auf dem Flur begegnet sein soll, der aber nie in dem Etablissement an der Frauentormauer gewesen sein will.«

»Giuseppe Parisi«, warf Wünnenberg ein.

Mur nickte. »Im Fingernagelschmutz der Toten haben wir keinerlei Spuren gefunden. Dafür gibt es im Bett Hautschuppen, die von mehreren Männern stammen. Auch Schuppen einer Frau sind dabei. Bislang eine Unbekannte. Vielleicht von einer Arbeitskollegin, die sie massiert hat? Wir werden es hoffentlich herausfinden.« Wieder machte sie eine Pause, bevor sie fortfuhr. »Tja, und dann gibt es noch ein letztes Ergebnis: Am Hals des Opfers haben wir eine Spur gesichert, die von Leon Rudolph stammt.«

»Na, wer sagt's denn«, murmelte Gessner.

Doch Mur schüttelte den Kopf. »Es ist nichts Eindeutiges. Vielleicht war es nur ein kleiner Schweißtropfen. Wir können damit lediglich nachweisen, dass er sich in ihrer unmittelbaren Nähe befunden hat. Eindeutig wären Hautpartikel oder winzige Blutanhaftungen unter den Fingernägeln, wenn sie ihn kräftig gekratzt hätte.«

»Trotzdem«, entschied Hackenholt, »dafür, dass er an dem Tag weder in ihrem Zimmer gewesen sein noch sie angefasst haben will, ist selbst das schon zu viel.«

Im Anschluss an die Besprechung telefonierte Hackenholt mit dem Staatsanwalt, der sofort Haftbefehle wegen Mordverdachts gegen Marlies Steinbrunn und ihren Freund beantragte. Danach vernahmen Hackenholt und Wünnenberg Leon Rudolph ein weiteres Mal, bevor sie ihn dem Richter vorführten und sodann in die U-Haft brachten. Der junge Mann blieb die ganze Zeit über stur bei der Behauptung, alles sei genau so gewesen, wie er es ursprünglich geschildert hatte.

Nachdem auch Marlies Steinbrunn in die JVA gebracht worden war, kehrte im Verlauf des Nachmittags Ruhe im Kommissariat ein. Ein Beamter nach dem anderen machte Feierabend. Stellfeldt hatte sich sogar gleich nach der Besprechung verabschiedet, weil er mal wieder Saskia Baumann im Krankenhaus besuchen wollte. Nur die Kollegen, die sich den Spuren an den in Leon Rudolphs Wohnung beschlagnahmten Geldscheinen und Kleidungsstücken widmeten, waren in ihren Räumen noch fleißig an der Arbeit. Gerade als Hackenholt um fünf ebenfalls nach Hause gehen wollte, klingelte sein Telefon. Es war Christian Berger.

»Ich wollte dir nur Bescheid geben, dass ich gerade bei der Staatsanwaltschaft war und den Einstellungsbeschluss für das Verfahren gegen mich abgeholt habe.«

»Das freut mich sehr. Vor allem, dass es so schnell gegangen ist«, sagte Hackenholt herzlich.

»Und mich erst«, gab Berger zu. »Es ist ein saublödes Gefühl zu wissen, dass gegen einen ermittelt wird. Eine Erfahrung, die man erst mal gemacht haben muss.«

»Stimmt. Aber es wird wohl leider nicht das letzte Mal gewesen sein. Irgendein Bürger wird irgendwann mal wieder gegen dich Anzeige erstatten. So ist das heutzutage leider. Aber das ist dann ja trotzdem etwas anderes. Wie lange gilt deine Krankschreibung eigentlich noch?«

»Bis heute. Ab morgen bin ich wieder ganz offiziell einsatzfähig.«

»Wunderbar, dann sehen wir uns morgen früh um halb acht zur Dienstbesprechung.«

»Übrigens ist das Verfahren gegen Saskia ebenfalls eingestellt worden. Der Staatsanwalt hat mir das Schreiben für sie mitgegeben. Ich fahre jetzt gleich noch ins Krankenhaus und gebe es ihr. Das wird sie sicher aufbauen.«

»Hoffentlich«, seufzte Hackenholt. »Das hat sie im Moment dringend nötig.«

Als er die Wohnungstür aufsperrte und ihm weder laute Musik entgegenschallte, noch der Hund auf ihn zugesprungen kam, war Hackenholt einen Moment lang irritiert, bis er sich erinnerte, dass Sophie gestern angekündigt hatte, Saskia im Krankenhaus zu besuchen. Na, das würde ja einen Menschenauflauf an ihrem Krankenbett geben. Bislang wusste er von Stellfeldt, Sophie und Berger, wenn noch jemand von ihrer Familie oder ein Freund vorbeischaute, wäre das kleine Einzelzimmer, in dem sie lag, zum Bersten voll. Hoffentlich brachten sie Saskia alle miteinander auf andere Gedanken und wieder zum Lachen.

Ein wenig bedauerte Hackenholt es, dass Sophie Trigger mitgenommen hatte, sonst hätte er den am Morgen verpassten langen Spaziergang jetzt mit ihm nachholen können. Im Wohnzimmer stieß er auf einen Stapel alter Bücher, die sich Sophie in der Bibliothek ausgeliehen hatte. In den meisten ging es um mittelalterliche Bürgerhäuser der Sebalder Altstadt. Ein Buch stach ihm besonders ins Auge: Es war wesentlich dicker als die anderen und lag neben dem Stapel.

Der weit über siebenhundert Seiten starke Wälzer war ein Band aus der Reihe »Nürnberger Werkstücke zur Stadt- und Landesgeschichte« und beschäftigte sich mit dem Thema »Prostitution in Nürnberg zwischen 1871 und 1945«. Das Cover zierte das Abbild einer Rabattmarke für eine Prostituierte namens Mizzi mit dem Aufdruck: »Sie haben bei mir abonniert – Frauentormauer 80 II. (Bitte stark läuten)«. Der Wert der ausdrücklich nicht übertragbaren Marke betrug dreißig Mark. Ihr unterer Rand war in zwölf kleine, nummerierte Abschnitte unterteilt, von denen nach jedem Besuch einer entwertet wurde. Leider fand Hackenholt keine Jahreszahl, welche die Marke datiert hätte.

Neugierig setzte er sich auf das Sofa und begann in dem Buch zu schmökern. Bereits nach kurzer Zeit hatte er gelernt, dass die Nürnberger auch in puncto Bordellwesen Vorreiter ihrer Zeit gewesen waren. Neben bereits existierenden privaten Bordellen und der Straßenprostitution, hatte der Nürnberger Rat noch vor Juni 1381 mindestens ein städtisches Bordell eröffnen lassen, wodurch Nürnberg zu den ersten Städten zählte, die schon in der zweiten Hälfte des 14. Jahrhunderts einen derartigen Bedarf feststellten und dementsprechend handelten. Mit insgesamt sechsundzwanzig dort lebenden Personen stellte dieses »Frauenhaus« nicht nur den am meisten Köpfe zählenden Haushalt der damaligen Stadt dar, sondern auch das größte Etablissement dieser Art in ganz Deutschland. Um 1400 kam es sogar zu einem richtiggehenden »Gründungsboom«: Selbst kleine Städte in ganz Franken richteten Bordelle ein und verpachteten sie dann an einen Frauenwirt oder eine -wirtin. Diesen Aspekt fand Hackenholt höchst interessant, denn die heutige Sperrgebietsverordnung gestattete es Prostituierten in Mittelfranken nur noch in Nürnberg, Fürth und Erlangen, ihrem Gewerbe nachzugehen. Städte wie Lauf, Schwabach, ja sogar Ansbach gingen leer aus.

Im Weiteren erfuhr er, dass im Januar 1897 die Höchstzahl von vierundzwanzig amtlich bekannten Bordellen erreicht worden war, wobei wiederum interessant war, dass sich in der Sebalder Stadthälfte nur ein einziges Bordell an der Geiersberggasse etablierte, während sich weitere in der Neutormauer und der Maxtormauer nur für kurze Zeit hielten. Alle anderen Bordelle konzentrierten sich auf die Lorenzer Stadthälfte und dort wiederum auf das Jakobsviertel. Das aber war nicht immer so gewesen. Um 1878 hatte es auch außerhalb der Stadtmauer gelegene »öffentliche Häuser« gegeben: drei Bordelle in der näheren Umgebung der Bärenschanzkaserne und zwei in Gostenhof.

Als Hackenholt gerade mit einem neuen Kapitel beginnen wollte, flog die Haustür auf, und bevor er wusste, wie ihm geschah, hatte sich der Hund neben ihm auf das Sofa gesetzt und seine Nase zwischen ihn und das Buch geschoben, das er wohl oder übel erst einmal zur Seite legen musste.

»Das ist mein Sofa, Trigger. Darauf hast du leider nichts verloren. Runter!«, sagte er, während er den Rüden ein Stockwerk tiefer beförderte – auf den Boden. Dann schaute er zu Sophie hinauf, die sich über ihn beugte, um ihm einen Kuss zu geben.

»Darf wenigstens ich mit zu dir auf *dein* Sofa, oder muss ich mich auch dir zu Füßen legen?«

Statt einer Antwort umarmte er sie und zog sie auf seinen Schoß. Sophie quietschte vor Vergnügen. Trigger sprang auf, er wollte bei dem Spaß auch mitmachen. Doch Hackenholt schob ihn erneut vom Sofa hinunter.

»Du musst dich mit dem Hund so schnell wie möglich in der Hundeschule anmelden«, sagte er ernst.

»*Ich*? *Mich*? Wohl eher *wir uns*!«

»Im Moment schaffe ich das ganz sicher nicht auch noch. Wie es gestern jemand anderes so schön ausgedrückt hat: ›Ich ersauf nämlich momentan in Arbeit.‹«

»Na, wenn das so ist, dann müssen wir glatt die Gunst der Stunde nutzen und heute das nachholen, was ich gestern schon mit dir vorhatte, bevor du noch irgendwo als Wasserleiche herumschwimmst.« Sie zog ihn am Ohr.

Hackenholt dachte einen Moment lang nach, konnte sich aber nicht mehr erinnern, was sie gestern Abend mit ihm noch hatte unternehmen wollen.

»Ich wollte mit dir in ein Restaurant gehen. In meinem Gutscheinbuch –«

»Wollen wir nicht lieber Schäufele essen? Wir haben doch noch eine Taufe nachzuholen«, unterbrach er sie hastig. Das Gutscheinbuch hatte er in keiner guten Erinnerung, da sich Sophie zumeist die exotischen Lokale aussuchte, die er nicht mochte. Afrikanische zum Beispiel.

Sophie verdrehte die Augen. »Lass mich doch erst einmal ausreden, bevor du zu protestieren anfängst.« Sie sah ihn gespielt böse an, sodass er artig nickte. »Also, in meinem Gutscheinbuch ist ein Gutschein für ›'S Baggers‹ drin. Das wird dir gefallen. Das Restaurant ist die fränkische Antwort auf die globale Herausforderung – das sagen die Betreiber von sich selbst, und ich finde, dass sie damit total recht haben.«

Hackenholt verstand nur Bahnhof.

»›'S Baggers‹ ist die Kombination aus urfränkisch und hochmodern. Urfränkisch wegen dem Essen und der Sprache auf der Speisekarte und hochmodern, weil das Essen und auch die Getränke über so etwas wie eine Rutsche auf deinen Tisch kommen. Eine Bedienung gibt es nur zum Abräumen.«

Hackenholt sah sie an, als spräche sie im Fieberwahn.

Sophie lachte. »Alle Tische sind mit einem Touchscreen ausgerüstet, über den du bestellst und dann auch das Restaurant bewerten und Kommentare hinterlassen kannst. Das Essen wird in Töpfen angerichtet und schwebt auf einem futuristischen Schienensystem zu deinem Platz. Teller gibt es nicht, man isst direkt aus dem Topf, was ja dann auch irgendwie wieder urfränkisch ist. Warte mal, ich zeig es dir.« Sophie stand auf und holte ihr Netbook. Sie rief die Website des Lokals auf und klickte sich bis zur Speisekarte durch. »Schau, hier hätten wir zum Beispiel: ›A naggerder Frankendöner in Schambingjongrahm‹.«

»Einen nackten was?«, fragte Hackenholt entsetzt.

»Frankendöner. So nennen die das Schnitzel. Oder hier: ›A Ofmbodaggn mid Budnschdreifm & Quargg‹«, las Sophie weiter vor.

Hackenholt nahm ihr den kleinen Computer vom Schoß und scrollte langsam die Seite nach unten. Immer wieder formten seine Lippen stumme Worte: 'S Glubbererschdeeg mit Rösdzwieblln & Dibb, 'S Baggers Gouderla, Winneduus Veschber.

»Du warst eindeutig zu lange bei Saskia im Krankenhaus«, stellte er kopfschüttelnd fest. Dann sah er Sophie an. »Wie geht es ihr überhaupt?«

»Erzähle ich dir, sobald du deine Einwilligung gegeben hast, mit mir ins ›'S Baggers‹ essen zu gehen.«

»Und was ist mit dir?« Hackenholt hatte bemerkt, dass Sophie zu ihren geröteten Augen nun auch noch eine Schniefnase bekommen hatte. »Wirst du mir etwa krank?«

»Das erzähl ich dir auch erst, wenn du deine Einwilligung gegeben hast.« Sie sah ihn mit einem breiten Grinsen an.

»Du weißt, dass sich der Staat nicht von Terroristen erpressen lässt. Und da ich Staatsdiener bin, gilt dasselbe auch für mich.«

»Also gut: Ich werde nicht krank, ich habe nur ein bisschen Schnupfen, und Saskia geht es den Umständen entsprechend gut. Ich hatte den Eindruck, dass sie im Krankenhaus bereits eine Filiale eures Kommissariats eröffnet hat. Und wenn du dich jetzt immer noch weigerst, bilden Saskia und ich eine kriminelle Vereinigung und entführen dich zusammen ins ›'S Baggers‹ – also, sobald sie wieder kann.«

Bei diesen Aussichten blieb Hackenholt nichts anderes übrig, als sich geschlagen zu geben. Insgeheim war er mittlerweile doch ziemlich neugierig auf das Restaurant in der Schmalau geworden.

Donnerstag

Der Donnerstagmorgen begann damit, dass Hackenholt vergeblich seine Lieblingslaufschuhe suchte, die er normalerweise zum Joggen anzog. Sie waren unauffindbar. Schließlich schlüpfte er in ein älteres Paar und ging mit dem Hund zum Laufen. Als er um halb sieben zurückgekommen, geduscht und sich für die Arbeit fertig gemacht hatte, schlummerte Sophie noch immer tief und fest im Bett. Er legte ihr einen Zettel auf den Küchentisch mit der Frage, wo seine Joggingschuhe abgeblieben seien.

Im Büro war er auch diesmal nicht der Erste. Stellfeldt und Berger saßen schon an ihren Schreibtischen. Offenbar hatte Stellfeldt den jungen Kollegen bereits auf den aktuellen Ermittlungsstand gebracht, doch dann erinnerte sich Hackenholt daran, was Sophie ihm gestern beim Abendessen erzählt hatte: Sobald erst Stellfeldt und dann auch noch Berger im Krankenhaus erschienen waren, hatte sie sich gefühlt, als ob die Beamten kurzerhand das Kommissariat ins Krankenhaus verlegt hätten. Baumann habe nur bedauert, dass Wünnenberg samt Kaffeemaschine nicht auch noch mitgekommen war.

»Schön, dich wieder im Team zu haben, Christian«, begrüßte Hackenholt Berger. »Wie geht es dir?«

Der Beamte zuckte mit den Schultern. »Ich denke, ich komme klar damit.«

Die beiden Männer sahen sich einen Moment lang in die Augen, bevor Hackenholt langsam nickte.

»Mein Angebot steht noch. Ich habe Zeit, wann immer du jemanden zum Reden brauchst.« Ohne Berger die Möglichkeit zu einer Erwiderung zu geben, wandte er sich an Stellfeldt: »Wie ich gehört habe, habt ihr gestern im Krankenhaus eine mittelgroße Lagebesprechung abgehalten. Allerdings ganz ohne Ralphs Kaffeemaschine.«

Stellfeldt grinste. »Ich glaube, wir haben Sophie ziemlich genervt, dabei hat sie Saskia viel besser aufgeheitert, als ich es alleine gekonnt hätte. Als dann auch noch Christian mit dem Einstellungsbeschluss kam, gab es für Saskia kein Halten mehr. Am liebsten wäre sie sofort aus dem Bett gesprungen und ins Präsidium gefahren.«

»Wie lange muss sie denn noch in der Klinik bleiben?«

»Darauf wollte sich der Arzt nicht festlegen. Heute bekommt sie erst einmal die Drainage gezogen, und danach will er weiterschauen. Er hat ihr gegenüber aber schon angedeutet, dass sie mindestens den gesamten Oktober lang krankgeschrieben sein wird.«

Die Morgenbesprechung gestaltete sich als eine der beschaulichsten, die es je gegeben hatte. Alle freuten sich, Christian Berger wieder in ihrer Mitte zu haben. Wünnenberg kochte eine Kanne Kaffee nach der anderen, Stellfeld saß entspannt am Tisch, ohne sich ständig die Glatze massieren zu müssen, und Christine Mur hatte mit einem Stapel Papiere Platz genommen, um den sie sich aber kaum noch kümmerte, sobald sie Hackenholts Lieblingskugelschreiber habhaft geworden war und ihn mit absoluter Hingabe zerlegte und falsch wieder zusammenzubauen versuchte. Schließlich rückte sie dann aber doch noch mit den Neuigkeiten heraus, die sie zur Besprechung hatten kommen lassen: Auf einem beträchtlichen Teil der in Leon Rudolphs Wohnung beschlagnahmten Geldscheine waren neben seinen Fingerabdrücken auch die von Sunee Schäfer und Marlies Steinbrunn gefunden worden. Die Ergebnisse der Faseranalysen von den Kleidungsstücken des jungen Mannes würden allerdings erst in ein paar Tagen vorliegen.

Im Anschluss an die Besprechung fuhren Hackenholt und Wünnenberg in die Männer-U-Haft, um Leon Rudolph nochmals zu vernehmen. Wie der Hauptkommissar gehofft hatte, hatte die Nacht im Gefängnis dem jungen Mann die Realität, der er sich nun stellen musste, vor Augen geführt und ihn zur Besinnung gebracht. Er bestritt nicht mehr länger, am Samstagnachmittag in Sunee Schäfers Zimmer gewesen zu sein, sondern gab im Großen und Ganzen das wieder, was Marlies Steinbrunn zuvor bereits ausgesagt hatte – mit dem kleinen Unterschied, dass allein sie es gewesen sein sollte, die das Geld hatte nehmen wollen, und er absolut unschuldig mit in die Sache hineingeschlittert sei.

Als er an jenem Nachmittag ins Laufhaus gekommen war, hatte er auf dem Gang gewartet. Aus den Zimmern der beiden Frauen in der vierten Etage war deutlich zu hören gewesen, dass sie Kundschaft hatten. Nachdem Marlies' Freier endlich fertig gewesen war, hatte er, Leon, sie zum Duschen begleitet, auf dem Rückweg war ihnen der Italiener begegnet. Später war Marlies dann zu Sunee hinübergegangen, um sich Zigaretten von ihr zu schnorren, aber sofort wieder zurückgekommen, weil die junge Thailänderin tot in ihrem Bett lag. Daraufhin wollte er einen Arzt rufen, doch Marlies entgegnete, dass Sunee sowieso niemand mehr helfen könne. Also war er in Sunees Zimmer gegangen, um sich zu überzeugen, dass die Thailänderin auch wirklich tot war und Marlies nicht nur phantasierte. Plötzlich stand Marlies neben ihm und behauptete, Sunee hätte irgendwo in ihrem Zimmer sehr viel Geld versteckt. Und da eine Tote es ja nicht mehr bräuchte, könnte sie, Marlies, es sich doch genauso gut nehmen. Er widersprach ihr und versuchte sie zu überreden, das nicht zu tun, da sie sonst am Ende noch mit dem Tod in Verbindung gebracht werden würden, aber Marlies hatte es mal wieder besser gewusst. Sie hatte das Geld gefunden und ihm in die Hände gedrückt, damit er es für sie aus dem Bordell hinausschmuggelte.

»Irgendwie klingt das doch wie auswendig gelernt.« Hackenholt schüttelte den Kopf. »War es nicht vielleicht vielmehr so, Herr Rudolph, dass Sie sich, während Sie auf Frau Steinbrunn warten mussten, mit Frau Schäfer vergnügen wollten, diese es aber abgelehnt hat? Vielleicht, weil Sie geglaubt haben, sie würde es für Sie umsonst machen? Und als Frau Schäfer laut wurde, haben Sie Ihr den Hals zugedrückt, sie anschließend ins Bett gelegt und es dann so eingerichtet, dass Frau Steinbrunn die Tote fand? Kam der Vorschlag vielleicht von Ihnen, dass Ihre Freundin sich die Zigaretten von Frau Schäfer schnorren sollte, anstelle in den Keller zu gehen und sich dort welche zu kaufen?«

»Das ist doch völliger Unsinn. Ich liebe Marlies! Was sollte ich denn von so einer thailändischen Tussi wollen?«

»Und wie kommen Ihre Fingerabdrücke dann auf Frau Schäfers Bett und Ihre DNA an ihren Körper?«

»Das habe ich doch schon gesagt: Ich habe sie angefasst, weil ich mich davon überzeugen wollte, dass sie wirklich tot ist. Stellen Sie sich vor, Sunee wäre nur bewusstlos gewesen und gestorben, weil wir es versäumt hätten, einen Notarzt zu rufen.« Rudolph schaffte es, seine Stimme empört klingen zu lassen.

Bei der Rückkehr der beiden Beamten ins Büro, wartete ein Päckchen auf dem Schreibtisch des Hauptkommissars. Es stammte von der Kripo Nordhessen und enthielt Sunee Schäfers Handy. Sofort begann er mit dessen Überprüfung. Es dauerte keine zwei Minuten, bis er feststellte, dass er einen Dolmetscher brauchte, da sämtliche Kurznachrichten in Thai geschrieben waren.

Mit einem Seufzer suchte er im Computer die Telefonnummer der Übersetzerin heraus, die bereits beim Gespräch mit Kim dabei gewesen war. Sie versicherte ihm, sich sofort auf den Weg zu machen. In der Zwischenzeit beantragte Hackenholt routinemäßig einen Einzelverbindungsnachweis für die von dem Handy aus geführten Gespräche und notierte anschließend die in der Anrufliste und im Telefonbuch gespeicherten Rufnummern, die er nur aufgrund der thailändischen Vorwahl verorten konnte, da natürlich auch hier sämtliche Namen in Thai geschrieben waren. Gemeinsam mit der Dolmetscherin benötigte er dann noch einmal über eine Stunde, um alle Namen und Texte zu notieren und sie den Nummern zuzuordnen.

Die einzigen deutschen Rufnummern, die in dem Handy eingespeichert waren, gehörten Sunee Schäfers Ehemann, Kim aka Naiyana Boonmee-Martin, zwei Arztpraxen in Frankenberg und Nürnberg und der Polizei in Form des deutschlandweit gültigen Notrufs 110. Alle anderen Kontakte stammten aus Thailand. In den SMS hatte Sunee Schäfer Belanglosigkeiten an ihre Familie geschrieben: Dass es ihr gut gehe und wann sie wieder Geld schicken werde. Hackenholt dankte der Dolmetscherin für ihre Hilfe und begleitete sie zum Ausgang.

Als er wieder in sein im zweiten Stock gelegenes Kommissariat zurückkam, erwartete ihn ein aufgeregter Wünnenberg bereits mit dem Autoschlüssel in der Hand.

»Die Einsatzzentrale hat gerade angerufen. Ein Untersuchungshäftling hat seinen Hofgang dazu genutzt, einen Fluchtversuch zu unternehmen und ist dabei tödlich verunglückt. Dreimal darfst du raten, von wem die Rede ist!«

Leon Rudolphs Leiche lag unter einem Bettlaken verborgen auf dem Asphalt neben dem Justizgebäude. Wie die beiden Ermittlungsbeamten im Laufe des Nachmittags herausfanden, hatte sich der Vorfall folgendermaßen zugetragen: Nachdem Wünnenberg und Hackenholt mit der Vernehmung des jungen Mannes fertig gewesen waren, war er wieder in seine Zelle gebracht worden. Er hatte sein Mittagessen erhalten und anschließend mit einer Gruppe anderer Inhaftierter an einer Stunde Hofgang teilnehmen dürfen.

Doch anstatt sich die Beine zu vertreten, hatte er sich an eine Stelle verdrückt, die der Wachmann nur schlecht einsehen konnte. Dort spreizte er sich so geschickt in ein Eck des Gebäudes, dass es ihm gelang, die glatten Wände unter Zuhilfenahme der Fenstersimse hochzuklettern. Unbemerkt. Zwölf Meter hoch bis zum Dach. Auf diesem war er bis ans Ende des südlichen Gebäudeteils balanciert, das von einem Stacheldrahtzaun eingefasst wurde. Er hatte seine Jacke ausgezogen, sie auf den Zaun geworfen und sich irgendwie hindurchgewunden. Als Nächstes war er mehrere Meter in die Tiefe gesprungen – auf einen Vorbau, auf dem er sich durch die nächsten Zaunrollen gequält hatte. Noch immer war ihm das Glück hold gewesen: Er hatte sich nur wenige Schnittwunden zugezogen und war weitergelaufen, ausgerechnet über das Flachdach, unter dem der Ermittlungsrichter sein Büro hatte. Dann folgte ein letzter Sprung, sieben Meter in die Tiefe und in die Freiheit. Irgendetwas musste dabei schiefgegangen sein, denn Leon Rudolph war nicht auf den Füßen, sondern ungebremst auf dem Rücken gelandet, sein Kopf auf den Asphalt geknallt. Er war auf der Stelle tot gewesen.

Eine Anwohnerin in der Bärenschanzstraße hatte einen Teil der waghalsigen Flucht beobachtet und die Polizei gerufen. In der JVA hatte man erst durch die Nachfrage der Einsatzzentrale bemerkt, dass sich im Hof ein Häftling zu wenig befand. Hackenholt gegenüber sagte die Zeugin aus, der junge Mann habe beim letzten Sprung plötzlich mit den Armen zu rudern begonnen, nachdem er beim Absprung mit einem Fuß an der Dachkante hängen geblieben war.

Der Hauptkommissar ging in den Mittelhof der JVA und besah

sich die Nische, in der Leon Rudolph vom Wachpersonal unbemerkt die Wand hinaufgeklettert war. Niemand hätte dem jungen Mann, der schon fast unterernährt aussah, eine solche Kraft zugetraut. Er musste ein geübter und vor allem mutiger Kletterer gewesen sein, denn nur ein Freeclimber hatte die glatte Wand bezwingen können. Dabei hatte er vermeintliches Glück gehabt, da eine auf dem Dach der Anstalt angebrachte Kamera keinen Alarm ausgelöst hatte.

Die Kripobeamten vernahmen die anderen Hofgänger, die allesamt abstritten, den Fluchtversuch bemerkt zu haben. Angeblich waren sie ganz auf sich selbst fixiert gewesen. Kein Einziger von ihnen hatte mit Leon Rudolph gesprochen. Auch dem Wachpersonal war er nicht besonders aufgewühlt erschienen. Da er den Innenhof noch nie zuvor betreten hatte, musste er aus einer spontanen Eingebung heraus gehandelt haben.

Als Hackenholt auch an diesem Abend einmal mehr erst nach acht Uhr nach Hause kam, fand er die Wohnung wie schon am letzten Tag verwaist vor. Auf dem Küchentisch lag noch immer der Zettel, auf den er am Morgen die Frage nach seinen Turnschuhen geschrieben hatte. Sophie hatte eine für sie absolut ungewöhnliche Kurzantwort darunter gekritzelt: »In der Mülltonne!« Daneben prangte der Abdruck einer dreckigen Hundepfote.

Erst als Hackenholt schon im Bett lag und wieder in dem Buch über Prostitution im Mittelalter schmökerte, hörte er, wie ein Schlüssel in die Tür gesteckt und aufgeschlossen wurde. Dann vernahm er leise Tapser, die schließlich in der Küche von einem kopfschmerzerregenden Quietschen abgelöst wurden, als Triggers Wassernapf über den Boden schrabbte. Geräuschlos öffnete sich kurz danach die Schlafzimmertür, und Sophie linste herein.

»Du hast noch nicht geschlafen, oder?«, fragte sie vorsichtig.

»Glücklicherweise noch nicht.«

»Trigger kann ganz schön anstrengend sein.« Sophie ließ sich neben ihn aufs Bett fallen.

Hackenholt beugte sich zu ihr hinüber und küsste sie. »Deswegen sage ich ja: Hundeschule.«

Sophie rieb sich die tränenden Augen.

»Wie ist das eigentlich mit meinen Laufschuhen zu verstehen?«

»Trigger fand es ungerecht, dass du gestern nicht mit ihm raus bist.«

»Aber das waren meine Lieblingsschuhe!«

»Ich weiß«, sagte Sophie kleinlaut. »Es tut mir leid.«

»Na ja, *du* hast sie ja nicht zerbissen«, erwiderte er in sanfterem Tonfall, während er ihr Gesicht streichelte. »Wenn Trigger erst mal in der Hundeschule ist, wird es sicher besser.«

»Meinst du, man kann einem so alten Hund überhaupt noch etwas beibringen?«, fragte Sophie zweifelnd.

»Wir wissen doch noch nicht einmal, wie alt er ist. Am besten gehst du morgen mit ihm zum Tierarzt und lässt ihn untersuchen. Und dann müssen wir uns auch unbedingt um die Hundesteuer kümmern.«

»Na, wenn *wir uns* darum kümmern müssen, dann machst am besten *du* das«, sagte Sophie mit einem Grinsen. Dann erfasste sie ein Niesanfall.

»Kann es sein, dass du seit Neuestem auf etwas allergisch reagierst?«, fragte Hackenholt mit Bedacht.

Sophie sah ihn empört an. »So dreckig ist es hier nun auch wieder nicht, als dass bei mir plötzlich eine Hausstauballergie ausgebrochen sein könnte!«

»Und wie schaut es mit Hundehaaren aus? Bist du vielleicht darauf allergisch?«

»Die sind es ganz bestimmt nicht«, antwortete Sophie schnell, und betrachtete auf einmal interessiert das Buch, in dem Hackenholt gelesen hatte. »Total interessant, nicht wahr? Hast du schon die Postkarte gesehen?«

Hackenholt sah sie fragend an.

»Na, die Grußkarte. Auf der einen Seite ist eine sehr elegant gekleidete Dame abgebildet, die eine Prostituierte sein soll, und auf der anderen sieht man das Gemäuer der Frauentormauer und eine Weinwirtschaft. Und darüber steht ›Gruß aus Nürnberg‹.«

Hackenholt gab sich geschlagen und nickte. »Ich habe gestern schon in dem Buch gelesen. Ist ja mal wieder typisch, dass sich auch in puncto Prostitution das mittelalterliche Nürnberg hervortun musste«, antwortete er im Spaß, um Sophie in ihrem Vaterlands-

oder besser gesagt Mutterstadtstolz zu ärgern. Doch sie reagierte gänzlich anders, als er es erwartet hatte.

»Manchmal glaube ich, Nürnberg hat sein gesamtes Pulver im Mittelalter verschossen, sodass für die Gegenwart nichts mehr übrig ist. Die Stadt klammert sich nur noch an die Vergangenheit. Egal, wohin du auch schaust, überall findest du nur Mittelalter oder Mahnmale zum Nationalsozialismus. Dann frage ich mich, ob Nürnberg überhaupt gemerkt hat, dass die Zeit nicht stehen geblieben ist. Was haben wir denn in unserer Stadt Modernes, über das die Menschen noch in fünfhundert Jahren reden werden? Die fahrerlose U-Bahn vielleicht, die immer stecken bleibt? Die Jugendstilvillen, die wir unter Denkmalschutz stellen, um sie dann verrotten zu lassen? Aber das ist vermutlich eh egal, weil es Nürnberg in fünfhundert Jahren sowieso nicht mehr geben wird.«

Hackenholt runzelte angesichts dieses ungewöhnlich pessimistischen Ausbruchs die Stirn.

»Jetzt übertreibst du aber!«, protestierte er. »Erinnere dich doch mal an die weltweite Vergleichsstudie zur Lebensqualität in Großstädten, von der erst neulich etwas in der Zeitung stand. Darin belegt Nürnberg Platz vierundzwanzig im allgemeinen Ranking, und im Umweltranking liegen wir als beste deutsche Stadt sogar auf Platz dreizehn. Weltweit! Nürnberg hat eine sehr hohe Lebensqualität. So schlimm, wie du es gerade skizziert hast, steht es um die Stadt definitiv nicht!«

Sophie lachte, küsste ihn und frage: »Zählt die Anzahl der Freudenhäuser und der dortige Service etwa auch zu dieser Lebensqualität? Wie geht es heutzutage eigentlich im Puff zu? Jetzt, wo du einen Grund hattest, offiziell hinzugehen, kannst du es mir doch erzählen. Du musst nicht mal mehr aufpassen, dich zu verplappern.«

Er sah Sophie schockiert an. Was war denn heute mit ihr los?

»Reizen dich die Frauen?«

»Sophie, die Frage stellt sich für mich nicht. Ich bin rein beruflich dort, und außerdem liebe ich dich. Ich möchte mit keiner anderen Frau Sex haben.«

»Aber das meine ich doch gar nicht. Es geht mir nicht darum, ob du fremdgehen würdest. Ich möchte wissen, welchen Reiz ein

Bordell auf einen Mann ausübt. In einem Interview mit einer Mitarbeiterin von ›Kassandra e.V.‹ habe ich mal in der Zeitung gelesen, dass schätzungsweise jeder vierte bis fünfte Mann mindestens einmal im Leben zu einer Hure geht.«

»Du kennst ›Kassandra‹?«, fragte Hackenholt überrascht.

»Natürlich habe ich schon vom Selbsthilfeverein der Nürnberger Prostituierten gehört. Im letzten Jahr hat er seit Langem mal wieder das Mauerfest organisiert, auch wenn ich mich zugegebenermaßen noch nie hingetraut habe. Aber du lenkst vom Thema ab. Ich wollte wissen, was für einen Mann den Reiz am Bordell ausmacht.«

»Also, mal abgesehen davon, dass du mit mir wirklich den Falschen fragst: Ich glaube, Männer fühlen sich schon alleine von den Umständen angezogen. Die einfache Tatsache, dass es ein Bordell ist. Der Ruf des Verruchten, des Verbotenen, der dem Ganzen noch anhaftet. Der hat sich noch von früher gehalten, auch wenn die Eleganz von damals verschwunden ist. Die Frauen sind es sicher nicht. Natürlich sind manche attraktiv, ein paar vielleicht sogar schön, aber nicht so, als dass man in einer Kneipe oder einem Club nicht besser aussehende Frauen antreffen würde. Du musst auch bedenken, dass Männer Bordelle häufig in Gruppen besuchen, um sich dann etwas zu beweisen. Außerdem sind viele an-, wenn nicht sogar betrunken. Freier setzen sich aus allen Schichten der Bevölkerung zusammen, es sind nicht nur die Hässlichen, die auf anderem Weg keine Frau abbekommen würden. Es sind Männer –«, abrupt hielt er inne.

»Männer wie du und ich?«, fragte Sophie lachend. »Aber was kriegen sie bei einer Professionellen, was sie zu Hause nicht bekommen?«

»Verständnis. Jemanden, der zuhört, der nicht kritisiert. Zärtlichkeit. Aber auch andere Sexpraktiken. Immer mehr Menschen sind Singles. Sie sind einsam, leben isoliert und mit weniger sozialen Kontakten, haben also ein größeres Bedürfnis nach Privatheit, Intimität und Kommunikation. Andere sind einsam, weil sie auf Geschäftsreise sind. Und wieder andere sind seit zwanzig Jahren verheiratet und leben in ihren festen Bahnen, in denen es nichts mehr zu entdecken gibt, in denen sie den Partner in- und auswendig kennen und dessen Sorgen und Bedürfnisse nicht mehr wahrnehmen.«

»Und wer garantiert, dass uns das nicht auch passiert?«, fragte sie ihn leise.

»Niemand außer uns beiden«, sagte er ebenso sanft. »Aber wir haben die ersten zwei Jahre wunderbar hinbekommen, da werden wir es auch die kommenden achtzehn schaffen.«

Freitag

Nachdem Hackenholt mit Trigger eine halbe Stunde spazieren gegangen war, setzte er sich mit seiner Frühstückstasse Kaffee auf die Terrasse. Auch wenn die morgendliche Kühle des Herbstes bereits in der Luft lag, genoss er die ersten wärmenden Sonnenstrahlen, den wolkenlosen blauen Himmel und den Anblick der Sonnenblumen im Garten, an denen sich die Spatzen um die letzten Kerne stritten.

Er warf einen Blick auf die Schlagzeilen der Zeitung: Der tödlich verlaufene Knastausbruch hatte es auf die Titelseite geschafft. Einen Moment lang hatte Hackenholt das Gefühl, als sei er die gesamte vergangene Woche für die Titelseite verantwortlich gewesen. Erst der Mord an der Frauentormauer zusammen mit der Öffentlichkeitsfahndung nach dem vermeintlichen Zeugen, dann der Schusswechsel auf dem Parkplatz vom McDonald's und nun schließlich der Knastausbruch.

Hackenholt überflog den Text. Der Ablauf wurde so minutiös dargelegt, wie ihn die Zeugin bei ihrer Vernehmung geschildert hatte. Ein Foto von der im Stacheldraht hängenden Jacke war als Eye-Catcher mitten im Artikel platziert worden. Der Reporter hatte ganze Arbeit geleistet. Hackenholt blätterte auf die Innenseite und las die Fortsetzung. Natürlich hatte die Nürnberger JVA-Leitung rasche Konsequenzen angekündigt, um den aus dem Jahr 1901 stammenden Gefängnisbau noch ausbruchsicherer zu machen. Hackenholt schüttelte den Kopf. Irgendein Schlupfloch würden findige Inhaftierte immer finden, wenn sie nur lange genug danach suchten.

Natürlich hatten auch die Herren Politiker mit ihrer Meinung mal wieder nicht hinter dem Berg halten können. Die Opposition im bayerischen Landtag warf der Staatsregierung eine unzureichende Personalausstattung der Haftanstalten vor. Eine solche Anschuldigung war durchaus gerechtfertigt, schließlich entsprach sie den Tatsachen. Leider war mit dieser Feststellung allein niemandem geholfen, am wenigsten der Anstalt selbst, da sie kein zusätzliches Personal zugeteilt bekommen würde – dieses müsste aus anderen Gefängnissen abgezogen werden, wo es aber ebenso knapp war.

Der dann folgende Absatz versetzte Hackenholt zunächst in Rage. Ein Politiker hatte der Zeitung gegenüber mitgeteilt, dass während der Urlaubszeit in der JVA Nürnberg tagsüber drei, allenfalls vier Bedienstete zur Bewachung von hundertsechzig bis hundertachtzig Gefangenen zur Verfügung stünden und dass am Wochenende Kontrollgänge von nur einem Bediensteten üblich seien. Hätte ein Anstaltsbeamter solch sensible Daten ausgeplaudert, hätte er sich auf einiges gefasst machen müssen, doch ein Politiker durfte darüber natürlich vor versammelter Journaille reden. Hackenholt schüttelte den Kopf. Nun ja, vielleicht half es der Bevölkerung zu verstehen, dass es bei einer derartigen Arbeitsbelastung fast schon an ein Wunder grenzte, dass es nicht zu noch mehr Ausbrüchen kam.

Hackenholt legte die Zeitung zusammen und ging duschen.

Einen Großteil des Vormittags arbeiteten die Mitglieder der Ermittlungsgruppe daran, die bislang bekannten Fakten unter einen Hut zu bringen. Leon Rudolph hätte wohl kaum den waghalsigen Fluchtversuch unternommen, hätte er nicht etwas mit dem Tod der Prostituierten zu tun gehabt und deshalb eine langjährige Haftstrafe befürchtet. Was war ihnen bislang entgangen? Waren eindeutige Spuren übersehen, vielleicht gar nicht erst gesichert worden?

Christine Mur schüttelte nur immer wieder ihren Kopf. »Ich sag nur: Nitribitt! Genau wie den Frankfurter Kollegen ist uns jetzt ein Verdächtiger unter den Händen weggestorben. In den Ermittlungen steckt der Wurm drin! Ich hab's doch von Anfang an gesagt. Passt jetzt bloß auf, dass uns keine Unterlagen abhandenkommen. Ich bin mir absolut sicher, dass es in Frau Schäfers Zimmer nichts zu entdecken gab, was wir nicht gefunden haben. Der Schlüssel zu dem Fall muss irgendwo anders liegen.«

»Lass uns bei den Fakten bleiben. Wie weit seid ihr mit den DNA-Analysen?«, hakte Hackenholt nach.

»Wir haben mittlerweile so gut wie alle Spuren ausgewertet. Inzwischen können wir ausschließen, dass die weibliche DNA-Spur, die wir in Frau Schäfers Bett gefunden haben, von einer ihrer aktuellen Kolleginnen herrührt.«

»Könnten die Hautpartikel nicht von einer Prostituierten stammen, die auf dem Gang gearbeitet hat, aber zum Tatzeitpunkt schon wieder abgereist war?«, fragte Stellfeldt nach.

Mur nickte. »Das wäre die naheliegendste Erklärung. Von Marlies Steinbrunn haben wir jedenfalls keinerlei Spuren im unmittelbaren Umfeld der Toten gefunden. Nur am Schrank und in der Kommode. Leon Rudolphs Spuren beschränken sich auf die Fingerabdrücke an Tür und Bett und die besagte minimale Spur am Hals des Opfers. Falls er also etwas mit ihrem Tod zu tun hatte, müsste er Handschuhe getragen und diese dann irgendwann ausgezogen haben.«

»Die Theorie würde wiederum mit den fehlenden Kratzspuren am Hals des Opfers korrespondieren«, warf Wünnenberg nachdenklich ein.

Mur schnitt eine Grimasse. »Ich weiß nicht so recht«, sagte sie mit einem Seufzen. »Wenn er der Täter war, ist die Spurenlage verdammt dürftig. Wir haben keine übereinstimmenden Fasern aus dem Zimmer an seiner Kleidung gefunden. Umgekehrt waren aber auch keine Fasern von seiner Kleidung an der Bettwäsche vorhanden. Er müsste also schnurstracks ins Zimmer gegangen sein, ohne etwas zu berühren, und ihr den Hals zugedrückt haben. Und das wäre wohl nur der Fall gewesen, wenn er sie gezielt hätte umbringen wollen, um an ihr Geld zu kommen.« Nervös drehte die Beamtin einen billigen Kugelschreiber ununterbrochen auf und zu, sodass er quietschende Geräusche von sich gab, die allen auf die Nerven gingen.

Hackenholt beugte sich schließlich zu ihr hinüber und nahm ihr den Stift aus der Hand.

»Es reicht, Christine. Wir kommen definitiv nicht weiter, wenn wir anfangen, uns selbst zu zerfleischen. Ich denke, wir haben bisher solide Ermittlungsarbeit geleistet und werden der Sache schon noch auf den Grund kommen. Ich habe für elf Uhr einen Termin in der Frauen-U-Haft ausgemacht, um mit Marlies Steinbrunn zu sprechen. Sie ist gestern schon von Leon Rudolphs Tod unterrichtet worden. Ich hoffe, sie steht uns heute Rede und Antwort und erzählt endlich, was wirklich passiert ist. Schließlich muss sie ihren Freund jetzt nicht mehr schützen.«

Das Untersuchungsgefängnis für weibliche Inhaftierte war in die Frauenanstalt integriert. Hackenholt fuhr mit Wünnenberg in die Mannertstraße, wo die Beamtin an der Torwache bereits über ihr Anliegen Bescheid wusste. Wie immer gaben die beiden Ermittler ihre Ausweise bei ihr ab, schalteten ihre Handys aus und versperrten sie zusammen mit ihren Dienstwaffen und sämtlichen Schlüsseln, die sie bei sich trugen, in einem Schließfach. Dann wurden sie in den winzigen und fensterlosen Besucherwarteraum links hinter der Schleuse gelassen. Nachdem Marlies Steinbrunn von einer anderen Beamtin in den Besucherraum gebracht worden war, durften auch die beiden Ermittler in das in luftigem Zartgelb gestrichene Zimmer mit den freundlich-hellen Ahornsitzmöbeln eintreten.

Marlies Steinbrunn sah müde und, sofern das in der kurzen Zeit überhaupt möglich war, abgezehrt aus. Hackenholt hatte das Gefühl, ihr sei zumindest für den Moment alles egal geworden. Von ihrer Angriffslust war nichts mehr zu spüren. Sie reagierte kaum auf seine Provokationen und war nicht mehr aus der Reserve zu locken. Immer wieder schüttelte sie den Kopf, weil sie nicht verstand, was ihren Freund dazu getrieben hatte, den waghalsigen Fluchtversuch zu unternehmen. Er musste doch gewusst haben, dass sein Anwalt ihn so schnell wie möglich aus dem Gefängnis herausholen würde. Schließlich war es nur um eine Unterschlagung gegangen und nicht um ein Tötungsdelikt. Mit Sunees Tod hatte keiner von ihnen etwas zu tun gehabt. Außerdem war Leon bislang nicht vorbestraft gewesen. Er hatte also keinen Grund gehabt, so panisch zu reagieren. Vielleicht hatte er nur aus einem Impuls heraus gehandelt, als er die Möglichkeit zur Flucht gesehen hatte.

Ihre vorherige Aussage widerrief die junge Prostituierte jedoch in einem wichtigen Punkt: Sie räumte ein, dass ihr und ihrem Freund auf dem Rückweg von der Dusche auf dem Gang niemand entgegengekommen war. Den Itaker hatte es nicht gegeben. Sie hatten ihn erfunden, damit niemand auf die Idee käme, sie hätten etwas mit der Sache zu tun. Die ursprüngliche Personenbeschreibung war ein reines Fantasieprodukt gewesen, und als sie, Marlies, dann auf den Videoaufzeichnungen einen Mann entdeckt hatte, der so ähnlich aussah wie der von ihr beschriebene, hatte sie ihn kurzerhand als denjenigen ausgewählt, der ihnen auf dem Gang begegnet sein sollte. Alles andere hätte sich jedoch genau so abgespielt, wie sie es zu Protokoll gegeben hatte. Sosehr sich Hackenholt und Wünnenberg auch bemühten, die Abläufe zu hinterfragen und Widersprüche zu finden, es gelang ihnen nicht. Die junge Prostituierte blieb bei ihrer Darstellung.

Als die Beamten in die Dienststelle zurückkehrten, diskutierten Berger, Gessner und Stellfeldt gerade, ob sie in die Kantine gehen oder ihre Mittagspause in der Stadt verbringen sollten. Das Hauptargument, das gegen die Kantine sprach, war, dass es Spaghetti Bolognese gab. Stellfeldt insistierte, man dürfe die Spaghetti nicht ohne Saskia essen, weil die sich immer so köstlich über die anderen Kollegen amüsierte, die Angst um ihre Dienstkleidung hatten.

Die fröhliche Diskussion wurde durch einen Anruf der Einsatzzentrale jedoch jäh unterbrochen. In einem Bordellbetrieb im Ziegelsteiner Industriegebiet war eine Rumänin tot aufgefunden worden.

Das »Frissonner de Plaisir« war im oberen Stock eines zweigeschossigen Industriebaus untergebracht. Das Erdgeschoss wurde als Lagerhalle für Autoteile und Reifen genutzt, sah jedoch so aus, als wäre es schon länger nicht mehr betreten worden.

Hackenholt schätzte die Gesamtfläche des Clubs auf über fünfhundert Quadratmeter. Sie war aufgeteilt in einen großzügigen Aufenthaltsbereich mit Bar, vier extragroße Badezimmer, einen Sauna- und Massagebereich, fünfzehn Liebeszimmer und mehrere Privaträume wie etwa Büro, Küche und Putzkammer.

Ileana Rozeanu, die getötete Prostituierte, war nackt – doch das war auch schon die einzige Gemeinsamkeit, die sie mit Sunee Schäfer aufwies. Die Rumänin war in dem wenig luxuriös eingerichteten Zimmer nicht im Bett hindrapiert und zugedeckt worden, so als würde sie schlafen, sondern ganz unzeremoniell auf dem Fußboden liegen gelassen worden. Augen halb geöffnet, Blutaustritt aus der Nase, tiefe Drosselmarke um den Hals.

Dr. Puellen wollte sich auch dieses Mal nicht schon vor Ort genauer darauf festlegen, wie lange die Frau bereits tot war. Die übliche Faustformel für das Absinken der Körperkerntemperatur kam wieder nicht in Frage, da die Tote unbekleidet war und es in dem Raum noch dazu wegen des nach Norden hinausgehenden, geöffneten Fensters sehr frisch war. Auch die Leichenstarre und Totenflecken waren schon in einem Stadium, aus dem der Arzt mit zwei bis sechs Stunden nur einen groben Anhaltspunkt für ihren Todeszeitpunkt ableiten konnte.

Aus dem Augenwinkel sah Hackenholt Dr. Holm den Flur entlangeilen. Er hatte ihn in dem Moment auf seinem Handy erwischt, als er gerade aus einer Verhandlung gekommen war.

»Was haben wir denn hier? Einen Nachahmungstäter? Das hat uns jetzt gerade noch gefehlt.« Der Staatsanwalt sprach Hackenholts geheime Gedanken aus. »Oder sollte dieser Rudolph doch die Wahrheit gesagt haben und unschuldig gewesen sein? Besteht die Möglichkeit, dass es sich um ein und denselben Täter handelt?«

»Sie wurde erdrosselt.« Der Hauptkommissar trat einen Schritt zurück, sodass Dr. Holm einen Blick in das Zimmer werfen konnte.

Der Anklagevertreter schnitt eine Grimasse, nickte kurz angebunden und wandte sich dann wieder ab. Roman Gessner trat zu Hackenholt.

»Ich kenne den Laden«, sagte er leise. »Auf dem Papier gibt es zwei Betreiber. Einen Mann und eine Frau. Sie ist Ungarin, er Deutscher. Die Aufteilung scheint so zu sein, dass sie sich aktiv um das Geschehen im Club kümmert, wohingegen er im Hintergrund die Strippen zieht. Gefunden wurde die Tote von der Betreiberin. Eine Belegungsliste und die Ausweise der Mädchen habe ich mir schon geben lassen. Ich werde sie sofort überprüfen und sie mit den Frauen abgleichen, die tatsächlich anwesend sind.«

Hackenholt nickte. »Wo finde ich die Betreiberin?«

»Elianka Horvath wartet in ihrem Büro, aber es wäre mir ganz recht, wenn ihr sie in einem anderen Raum vernehmen könntet. Dann kann ich mich in Ruhe im Büro ein bisschen genauer umsehen. So eine Gelegenheit bekomme ich nicht alle Tage.«

Hackenholt sah den Staatsanwalt fragend an.

Dr. Holm nickte. »Ich möchte die Dame gerne kennenlernen. Ich habe schon so einiges von ihr gehört. Vernehmen wir sie doch in der Sitzgruppe im Eingangsbereich.«

Elianka Horvath trug ein durchsichtiges schwarzes Negligé, das die roten Dessous darunter mehr unterstrich als sie zu verbergen.

»Darf ich den Herren etwas zu trinken anbieten?« Sie sah von Hackenholt zu Wünnenberg und schließlich zu Dr. Holm. Der harte Akzent, der ihrer samtigen Stimme eine erotische Note verlieh, passte zu ihren slawischen Gesichtszügen: hohe Wangenknochen, Stupsnase und lange schwarze Haare. Hackenholt schätzte sie auf Mitte zwanzig, was ihn überraschte, denn er hatte mit einer wesentlich älteren Frau als Betreiberin gerechnet.

»Danke«, lehnte er im Namen aller kopfschüttelnd ab. »Frau Horvath, wann haben Sie die Tote gefunden?«

»Unmittelbar bevor ich bei der Polizei angerufen habe. Das war um halb zwölf.«

»Hatten Sie da schon geöffnet?

Elianka Horvath schüttelte den Kopf. »Nein, wir dürfen leider nur von zwölf Uhr mittags bis ein Uhr nachts arbeiten. Andere Öffnungszeiten genehmigt uns die Stadt Nürnberg nicht, obwohl wir alles versucht haben und unsere Konkurrenten an der Frauentormauer damit eindeutig bevorzugt werden. Aber das zeigt nur, dass sie eine stärkere Lobby haben als wir. Das sieht man schon daran, dass die im Rotlichtviertel den Taxifahrern vierzig Euro Kopfgeld zahlen, wenn sie die Kunden nicht zu uns, sondern zu ihnen an die Mauer bringen.« Sie hielt kurz inne, bevor sie fortfuhr. »Vielleicht sollte ich Ihnen das ein wenig genauer erklären. Sehen Sie, wir pflegen eine andere Philosophie als die üblichen Etablissements. Wir legen mehr Wert auf Kundenzufriedenheit: Bei uns bleibt kein Wunsch offen. Die Mädchen sind zu allem bereit – natürlich innerhalb der Vorschriften«, fügte sie hastig hinzu. »Außerdem gibt es bei uns für den Mann nicht diesen Zeitdruck, der in anderen Häusern herrscht. Wir haben ein Pauschalangebot. Eine Flatrate. Für hundertneunundzwanzig Euro kann der Gast den ganzen Tag bei uns verbringen und sich so oft er mag von sämtlichen Mädchen verwöhnen lassen. Getränke und Snacks sind inklusive. Hat es trotzdem mal einer eilig, dann bezahlt er nur neununddreißig Euro und kann sich eine halbe Stunde lang mit einem unserer Mädchen vergnügen. Und begnügt sich ein Mann mit zwei Mädchen, dann bezahlt er nur neunundachtzig Euro. Bei uns gibt es ausschließlich Festpreise. Kein Gefeilsche, keine heimlichen Aufschläge. Aber unsere revolutionäre Geschäftsidee weckt natürlich den Neid der anderen.«

Eine Flatrate im Bordell! Hackenholt klangen die Ohren. Hatte man da noch Töne? »Wann haben Sie Frau Rozeanu zuletzt lebend gesehen?«

»Heute Morgen um halb zwei, als ich nach Hause gefahren bin.«

»Sie wohnen also nicht hier?«

Die Ungarin lachte auf. »Nein, hier wohnen nur die Mädchen. Es genügt mir, meinen Arbeitstag hier zu verbringen. In meiner Freizeit möchte ich etwas anderes sehen.«

»Wann sind Sie heute Vormittag wieder hier gewesen?«

»Kurz nach elf Uhr.«

»Und was haben Sie gemacht?«

»Das Übliche. Geschaut, ob ausreichend Wechselgeld da ist, die Putzfrau alles sauber gemacht hat, genügend Getränke bereitstehen und auch sonst alles so weit in Ordnung ist, damit wir öffnen können. Dann bin ich von Zimmer zu Zimmer gegangen und habe den Mädchen gesagt, dass es Zeit wird, sich fertig zu machen und die Zimmer aufzuräumen. Schließlich wollen die Kunden nicht in irgendeinem Verhau bedient werden. Als ich Ileana gefunden habe, habe ich sofort die Polizei gerufen.«

»Das heißt, während Ihrer Abwesenheit sind die Frauen hier sich selbst überlassen?«

»Nein, nein, Reto ist ja da. Er wohnt hier und sieht nach dem Rechten, sorgt dafür, dass morgens geputzt und durchgelüftet wird. Reto Malik.«

»Herr Malik ist also Ihr Wirtschafter?«

»Die Bezeichnung trifft es nicht ganz. Er arbeitet bei uns als Kellner und Mädchen für alles.«

»Sind Ihre Räume videoüberwacht?«

»Selbstverständlich. Wir überwachen den Eingangsbereich, in dem ich die Kunden begrüße und berate, welche Variante für sie am geeignetsten ist. Da ich dort auch das Geld kassiere, war mir diese Kamera sehr wichtig. Außerdem werden Aufenthaltsraum, Flur und beide Notausgänge überwacht.«

»Wunderbar, dann lassen Sie uns doch bitte gleich die Mitschnitte von heute Vormittag ansehen«, meldete sich Dr. Holm zu Wort.

Frau Horvath sah ihn verständnislos an. »Videoaufnahmen von heute Vormittag? Aber da gibt es keine. Wir lassen die Kameras nur laufen, wenn geöffnet ist.«

Der Staatsanwalt stöhnte hörbar auf.

»Sind die Eingangstüren unten im Haus und hier zur Etage außerhalb Ihrer Öffnungszeiten geschlossen, oder kann man jederzeit hinein- und hinausgehen?«, übernahm Hackenholt wieder.

»Die Türen sind natürlich geschlossen, aber nicht abgesperrt. Falls Sie darauf anspielen wollten: Die Frauen können sich frei bewegen und werden von uns nicht eingekerkert. Sie können das Gebäude jederzeit verlassen, nur wenn sie wieder hereinwollen, müssen sie klingeln. Reto macht ihnen dann auf.«

Wie Hackenholt fünf Minuten später feststellen sollte, hatte Reto Malik eine mindestens genauso beeindruckende Figur wie der Wirtschafter der ›Himmelspforte‹, die seinen Aufgabenbereich garantiert maßgeblich bestimmte. Wenngleich Frau Horvath es bestritt, gab es auch in diesem Etablissement einen Muskelmann, der darauf achtete, dass sich die Gäste – und sicher auch die Frauen – benahmen.

»Herr Malik, wann haben Sie Frau Rozeanu zum letzten Mal gesehen?«

»Heute Morgen um halb zehn, als sie aus dem Badezimmer kam«, antwortete der Mann prompt.

Hackenholt war über die klare Antwort erstaunt. »Warum sind Sie sich mit der Uhrzeit so sicher?«

»Ich habe kurz danach auf die Uhr geschaut, weil der Brauereifahrer mit einer neuen Lieferung kam.«

»Das heißt also, dass in der Zeit die Eingangstüren offen standen und sich jeder hätte hereinschleichen können?«, fragte Wünnenberg.

Reto Malik schüttelte den Kopf. »Nein, wir lagern unsere Getränke in einem separaten Raum gleich neben dem Hauseingang. Sowohl der Bierfahrer als auch ich waren dort, während er die Lieferung abgeladen hat. An uns wäre niemand unbemerkt vorbeigekommen.«

»Wollen Sie damit sagen, dass eine der anderen Frauen Frau Rozeanu getötet hat?«

Wieder schüttelte der Mann den Kopf. »Nein. Bevor der Brauereifahrer kam, hatte ich die Türen der Notausgänge zum Durchlüften geöffnet. Wie jeden Morgen.« Er stand auf. »Kommen Sie, ich zeige Ihnen, was ich meine.«

Er führte die Ermittler den Gang entlang, von dem links und rechts die Zimmer der Frauen abgingen. Ganz am Ende befand sich eine breite, zweiflügelige Tür. An der Wand hing in einem kleinen roten Brandschutzkasten, dem das Sicherheitsglas fehlte, ein Schlüssel. Malik nahm ihn heraus und sperrte die Tür auf. Vor ihnen erstreckte sich eine breite Außentreppe, die spiralförmig nach unten zu einem Parkplatz führte.

»Brandschutzauflage von der Feuerwehr.« Malik griff sich einen Holzkeil vom Gitter, steckte ihn unter die Tür und verhinderte so, dass sie zufallen konnte. »Dasselbe mache ich am anderen Ende des Gangs. Jeden Morgen wird auf die Art durchgelüftet. Anders ist dem Mief nicht beizukommen.«

Gedankenverloren starrte Hackenholt zum anderen Flurende hinüber. Ileana Rozeanu hatte gleich das Zimmer neben dem Notausgang bewohnt.

»Es konnte also quasi jeder hier herein- und hinausspazieren, der wusste, dass die Türen am Vormittag zum Lüften offen standen«, stellte Dr. Holm kurze Zeit später pikiert fest, bevor er auf die Uhr sah. »Ich muss jetzt zurück, aber haltet mich bitte auf dem Laufenden.«

Hackenholt nickte, trommelte dann die anwesenden Mitarbeiter seiner Ermittlungsgruppe in einem der Zimmer zusammen und teilte allen die bisherigen Erkenntnisse mit.

Mittlerweile waren auch zwei Dolmetscherinnen eingetroffen, die den Beamten bei den Vernehmungen der Frauen behilflich sein sollten. Den Anfang machte der Hauptkommissar mit der Rumänin, die im Zimmer lebte, das gegenüber der Ermordeten lag. Die junge Frau war aufs Äußerste verstört. Nur ganz allmählich gelang es Hackenholt und der Dolmetscherin, etwas aus ihr herauszubekommen.

Ileana Rozeanu hatte am Morgen an ihre Tür geklopft, nachdem sie aus dem Badezimmer gekommen war. Das machten sie immer so, denn es gab eine feste Reihenfolge, wer wann ins Bad ging. Als die junge Frau ihrerseits vom Duschen zurückkam, hatte ihre Kollegin Musik aufgelegt gehabt. Ein traurig-schönes Stück. Da sie wusste, dass Ileana oft Heimweh hatte und dann ungestört sein wollte, während sie Musik hörte, hatte sie sie nicht gestört und auch nicht gefragt, ob sie mit ihr zum Frühstück gehen wolle. Als sie später zurückkam, war es im Nachbarzimmer still gewesen. Sie hatte geklopft, aber niemand hatte geantwortet. Also hatte sie Ileana in Ruhe gelassen.

»Haben Sie Frau Rozeanu gesehen, als sie heute Morgen an Ihre Türe geklopft hat?«, fragte Hackenholt explizit nach.

Die junge Prostituierte nickte. »Sie hat geklopft, die Türe aufgemacht und ›Guten Morgen‹ gesagt.«

»Erwartete Frau Rozeanu Besuch? War sie irgendwie aufgeregt oder ängstlich?«

Die Rumänin schüttelte den Kopf. »Wir bekommen keinen Besuch. Wir kennen hier niemanden, und Ileana hatte auch keinen heimlichen Freund, wenn Sie das meinen. Das würde Frau Horvath nicht erlauben.«

»Eine letzte Frage habe ich noch: Was trug Frau Rozeanu, als sie bei Ihnen geklopft hat?«

Die Frau starrte den Hauptkommissar einen Moment lang an, dann sagte sie mit bebender Stimme: »Ihren Bademantel.«

Hackenholt ging zu Christine Mur und bat sie, nach dem besagten Kleidungsstück Ausschau zu halten. Vielleicht hatte der Täter die Frau ausgezogen und dabei Spuren an dem Bademantel hinterlassen. Dann machte sich der Hauptkommissar daran, die nächste, im daneben liegenden Zimmer wartende, ebenso junge und aufgelöste rumänische Kollegin der Ermordeten zu befragen.

Gegen Abend versammelten sich alle Mitglieder der Ermittlungsgruppe wieder in der Dienststelle.

»Wo sind wir da nur hineingeraten?«, seufzte Stellfeldt, noch bevor Hackenholt das Wort ergreifen konnte. »Zwei tote Prostituierte innerhalb von einer Woche. Das schreit geradezu nach einem Zusammenhang.«

Wünnenberg schüttelte den Kopf. »Ich tippe eher auf einen

Nachahmungstäter, auf so einen Verrückten, der in der Zeitung über den Mord an der Frauentormauer gelesen hat und dann von dem Medienrummel so fasziniert war, dass er einen ähnlichen Mord begangen hat, um berühmt zu werden.«

»So einfach dürfte es wohl nicht sein«, widersprach Hackenholt. »Wir müssen erst einmal abwarten, was die Spurensicherung uns sagen kann, ob wir es mit zwei Tätern zu tun haben oder mit einem. Wir dürfen nicht vergessen, dass wir nach wie vor nicht wissen, welche Rolle Leon Rudolph bei Sunee Schäfers Ermordung gespielt hat.«

Gessner wiegte den Kopf hin und her. »In meinen Augen wird es immer unwahrscheinlicher, dass er die thailändische Prostituierte umgebracht hat. Dafür rückt für mich ein anderes Szenario immer weiter in den Vordergrund, das ich extrem beunruhigend finde.«

Alle sahen aufmerksam zu dem Kollegen vom Fachkommissariat.

»Für die Erklärung muss ich ein bisschen weiter ausholen. Als die Finanzkrise im Herbst 2008 langsam, aber sicher Deutschland erreicht hatte, erschien ein gewisser Thilo Husarek in Nürnberg auf der Bildfläche. Bis dahin war er uns nur wegen seiner FKK-Clubs in Erlangen bekannt, aber als dann eins der Anwesen an der Frauentormauer zum Verkauf stand, versuchte er in Nürnberg den Fuß in die Tür zu bekommen. Ihr müsst wissen, dass sich die einschlägigen Etablissements im Jakobsviertel seit Jahren in festen Händen befinden. Im Grunde genommen sind sie mit einer lebenslangen Lizenz zum Gelddrucken vergleichbar. Es hat uns also sehr erstaunt, als wir erfahren haben, dass ein Haus an einen neuen Konkurrenten gehen sollte. Allerdings ist es nicht so weit gekommen. Das Objekt wurde von einem Tag auf den anderen vom Markt genommen.

Gleichzeitig tauchte ein für uns neuer Mann in Nürnberg auf: Hermann Gödecke. Bis dato war er im Frankfurter Rotlichtmilieu eine bekannte Größe, außerdem werden ihm Verbindungen zur Rockerszene zugeschrieben. Hermann Gödecke stand nun also eines schönen Tages, gerade als einer unserer Betreiber in eine finanzielle Schieflage geraten war, mit einem Koffer voller Geld in Nürnberg und – tata! – zwei Tage später gehörten ihm nicht nur das Haus, das zum Verkauf gestanden hatte, sondern auch noch zwei andere Bordelle. Darunter die ›Himmelspforte‹.

Im Zuge dieser Umstrukturierung wurden unter anderem auch neue Wirtschafter eingesetzt. Waren bis dato zwei Häuser von in die Jahre gekommenen ehemaligen Prostituierten geführt worden, so wurden diese nun in den Ruhestand befördert und durch muskelbepackte und zumeist von oben bis unten tätowierte Männer ersetzt. Keiner von denen war ein unbeschriebenes Blatt. Aber auch bei den Sexworkerinnen selbst gab es eine grundlegende Veränderung: In allen drei Häusern hielten Ausländerinnen massiv Einzug. Bis dato hatte es noch ein letztes Bordell gegeben, das fest in deutscher Hand gewesen war. Das war damit Vergangenheit.

Wir haben die Szene natürlich sehr genau beobachtet. Vor allem, weil 2008 hinter dem in Gebersdorf geplanten Großbordell mit den angedachten zweihundert Prostituierten auch schon ein Anwalt mit unmittelbaren Kontakten zum Rockermilieu gestanden hatte. Das Projekt konnte seinerzeit gerade noch verhindert werden. Vielleicht erinnert ihr euch, es ging damals groß durch die Lokalmedien. Und davor hatte schon Aufregung wegen dem geplanten Bordellschiff draußen am Kanal geherrscht.

Während Hermann Gödecke also die drei Häuser an der Frauentormauer übernahm, versuchte Thilo Husarek sich in Nürnberg anderweitig zu etablieren. Es gelang ihm, indem er in Ziegelstein einen bestehenden FKK-Club übernahm. Nach einem knappen Jahr schloss er ihn und eröffnete dafür im August 2009 das ›Frissonner‹. Anfänglich war es ein ganz *normales* Bordell, also ohne Flatrate. Aber schon allein am Namen seht ihr, dass Husarek das französische Flair der Bordelle an der Frauentormauer nachahmen wollte.

Im Februar und Oktober 2010 kamen dann zwei weitere Häuser in der Schmalau und am Hafen hinzu, und plötzlich wurde Anfang des Jahres die Flatrate eingeführt. Zum gleichen Zeitpunkt gerieten Gerüchte in Umlauf, dass die Prostituierten an der Frauentormauer angehalten seien, ein Auge zuzudrücken und es mit den Freiern trotz gesetzlichem Verbot auch ohne Gummi zu machen. Angesichts des Infektionsrisikos wäre so etwas der absolute GAU gewesen. Also entschloss man sich behördlicherseits, den in Paragraph 6 der Bayerischen Hygiene-Verordnung geregelten Kondomzwang, der schon vor Jahren in Kraft getreten war, nun auch in Nürnberg rigoros umzusetzen und durch Kontrollen zu überprüfen. Bis dahin hatte die Polizei durchaus mal ein Auge zugedrückt, wenn beim ›Anblasen‹ keine Kondome verwendet wurden.

Seither scheint es im Milieu aber zu gären. Die Taxerer, die schon immer Einfluss darauf nehmen konnten, wo sie ihre Fahrgäste hinbrachten, indem sie von einem Bordell abrieten und ein anderes dafür empfahlen, waren plötzlich heiß umkämpft und wurden fürstlich entlohnt. Nicht immer nur in bar, manchmal auch in Naturalien.« Gessner machte eine Pause, bevor er fortfuhr. »Wie schon gesagt, dem Betreiber vom ›Frissonner‹ gehören in Nürnberg inzwischen noch zwei weitere Clubs. Alle liegen in Industriegebieten, wo sich keine Nachbarn gestört fühlen können. Von einem Freier haben wir vor rund drei Monaten Hinweise erhalten, dass zumindest manche Frauen nicht freiwillig dort sind. Natürlich gibt es immer wieder mal einen Typen, der sich in eine der Prostituierten verliebt, sie aus ihrer vermeintlichen Zwangslage retten will und dann bei uns anruft, um uns darauf hinzuweisen, dass sie gegen ihren Willen dort festgehalten wird. In der Regel ist das aber bloß eine erfundene Geschichte, die die Frau dem Feier erzählt hat, um ihn gehörig auszunehmen.

Hier lag die Sache allerdings anders. Wir haben festgestellt, dass in allen drei Clubs mittlerweile nur noch Rumäninnen arbeiteten, was sehr ungewöhnlich ist. Normalerweise bieten Bordelle eine bunte Mischung an Frauen aus aller Herren Länder an, um für die Freier attraktiver zu sein. Jedenfalls war unser Argwohn geweckt, und wir haben mit den Ermittlungen gegen die Clubs beziehungsweise den Betreiber begonnen. Nach und nach kamen wir einem Menschenhändlerring auf die Spur, einer Gruppe von Männern, die in Rumänien Frauen anwirbt und in Deutschland dann zur Prostitution zwingt. Solche Ermittlungen gestalten sich leider immer extrem schwer, weil wir ja nicht nur den Laden dichtmachen, sondern vor allem an die Hintermänner rankommen wollen. Die Rumäninnen verweigerten natürlich aus Angst jegliche Aussage gegen den Betreiber.«

»Wissen die Frauen denn nicht, worauf sie sich einlassen, wenn sie hierherkommen?«, fragte Berger.

Gessner schüttelte den Kopf. »Die meisten von ihnen haben in ihrer Heimat nur die Grundschule absolviert und keinen Beruf erlernt. Unsere Tätergruppe weiß das natürlich und nutzt es schamlos aus. Die Männer locken die Frauen mit Angeboten auf lukrative Putzstellen nach Deutschland und zwingen sie dann hier zur Prostitution. Sie bedrohen ihre Familien und knöpfen ihnen so viel Geld ab, dass es für die Rumäninnen unmöglich ist, auf eigene Faust wieder zurückzukehren. Sie müssen bis zum Umfallen arbeiten, um überhaupt etwas nach Hause schicken zu können.

Aus den Unterlagen im ›Frissonner‹ habe ich herauslesen können, dass die Frauen fünfzig Euro am Tag erhalten. Pauschal. Dafür müssen sie während der kompletten Öffnungszeiten zur Verfügung stehen. Sieben Tage die Woche. Der absolute Wahnsinn. Außerdem werden die Rumäninnen, um Sozialabgaben zu sparen, als Selbstständige geführt, was sie nicht sind. Sie tragen keinerlei unternehmerisches Risiko, sondern müssen zu genau festgelegten Zeiten arbeiten.«

Stille senkte sich über den Raum, bis Stellfeldt endlich das Wort ergriff. »An das Großprojekt in Gebersdorf kann ich mich noch erinnern, aber alles andere ist für mich absolutes Neuland.«

Als Hackenholt in die Gesichter seiner Kollegen blickte, stellte er fest, dass Stellfeldt offenbar allen aus tiefstem Herzen gesprochen hatte.

»Verstehe ich deine Schlussfolgerung dann jetzt richtig, Roman? Du vermutest, dass Sunee Schäfer und Ileana Rozeanu Opfer zweier rivalisierender Bordellbetreibergruppen geworden sind?«

Gessner nickte. »Genau diese Befürchtung hege ich.«

Hackenholt seufzte. »Das sind keine sonderlich schönen Aussichten. In diesen Bereich fehlt uns bisher jeglicher Einblick. Wir müssen das so schnell wie möglich ändern, dürfen dabei aber die anderen Erklärungsalternativen nicht außer Acht lassen. Ein Streit im Milieu ist nur eine von mehreren Möglichkeiten. Wir müssen im Umfeld von Ileana Rozeanu ermitteln, um herauszufinden, ob hinter dem Mord vielleicht persönliche Motive stecken. Desgleichen dürfen wir nicht zu überprüfen vergessen, ob es einen Zusammenhang zwischen ihr und Sunee Schäfer gab.«

Hackenholt erstarrte, als er die Wohnungstür aufsperrte und in zwei Hundegesichter schaute. Trigger im Doppelpack! Schwanzwedelnd standen zwei Golden Retriever vor ihm.

Lass das bitte nicht wahr sein, dachte er im Stillen. Nicht noch einen Hund! Ein Trigger reicht vollkommen. Doch dann hörte Hackenholt Stimmen, die aus dem Esszimmer zu ihm drangen, und er gewahrte auch unbekannte Jacken, die an der Garderobe hingen. Sophie hatte Besuch. Hatte sie ihm davon erzählt? Er war sich nicht sicher. Hoffentlich hatte sie ihn nicht auch noch gebeten, zu einer bestimmten Uhrzeit zu Hause zu sein. Er seufzte. Immerhin duftete es in der Wohnung ausgesprochen köstlich.

»Na, endlich!« Sophie stand auf und kam ihm entgegengelaufen, als er das Esszimmer betrat. »Wir hätten keine Sekunde länger mit dem Essen auf dich warten können.« Sie gab ihm einen flüchtigen Kuss, wandte sich an ihren Besuch und machte die Anwesenden mit dem Hauptkommissar bekannt.

Die einzige der drei anwesenden Frauen, die er kannte, war Sophies Schwester. Die zweite wurde ihm als Susanne, eine Theaterregisseurin vorgestellt, und die dritte war Sonja, eine Webdesignerin. Zu Letzterer gehörte Michael, der bislang einzige Mann in der Runde, der sich als freischaffender Künstler entpuppte.

»Sag mal, was ist denn eigentlich mit eurer Haussuche?«, fragte Sonja, während sie sich fast zwei Stunden später von Sophie eine ordentliche Portion selbst gemachtes Tiramisu auf den Dessertteller häufen ließ.

Sophies Schwester grinste Hackenholt verschwörerisch an, denn sie wusste über das Drama nur allzu gut Bescheid.

»Die stagniert derzeit ein bisschen«, murmelte Sophie. »Aber nachdem wir jetzt Trigger haben, wird sich auch das finden.«

»Was hat denn der Hund mit der Haussuche zu tun?«, fragte Michael neugierig.

»Er hat mein Argument untermauert, dass wir ein Haus auf dem Land in Betracht ziehen könnten, wenn wir schon in Nürnberg nichts finden«, kam Hackenholt Sophie mit einer Antwort zuvor.

»Ach so? Ihr sucht also nicht mehr in der Stadt?«

»Doch, natürlich!«, sagte Sophie schnell, ohne Hackenholt anzuschauen. »Es sieht nur gerade nicht danach aus, als ob wir in Nürnberg fündig werden würden. Deswegen ziehen wir *vielleicht* in Betracht, uns in Zukunft auch mal ein Haus anzuschauen, das ein *kleines* bisschen weiter von hier entfernt liegt.«

»Also, wir wüssten da etwas für euch. Allerdings ganz in der Nähe.«

»Wirklich? Wo? Wie groß? In welchem Zustand? Wie teuer?« Sophie war ganz Ohr.

Sonja lachte. »Burgstraße. Zweihundert Quadratmeter auf vier Ebenen, plus zwei Etagen nicht ausgebauter Dachboden, inklusive kleinem Sonnenbalkon im dritten Stock und einem winzigen Gärtchen, beides geht nach Osten. Das Objekt ist bewohnbar, zu den Fenstern zieht es ein bisschen herein, die elektrischen Leitungen sind nicht die neuesten, die Bäder sollten definitiv renoviert werden, und auch das Dach muss früher oder später neu gedeckt werden. Mit dem Preis bin ich ein bisschen überfragt, aber ich glaube, es ist ein gutes Angebot.«

Hackenholt fand, dass die letzte Aussage äußerst dehnbar war. Auch Sophie runzelte die Stirn – allerdings aus einem anderen Grund.

»Sag mal, bietest du uns gerade euer Haus an?«

Sonja nickte. »Wir haben uns endlich dazu durchgerungen, nach Berlin zu ziehen, und vorletzte Woche in Potsdam eine Wohnung gekauft. Michael verbringt doch sowieso schon über die Hälfte seiner Zeit in seiner Galerie da oben.«

»Wow! Das sind ja Neuigkeiten«, murmelte Sophie und ließ sich auf ihren Stuhl plumpsen. Wieder jemand aus ihrem Freundeskreis, der Nürnberg den Rücken kehrte.

»Ich dachte immer, ihr wohnt zur Miete«, stellte Susanne fest.

»Das stimmt auch«, bestätigte Michael. »Aber unser Vermieter hat uns schon vor einem Jahr angeboten, das Haus zu kaufen. Er hat sich wohl finanziell etwas verhoben. Wir haben es uns auch ernsthaft überlegt, aber nachdem ich häufiger in Berlin bin als hier, würde das keinen Sinn machen. Bislang hat der Eigentümer auf einen Verkauf verzichtet, weil er wesentlich weniger für das Haus verlangen kann, solange es an uns vermietet ist. Vor drei Wochen hat er mich aber noch mal drauf angesprochen. Ihm scheint das Wasser gerade bis zum Hals zu stehen, denn er will dringend verkaufen.«

»Wahnsinn!«, sagte Sophie begeistert. »Das wäre ein total geniales Hau…« Sie musste sechsmal hintereinander niesen.

Susanne lachte. »Wenn das mal kein gutes Omen ist, wenn du den Vorschlag so beniest.«

»Ach, ich weiß auch nicht, was in letzter Zeit mit mir los ist.« Sophie rieb sich die roten Augen und zwinkerte ein paarmal.

»Könnt ihr ein bisschen von dem Haus erzählen?«, fragte Hackenholt. »Ich habe so gar keine Vorstellung, wovon wir hier eigentlich reden.«

»Es liegt gleich unterhalb der Burgfreiung«, erklärte Sonja. »Ein ganz typisches Altstadthaus, schmal und hoch. So wie man die Häuser halt früher im Mittelalter in Nürnberg gebaut hat.«

»Du willst jetzt aber nicht behaupten, dass es aus der Zeit stammt, oder?«, fragte Hackenholt mit einem Anflug von Panik in der Stimme.

»Nein, da brauchst du dir keine Sorgen zu machen«, winkte Michael ab. »Ganz so alt ist es nicht. Der Eigentümer hat mal etwas von zweihundert Jahren gesagt, oder?« Er warf seiner Frau einen fragenden Blick zu.

Sonja nickte. »Wobei ich auch das nicht so ganz glaube. Schon allein wegen dem Krieg. Aber vielleicht hat er auch nur die Grundmauern gemeint.«

»Steht es unter Denkmalschutz?«, hakte Sophie nach.

Sonja zuckte mit den Schultern. »Keine Ahnung, aber ich glaube nicht.«

»Könnten wir es uns denn mal anschauen?«, fragte Hackenholt.

»Klar«, nickte Sonja, »jederzeit. Kommt vorbei, wann immer es euch passt. Aber ruft am besten vorher kurz an, ob einer von uns beiden da ist. Dann könnt ihr euch in aller Ruhe umschauen. Und bringt Trigger mit, ich habe so das Gefühl, dass unsere Agatha ihn heiß und innig verehrt.« Sie tätschelte ihrer Hündin den Kopf, woraufhin Sophie wieder zu niesen begann.

Nachdem der Besuch zu später Stunde gegangen war und Hackenholt und Sophie schließlich im Bett lagen, bemerkte er ihren pfeifenden Atem.

»Gehst du bitte morgen zum Arzt? Das ist doch nicht mehr normal, dass es dir von Tag zu Tag schlechter geht. Bald bekommst du gar keine Luft mehr. Das hört sich ja fast schon nach Asthma an. Meinst du nicht doch, dass das von den Hundehaaren kommt? Immerhin waren es heute Abend sogar zwei Tiere, die durch unsere Wohnung gesprungen sind. Und so schlecht wie jetzt hast du die letzten Tage nicht Luft bekommen.« Als sie nichts antwortete, sagte er eindringlich: »Sophie, wenn du eine Hundehaarallergie hast, müssen wir uns überlegen, was wir mit Trigger machen. So kann es jedenfalls nicht weitergehen.«

Samstag

In der Dienstbesprechung am späten Vormittag erläuterte Hackenholt den Kollegen das Ergebnis der Obduktion, der er am Morgen beigewohnt hatte. Dr. Puellen hatte dabei festgestellt, dass die zweiundzwanzigjährige Rumänin erdrosselt worden war. Mit einer glatten, plastikummantelten Schnur, höchstwahrscheinlich einer Wäscheleine. Fasern hatten der Drosselmarke an ihrem Hals keine angehaftet, wohl aber hatte der Täter den Druck um den Hals einmal gelockert. Wahrscheinlich war ihm das glatte Material aus den Fingern gerutscht, sodass er hatte nachfassen müssen. Der Druck auf die Karotiden hatte die Blutzirkulation zum Hirn unterbrochen und das Zungenbein gebrochen.

»Außerdem hat Dr. Puellen eine Chlamydien-Infektion nachgewiesen. Für alle, die auf dem Gebiet genauso wenig bewandert sind wie ich: Infektionen mit Chlamydien gehören laut Dr. Puellen weltweit zu den häufigsten sexuell übertragbaren Krankheiten.«

Gessner nickte. »Im Fachjargon STD – *Sexually Transmitted Diseases*. Chlamydien, Tripper und Syphilis sind bei uns maßgeblich durch die Prostituierten aus den Ostblockländern wieder stark auf dem Vormarsch.«

»Aber wird das denn nicht während der Check-ups beim Gesundheitsamt festgestellt?«, fragte Berger erstaunt.

»Die sogenannte ›Bockscheinpflicht‹ wurde 2001 von der damaligen Regierung abgeschafft. Statt der bis dahin obligatorischen zweiwöchentlichen Pflichtkontrollen, die eine Zwangsmaßnahme darstellten und damit dem Recht der Frauen auf Selbstbestimmung zuwiderliefen, wird seitdem auf freiwillige Hilfsangebote der Gesundheitsämter gesetzt. Das nutzt natürlich so gut wie keine der Sexworkerinnen, vor allem, wenn sie kein Deutsch spricht und nicht einmal weiß, dass es so eine Möglichkeit gibt. In Bayern ist deswegen im Mai 2001 der Paragraph 6 der Verordnung zur Verhütung übertragbarer Krankheiten, kurz die Hygiene-Verordnung, eingeführt worden. Sie legt einen Kondomzwang für weibliche wie männliche Prostituierte und deren Freier fest.

Das ändert allerdings nichts an der Tatsache, dass man den Betroffenen mit der Abschaffung der Untersuchungspflicht eigentlich keinen Gefallen getan hat. Dieser Auffassung sind übrigens nicht nur die Behörden, sondern auch die Prostituierten-Vereinigungen. Früher hatten die Frauen feste Ansprechpartner beziehungsweise Ansprechpartnerinnen, zu denen sie über die Zeit Vertrauen aufbauen konnten, die sie auf Risiken hingewiesen haben und denen sie von ihren Problemen erzählen konnten.«

»Merken es die Frauen denn nicht, wenn sie krank sind? Oder ignorieren sie das einfach?«, wollte Berger wissen.

»Wir mussten mal eine Rumänin kontrollieren, über die sich Freier beschwert haben, weil sie untenrum unangenehm riechen würde. Und das hat sie wirklich getan. Man hat es gemerkt, sobald man ihr gegenüberstand. Darauf angesprochen, wann sie denn das letzte Mal beim Arzt war, hat sie gefragt, was sie dort soll, ihr ginge es doch gut, sie sei nicht krank. Verstehst du, Christian, viele der Frauen mit einem ethnischen Hintergrund verfügen überhaupt nicht über so ein Gesundheitsverständnis wie wir. Für die bedeutet krank sein, dass man Fieber, Husten oder ein gebrochenes Bein hat. In keinem einzigen osteuropäischen Land gibt es eine Gesundheitserziehung, in der auch Geschlechtskrankheiten thematisiert werden. Die Frauen können nicht einmal etwas dafür, dass sie nichts davon wissen oder merken. Und genau für diese Sexworkerinnen wären regelmäßige Pflichtbesuche beim Gesundheitsamt die einzige Möglichkeit, etwas über solche Krankheiten zu erfahren. Im Moment versucht eine Streetworkerin ihr Glück, aber hast du eine Ahnung, wie viele Frauen die hier betreuen soll?« Gessner winkte verächtlich ab.

Hackenholt räusperte sich. »Um wieder auf das eigentliche Thema zurückzukommen: Neben der Infektionskrankheit hat Dr. Puellen bei Frau Rozeanu mindestens eine vorhergegangene Abtreibung festgestellt, außerdem hat sie mindestens ein Kind ausgetragen. Der letzte Geschlechtsverkehr lag mehr als sechs Stunden zurück. Alle anderen Befunde waren unauffällig, sie stand schließlich noch am Anfang ihres Lebens.«

»Wie schaut es mit dem Zeitpunkt des Todes aus?«

»Den haben wir durch unsere Ermittlungen genauer eingegrenzt, als es Dr. Puellen konnte. Gemäß seinen Berechnungen ist Frau Rozeanu zwischen halb acht und elf Uhr gestorben. Aber aufgrund der Zeugenaussagen wissen wir, dass sie um halb zehn noch gelebt hat und die Betreiberin sie um kurz vor halb zwölf tot aufgefunden hat.«

Als Nächstes ergriff Christine Mur das Wort. »Wir haben gestern in dem Bordell auch wieder einen riesigen Berg von Faser-, DNA- und Fingerspuren gesichert, der jetzt bewältigt werden muss. Nachdem am Montag Tag der Deutschen Einheit ist und damit ein langes Wochenende ansteht, läuft auch beim LKA nicht alles auf Hochtouren. Wir werden uns also mit den Auswertungen gedulden müssen. Immerhin kann ich euch jetzt schon sagen, dass wir keinerlei übereinstimmende Fingerabdrücke in den Zimmern von Frau Schäfer und Frau Rozeanu gefunden haben. Im Zimmer der Rumänin sind wir nur auf Spuren vom Wirtschafter, der Betreiberin, einigen anderen Kolleginnen und vor allem von Unbekannten gestoßen. Letztere haben zu keinem Treffer in unserer Kartei geführt.«

»Damit sind wir also genauso weit wie gestern Abend: Einerseits können wir es mit einem Täter zu tun haben, der es auf beide Frauen abgesehen hatte, andererseits kann es sich aber auch um zwei unterschiedliche Täter handeln, von denen einer möglicherweise Leon Rudolph war«, brummte Wünnenberg.

Mur nickte und erhob sich. »Ich mach mich jetzt mal besser wieder an die Arbeit.«

»Hast du heute schon in die Zeitung geschaut?«, fragte Stellfeldt an Hackenholt gewandt.

Der Hauptkommissar schüttelte den Kopf.

»Die Medien haben sich darauf eingeschossen, dass die Welle der Rockerkriminalität nun doch bis zu uns nach Bayern heruntergeschwappt ist und es in Nürnberg einen Kampf um die Reviergrenzen im Rotlichtmilieu gibt. Die Pressestelle wird mit Anfragen bombardiert, wie es derzeit bei uns tatsächlich mit der Rockerkriminalität aussieht. Und das, nachdem der Innenminister erst neulich in einer Presseerklärung hat verlauten lassen, dass diesen Gruppierungen in Bayern ganz genau auf die Finger geschaut wird und sich daher die Auswüchse in unserer Region in Grenzen halten.«

Alle hatten sofort wieder das von Gessner heraufbeschworene Szenario vor Augen.

»Und wie machen wir jetzt weiter?«, fragte der Kollege vom Fachkommissariat denn auch nach.

»Warum lassen wir nicht einfach die Objekte bewachen?«, schlug Wünnenberg vor. »Wenn wir vor den fraglichen Etablissements einen Streifenwagen postieren, dann verschaffen wir uns zumindest für den Moment die Zeit, die wir brauchen, um in Ruhe zu ermitteln. Wenn du mit deiner Theorie recht hast, müssten jetzt wieder die anderen am Zug sein. Und die werden wohl kaum eine weitere Prostituierte umbringen, wenn die Kollegen in Grün-Weiß vor der Tür stehen. Außerdem handelt es sich ja auch nur um drei Häuser und damit um eine überschaubare Anzahl.«

Gessner verdrehte die Augen. »Wenn du Streifenwagen davorstellst, traut sich doch kein Freier mehr in eins der Bordelle. Was meinst du, wie lange es dann dauert, bis der Betreiber auf die Barrikaden geht? Wenn wir so etwas machen, dann gibt es erst recht Krieg. Und zwar richtigen.«

»Wir müssen das anders angehen«, entschied Hackenholt. »Als Erstes sollten wir abklären, ob es in der unmittelbaren Umgebung vom ›Frissonner‹ Überwachungskameras gibt. Der Täter muss schließlich irgendwie zu dem Club hingekommen sein. Außerdem müssen wir überprüfen, welche Handys zu dem Zeitpunkt in der Gegend eingeloggt waren. Gehört eins der Geräte einer uns bekannten Person aus dem Milieu? Das Gleiche überprüfen wir für die Tatzeit an der Frauentormauer. Danach machen wir einen Abgleich der beiden Listen. Außerdem könntest du, Roman, mit deinen Kollegen vom Fachkommissariat für Organisierte Kriminalität reden und nachfragen, wen wir im Auge behalten müssen. Die zwei Betreiber Thilo Husarek und Hermann Gödecke werden sich ja wohl kaum selbst die Finger schmutzig machen.«

Gessner nickte.

»Mal von der Rockerthese abgesehen, können wir diesen Reto Malik eigentlich als Täter ausschließen?«, fragte Berger. »Natürlich hat keine der Frauen etwas gegen ihn ausgesagt, aber wenn ich es richtig verstanden habe, ist er so etwas wie ihr Aufpasser, wenn die Betreiberin nicht da ist. Und bei so viel Zeit, die er mit den Frauen allein verbringt, könnte es doch durchaus zu sexuellen Übergriffen gekommen sein. Falls Frau Rozeanu sich ihm widersetzt hat, hätte damit quasi sein Ansehen vor den anderen Frauen auf dem Spiel gestanden. Außerdem hat er ein ganz beachtliches Vorstrafenregister: Körperverletzung, Nötigung und sogar Vergewaltigung.«

Hackenholt nickte zustimmend. »Den Mann haben wir natürlich noch lange nicht von unserer Liste gestrichen. Wir dürfen uns nicht auf den Aspekt der Milieustreitigkeiten versteifen, sondern müssen in alle Richtungen ermitteln und insgesamt mehr über die Ermordete herausfinden. Bei Sunee Schäfer stand die Möglichkeit im Raum, dass sie das Opfer eines unzufriedenen Freiers geworden ist, der sein Geld zurückhaben wollte und handgreiflich wurde, als er es nicht erhielt. Diese Möglichkeit scheidet bei Ileana Rozeanu von vornherein aus, da das Bordell noch nicht geöffnet hatte. Außerdem bezahlt der Kunde die Prostituierten nicht direkt, sondern einen Pauschalbetrag beim Betreten des Clubs. Wir haben herausgefunden, dass die junge Rumänin so gut wie kein Deutsch sprach – wie übrigens auch Sunee Schäfer. Als die Thailänderin zu mir kam, um die Anzeige aufzugeben, brauchte ich eine Übersetzerin. Daher müssen wir uns fragen, ob Ileana Rozeanu ein Zufallsopfer war, oder ob es der Täter gezielt auf sie abgesehen hatte. Wenn Ersteres der Fall ist, könnte es sich um einen Nachahmungstäter handeln, der durch die ausführliche Berichterstattung in den Medien erst auf die Idee gebracht wurde. Vielleicht ein Freier, der die Gepflogenheiten des Bordells von früheren Besuchen kennt. Bei der zweiten Alternative müssen wir auch einen Mord aus persönlichen Gründen, die im Heimatland der Getöteten zu suchen sind, in Betracht ziehen.«

»Ich habe heute Vormittag über das LKA und BKA eine Anfrage in Rumänien gestartet«, erklärte Wünnenberg.

»Sehr gut«, lobte Hackenholt. »Hoffen wir, dass wir *zeitnah* von den Kollegen brauchbare Informationen erhalten.« Er schaute auf seinen Schmierblock mit seinen Notizen. »Wie ist das eigentlich mit Frau Rozeanus Handy? Brauchen wir dafür einen Dolmetscher?«

Wünnenberg schüttelte den Kopf. »Das habe ich gestern gleich eine der Damen erledigen lassen. Frau Rozeanu hatte ein uraltes Nokia der ersten Generation, auf dem nur die letzten zehn Kurznachrichten gespeichert werden. Die hat sie alle an ihre Familie geschrie–«

»Frank?«, wurde Wünnenberg von der Schreibkraft unterbrochen. »Ich habe gerade einen Kollegen von der PI Ansbach am Telefon. Da seit der Polizeireform deren Kripo vor Ort am Wochenende nicht mehr besetzt ist, hat er beim Kriminaldauerdienst angerufen. Aber der Dienstgruppenleiter vom Dauerdienst hat ihn gleich zu uns rauf ins Kommissariat verbunden. Es geht um eine Prostituierte, und es ist dringend.«

Hackenholt stand sofort auf und rannte förmlich in sein Büro.

»Wir haben hier eine ganz komische Sache«, begann der Dienstgruppenleiter aus Ansbach. »Der Chef der Anzeigenannahme von der Fränkischen Landeszeitung, das ist unsere regionale Tageszeitung, hat vorhin bei uns angerufen, weil bei einem Mitarbeiter eine schriftliche Todesanzeige eingegangen ist, die ihm ziemlich merkwürdig vorkam. Und zwar hat jemand eine Traueranzeige nur mit Namen und Beruf der Toten aufgeben wollen. Kein Geburts-, kein Sterbedatum, kein Name von Hinterbliebenen. Aber so richtig stutzig wurde der Zeitungsmitarbeiter wegen dem Beruf: Prostituierte.«

»Wie bitte?«, fragte Hackenholt perplex. »In einer Todesanzeige steht nur der Name einer Frau und darunter, dass sie Prostituierte war?«

»Ja, genau. Der Mitarbeiter ist zu seinem Chef gegangen, weil er sich nicht sicher war, was er damit machen sollte. Und so ist die Sache dann bei uns gelandet. Wir haben natürlich gleich nachgeforscht und versucht, den Auftraggeber über den bei der Bankverbindung angegebenen Namen ausfindig zu machen und zu kontaktieren. Zunächst haben wir den Vorfall für einen schlechten Scherz gehalten. Aber jetzt kommt's: Der Auftraggeber ist ein gewisser André Fischer. Der Mann hat zwar in Ansbach gelebt, ist aber laut Einwohnermeldedaten vor anderthalb Monaten verstorben. Er kann die Anzeige also gar nicht aufgegeben haben.«

Vor Hackenholt formte sich allmählich ein Bild, und er verstand, warum der Kollege vom Dauerdienst das Gespräch in sein Kommissariat weitergeleitet hatte. Ein Verstorbener hatte eine Todesanzeige für eine Prostituierte aufgegeben. Welche? »Wie heißt die Frau?«

»Susanne Schmidt.«

»Habt ihr sie schon überprüft?«

Der Kollege am anderen Ende der Leitung seufzte. »Nein, bisher noch nicht. Allein in Ansbach gibt es acht Frauen mit diesem Namen, im Verteilungsgebiet der Fränkischen Landeszeitung sind es weitere dreizehn und in ganz Mittelfranken noch einige mehr. Nachdem wir nur den Namen haben, aber weder Adresse noch Geburtsdatum kennen, tun wir uns recht schwer herauszufinden, welche Frau gemeint ist. Zumal du davon ausgehen kannst, dass sie es natürlich nicht zugeben wird, wenn sie wirklich als Prostituierte arbeitet, weil es hier in Ansbach und Umgebung gemäß Sperrgebietsverordnung gar keine Prostitution geben darf.«

»Wie ist die Anzeige eigentlich bei der Zeitung eingegangen? Per E-Mail?«

»Sie wurde heute Morgen eigenhändig in den Offertenkasten geworfen, der an dem Gebäude angebracht ist. Ich habe eine Streifenbesatzung zum Verlag geschickt, die die Anzeige samt Kuvert abgeholt hat. Sie wurde mit der Hand geschrieben. Wenn du mich fragst, war ihr Verfasser eine eher ältere Person, denn die Schrift ist so … tja, ich weiß auch nicht, irgendwie so steif. So schreibt mein Vater, aber keiner der Kollegen.«

»Wer hat die Anzeige denn mittlerweile alles in den Fingern gehabt?«, fragte Hackenholt vorsichtig.

»Nur die Leute vom Verlag. Meine Jungs haben mitgedacht und Anzeige und Kuvert gleich in eine Klarsichtfolie gesteckt.«

»Gut. Als Erstes schicke ich euch jetzt gleich jemanden von der Spurensicherung vorbei, der die Unterlagen abholt und von denjenigen, die sie angefasst haben, Vergleichsspuren nimmt. Und dann müssen wir diese Susanne Schmidt ausfindig machen. Wir übernehmen von hier aus die Koordination und informieren die jeweils zuständigen Reviere. Schickt ihr aber bitte sofort Streifen zu den in Frage kommenden Frauen, die in Ansbach wohnen.«

»Ist die Lage wirklich so ernst?«

»Ich denke, wir sollten sie erst einmal sehr ernst nehmen, auch wenn mir bislang nicht zu Ohren gekommen ist, dass es für die beiden in Nürnberg ermordeten Prostituierten solche Anzeigen gegeben hat. Aber auch das werde ich bei der Zeitung überprüfen lassen.«

Hackenholt beendete das Gespräch und ging zurück in den Besprechungsraum, wo er die Kollegen über die Geschehnisse informierte. Ein Beamter aus Christine Murs Team machte sich sogleich auf den Weg nach Ansbach. Berger und sein Kollege von der PI Mitte kümmerten sich währenddessen um die Lokalzeitungen und versuchten jemanden ausfindig zu machen, der überprüfen konnte, ob im Vorfeld der Morde bei einer der Nürnberger Tageszeitungen ähnliche Anzeigen eingegangen waren. Die Koordination der verschiedenen Polizeidienststellen, die informiert werden mussten, da in ihrem Zuständigkeitsgebiet Frauen mit dem Namen Susanne Schmidt wohnten, übernahm Stellfeldt, während Gessner mit seinen Kollegen vom Dezernat 4 Kontakt aufnehmen sollte, um an mehr Insiderwissen über die aktuelle Situation in der lokalen Rockerszene zu gelangen. Hackenholt, Wünnenberg sowie die restlichen Mitglieder der Ermittlungsgruppe übernahmen schließlich die zuvor besprochenen Routinearbeiten.

Anderthalb Stunden später war der Beamte von der Spurensicherung aus Ansbach zurück. Er gab dem Hauptkommissar eine Kopie der vermeintlichen Familienanzeige und ließ ihn einen kurzen Blick auf das ungewöhnliche Original werfen.

Wie der Ansbacher Kollege schon angekündigt hatte, war die Annonce handschriftlich notiert worden. Allerdings nicht, wie man es vielleicht erwartet hätte, auf einem weißen Blatt Kopierpapier, sondern auf einer DIN-A6 großen Büttenpapierkarte mit gewelltem Schnitt. Auf deren Vorderseite war mit schwarzer Tinte und Lineal akkurat ein Rahmen gezogen worden, an dessen Rand die Abmessungen in Zentimeter notiert waren. Auch das Kreuz war mit dem Lineal gezeichnet worden. An der Stelle, an der der Name und darunter die Berufsbezeichnung standen, konnte man noch dünne Bleistiftlinien erkennen, die der Schreiber nicht komplett ausradiert hatte. Auf der Rückseite stand: »Bitte drucken Sie die Anzeige genau so wie aufgezeichnet in Ihrer nächsten Ausgabe ab. Bezahlung erfolgt per Bankeinzug.« Darunter waren der Name des Kontoinhabers, André Fischer, sowie eine Bankverbindung notiert.

Berger steckte den Kopf zur Tür herein, um Bescheid zu geben, dass sie von ihrem Besuch bei der Nordbayerischen Anzeigenverwaltung in der Marienstraße zurück wären, doch bevor er von ihrem Ausflug berichten konnte, winkte ihn Hackenholt zu sich an den Schreibtisch.

»Schau dir das mal an. Das ist die Anzeige, die in Ansbach aufgegeben wurde.«

»So etwas kann eigentlich gar nicht in der Printausgabe landen«, beschied Berger nach einem flüchtigen Blick. Kopfschüttelnd holte er eine Broschüre aus der Jackentasche und legte sie vor Hackenholt hin.

»Familienanzeigen können nur über den Bestatter, persönlich in einer der Geschäftsstellen der Anzeigenannahme oder, wenn man sich sehr gut auskennt und das vielleicht schon häufiger gemacht hat, per Telefon aufgegeben werden. Schriftlich oder über das Internet ist das nicht möglich, weil man immer angeben muss, über wie viele Spalten die Anzeige laufen und wie hoch sie sein soll. Anschließend muss man sich für eins der vielen Layouts entscheiden: Allein von den Kreuzen gibt es über hundert Varianten. Schlicht oder doppelt, mit Taube, Blumen, Blättern oder Ähren verziert. Anstelle des Kreuzes kann man natürlich auch betende Hände wählen. Und dann muss man auch noch aus acht verschiedenen Schriften diejenige aussuchen, in der der Text gedruckt werden soll. Zu guter Letzt muss man angeben, in welchem Verbreitungsgebiet die Anzeige erscheinen soll: ob in der Gesamt- oder nur in einer Regionalausgabe. Ohne all diese Informationen wird eine Anzeige nicht veröffentlicht. Ich sag dir, das ist eine Wissenschaft für sich! Die Leiterin der Annahmestelle hat uns erklärt, dass ihr nichts von einer ungewöhnlichen Anzeige zu Ohren gekommen ist. Allerdings gibt es im gesamten Einzugsgebiet der Nordbayerischen Anzeigenverwaltung mehrere Annahmestellen. Die werden wir jetzt noch alle einzeln anrufen dürfen, damit wir sicher sein können, dass nirgendwo solch eine schriftliche

Annonce eingegangen ist, die dann einfach weggeworfen wurde, weil sie den Erfordernissen nicht genügt hat.« Berger hielt einen Moment inne. »Aber unter uns gesagt, die Chefin meinte, dass wir unsere Zeit mit weiteren Recherchen verschwenden würden, denn wenn jemand eine solche Anzeige aufgegeben hätte, wäre sie mit Sicherheit auf ihrem Schreibtisch gelandet.«

Hackenholt nickte. »Für mich sieht das auch mehr nach einem Trittbrettfahrer aus. Allein schon die Tatsache, dass der Text handschriftlich notiert und dann noch ein Verstorbener als Absender angegeben wurde.« Er seufzte. »Ich glaube, da will uns einfach jemand zusätzliche Arbeit machen. Wahrscheinlich gibt es diese Frau nicht einmal.«

Zwanzig Minuten später wurde er eines Besseren belehrt. In der PI Ansbach hatte inzwischen die Schicht gewechselt. Auch der neue Dienstgruppenleiter stellte sich als kompetenter Kollege heraus und informierte Hackenholt, dass es einer Streife tatsächlich gelungen war, *die* Susanne Schmidt zu finden, auf die sich die Traueranzeige bezog.

»Die Kollegen bringen sie jetzt erst einmal auf unsere Wache. Sollen wir sie anschließend zu euch nach Nürnberg fahren, oder kommt ihr zu uns raus?«

»Wir machen uns gleich auf den Weg«, entschied Hackenholt.

Die Polizeiinspektion am Ansbacher Karlsplatz war in einem wunderschönen imposanten historischen Gebäude untergebracht. Hackenholt musste sofort an Sophie denken, die von dem in Gelb und Weiß gehaltenen Haus mit den Sprossenfenstern samt seiner schmucken Fensterläden sicher begeistert gewesen wäre.

Susanne Schmidt wartete mit einer Polizistin in einem kleinen Zimmer im Erdgeschoss. Sie war Mitte fünfzig, ein mütterlicher Typ mit mittellangen Haaren und üppigem Körperbau. In ihrer normalen Alltagskleidung wirkte sie eher wie eine fürsorgliche beste Freundin als eine professionelle Prostituierte. Wie sich herausstellte, war es gerade das, was ihr Kundenkreis so an ihr schätzte: Sie hörte zu und nahm die Probleme ernst, über die ihre Kunden sprachen.

»Was passiert denn jetzt mit mir?«, fragte sie Hackenholt sofort. »Ich weiß schon, dass das, was ich mache, hier in Ansbach eigentlich verboten ist, aber ein Großteil meiner Kunden könnte überhaupt nicht mehr nach Nürnberg fahren.«

Hackenholt sah sie fragend an.

»Unter meinen Kunden sind viele alte oder kranke Männer. Manchen ist die Frau weggestorben, andere können oder trauen sich nicht mehr, am öffentlichen Leben teilzunehmen. Wieder andere sind dement und leben in Altersheimen.«

»Was?«, entfuhr es Wünnenberg überrascht.

Susanne Schmidt sah ihn mitleidig an. An allen Ecken und Enden begegnete sie dem Unverständnis, das der Kripobeamte mit diesem einen Wort zum Ausdruck gebracht hatte.

»Stellen Sie sich vor, Sie haben nach einer Darmoperation einen künstlichen Ausgang, sind ansonsten aber noch völlig gesund. Oder sie erkranken an Krebs und müssen eine Chemotherapie machen. Würden Sie deshalb für immer auf Sex verzichten wollen?« Da sie wusste, dass sie auf die Frage keine Antwort erwarten durfte, fuhr sie ohne Pause fort. »Menschen werden wegen eines Gebrechens nicht plötzlich asexuell. Oder stellen Sie sich vor, Sie sind mit Ihrer Frau alt geworden, und plötzlich landet sie wegen einer Krankheit im Rollstuhl, aber Sie verspüren noch immer ein sexuelles Bedürfnis, das Sie hin und wieder ausleben wollen. Mit meinen dementen Männern verhält es sich ganz ähnlich. Vor einiger Zeit hat mal eine Frau bei mir Rat gesucht, weil sie sich von ihrem Mann überfordert fühlte. Er wollte ständig von ihr oral befriedigt werden und hat einfach die Hose heruntergelassen; egal, wo er gerade war. Mittlerweile ist es sogar wissenschaftlich erwiesen, dass Demenzkranke trotz oder gerade wegen ihrer Krankheit wesentlich ungenierter mit dem Thema Sexualität umgehen. Sie können bei Verweigerung ihrer körperlichen Bedürfnisse aggressiv werden, nach deren Erfüllung hingegen sind sie wesentlich friedlicher. In Schweizer Demenzzentren ist es gang und gäbe, in die Therapie von alleinstehenden Männern regelmäßig Besuche einer sogenannten Sexualassistentin einzubinden. Nur bei uns in Deutschland wagt sich mal wieder niemand an ein solches Tabuthema öffentlich heran.«

Hackenholt räusperte sich. Auch wenn er die vierzig überschritten hatte, war Sexualität im Alter für ihn eine unvorstellbare Angelegenheit, mit der er sich frühestens in zwanzig oder dreißig Jahren auseinandersetzen wollte. Und über Sexualität in Verbindung mit Krankheit wollte er erst recht nicht nachdenken.

»Frau Schmidt, uns interessiert nicht, ob Sie mit Ihrer Berufsausübung gegen die Sperrgebietsverordnung verstoßen oder nicht. Das ist etwas, was die Kollegen vor Ort mit Ihnen abklären werden. Wir sind hier, weil wir die Morde an den zwei Nürnberger Prostituierten aufklären müssen, von denen Sie sicher in der Zeitung gelesen haben.« Er wartete ihr Nicken ab, bevor er fortfuhr. »Wie Ihnen bereits gesagt wurde, ist nun hier in Ansbach eine Todesanzeige aufgetaucht, in der Ihr Name und auch Ihr Beruf genannt werden. Wir möchten herausfinden, ob Sie ernstlich in Gefahr sind oder sich nur jemand einen bösen Scherz erlaubt hat. Deswegen haben wir einige Fragen an Sie, die Sie unbedingt ehrlich beantworten müssen, da wir sonst die Situation nicht einschätzen können. Bitte sagen Sie die Wahrheit, es geht vielleicht um Leben und Tod.«

Sie nickte wieder.

Die beiden Ermittler befragten Susanne Schmidt über zwei Stunden lang. Schritt für Schritt gingen sie gemeinsam ihr Leben durch. Wie sie zur Prostitution gekommen war, wie sie sich schon frühzeitig auf ältere und kranke Kunden spezialisiert hatte, wie sie diese akquirierte, welche Kontakte sie zum Milieu pflegte und welche Verbindungen es zwischen ihr und den zwei ermordeten Sexworkerinnen geben könnte.

Am Ende, nachdem sie alles mehrfach durchgegangen waren, betrachtete Hackenholt die Frau nachdenklich. Er fragte sich, ob sie ihnen die ganze Zeit etwas vorgemacht hatte oder nicht. Sie schien ein herzensguter Mensch zu sein. Einen André Fischer kannte sie nicht. Ein Mann dieses Namens hatte auch nie zu ihrem Kundenkreis gehört. Das war durchaus möglich, wenn nicht sogar wahrscheinlich. Aber wer konnte Susanne Schmidt den Tod wünschen beziehungsweise sie sogar wirklich umbringen wollen? Er seufzte.

»Gibt es Verwandte oder eine Freundin, bei der Sie für die nächsten Tage unterkommen können?«

Sie schüttelte den Kopf.

»Dann sehe ich keine andere Möglichkeit, als Sie hier in Ansbach im Frauenhaus einzuquartieren. In Ihrer Wohnung können Sie jedenfalls nicht bleiben. Alleine schon gar nicht. Und dass Sie Ihre Tätigkeit für die nächste Zeit erst einmal einstellen müssen, ist Ihnen hoffentlich klar, oder?«

Sie nickte zögerlich.

»Gut, dann rede ich jetzt mit den Kollegen und werde alles Weitere in die Wege leiten. Eine Beamtin wird sie nach Hause begleiten, damit Sie ein paar Sachen zusammenpacken können, und Sie dann ins Frauenhaus bringen. Dort wird man Ihnen die weiteren Verhaltensmaßregeln genau erklären, aber schon mal vorab: Sie dürfen niemandem verraten, wo Sie sich aufhalten. Falls es jemanden gibt, dem Sie Bescheid geben müssen, Ihren Nachbarn vielleicht, sagen Sie, dass Sie verreisen. Zu Freunden nach Norddeutschland. Denken Sie sich etwas aus. Eine einfache, glaubhafte Geschichte.«

Sie nickte wieder.

»Wir werden Sie auf dem Laufenden halten.«

Zurück im Büro erwartete Stellfeldt die beiden Kollegen schon mit größter Ungeduld.

»Wir haben einen ganzen Berg an Neuigkeiten.«

»Manfred, bei aller Liebe, aber der Berg muss noch fünf Minuten warten«, sagte Wünnenberg entschieden. »Wenn ich jetzt keinen gescheiten Kaffee bekomme, kannst du einen Notarzt für mich rufen. Außerdem hängt mir der Magen in den Kniekehlen! Wenn du mir einen besonderen Gefallen tun willst, dann schaust du nach, ob Saskia in ihrer Schreibtischschublade nicht noch irgendwelche Süßigkeiten versteckt hat. Normalerweise hortet sie dort alle möglichen Schokoriegel, denn offenbar hat uns Sophie mal wieder schmählich im Stich gelassen und uns keinen Wochenend-Kuchen gebacken. Das war früher auch schon mal anders!«

Damit beendete Wünnenberg seinen verbalen Rundumschlag und machte sich mit Hingabe daran, seine Kaffeekanne mit Wasser zu füllen, einen neuen Filter einzulegen und in aller Gemütsruhe einen Löffel Kaffeepulver nach dem anderen abzuzählen. In sich hineingrinsend schrieb Hackenholt eine SMS an Sophie, in der er Wünnenbergs Beschwerde über die schlechte Verpflegungslage in puncto Kuchen weitergab.

Fünf Minuten später hatten sich die Mitglieder der Ermittlungsgruppe im Besprechungsraum versammelt. Wünnenberg futterte sich durch die magere Beute, die Stellfeldt in Saskias Schreibtischschublade gemacht hatte, und bedauerte es aus ganzem Herzen, dass die Kollegin noch immer im Krankenhaus lag. Den Hinweis eines anderen Beamten, er bräuchte doch nur in die Cafeteria hochzugehen, um sich am dortigen Süßigkeitenautomaten den Schokoriegel seiner Gelüste zu ziehen, ignorierte er geflissentlich.

»Wann kommt Saskia eigentlich wieder?«

»Im Moment ist noch nicht einmal klar, wann sie aus dem Krankenhaus entlassen wird«, erklärte Stellfeldt.

»Doch«, sagte Berger und wurde rot. »Ich habe vorhin mit ihr telefoniert. Sie ist schon seit heute Mittag zu Hause. Der Arzt hat sie nach dem Fädenziehen gehen lassen. Sie muss natürlich noch Antibiotika schlucken, und außerdem bleiben Arm und Schulter noch mindestens drei Wochen lang ruhig gestellt, bevor sie dann langsam mit Krankengymnastik anfangen kann.«

»Heilen Schussverletzungen denn so schnell?«, wunderte sich Gessner.

»Ich habe den Chirurgen gefragt, weil es mich auch interessiert hat. Schließlich hat der Täter mit einer Beretta 82BB und einer 7.65 Browning-Munition geschossen, also nicht das Schlechteste, was der Schwarzmarkt hergibt«, nuschelte Christine Mur, die sich von Wünnenberg unbemerkt auch einen von Saskias Schokoriegeln geschnappt hatte. »Der Arzt hat mir erklärt, dass sie so viel Glück gehabt hat, weil es sich um eine sogenannte ›low velocity‹-Verletzung handelt. Dabei trifft das Geschoss mit einer Geschwindigkeit von weniger als dreihundertfünfzig Metern pro Sekunde auf. Es beschädigt deshalb nur das Gewebe, das mit dem Geschoss in direkten Kontakt kommt. Außerdem stand der Täter, als er abgedrückt hat, mit zehn Metern relativ weit von ihr entfernt und ihre Jacke hat das Geschoss zusätzlich noch abgebremst, sonst hätte es wahrscheinlich trotzdem das Schulterblatt durchschlagen.«

Berger nickte. »Jedenfalls lässt sie euch allen einen schönen Gruß ausrichten und hofft weiterhin auf viel Besuch.«

»Das freut uns zu hören«, sagte Hackenholt aufrichtig. »Wir sollten wirklich der Reihe nach alle versuchen, die Zeit zu finden, sie in den nächsten Wochen zu besuchen. Sie soll nicht das Gefühl bekommen, wir hätten sie vergessen, nur weil sie nicht mehr im Krankenhaus liegt. Aber jetzt endlich zu unseren Ermittlungen.«

Kurz und knapp legte er den Kollegen dar, was sie in Ansbach herausgefunden hatten. Danach übernahm Christine Mur, die ausnahmsweise mal keinen Kugelschreiber zerlegte. Sie hatte aber auch keine Chance dazu, weil die beiden Ermittler, die neben ihr saßen, ihre Stifte nicht aus der Hand legten und sie ihren eigenen offenbar vergessen hatte.

»Auf dem Büttenpapier der Karte habe ich mehrere Fingerabdrücke gesichert – genauso wie auf dem Kuvert. Nach Ausschluss der Spuren von den Verlagsmitarbeitern blieb ein Abdruck übrig, der sich sowohl auf dem Kuvert als auch auf der Karte befindet und daher mit hoher Wahrscheinlichkeit vom Verfasser stammt. Und bevor ihr fragt: Der Abdruck ist bisher weder bei uns in der Kartei noch an den beiden Tatorten in Erscheinung getreten. Darüber hinaus habe ich versucht, an Brief und Kuvert DNA-Spuren zu sichern. Mal schauen, was das LKA uns dazu sagen kann.«

»In der Zwischenzeit habe ich in Sachen André Fischer ermittelt. Das ist der Mann, von dessen Konto das Geld für die Anzeige abgebucht werden sollte«, erklärte Stellfeldt den Kollegen, denen der Name nichts sagte. »Er ist am 16. August im Alter von sechsundfünfzig Jahren im Ansbacher Krankenhaus an einem akuten Leberversagen aufgrund einer Hepatitis-C-Infektion gestorben. Laut Meldeamtsdaten war er ledig und hat bei seiner Mutter in Ansbach gewohnt. Außerdem gibt es eine Schwester, die in Diepersdorf lebt. Beide haben wir bislang nicht erreicht. Die Kollegen von den Inspektionen Ansbach und Altdorf sind aber informiert und bleiben am Ball.«

»Gehört Diepersdorf denn zur PI Altdorf?«, fragte Mur stirnrunzelnd. »Ich hätte gedacht, dass die PI Lauf zuständig ist.«

Berger schüttelte den Kopf. »Diepersdorf gehört zur Gemeinde Leinburg. Damit ist das Sache der Altdorfer.«

»Und was hat sich in der Zwischenzeit bei dir getan, Roman?«, wechselte Hackenholt das Thema.

»Ich habe mit einem Kollegen gesprochen, der mir ausführliche Hintergrundinformationen über unsere Freunde vom Milieu geben konnte«, erklärte Gessner. »Ich fasse mal zusammen: Andreas Lewandowski stammt wie Hermann Gödecke, der Betreiber der Häuser an der Frauentormauer, aus Hessen. Bereits dort war er seine rechte Hand. Außerdem hat Lewandowski eine Schwester, die wiederum mit einem Kerl verheiratet ist, der wegen des Verdachts auf Drogenschmuggel und Geldwäsche immer wieder in das Visier der Fahnder gerät. Bislang konnte man ihm jedoch nichts nachweisen. Er soll aber über exzellente Kontakte verfügen. Außerdem soll er es gewesen sein, der Lewandowski und Gödecke ursprünglich zusammengebracht hat.«

»Ich würde für diesen Lewandowski ja gerne sofort eine Überwachung beantragen«, seufzte Hackenholt. »Aber ohne einen hinreichenden Tatverdacht gibt uns kein Richter die Genehmigung für eine verdeckte Observation. Wie schaut es mit den Handydaten aus?«

»Wir haben die IMEI-Daten, also die Telefon-Identifikationsnummern, mittlerweile von den Mobilfunkprovidern erhalten und wissen jetzt, welche Handys sich letzten Samstag in der Zeit von fünfzehn Uhr dreißig und achtzehn Uhr in dem Bereich der Funkzelle eingeloggt haben, in die die Frauentormauer fällt. Allerdings waren das über fünftausend Stück. Außerdem haben wir eine Liste mit weiteren achtzehnhundert Handydaten erhalten, die am Freitagvormittag zwischen halb zehn und elf in der Funkzelle eingeloggt waren, die den Bereich abdeckt, in dem das ›Frissonner‹ liegt.«

»Wenn wir die alle überprüfen müssen, sind wir in fünf Jahren noch nicht fertig!«, stöhnte Berger. »Warum sind das denn so viele?«

»Wir haben zwei relativ große Zeitfenster abgefragt«, erklärte Gessner. »Es ist also ganz natürlich, dass wir auch eine sehr große Datenmenge erhalten. Wir können ja leider nicht nur die Kennungen für die Handys abrufen, die sich in den Bordellen aufgehalten haben, sondern bekommen die Daten von allen Handys, die sich zu einem Zeitpunkt in den Zeitfenstern in einem der zwei

Gebiete eingeloggt haben. Zum Beispiel auch von den Handys der Autofahrer, die nur schnell am Frauentorgraben oder auf der Marienbergstraße vorbeigefahren sind.«

»Wissen wir schon, ob es Rufnummern gibt, die zur jeweils fraglichen Zeit an beiden Orten eingeloggt waren?«

Gessner schüttelte den Kopf. »Die Daten sind vorhin erst reingekommen. Ich hatte noch keine Zeit, den Computer einen Abgleich machen zu lassen. Das wird bei der Datenmenge eine ganze Weile dauern. Und danach müssen wir erst noch die Namenszuordnung beantragen. Bislang haben wir nur die Telefon-Identifikationsnummern und wissen nicht, wer die Gerätebesitzer sind. Morgen Vormittag können wir hoffentlich Genaueres sagen.«

»Und wie schaut es mit Ergebnissen der DNA-Analyse von den Spuren vom Tatort in Ziegelstein aus?«, hakte Hackenholt bei Mur nach.

»Damit können wir auch frühestens morgen rechnen, wahrscheinlich sogar erst am Montag. Und das wäre in Anbetracht des langen Wochenendes auch noch richtig schnell.«

»Okay, dann machen wir für heute Schluss und sehen uns morgen früh um halb neun wieder«, entschied der Hauptkommissar mit einem Blick auf die Uhr. Es war kurz vor einundzwanzig Uhr.

Als Hackenholt nach Hause kam, saß Sophie vornübergebeugt auf einem Gartenstuhl auf der Terrasse und hustete sich die Seele aus dem Leib. Ihr Atem ging stoßweise, sie keuchte, als sei sie gerade in den zehnten Stock gerannt.

»Was machst du denn bei der Kälte hier draußen?«, fragte er sofort alarmiert, während er neben ihr in die Hocke ging.

Sophie rang pfeifend nach Luft und hustete weiter.

»Wird … gleich … wieder«, sagte sie nach einer Weile abgehackt.

»Ja, das sehe ich. Wie lange geht das schon so?«

»Seit heute Nachmittag. Ich dachte, hier draußen würde es besser werden, aber irgendwie tut es das nicht.«

»Dann fahren wir jetzt sofort zum Arzt!«

Ohne auf Sophies Proteste einzugehen, holte er ihre Jacke,

sperrte Trigger, der sich freute, weil er glaubte, sie würden zusammen spazieren gehen, ins Wohnzimmer und brachte Sophie ins ärztliche Bereitschaftsdienstzentrum im »Adcom Center« in der Bahnhofstraße.

Ganz entgegen Hackenholts Erwartungen, der mit einem großen Andrang gerechnet hatte, ging es in der Bereitschaftspraxis trotz der späten Stunde weder drunter noch drüber. Sie mussten nur kurz warten, bis sie an die Reihe kamen. Offenbar hatte die Sprechstundenhilfe Sophies Atemnot als gravierender eingestuft als diese selbst. Der Arzt behandelte sie mit einem Bedarfsmedikament für Asthmatiker. Durch das Inhalieren des Wirkstoffs entspannten sich die Muskeln der Atemwege, was bewirkte, dass sich die Bronchien wieder ausdehnen konnten. Sophie ging es zusehends besser.

»Kann dieser Anfall durch eine Tierhaarallergie ausgelöst worden sein?«, stellte Hackenholt die Gretchenfrage. »Wir haben seit einer knappen Woche einen Hund, und während der Woche haben sich die Symptome Stück für Stück aufgebaut. Von geröteten, tränenden Augen über Niesen, Schnupfen, Husten bis hin zu pfeifendem Atem und heute nun dieser akuten Atemnot.«

Der Arzt nickte. »Das ist durchaus möglich. Ihre Frau sollte unbedingt einen Allergietest machen, damit Sie Gewissheit haben. Ich verschreibe Ihnen jetzt ein Inhalationsspray, das sie bei Bedarf verwenden können. Trotzdem müssen Sie die Ursache unbedingt mit Ihrem Hausarzt abklären.« Er sah Sophie ernst an. »Vielleicht können Sie den Hund einstweilen bei Nachbarn oder einer Freundin unterbringen, bis klar ist, was zu dem Anfall geführt hat. Übrigens sind es nicht die Haare als solche, die eine Allergie hervorrufen, sondern die Proteine, die in Hautschuppen, Speichel, Schweiß und so weiter enthalten sind.«

»Soll ich Trigger gleich noch ins Tierheim bringen?«, fragte Hackenholt, als sie nach einem Umweg über eine Apotheke, die Notdienst hatte, wieder zu Hause in der Meuschelstraße angekommen waren.

Sophie ließ vor Schreck den Haustürschlüssel fallen. »Nein, natürlich nicht!«

»Aber du hast doch gehört, was der Arzt gesagt hat.«

»Eben! Ich habe nicht gehört, dass er gesagt hat, dass wir Trigger auf der Stelle weggeben sollen. Schon gar nicht ins Tierheim!« Sophies Ton war anzuhören, dass sie nicht so einfach klein beigeben würde. Hackenholt nahm sie in die Arme und hielt sie fest, obwohl er ihren Widerstand gegen die Berührung deutlich spürte.

»Sei vernünftig, Schatz. Es geht um deine Gesundheit«, flüsterte er ihr beschwörend ins Ohr.

»Genau«, antwortete Sophie trotzig. »Um meine Gesundheit. Trigger bleibt heute Nacht da. Basta.«

Mit einem Seufzen ließ Hackenholt sie los und folgte ihr ins Haus.

»Gut, dass du da bist«, begrüßte Stellfeldt Hackenholt, sobald der Hauptkommissar das Büro des Kollegen betreten hatte, um ihm einen guten Morgen zu wünschen. Stellfeldt gegenüber saß Roman Gessner.

Es sah ganz danach aus, als ob die beiden bereits seit geraumer Zeit gearbeitet hätten.

»Habt ihr schon die Datensätze abgeglichen?«, fragte Hackenholt überrascht.

Gessner nickte. »Wir haben auch die beantragten Namenszuordnungen erhalten.«

»Und?«, fragte Hackenholt gespannt.

»Es gibt insgesamt elf Personen, deren Handys zur fraglichen Zeit an beiden Orten eingeloggt waren. Zwei dieser elf kennen wir: Der eine ist Andreas Lewandowski, der andere sein Chef Hermann Gödecke«, ließ der Kollege die Bombe platzen.

»Sieh mal einer an.« Hackenholt pfiff leise durch die Zähne. »Wo wohnen die beiden?«

»Lewandowski ist in der Oberen Seitenstraße gemeldet«, sagte Stellfeldt. »Also mitten in Gostenhof. Gödecke wohnt in Fürth.«

»Schau doch mal gleich in den Meldedaten nach, was für Autos auf sie zugelassen sind. Marke, Farbe und Kennzeichen.«

»Habe ich schon. Lewandowski fährt einen silbernen BMW, Gödecke einen schwarzen Benz. Wie wollen wir es machen? Schicken wir je ein Team zu den Wohnungen und zwei an die Frauentormauer?«

Hackenholt nickte.

Andreas Lewandowski reagierte ziemlich ungehalten, als ihn Gessner und Berger wenig später aus seinem Büro im Bordell holten und ins Kommissariat brachten.

»Was wollen Sie denn schon wieder?«, fragte er Hackenholt genervt. »Es hätte doch wohl gereicht, wenn Sie in die ›Himmelspforte‹ gekommen wären. Ich ersauf nämlich in Arbeit.«

»Ich erinnere mich, Herr Lewandowski, ich erinnere mich. Und nur so nebenbei: wir auch. Mittlerweile sind es nämlich zwei Morde, die wir aufklären müssen.«

»Und was hab ich damit zu tun?«

»Das ist eine sehr gute Frage, die wir uns auch schon gestellt haben. Vielleicht können wir ja gemeinsam eine Antwort darauf finden.«

Der Wirtschafter schnaubte verächtlich.

»Haben Sie am Freitagvormittag in Ihrem Büro in der ›Himmelspforte‹ gearbeitet?«

Lewandowski schüttelte den Kopf. »Freitags habe ich immer frei.«

»Wo waren Sie dann zwischen neun und zwölf Uhr?«

»Wie jede Woche: beim Squash in der Andernacher Straße.«

»Und mit wem?«

»Meinem Chef. Sie erreichen ihn im ›Paradies‹.« Lewandowski deutete auffordernd auf das Telefon. Offenbar hegte er nicht den geringsten Verdacht, dass Stellfeldt nur zwei Zimmer weiter zur gleichen Zeit Hermann Gödecke vernehmen könnte.

»Welcher Court? Und von wann bis wann haben Sie gespielt?«, erkundigte sich Hackenholt gelassen.

»Court vierzehn, neun Uhr dreißig bis zehn Uhr dreißig. Danach noch ein Saunagang.«

Nachdem Lewandowski diverse Einzelheiten kundgetan hatte, verschwand Hackenholt im Nachbarzimmer, um mit Stellfeldt zu vergleichen, was Gödecke ausgesagt hatte. Es überraschte die beiden Beamten nicht im Geringsten, als sie feststellten, dass die Angaben bis ins kleinste Detail übereinstimmten. Da das Alibi nicht viel wert war, solange die beiden Verdächtigen es sich nur gegenseitig gaben, beauftragte der Hauptkommissar Christian Berger und einen Kollegen, im Squash-Center nachzufragen, ob jemand vom Personal die zwei Männer während der Zeit im Blick gehabt hatte oder ob es andere Spieler gab, die bezeugen konnten, dass sie wirklich dort gewesen waren.

Eine weitere Pause in der Vernehmung nutzte der Hauptkommissar, um bei Christine Mur anzurufen und sich zu erkundigen, ob sie Gödecke und Lewandowski irgendwie mit dem zweiten Tatort in Verbindung bringen konnte. Doch die Ergebnisse der DNA-Analyse lagen noch immer nicht vor, und Fingerspuren der beiden Männer hatte sie im ›Frissonner‹ nicht gefunden, wie sie Hackenholt grollend erinnerte.

Da nutzte es auch nichts, dass Berger zwei Stunden später zurückkam und berichtete, der von den beiden Männern gebuchte Court läge so weit ab vom Schuss, dass niemand sie spielen gesehen hatte. Außerdem waren sie am Freitagmorgen die einzigen Kunden gewesen. Auch von den Mitarbeitern waren zu dieser frühen Stunde nur eine Angestellte und der Chef da gewesen. Die beiden hatten sich jedoch um andere Dinge und nicht um die zwei Männer gekümmert. Da allein aufgrund der Tatsache, dass das Handy zur fraglichen Zeit in der entsprechenden Funkzelle eingeloggt gewesen war, kein Richter eine Telekommunikationsüberwachung oder eine verdeckte Observierung genehmigen würde, mussten die Kriminalisten zähneknirschend erst Gödecke und mit viertelstündigem Abstand dann auch Lewandowski entlassen.

Hackenholt trat in Stellfeldts Zimmer. Der Kollege sprach am Telefon, winkte ihn aber zu sich heran, sobald er ihn an der Bürotür bemerkte. Während er seinem Gesprächspartner lauschte, kritzelte er mit der freien Hand das Wort »PI Ansbach« auf die Schreibtischunterlage und malte einen Kringel darum. Ein paar Augenblicke und mehrere gebrummte »Mh-hm« später beendete er das Gespräch mit einem »Genau so machen wir's. Danke.« Dann schaute er zu Hackenholt auf, der neben dem Schreibtisch stehen geblieben war.

»Die Ansbacher Kollegen haben Frau Fischer, die Mutter des angeblichen Anzeigenaufgebers, zu Hause angetroffen. Oder besser: Heute Morgen konnte sie sich nicht mehr vor den Beamten verstecken, weil sie gerade von der Kirche zurückkam. Gestern war sie gar nicht außer Haus, sondern hat nur ihre Türe nicht aufgemacht, weil sie nichts mit der Polizei zu tun haben wollte. Jedenfalls kam sie den Kollegen reichlich merkwürdig vor, fast schon verwirrt. Deshalb haben sie die alte Dame gebeten, mit zur Wache zu kommen. Dort war der Dienstgruppenleiter dann so geistesgegenwärtig, sie ihre eigene Adresse notieren zu lassen, und siehe da: Ihre Handschrift hat eine verblüffende Ähnlichkeit mit der vom Anzeigentext. Die Kollegen bringen die Rentnerin jetzt zu uns. Sie ist übrigens einundachtzig Jahre alt.«

Der Hauptkommissar seufzte. »Na, das klingt ja mal vielversprechend.«

Frau Fischer war eine große, drahtige Frau, der man ihr Alter nicht ansah. Sie hielt sich sehr aufrecht und trug noch ihren Sonntagsstaat, in dem sie von der Kirche zurückgekommen war. Resolut beschwerte sie sich darüber, dass man sie wie einen Verbrecher behandle. In ihren Augen war es ein absolutes Unding, dass sie in einen Streifenwagen hatte einsteigen müssen. Was sollten bloß die Nachbarn denken?

Hackenholt waren Frau Fischers Nachbarn reichlich egal, doch er konnte sich gerade noch mit einer derartigen Bemerkung zurückhalten. Stattdessen legte er ihr dar, die Polizei habe sie zu erreichen versucht, weil jemand im Namen ihres verstorbenen Sohnes eine Todesanzeige für eine Prostituierte aufgegeben hatte, die jedoch noch lebte. Im gleichen Atemzug wies er sie auf die enorme Ähnlichkeit hin, die ihre Handschrift mit derjenigen aufwies, in der die Anzeige notiert worden war. Hatte der Hauptkommissar damit gerechnet, dass sich die Frau über die versteckte Anschuldigung erst recht echauffieren werde, so wurde er überrascht.

»Die Hure hat meinen Sohn umgebracht«, erklärte die alte Dame schlicht. »Sie ein wenig in Angst und Schrecken zu versetzen, weil dieser Hurenmörder sie als Nächste umbringen könnte, war das Mindeste, was ich tun konnte.«

»Sie geben es also zu? Sie haben die Anzeige verfasst und bei der Zeitung eingeworfen?«

»Ja, natürlich hab ich das. Wer denn sonst? Die Hure sollte am eigenen Leib spüren, wie es ist, wenn man um sein Leben bangt.«

»Aber Ihr Sohn ist an einer Hepatitisinfektion gestorben.«

»Und bei wem, glauben Sie, hatte er sich die geholt?«

Hackenholt sah Frau Fischer eindringlich an. »Soll das heißen, dass Ihr Sohn sich bei Frau Schmidt infiziert hat?«

»Das soll es nicht nur heißen«, knurrte die Rentnerin, »das war auch so. Er hat es mir selbst gestanden: Die Hure hatte ihn angesteckt. Ich habe ihn so lange gefragt, bis er endlich mit der Sprache rausgerückt ist.«

In Hackenholts Kopf ratterte es. Von einem Gespräch mit Roman Gessner wusste er, dass sich mit der Abschaffung des »Bockscheins« auch die rechtliche Grundlage eines Berufsverbots für Prostituierte geändert hatte. Hatte vorher ein generelles Verbot für Hepatitis-C- und HIV-Infizierte gegolten, so musste nun nachgewiesen werden, dass die Prostituierte mit einem ihrer Kunden ungeschützten Verkehr gehabt hatte, um ein Berufsverbot zu erwirken. Falls Susanne Schmidt André Fischer wirklich infiziert haben sollte, müsste Hackenholt umgehend Ermittlungen gegen sie einleiten.

»Sind Sie mit Ihrem Verdacht zur Polizei gegangen?«

»Ach was, die hätten sowieso nichts unternommen«, winkte die Seniorin ab. »Nicht mal meine eigene Tochter hat es mir geglaubt. Sie hat mir sogar regelrecht den Mund verboten. Ich soll die Frau in Ruhe lassen, weil sie nichts dafür kann. Aber wo sonst sollte sich ein anständiger Junge wie mein André so etwas holen, frage ich Sie!«

Der letzte Satz ließ Hackenholt stutzen.

»Mit Hepatitis C kann man sich auf viele Arten infizieren«, sagte er mit Bedacht. »Aber verstehe ich Sie jetzt richtig: Sie sind sich doch nicht definitiv sicher, bei wem sich Ihr Sohn angesteckt hat? Und Ihre Tochter bezweifelt, dass Frau Schmidt etwas damit zu tun hat?«

»Die sagt viel, wenn der Tag lang ist.« Frau Fischer zuckte mit den Schultern.

»Wo können wir Ihre Tochter erreichen?«

»Die ist im Bayerischen Wald im Urlaub. Aber sie hat ihr Handy dabei.«

Eine halbe Stunde später erfuhr Hackenholt von Frau Fischers Tochter, dass ihr verstorbener Bruder André homosexuell gewesen war, die Mutter diese Tatsache aber schon immer verleugnet hatte. Genauso, wie sie nicht hatte wahrhaben wollen, dass sich ihr Sohn Ende der achtziger Jahre bei seinen häufig wechselnden Sexualkontakten nicht nur mit dem Hepatitis-C-Virus, sondern auch mit HIV infiziert hatte.

Ihr Bruder war nicht der Charakterstärkste gewesen. So hatte er dem ständigen Drängen der Mutter schließlich nachgegeben und die Geschichte erfunden, sich bei einer Prostituierten infiziert zu haben, da die Mutter es nicht als verwerflich ansah, wenn ein alleinstehender Mann eine solche aufsuchte. Allerdings hatte Frau Fischer nach dem Tod ihres Sohnes nichts unversucht gelassen, um herauszufinden, bei welcher Hure er sich angesteckt hatte. Über eine Bekannte erfuhr sie schließlich von Susanne Schmidts Diensten im Altenheim. Seither stand für sie fest, dass ebendiese Frau für den Tod ihres Sohnes verantwortlich war. Eine Behauptung, die jeglicher Grundlage entbehrte.

Als Hackenholt der Tochter die neuen Auswüchse des Wahnes ihrer Mutter mitteilte, versprach sie, ihren Urlaub sofort abzubrechen, ihre Mutter vom Polizeipräsidium abzuholen und mit zu sich nach Hause zu nehmen, um mit ihrem Hausarzt sodann eine geeignete Therapiemöglichkeit zu besprechen.

Damit war auch diese Spur im Sand verlaufen. Trotzdem ließ Hackenholt die Rentnerin erkennungsdienstlich behandeln und auch eine DNA-Probe von ihr nehmen. Dann schrieb er einen Bericht an die zuständige PI Ansbach mit der Bitte um die weitere Verfolgung der Straftat. Außerdem sollten die Kollegen Susanne Schmidt informieren, dass sie wieder aus dem Frauenhaus in ihre Wohnung zurückkehren konnte.

»Und jetzt?« Wünnenberg sah Hackenholt fragend an.

»Jetzt machen wir mit dem weiter, wofür Roman schon die perfekte Vorarbeit geleistet hat: Wir beschäftigen uns mit den restlichen neun Personen, deren Handys ebenfalls sowohl am Samstagnachmittag als auch am Freitagvormittag in beiden Funkzellen eingeloggt waren.«

Der Hauptkommissar erhob sich und ging von Wünnenberg gefolgt ins Nachbarzimmer zu den anderen Kollegen. Schnell überflog er nochmals die Liste, die Gessner ihm gegeben hatte. Der Beamte hatte die Adressen der vier Männer und fünf Frauen herausgesucht und gleich noch diverse andere Abfragen vorgenommen. Beispielsweise hatte er herausgefunden, dass keine der neun Personen vorbestraft war.

Hackenholt sah von der Liste auf: »Wir bilden drei Teams. Roman, du schnappst dir den Kollege von der PI Mitte. Manfred und Christian, ihr seid Team zwei, und Nummer drei bilden Ralph und ich. Die restlichen Kollegen halten die Stellung im Büro und treiben die Recherchen voran. Wir fangen oben auf der Liste an:

Team eins nimmt die ersten drei Namen, Team zwei die nächsten drei und wir die letzten. Kümmert euch vorrangig um die Männer. Jeder von euch hat einen auf seiner Liste, Ralph und ich zwei. Wenn wir mit ihnen durch sind, nehmen wir uns die Frauen vor.«

»Wie schaut es mit einer DNA-Erhebung aus?«, wollte Gessner wissen.

»Ich habe mit dem Staatsanwalt gesprochen, er hat eine richterliche Anordnung für unser Mini-Massenscreening erwirkt«, erklärte Hackenholt. »Wir fragen alle neun, aber ihr müsst deutlich machen, dass es sich dabei um eine freiwillige Probe handelt und keinerlei Verpflichtung besteht. Denkt daran, genügend Formblätter für die schriftliche Belehrung mitzunehmen.«

»Auch für die Frauen?« Berger war seine Skepsis anzuhören.

Hackenholt nickte. »Wenn ihr keine weiteren Fragen habt, dann lasst uns anfangen.«

»Der eine wohnt in Eibach, der andere in der Ansbacher Straße, kurz vor Stein. Mit welchem wollen wir anfangen?«, fragte Wünnenberg, nachdem er einen Blick auf ihre Liste geworfen hatte.

Hackenholt unterdrückte ein Gähnen. »Egal.«

Also schlug Wünnenberg den Weg nach Eibach ein. Das von ihnen gesuchte Domizil im Schußleitenweg entpuppte sich als ein kleines, gepflegtes Reihenhäuschen. Nur wenige Meter weiter, am Ende der Stichstraße, begann der Faberwald. Erdogan Demir, der erste Mann auf ihrer Liste, war bei einer Zeitarbeitsfirma angestellt, die ihn an eine Kurierdienstfirma verliehen hatte. Er war zu Hause. Auf Hackenholts Frage, was er am Samstagnachmittag in der Innenstadt und am Freitagvormittag in Ziegelstein zu tun gehabt hatte, konnte er mit Hilfe seines Fahrtenbuches und diverser Computerlisten lückenlos nachweisen, wem er wann und wo ein Paket geliefert hatte. Auch einer freiwilligen DNA-Probe stimmte er zu, da er, wie er sich ausdrückte, nichts zu verbergen habe.

Hilmar Kern, der zweite Mann auf ihrer Liste, der in der Ansbacher Straße wohnte, war von Beruf Versicherungsvertreter. Ende dreißig, groß, schlank, muskulöse Arme, kurze dunkle Haare mit beginnenden Geheimratsecken und Sonnenstudioteint. Hackenholt sah sich interessiert in dem äußerst minimalistisch eingerichteten großen Wohnzimmer um: Ein weißes Sofa stand mit einem weißen Sessel vor einem weißen Beistelltisch auf weißem Teppichboden. Auch die Wände waren weiß gestrichen und mit riesigen weißen Leinwänden verziert, auf denen weiße Acrylfarbe sich nur durch ihre unebene Struktur vom Hintergrund abhob. Hilmar Kern nahm sich in seiner verwaschenen blauen Jeans und dem weinroten Poloshirt wie ein Farbklecks in dem Zimmer aus.

»Herr Kern, im Rahmen unserer Ermittlungen überprüfen wir gerade sämtliche Personen, die sich vorletzten Samstag in der Innenstadt und vorgestern in Nürnberg-Nord aufgehalten haben. Was haben Sie am Freitagvormittag in Ziegelstein gemacht?«, eröffnete Hackenholt das Gespräch, das Wünnenberg mitprotokollierte.

Der Mann sah den Beamten überrascht an. »Moment, da muss ich in meinem Terminkalender nachschauen.« Er stand auf und verschwand im Nachbarzimmer. Als er zurückkam, hielt er nicht etwa ein Papierkalendarium in den Händen, sondern tippte auf einem iPhone herum. »Am Freitagvormittag hatte ich einen Termin bei einem Kunden im Heroldsberger Weg.«

»Wann waren Sie dort?«

»Von kurz nach neun bis um zehn.«

»Was haben Sie anschließend gemacht?«

»Ich bin zum Flughafen gefahren und habe einen Flug nach Hamburg gebucht, weil ich kommende Woche dort auf einer Tagung bin.«

»Und warum waren Sie am Samstagnachmittag vor einer Woche in der Innenstadt?«

Wieder befragte der Mann sein Smartphone. »Da war ich um vier Uhr mit einem anderen Kunden in der Bar vom Holiday Inn verabredet.«

»Im ›NitriBizz‹?«, fragte Hackenholt mit hochgezogenen Augenbrauen.

Der Mann nickte.

»Wir brauchen die Namen Ihrer beiden Kunden, mit denen Sie sich getroffen haben«, sagte Wünnenberg.

»Wozu denn das?«

»Um Ihre Aussagen zu überprüfen.«

»Worum geht es in Ihren Ermittlungen eigentlich?«

»Um die Prostituiertenmorde, Herr Kern. Also um eine sehr ernste Sache.«

Der Versicherungsvertreter erbleichte. »Und was habe ich damit zu tun?«, fragte er mit belegter Stimme.

»Sie waren beide Male zu der fraglichen Zeit in der Nähe des Tatorts.«

»Aber ich gehe doch nicht zu Prostituierten!«

»Es geht ja auch nur um eine Überprüfung«, erwiderte der Hauptkommissar ruhig. »Und weil wir gerade schon dabei sind: Würden Sie uns eine DNA-Probe geben, damit wir Sie aus dem Täterkreis ausschließen können?«

»Bin ich dann in Ihrer Kartei aktenkundig?«

Hackenholt schüttelte den Kopf. »Nein. Die Daten werden unverzüglich gelöscht, sobald sie zur Aufklärung des Verbrechens nicht mehr erforderlich sind.«

»Was passiert, wenn ich mich nicht bereit erkläre?«

»Das ist selbstverständlich Ihr gutes Recht. Aber dann können wir nicht mit Sicherheit sagen, dass Sie als Täter nicht in Betracht kommen, und müssten gegebenenfalls weitere Ermittlungen anstellen.«

»Dann müssen Sie jetzt eine Blutprobe von mir nehmen?«

»Uns genügt eine Speichelprobe.«

Unter dieser Prämisse stimmte Hilmar Kern schließlich zögerlich zu.

Als Nächstes fuhren die beiden Ermittler zu Annegret Bergmann, die in der Helmstraße in Johannis wohnte. Das Apartment war in hellen Gelb- und Orangetönen gestrichen und wirkte luftig und einladend. Die Endvierzigerin selbst machte einen überaus zielgerichteten Eindruck auf Hackenholt. Sie drückte sich sehr präzise aus, ohne lange herumzureden, nannte die Probleme beim Namen und ging sie direkt an. Für eine Frau war sie überdurchschnittlich groß und verkörperte einen eher maskulinen Frauentyp. Ihr Haar trug sie sportlich kurz geschnitten. Hackenholt wunderte es nicht sonderlich, als während ihres Gesprächs die Haustür aufgeschlossen wurde und eine Frau hereinkam, die Annegret Bergmann nach einem kurzen Blick auf die Beamten demonstrativ mit einem liebevollen Kuss begrüßte.

Frau Bergmann erklärte den Ermittlern unumwunden, dass sie am Samstag in der Stadt einkaufen gewesen war, wobei sie auch in die Königstraße gegangen war, um in der »La Condomeria« für den Geburtstag ihrer Lebensgefährtin ein paar neue Spielsachen auszusuchen. Mit einem herausfordernden Blick bot sie den Beamten an, sie ihnen vorzulegen. Hackenholt verzichtete dankend. Am Freitagvormittag hatte sie bei einer ihrer Patientinnen einen Hausbesuch gemacht. Sie war freiberufliche Hebamme. Ihr Traumberuf, wie sie sagte. Eine DNA-Probe lehnte sie aus Prinzip ab.

Als sich alle sechs Beamten nach den Befragungen wieder in der Dienststelle trafen, war die Stimmung ernüchtert.

»Unser männlicher Handybesitzer ist ein Rentner, der am Freitagvormittag auf dem Gartenabfallannahmeplatz in der Andernacher Straße war. Er hat uns sogar die Hecke in seinem Garten gezeigt, die er geschnitten hat. Am Samstag war er mit seiner Frau in der Stadt beim Einkaufen und ist nur auf dem Weg zum Parkhaus den Frauentorgraben entlanggefahren«, erzählte Gessner. »Für den waren unsere Ermittlungen eine willkommene Abwechslung. Und eine DNA-Probe hat er uns auch sofort gegeben.«

Berger verdrehte die Augen. »Ihr seid offenbar genauso erfolgreich gewesen wie wir. Unser Handyhalter ist ein siebzehnjähriger Schüler, der im Rollstuhl sitzt. Am Samstag war er mit seinen Eltern in der Stadt, und am Freitagvormittag hat ihn die Mutter zum Arzt gefahren. Und bevor du fragst«, wandte er sich an Hackenholt, »wir haben ihn nicht um eine DNA-Probe gebeten.«

Der Hauptkommissar nickte und erzählte dann von den beiden Männern und der Hebamme, die sie besucht hatten. »Und wie ist es mit euren Frauen gelaufen?«, fragte er anschließend.

»Die Erste war eine Hausfrau, deren Mutter in Buchenbühl wohnt, weshalb sie mehrmals pro Woche durch Ziegelstein fährt. Am Samstag war sie mit ihrer Tochter beim Kentucky Fried Chicken in der Königstraße. Sie hat uns ohne Probleme eine DNA-

Probe gegeben. Die zweite Frau auf der Liste haben wir nicht angetroffen«, erklärte Berger.

»Die eine von uns ist Krankenschwester. Bei ihr war nur ihr Ehemann zu Hause. Und die zweite ist eine vierzehnjährige Schülerin, die am Freitagvormittag einen Termin bei ihrem Kieferorthopäden hatte und am Samstag mit Freundinnen zum Shoppen in der Stadt war. Eine DNA-Probe hat die Mutter verweigert, der Tochter wäre es egal gewesen.«

Hackenholt seufzte und blickte dann auf die Uhr: Es war schon wieder nach halb neun. »Wir machen Schluss für heute. Falls morgen einer von euch Saskia besuchen gehen will, kann er den Nachmittag von mir aus freihaben.« Er sah von Berger zu Stellfeldt. »Es ist schon blöd genug, dass heute niemand bei ihr war.«

»Sophie hat sie doch besucht«, sagte Berger.

Hackenholt zog die Augenbrauen hoch. Von diesem Vorhaben hatte sie ihm gar nichts erzählt. Oder war er mit seinen Gedanken wieder ganz woanders gewesen, als sie es erwähnt hatte?

»Außerdem hat sie extra einen Kuchen für uns gebacken, den du heute Morgen hast stehen lassen«, informierte ihn Berger schonungslos weiter. »Ist aber nicht schlimm. Es ist ein Eierlikörkuchen, der morgen noch viel besser schmeckt – aber tu uns den Gefallen und vergiss ihn nicht wieder.«

Der so gescholtene Hauptkommissar gelobte Besserung und beendete schleunigst die Besprechung.

Als Hackenholt nach Hause kam, bemerkte er sofort eine Veränderung in der Wohnung. Weder erwartete Trigger ihn schwanzwedelnd hinter der Tür, noch kam er ihm freudig entgegengesprungen. Sophie saß dagegen wie ein Häuflein Elend auf dem Sofa, doch ihre Augen waren zum ersten Mal seit einer Woche nicht mehr gerötet. Auch ihr vermeintlicher Husten war verschwunden, und ihr Atem ging wieder lautlos.

»Also doch eine Allergie?«, fragte er sanft. »Hast du es endlich eingesehen?«

Sophie schnitt eine Grimasse und vermied es, ihn direkt anzusehen.

Er legte den Arm um sie und zog sie an sich. »Hast du Trigger ins Tierheim gebracht?«

»Das hätte ich nicht gekonnt.« Sophie schüttelte den Kopf. »Er ist bei Saskia geblieben. Wusstest du, dass sie auf einem riesigen alten Bauernhof wohnt? Ihre Eltern und die Großmutter leben im Haupthaus und sie in einem umgebauten Stallgebäude. Alles hypermodern. Irgendwie hätte ich ihr das gar nicht zugetraut. Als ich sie heute Nachmittag besucht habe, haben wir im Garten Kaffee getrunken, weil ich es drinnen mit Trigger wieder kaum ausgehalten habe. Und das trotz der Antihistaminika.« Sophie schnitt erneut eine Grimasse. »Saskia hat gefragt, wie Trigger überhaupt zu uns gekommen ist, und ich habe ihr alles erzählt. Dass er ausgesetzt wurde, ich ihn behalten wollte, jetzt aber von Tag zu Tag weniger Luft bekomme, wenn er in der Wohnung ist, und wir deshalb irgendeine andere Lösung finden müssen. Na ja, und da hat Saskia spontan angeboten, Trigger zu sich zu nehmen. Ihre Familie hat früher immer einen Hofhund gehabt, und wenn sie bald wieder zur Arbeit muss, passen ihre Eltern auf ihn auf. Es gibt auch einen großen Garten. Langweilig wird es Trigger da draußen auf keinen Fall.«

»Das klingt doch nach einem perfekten Hundeparadies.«

»Schon, aber jetzt musst du wieder alleine joggen gehen.«

»Ich werde es überleben. Außerdem kann ich dich ja vielleicht irgendwann doch noch dazu animieren.«

Sophie sah ihn entgeistert an. »Nie im Leben!«

»Wie geht es Saskia?«, wechselte Hackenholt das Thema.

»Es scheint ihr wieder ganz gut zu gehen. Sie hat einen zufriedenen Eindruck gemacht.« Sophie biss sich auf die Lippen, dann sagte sie langsam: »Ich glaube, sie ist verliebt.«

Hackenholt sah Sophie fragend an.

»Sie hat total gestrahlt, als Christian Berger heute Nachmittag angerufen hat. Außerdem erzählt sie auffallend viel von ihm. Wie oft er sie besuchen kommt, wie sehr er sich um sie kümmert und so.«

»Und daran erkennt man, dass eine Frau verliebt ist?«

»Schon ein bisschen. Es kommt natürlich auch drauf an, wie sie es erzählt, aber wenn jedes dritte Wort ›Christian‹ ist, dann ist das schon ein recht eindeutiger Hinweis darauf, dass er sie ziemlich beschäftigt.«

»Erzählst du auch manchmal jemandem von mir?«

»Nie!« Sophie sah ihn lachend an und gab ihm einen Kuss. »Sonst müsste ich ja am Ende noch zugeben, dass ich in dich verliebt bin.«

Hackenholt fuhr hoch, als um elf Uhr abends sein Handy klingelte. Sophie lag neben ihm und las in einem Buch. Das Letzte, an das er sich erinnern konnte, war, dass sie im Bett liegend eine DVD angeschaut hatten. Er hatte noch gemerkt, wie ihm allmählich die Augen zufielen, und versucht dagegen anzukämpfen, musste dann aber doch eingeschlafen sein.

Mit einem schuldbewussten Blick zu Sophie nahm er den Anruf entgegen.

»Hast du etwa schon geschlafen?« Es war Christine Mur. So, wie sie die Frage stellte, klang es, als wäre er schon um sieben ins Bett gegangen.

»Was gibt es denn?«, antwortete Hackenholt irritiert mit einer Gegenfrage.

»Ich habe etwas gefunden«, sagte sie triumphierend und atemlos in einem. »Es ist unglaublich. Ich weiß nicht, wie ich das bis jetzt übersehen konnte. Und wäre Tina nicht so ein leidenschaftlicher Mozart-Fan, hätte ich es wohl nie bemerkt.«

Hackenholt verstand nicht einmal ansatzweise, wovon sie sprach. Er kannte keine Tina, und mit Mozart hatte er auch nichts am Hut.

»Die Musik. Erinnere dich! In beiden Zimmern lief Musik, unmittelbar bevor die Frauen tot aufgefunden wurden. Die Kollegin von Ileana Rozeanu hat gesagt, dass aus deren Zimmer leise Musik drang, als sie zum Badezimmer ging. Und Marlies Steinbrunn hat auch angegeben, dass sie in Sunee Schäfers Zimmer Musik gehört hätte, die sie immer laufen ließ, wenn sie einen Kunden massiert hat. Ich wage zwar mal zu bezweifeln, dass sie wirklich zu dieser Musik massiert hat, aber ich habe die beiden CDs aus dem Player mitgenommen. Da sie unmittelbar, bevor die Opfer gefunden wurden, liefen, wollte ich sehen, ob vielleicht irgendwelche Fingerabdrücke darauf zu finden sind.«

»Und? Sind Fingerabdrücke darauf?«

»Nein, natürlich nicht. Das habe ich doch schon längst untersucht, aber das hat mich auch nicht wirklich erstaunt. Wenn man eine CD aus der Hülle nimmt, fasst man üblicherweise nicht mit seinen Fingern darauf, sondern steckt entweder den Zeigefinger durch das Loch oder fasst die CD am äußersten Rand.«

»Christine, ich verstehe nicht, was an den CDs nun so toll sein soll.«

»Ich habe vorhin endlich meinen Schreibtisch aufgeräumt. Dabei hatte ich erst die eine und dann die andere in der Hand. Als sie beide nebeneinander vor mir lagen, ist es mir aufgefallen: Sie sind identisch. Beide sind selbst gebrannt und unbeschriftet.«

Hackenholt glaubte allmählich zu verstehen, worauf Mur hinauswollte. »Das ist zwar ein komischer Zufall, kann aber –«

»Kein Aber. Beide Rohlinge sind vom selben Hersteller!«

»Woher willst du das wissen, wenn doch nichts draufsteht?«

»Jede CD wie auch jede DVD hat einen Code, der meist auf dem innersten Kreis steht oder ganz einfach mit einem kleinen Programm ausgelesen werden kann. Anhand des Codes lässt sich bestimmen, wer der Hersteller ist. Mit dieser Methode kann man auch bei den No-Name-CDs herausfinden, von welcher Firma sie stammen.«

»Davon habe ich noch nie gehört!«

Mur überging die Feststellung kommentarlos. »Außerdem haben die CDs auch denselben Inhalt. Ich habe beide nacheinander in meinen Computer eingelegt und komplett abgespielt: Auf beiden ist Mozarts ›Requiem in d-Moll‹. In voller Länge.«

»Was?«, fragte Hackenholt völlig perplex.

»Frank, das ist der Beweis, dass es sich um ein und denselben Täter handelt. Die CDs müssen von ihm stammen. Und das bedeutet auch, dass Leon Rudolph Sunee Schäfer nicht umgebracht hat.«

Nachdem er das Gespräch beendet hatte, sah Sophie ihn fragend an. »Ist wieder etwas passiert? Musst du weg?«

Hackenholt schüttelte den Kopf. »Nein. Christine hat nur gerade eben etwas herausgefunden.« Er dachte einen Moment nach. »Was weißt du über das ›Requiem‹ von Mozart?«

Sophie machte große Augen. »Also, du kannst mich über Eric Clapton oder über die Dire Straits ausfragen, aber mit Klassik habe ich es nicht so – bis auf das Klassik Open Air. Das weißt du doch. Ist Mozart nicht während der Komposition gestorben?«

»Wollen wir mal nachgucken, was das Internet dazu sagt?« Er nickte in Richtung von Sophies Netbook.

Mit einem Seufzen klappte sie ihr Buch zu, nahm den kleinen Computer vom Nachttisch, öffnete einen Internetbrowser, tippte die entsprechenden Schlagworte in eine Suchmaschine ein und klickte dann den erstbesten Link an. Sie las Hackenholt vor: »Die von einem mysteriösen Boten 1791 in Auftrag gegebene Totenmesse ist Wolfgang Amadeus Mozarts letzte Komposition, an der er noch auf dem Totenbett gearbeitet haben soll. Er konnte sie jedoch nicht vollenden und hinterließ ein Fragment, das auf Bitten von Mozarts Frau Constanze von seinen Schülern Joseph Eybler und Franz Xaver Süßmayr vervollständigt wurde.«

»Ist das alles?«, fragte Hackenholt enttäuscht. »So viel haben wir ja fast noch selbst zusammengebracht.«

Sophie rief eine andere Seite auf, überflog sie schnell und las dann erneut vor: »Das Requiem erfreute sich von Anfang an einer großen Beliebtheit. Die Gründe dafür dürften allerdings nicht allein in der musikalischen Natur liegen, vielmehr spielten die Mythen und Geheimnisse um Mozarts Ende eine mindestens ebenso große Rolle. Mozart komponierte das Requiem auf Bestellung. Im Frühsommer 1791 soll ein maskierter, ganz in Schwarz gekleideter Mann zu ihm gekommen sein, der weder seinen noch den Namen seines Auftraggebers nannte, sondern nur die Komposition bestellte. Dieser geheimnisvolle Auftritt, vor allem die dunkle Kleidung, aber auch die Tatsache, dass eine Totenmesse gewünscht wurde, sollen bei Mozart ein ungutes Gefühl hinterlassen haben. Nach Angaben seiner Frau glaubte er, er arbeite an seinem eigenen Requiem. Der in der Tat etwas merkwürdige Auftritt des Boten hatte aber einen ziemlich banalen Hintergrund. Der Mann kam im Auftrag von Franz Graf von Walsegg-Stuppach, dessen Frau gestorben war. Walsegg-Stuppach, selbst ein großer Musikliebhaber, aber nur mäßig begabter Komponist, wollte ihr zu Ehren ein Requiem unter seinem eigenen Namen aufführen lassen. Aufgrund dieses wenig ehrenhaften Vorgehens wollte er unerkannt bleiben. Mozart wollte den Auftrag zunächst nicht annehmen, doch konnte er aufgrund seiner finanziellen Situation das Angebot nicht ausschlagen, insbesondere da er die Hälfte der Bezahlung im Voraus erhielt. Während der Arbeiten an der Totenmesse erkrankte er jedoch schwer, bis er schließlich am 5. Dezember 1791 starb.« Sophie blickte auf. »Jetzt kommt eine Litanei an Verschwörungstheorien, wer alles Mozart umgebracht haben könnte, aber ich glaube, die schenken wir uns. Vor solchen Spekulationen graut es dir doch immer. Wollen wir uns stattdessen das Requiem lieber mal anhören?«

Ohne eine Antwort abzuwarten, rief Sophie einen Videokanal auf und gab wieder die Schlagworte ein. In Sekundenschnelle erschienen sämtliche dazu gefundenen Treffer. Sophie klickte auf die Aufnahme mit den meisten Aufrufen. Andächtig lauschten sie beide dem Introitus.

Leise begannen die Streicher und Holzbläser, bis plötzlich die Posaunen den Chor ankündigten, dessen Stimmen nacheinander den beginnenden Bass imitierend einsetzten. Der Ernst und die Beklemmung des Stückes waren von Anfang an spürbar und von großer Intensität.

»Ganz schön pompös«, meinte Sophie, nachdem der erste Teil zu Ende war. »Aber irgendwie passt es auch zur Wiener Klassik und vor allem zur katholischen Kirche, findest du nicht? Ich kann mir gut vorstellen, wie das Requiem in einer großen alten Barockkirche klingt.«

»Ja«, sagte Hackenholt. »Es passt in eine Kirche, es passt auch zu einer Beerdigung, aber es passt ganz und gar nicht in ein Bordell.«

Sophie sah ihn erstaunt an. »In ein Bordell? Hat das Requiem etwas mit den toten Prostituierten zu tun?«

Zögerlich erzählte er ihr, was Christine Mur herausgefunden hatte.

»Hm, das ist wirklich komisch«, kommentierte Sophie, nachdem er geendet hatte. »Entweder suchst du nach einem achtzigjährigen Mörder oder nach einer Frau.«

»Wie kommst du denn darauf?«

»Denk doch mal nach. Wer hört denn heute noch Klassik? Das sind entweder ältere Männer oder aber die eine oder andere Frau. Mach morgen im Büro einfach mal den Test. Frag erst deine Kollegen und dann deine Kolleginnen. Ich wette mit dir, dass von den Jüngeren kein Einziger diese Totenmesse kennt. Allenfalls Manfred würde ich es zutrauen, und er ist der Älteste bei euch. Und dann frag mal deine Kolleginnen. Saskia kennt das Requiem mit Sicherheit, und Christine hat es zumindest wegen ihrer Freundin auch erkannt.«

Hackenholt wurde nachdenklich. Sophies Argumentation war nicht völlig von der Hand zu weisen.

Montag – Tag der Deutschen Einheit

In der Morgenbesprechung teilte Hackenholt seinem Team mit, was Christine Mur herausgefunden hatte – nachdem er zuvor jeden Kollegen einzeln befragt hatte, ob er das Requiem kenne und – falls ja – er die CD zu Hause im Schrank oder die Datei auf der Festplatte habe. Die Antworten entsprachen Sophies Voraussage: Lediglich Manfred Stellfeldt und eine Kollegin aus einem anderen Kommissariat, die zur Ermittlungsgruppe abgeordnet worden war, outeten sich insofern, als dass sie regelmäßig Klassik-Radio hörten und die eine oder andere Klassik-CD auch im Regal stehen hatten. Demgegenüber konnten Gessner und Wünnenberg das Requiem nicht einmal einem Komponisten zuordnen. Nur Berger erklärte, seine Großmutter höre ausschließlich Klassik, weshalb er die Musik bei seinen Besuchen auch immer wieder *genießen* durfte und auch einige Stücke kannte, die er sich freiwillig aber nie anhören würde. Allerdings machte er eine in Hackenholts Augen interessante Bemerkung, als er behauptete, er empfände klassische Musik als elitär. Sie sei nur noch einem bestimmten Kreis der Bevölkerung vorbehalten – sofern man mal von gängiger Filmmusik absah, aber darunter fiel die Totenmesse definitiv nicht. Der Durchschnittsbürger käme damit einfach nicht mehr in Berührung. Die wenigen, die sich noch mit dieser Musik auseinandersetzten, waren zumeist Menschen eines gehobenen Bildungsstandes. Berger assoziierte klassische Musik mit dem verhassten Musikunterricht in der Schule und mit den Orgelwochen in der Kirche, zu denen seine Großmutter ihn früher als Kind immer mitgeschleppt hatte.

»Und jetzt taucht in den Zimmern der beiden ermordeten Frauen eine CD mit klassischer Musik auf. Um genau zu sein: mit einer Totenmesse. Welche Schlussfolgerungen können wir daraus ziehen?« Der Hauptkommissar schaute in die Runde.

»Um ernsthafte Schlussfolgerungen ziehen zu können, müsste erst einmal feststehen, dass es nicht einfach purer Zufall ist und die beiden Frauen Klassikliebhaberinnen waren«, erwiderte Stellfeldt, bevor er in ein Stück Kuchen biss. Hackenholt hatte an diesem Tag glücklicherweise an Sophies Eierlikörkuchen gedacht.

»Das hat Christine schon überprüft. Alle anderen selbst gebrannten CDs der beiden Frauen sind beschriftet und stammen von unterschiedlichen Herstellern. Eine solche wie die eingelegte befindet sich nicht darunter. Außerdem hat Christine in die anderen CDs reingehört. Sunee Schäfer besaß keine einzige mit klassischer Musik, sondern nur englische Popmusik und irgendetwas, was Christine als Klangschalenmusik bezeichnet hat. Auf den CDs der Rumänin waren nur bekannte Filmmusiktitel.«

Stellfeldt massierte seine Glatze. »Sollten die CDs vom Täter stammen, sind wir einen ganz entscheidenden Schritt weitergekommen. Erstens könnten wir dann mit Sicherheit sagen, dass wir es mit einem einzigen Täter zu tun haben. Ein Nachahmungstäter würde definitiv ausscheiden. Zweitens müssten es geplante und keine Affekttaten gewesen sein. Niemand würde mit einer CD in der Tasche herumlaufen für den Fall, dass er unterwegs Lust bekommt, eine Prostituierte umzubringen. Die CDs sind vielmehr ein Teil der Handschrift des Mörders, sie gehören zu seinen Inszenierungen dazu.«

Wünnenberg nickte. »Außerdem muss der Täter die Frauen gekannt haben. Woher hätte er sonst wissen können, dass sie einen CD-Spieler besitzen. Er muss sie vorher zumindest einmal aufgesucht haben.«

»Auch die Theorie der Streitigkeiten im Milieu wäre damit vom Tisch«, sagte Gessner mit Bedacht.

Hackenholt wiegte den Kopf hin und her. »Das sehe ich eigentlich genauso, lasst mich aber trotzdem den Advocatus Diaboli spielen: Wenn es ein und derselbe Täter war, warum hat er das erste Opfer erwürgt und das zweite erdrosselt?«

»Vielleicht hatte er beim ersten Mal keine Zeit, sein Tatwerkzeug aus der Tasche zu kramen? Vielleicht hat Frau Schäfer seine Absicht bemerkt und wollte schreien«, schlug Berger vor.

»Oder der Täter hat gedacht, es könne nicht so schwer sein, jemanden zu erwürgen. In der Zeitung wird doch ständig von Mordfällen berichtet, in denen das Opfer erwürgt wurde. Vielleicht hat er einfach die Kraft unterschätzt, die man dazu braucht. Er wusste nicht, auf was für einen langen Todeskampf er sich einlässt, und hat sich deshalb für das zweite Opfer eine andere Methode überlegt. Ihm scheint aber wichtig gewesen zu sein, dass das Opfer keine Luft mehr bekommt, sonst hätte er beispielsweise auch ein Messer verwenden können«, mutmaßte Stellfeldt.

Gessner rieb sich über das unrasierte Kinn. »Wenn wir dem Täter sowieso schon unterstellen, dass er die Taten geplant und gezielt ausgeführt hat, können wir dann nicht auch annehmen, dass er die Frauen absichtlich unblutig ermordet hat, weil er wusste, dass er garantiert auffällt, wenn er in dem Bordell an der Frauentormauer blutverschmiert vom obersten Stockwerk ins Erdgeschoss läuft?«

»Wenn er die Zimmer der Frauen und damit die Besonderheiten der Bordelle kannte, wusste er auch über die Waschgelegenheiten in den Zimmern Bescheid. Außerdem hätte er den Aufzug nehmen können«, widersprach Wünnenberg.

»Lassen wir diesen Punkt für den Moment mal außer Betracht«, mischte sich Hackenholt wieder in die Diskussion ein. »Was mich viel mehr interessiert, ist: Warum hat der Täter das erste Opfer ins Bett gelegt, ganz so, als ob es schlafe, während er das zweite einfach auf dem Boden liegen gelassen hat?«

»Sunee Schäfer wurde erwürgt, aber am Hals hat man kaum Spuren gesehen«, erinnerte Stellfeldt. »Deshalb haben wir gemutmaßt, dass der Täter entweder extrem kurze Fingernägel hat oder aber Handschuhe trug. Vielleicht ist auch ihm aufgefallen, wie gering die äußerlichen Spuren waren, die sein Opfer aufwies – Würgemale fallen an der frischen Leiche ja noch weniger auf und kommen erst mit der Zeit deutlicher zum Vorschein. Er könnte Frau Schäfer ins Bett gelegt haben, weil er einen natürlichen Tod vortäuschen wollte. Oder einen Tod aufgrund eines Tabletten- oder Drogenmissbrauchs. Viele der Frauen konsumieren irgendetwas, damit sie diese Arbeit ertragen können. Das ist sicher auch dem Täter nicht verborgen geblieben, wenn er im Prostitutionsmilieu verkehrt.«

»Und beim zweiten Opfer hat man zum einen die Drosselmarke gesehen, zum anderen war zu diesem Zeitpunkt aus der Presse schon bekannt, dass die erste Prostituierte ermordet worden war. Daher konnte der Täter also nicht darauf hoffen, dass seine zweite Tat unentdeckt bleiben würde. Also hat er es sich gespart, die Frau ins Bett zu legen«, führte Berger Stellfeldts Gedankengang fort.

»Oder er wurde gestört.« Wünnenberg spielte an seiner Kaffeetasse herum. »Die Prostituierte, die gegenüber von Ileana Rozeanu wohnt, hat doch an ihre Türe geklopft. Womöglich hat sich der Mörder währenddessen noch in dem Zimmer aufgehalten.«

Stellfeldt schüttelte den Kopf. »Das glaube ich nicht. Mozarts Requiem ist zwar kein sonderlich langes Stück, aber es dauert trotzdem eine knappe Stunde. Ich glaube, so ungefähr fünfundfünfzig Minuten.«

»Aber was soll mit dem Requiem ausgedrückt werden? Warum bringt der Täter die CD mit und spielt sie ab?«, stellte Hackenholt die nächste Frage, um sein Team anzuspornen, die Tat weiterzuanalysieren.

»Es ist ein Ritual. Ein Requiem ist eine Totenmesse, die Heilige Messe für Verstorbene. Der Täter gedenkt der Getöteten und bittet für sie um ewige Ruhe. Vielleicht will er damit seine Schuld vor Gott mindern.«

»Heißt das, wir suchen nach einem Gläubigen?«

»Vielleicht. Vielleicht ist es aber auch nur eine Art Hinrichtungsritual. Dafür würde das Erdrosseln sprechen. In Spanien wurden Todesurteile bis 1974 mit der Garrotte vollstreckt«, erklärte Stellfeldt.

»Was haben sich die Frauen zuschulden kommen lassen? Warum hat der Täter ein Todesurteil gegen sie gefällt?«

Stellfeldt zuckte mit den Schultern. »Das kann so ziemlich alles sein, oder? Vielleicht, weil sie Ausländerinnen waren. Vielleicht, weil sie ihm bei einem vorherigen Besuch nicht das erwartete sexuelle Erlebnis verschafft haben. Vielleicht hat auch schon die Tatsache genügt, dass sie Prostituierte waren.«

»Wir reden also von einem Mann als Täter? Oder könnte es sich auch um eine Frau handeln?«, führte Hackenholt das Zwiegespräch fort, das er mittlerweile allein mit Stellfeldt bestritt.

»Die Frage würde sich unter Umständen beantworten lassen, wenn wir wüssten, ob wir es mit einem Tötungsdelikt mit sexueller Motivation zu tun haben oder nicht. Wir brauchen endlich die DNA-Analyse. Wir müssen wissen, ob es übereinstimmende Spuren an beiden Tatorten gibt. Sunee Schäfer hatte vor ihrem Tod

Geschlechtsverkehr. Außerdem waren auf ihrem Körper Spermaspuren nachweisbar. Von Ileana Rozeanu wissen wir bislang nur, dass sie laut Obduktion in den Stunden vor ihrem Tod keinen Geschlechtsverkehr hatte, was aber nicht bedeuten muss, dass es den Täter nicht erregt hat, sie zu töten.« Wieder rieb Stellfeldt sich gedankenverloren über die Glatze. »Aus dem Bauch heraus würde ich sagen, wir suchen einen Mann. Erwürgen ist eher eine Männermethode. Frauen morden lieber auf Distanz. Außerdem haben wir vorhin festgestellt, dass der Täter die Frauen und ihre Zimmer von einem früheren Besuch her gekannt haben muss, da er sonst nicht hätte wissen können, dass sie einen CD-Spieler besaßen. Eine Frau würde in einem Bordell jedoch sofort auffallen. Es gäbe ein mächtiges Gezeter unter den Sexworkerinnen, und der Wirtschafter würde sie umgehend hinauswerfen.« Stellfeldt machte eine Pause, bevor er selbst die Gegenargumente zu seiner eigenen Theorie lieferte. »Die Sache mit der CD sieht für mich allerdings eher weiblich aus. Und auch die Art, mit der das erste Opfer ins Bett gelegt und zugedeckt wurde. Das geschah mit großer Sorgfalt. Sunee Schäfer wirkte, als würde sie schlafen. Die meisten Männer sind nicht so detailverliebt.«

Hackenholt nickte. »Ich denke, uns bleibt für den Moment nichts weiter übrig, als abzuwarten, bis wir endlich die Ergebnisse vom LKA bekommen. Dann sollten wir noch mal ganz am Anfang beginnen und das komplette Spurenmaterial mit dem neuen Wissen durchgehen. Oder meinst du, es macht Sinn, wenn wir uns jetzt schon ans Polizeipräsidium München wenden und dort ein Spezialistenteam für Operative Fallanalyse anfordern?«

Stellfeldt seufzte. »Du weißt, wie ich generell darüber denke. Vorbereitung, Durchführung und Nachbereitung einer ordentlich durchgeführten Fallanalyse dauern in der Regel vier Wochen. Allein für die eigentliche Fallrekonstruktion benötigt das Team schon eine Woche. Zwar gäbe es in unserem Fall bereits eine ausreichende Menge an objektiven, gesicherten Falldaten für die Analytiker, aber meiner Meinung nach ist es noch zu früh, um sie mit ins Boot zu holen. Wir haben ja noch nicht einmal die Ergebnisse von der Faseruntersuchung und der DNA-Analyse vom zweiten Mord.«

Hackenholt nickte erneut. »Gut. Dann machen wir folgendermaßen weiter: Ein Team fährt raus und versucht, die zwei Frauen zu erreichen, deren Handys in den beiden Funkzellen eingeloggt waren und die wir gestern nicht erwischt haben. Ich bleibe hier und warte, ob Christine heute noch die Ergebnisse der DNA-Analyse bekommt. Währenddessen schaue ich die Akten ein weiteres Mal durch. Vielleicht springt mir ja etwas ins Auge, das wir bisher übersehen haben. Alle anderen gehen heim. Versucht euch einen schönen Nachmittag zu machen und morgen mit einem ausgeruhten Kopf wieder hier zu erscheinen.«

»Denk dran, heute ist der Nürnberger Stadtlauf«, erinnerte Wünnenberg Hackenholt. »Zum einen sind einige Straßen zwischen dem Frauentorgraben und der Doktor-Gustav-Heinemann-Straße gesperrt, zum anderen werden wieder sechs- bis achttausend Teilnehmer und mindestens ebenso viele Zuschauer erwartet. Wollen wir den Frauen nicht lieber eine schriftliche Vorladung schicken?«

Stellfeldt nickte. »Uns allen würde ein freier Nachmittag guttun. Auch dir, Frank. Die beiden Frauen entwischen uns schon nicht – und wie wir gerade festgestellt haben, fallen sie wohl sowieso nicht in unser Fahndungsraster. Sofern die Ergebnisse der DNA-Analyse heute wirklich noch eintreffen, wird Christine dich sicher anrufen. Und falls sie etwas Wichtiges zutage fördern, sind wir alle in kürzester Zeit wieder hier im Präsidium.«

Hackenholt seufzte. Im Grunde genommen wusste er, dass die Kollegen recht hatten. Zögerlich gab er seine Zustimmung. »Aber wir schicken keine schriftliche Vorladung, sondern erledigen das telefonisch. Mit einem Brief vertun wir zu viel Zeit, da können wir nicht vor Freitag oder vielleicht erst Montag nächste Woche mit den Frauen sprechen. Ich rufe noch schnell bei ihnen an, aber ihr könnt ruhig schon heimgehen.«

Stellfeldt schüttelte den Kopf. »Eine rufst du an und eine ich. Wenn nicht jemand hinterher ist, dass du nach Hause gehst, bleibst du doch wieder bis in den Abend hier sitzen, weil dir immer noch etwas einfällt, was du schnell nachschauen willst.«

Hackenholt nickte lächelnd. »Einverstanden.«

»Was machst du denn schon so früh zu Hause?«, fragte Sophie erstaunt, als Hackenholt aus der Arbeit kam.

»Ich kann auch wieder ins Büro gehen, wenn du deinen Feiertag lieber alleine verbringen möchtest«, frotzelte er, während er sie auf die Augenbraue küsste.

»Na, ich glaube, mir fällt schon etwas ein, wozu ich dich gebrauchen könnte, wenn du schon mal fast einen halben Feiertag dienstfrei hast.« Sophie zog ihn am Ohr.

»Wollen wir zu Saskia fahren?«

Sophie wiegte den Kopf hin und her. »Ich denke mal, sie wird nicht sonderlich begeistert sein, wenn sie einen gewissen Besucher hat und wir unvermittelt reinplatzen. Aber wir könnten einen anderen Besuch machen.«

»Und zwar?«

»Was hältst du davon, unser Vielleicht-Haus zu besichtigen. Hast du Lust?«

»Ja, das ist eine gute Idee.«

Sophie holte das Telefon aus dem Arbeitszimmer und rief ihre Freunde an.

»Michael ist schon wieder nach Berlin gefahren, aber Sonja ist daheim. Wir sind ihr herzlich willkommen.«

»Vergiss dein Asthmaspray nicht, falls der Hund auch da ist. Wir wollen schließlich alle Stockwerke besichtigen und nicht nur das Erdgeschoss.« Hackenholt schüttelte den Kopf. »Wie kann man das arme Tier nur Agatha nennen?«

Das Spray entpuppte sich als überflüssig. Wie sich herausstellte, schnupperte Agatha zusammen mit ihrem Herrchen Berliner Luft. Sonja führte Hackenholt und Sophie einmal durch alle Etagen, zog sich dann aber in ihr Arbeitszimmer zurück, weil sie fand, die beiden würden sich alleine ungezwungener umsehen können, als wenn sie ihnen auf Schritt und Tritt folgte.

Hackenholt, der zunächst ziemlich skeptisch vor dem gerade mal fünf Meter breiten Haus gestanden hatte, erwärmte sich von Stockwerk zu Stockwerk mehr für die Möglichkeiten, die es bot.

»Im Erdgeschoss könntest du dein Büro haben. In die Beletage kommen Wohnen und Essen, in den zweiten Stock Schlafen und Baden und in den dritten mein Arbeitszimmer samt Bibliothek und ein Gästezimmer.« Hackenholt grinste sie an. Plötzlich wirkte er viel jünger und war voller Pläne und Energie. So hatte ihn Sophie noch bei keiner ihrer Hausbesichtigungen erlebt.

»Als Nächstes sollten wir in Erfahrung bringen, wie viel der gute Mann für das Haus haben will«, seufzte sie. »Und dann sehen wir, ob es sich lohnt, mit einem Architekten oder besser noch mit einem Sachverständigen vorbeizukommen. Außerdem müssen wir unbedingt klären, ob das Gebäude unter Denkmalschutz steht.«

Nachdem sie in der Meuschelstraße zurück waren und zu Abend gegessen hatten, widmete sich Hackenholt wieder dem Buch zur Geschichte der Prostitution in Nürnberg. An diesem Abend las er über die Gründung der Sittenpolizei und wie es dazu gekommen war, dass die Polizei ihre erste Frau als Mitarbeiterin verpflichtet hatte – letztendlich die Vorgängerin der heutigen Kripobeamtinnen.

Da ein augenfälliges Anwachsen der Straßenprostitution bemerkt worden war, hatte im September 1909 der damalige Rechtsrat Stoer den ersten Anstoß gegeben, in Nürnberg eine Sittenpolizei zu gründen, die aus der allgemeinen Polizeimannschaft ausgegliedert sein sollte. Dieser Vorschlag wurde von Polizeihauptmann Huber unterstützt, da die Überwachung der Bordelle und Wirtschaften sowie des Prostitutions- und Zuhälterwesens neben der normalen Polizeiarbeit nicht zufriedenstellend geleistet werden konnte. Es fehlte an Personal und den jüngeren Schutzmännern an Erfahrung und Menschenkenntnis.

Hackenholt grinste in sich hinein. Offenbar hatten die Kollegen auch schon vor hundert Jahren mit Unterbesetzung zu kämpfen gehabt.

Schlussendlich nahm die Sittenpolizei in Nürnberg erst am 1. Januar 1913 ihre Tätigkeit auf. Der Außendienst wurde von einem Wachtmeister und zwei Schutzleuten in Zivilkleidung geleistet. Die Männer waren mit Erkennungsmarken, Signalpfeifen, Browning-Pistolen, Schließketten und Gummiknüppeln ausgerüstet. Durch den Ausbruch des Ersten Weltkrieges kam die Aufbauphase der Sittenpolizei jedoch sofort wieder zum Erliegen. Erst im Juli 1919 wurde der zuvor beschlossene Sollstand von zehn Mann im Außendienst erreicht. 1922 waren es bereits drei Beamte im Innen- und dreizehn im Außendienst.

War die Fürsorge für Prostituierte und »gefallene Frauen« im ausgehenden 19. Jahrhundert ausschließlich von kirchlichen Vereinen getragen worden, so mischte sich Anfang des 20. Jahrhunderts auch die Frauenbewegung ein, die sich über das Schicksal der ins Visier der Sittenpolizei geratenen Frauen ereiferte. Im Fahrwasser dieser Neuerung wurde zum ersten Mal verhalten die Forderung geäußert, dass auch die Männer bei Versündigung auf diesem Gebiet – sobald ein Entgelt geleistet wurde – in die strafrechtliche Verantwortung genommen werden sollten.

In einer Sitzung des Bayerischen Staatsministeriums des Inneren im Januar 1908 wurde Nürnberg die Anstellung einer Polizeiassistentin nach Münchner Vorbild empfohlen, da endlich ein besonderes Augenmerk auf die sittliche Besserung der Prostituierten zu wenden sei. In Nürnberg reagierte man sofort und verständigte sich mit den beiden Vereinen, die sich in der Fürsorge um Prostituierte besonders engagierten, darauf, die Diakonisse Marie Ströhlein einzustellen, die bis dahin als Stadtmissionsschwester tätig gewesen war.

Marie Ströhlein und ihrem Amt als Polizeipflegerin wurde ein hoher Wert beigemessen. Dies äußerte sich zum Beispiel darin, dass das ihr zugesicherte Recht, bei Gericht die Aussage verweigern zu dürfen, stets eingehalten wurde. Mit diesem Privileg stand und fiel das Vertrauen ihrer Schützlinge in sie. Aus demselben Grund durfte sie selbst nicht Anzeige erstatten oder sich am Ermittlungsdienst beteiligen.

Ihre Aufgabe bestand darin, weiblichen Personen, welche durch die Polizei aufgegriffen worden waren, unter polizeilicher Überwachung standen, strafgerichtlich verurteilt worden waren oder sich nach Amtskenntnis sonst wie auf schlechten Wegen befanden, durch Zuspruch, Rat und Hilfe beizustehen, sie nach Möglichkeit auf bessere Wege zu bringen und geordneten Verhältnissen zuzuführen. Darüber hinaus sollte die Polizeipflegerin bei amtsärztlichen Unter- und körperlichen Durchsuchungen von Frauen anwesend sein, um eine schonende Ausführung zu gewährleisten oder Bedenken gegen eine solche Maßnahme vortragen zu können.

Hackenholt hielt inne. Der Tätigkeit einer Marie Ströhlein des 21. Jahrhunderts hatten sie bislang in ihren Ermittlungen noch gar keine Aufmerksamkeit geschenkt. Nach wie vor gab es Vereine, die Prostituierte unterstützten. Ebenso musste es bei der Stadt, dem Gesundheitsamt und der Diakonie Frauen geben, die Prostituierte besuchten und berieten. Vielleicht konnte ihnen eine dieser Personen bei den Ermittlungen weiterhelfen? Aber hätte die sich dann nicht schon von sich aus gemeldet, wenn sie etwas wüsste?

Dienstag

Im Kommissariat war alles still, als der Hauptkommissar den langen Flur betrat. Erleichtert seufzte er auf. Die letzten Tage, als immer wieder der eine oder andere Kollege vor ihm da gewesen war, waren ihm langsam unheimlich vorgekommen. Wenn er ehrlich war, genoss er es, morgens der Erste zu sein, im Sommer alle Fenster aufzureißen und im Winter die Heizungen höherzudrehen.

Plötzlich hörte er ein leises Quietschen, das ihm durch Mark und Bein fuhr. Wie Fingernägel, die über eine Tafel kratzten. Das Geräusch wiederholte sich rhythmisch. Ohne dass er es hätte verhindern können, bekam er eine Gänsehaut. Waren vielleicht die Fensterputzer da? Allerdings entdeckte er im ganzen Flur keinen Putzwagen. Außerdem musste im Polizeipräsidium gespart werden. Hatten sie im Kommissariat am Ende vielleicht Mäuse? Er blieb stehen und versuchte, das Geräusch zu lokalisieren. Schließlich schlich er leise den Gang entlang. Mit jedem seiner Schritte wurde das Geräusch lauter. Er erreichte seine Bürotür. Sie war angelehnt. Hackenholt streckte die Hand aus und gab ihr einen leichten Stoß. Lautlos schwang die Tür auf.

Christine Mur saß auf seinem Schreibtischstuhl und hatte vor sich eine Zeitung ausgebreitet. Während sie las, schraubte sie ihren Kugelschreiber unentwegt auf und zu.

»Guten Morgen, Christine!«

Mur schoss in die Luft und vollführte mitsamt dem Stuhl einen kleinen Satz, während sie sich erschrocken mit der flachen Hand gegen die Brust schlug.

»Mein Gott, hast du mich erschreckt! Willst du mich ins Grab bringen?« Sie sah ihn böse an. »Zu viel Adrenalin am frühen Morgen ist nicht gesund! Kein Wunder, dass Sophie dich morgens nicht erträgt.«

»Das hat wohl eher etwas damit zu tun, dass sie nachts immer bis in die Puppen liest und dafür lieber den Morgen verschläft.« Hackenholt grinste. »Aber, liebste Christine, das kennst du ja. Du gehörst doch normalerweise auch eher zu der Gattung der Morgenmuffel. Nur in den letzten Wochen bist anscheinend auch du zur Frühaufsteherin mutiert. Was ist los?«

»Ich glaube, ich werde langsam alt.« Sie schaute ihn traurig an.

Hackenholt blieb wie angewurzelt stehen. »Wie bitte?«

Sie zuckte mit den Schultern. »Du hast schon ganz richtig gehört. Ich glaube, ich werde langsam alt.«

»Hast du heute Morgen schon einen Kaffee getrunken?«

Sie nickte.

»Der war dann wohl zu schwach. Komm, wir bringen jetzt erst mal Ralphs Höllenmaschine in Gang, und während der Kaffee durchläuft, erzählst du mir, was los ist. Wenn du nämlich langsam alt wirst, müsste ich das demnächst ja auch von mir behaupten.«

Mur schüttelte den Kopf. »Bei Männern verhält es sich anders, du kommst jetzt erst in die besten Jahre. Frauen werden alt und grau, Männer werden interessant.«

Hackenholt wandte sich ab und holte mit der Kaffeekanne frisches Wasser, das er anschließend in die Maschine füllte. Über die Schulter fragte er: »Und seit wann gibst du etwas auf solche Sprüche?«

»In zwei Tagen werde ich fünfundvierzig.«

»Ja, und? Ich werde in einem Monat zweiundvierzig.«

»Ach, das verstehst du nicht.«

»Dann erkläre es mir.« Er drehte sich zu ihr um. »Soll ich uns eine Kanne von Ralphs Kaffee mit dem angeblichen Hauch von Kakao kochen?«

Mur nickte. »Der schmeckt wirklich ein bisschen nach Schokolade.«

»Finde ich nicht, aber egal.« Hackenholt zählte die Löffel Kaffeepulver ab. »Los jetzt, was verstehe ich nicht?«

»Statistisch gesehen fangen bei einer Frau mit fünfundvierzig die Wechseljahre an.«

Dem Hauptkommissar wäre fast der Löffel voller Kaffeepulver aus der Hand gefallen. Er war froh, in diesem Moment mit dem Rücken zu Mur zu stehen. Mussten sie sich jetzt darauf gefasst machen, dass die Kollegin in den kommenden Jahren noch launischer sein würde, als sie es die letzten schon gewesen war?

Betont gleichmütig sagte er: »Frauen kommen in die Wechseljahre, Männer kriegen eine Midlife-Crisis. Wir werden auch diese

Zeit überstehen, Christine.« Er drehte sich zu ihr um und lächelte sie aufmunternd an, während er fieberhaft überlegte, wie er das Gespräch auf ein anderes Thema lenken konnte.

»Du immer mit deiner stoischen Ruhe!«, brauste sie auf. »Ich bin nun mal nicht so ausgeglichen wie du. Das weißt du ganz genau. Dich würde so etwas nie treffen. Aber mir graut davor. Was mache ich, wenn ich eines Tages mit dem Gedanken aufwache, etwas komplett Neues tun zu wollen, weil ich feststelle, dass ich in meinem gesamten Leben bisher alles falsch gemacht habe?«

»Dann kommst du wie heute Morgen in mein Büro und erzählst es mir. Und anschließend sehen wir weiter. Manchmal ist so ein bisschen Aufbruchsstimmung gar nicht das Schlimmste, was einem passieren kann.«

Mur sah ihn ungläubig an. »Woher willst *du* denn das wissen?«

»Christine«, sagte er sanft, »du erinnerst dich schon noch daran, dass ich nicht immer hier war, oder?« Hackenholt seufzte. »Vor sechs Jahren ist meine damalige Freundin an Leukämie gestorben. Wir hatten gerade mit der Planung unserer Hochzeit begonnen, als der Befund vom Arzt kam. Ein paar Monate später war sie tot. Mich hat es in der Zeit danach gewaltig gebeutelt. Irgendwann bin ich aufgewacht und wusste, dass ich nicht mehr länger in Münster leben konnte. Also habe ich mich ins wunderschöne Frankenland beworben, wo gerade eine Stelle frei wurde, weil ein wechselwilliger Kollege unbedingt nach Nordrhein-Westfalen wollte. Ihr könnt bloß froh sein, dass ich bis dato nur ausgesuchte Vertreter des Freistaats kennengelernt hatte, denn wenn ich gewusst hätte, dass man hier *der* Butter und *das* Joghurt sagt, es nur ein hartes und ein weiches D, aber kein T gibt und noch dazu elf Uhr fünfzehn viertel zwölf ist, ganz ehrlich, dann hätte ich es mir wahrscheinlich anders überlegt.« Nach diesem kleinen Scherz wurde er wieder ernst. »Glaube mir, Christine, ich habe meine Midlife-Crisis einfach ein paar Jahre früher bekommen als andere Männer.«

»Ist das auch der Grund, warum du Sophie noch nicht geheiratet hast?«, fragte Mur neugierig.

Hackenholt rieb sich über das Kinn. »Um ehrlich zu sein: Ich bin im Moment absolut glücklich und möchte am liebsten keinerlei Veränderungen.«

In dem Augenblick hörten sie Schritte auf dem Gang näher kommen. Sekunden später steckte Christian Berger seinen Kopf zur Tür herein und wünschte einen schönen guten Morgen. Der Hauptkommissar war froh, dass das Thema auf diese Weise beendet wurde, und bot dem jungen Kollegen eilends eine Tasse Kaffee an.

In der kurz darauf folgenden Morgenbesprechung erzählte Christine Mur, weshalb sie eigentlich in Hackenholts Büro auf ihn gewartet hatte.

»Die Ergebnisse der DNA-Analyse sind da. Nun ja, zumindest von einem Großteil des Materials. Aber sie sind ziemlich ernüchternd. So viel mal gleich vorneweg.« Sie schaute in die Runde, und sobald sie sah, dass ihr die Aufmerksamkeit aller Mitglieder der Ermittlungsgruppe zuteil geworden war, fuhr sie fort: »Wir haben am Körper der Toten keinerlei fremde DNA-Spuren gefunden.«

»Scheidet damit eine sexuelle Motivation aus?«, fragte Wünnenberg in die kurze Pause hinein, die sie nach dieser Feststellung machte.

Mur hob abwehrend die Hand. »Ich bin mit meinen Ausführungen noch lange nicht fertig. Das Zimmer als solches war nämlich voller Spuren, von denen wir mehrere zuordnen konnten. Allerdings möchte ich nicht wissen, wie lange die Bettwäsche schon nicht mehr gewaschen wurde. Ileana Rozeanu hatte in ihrem Zimmer Besuch vom Wirtschafter. Er hat Spermaspuren auf dem Bettlaken hinterlassen. Daneben fanden sich in ihrem Bett aber auch Spuren von drei anderen Frauen, die ebenfalls in dem Bordell arbeiten, und von diversen Männern. Letztere können wir nicht zuordnen.«

»Aber es gibt keine Übereinstimmung mit einer DNA, die ihr schon in Sunee Schäfers Zimmer gefunden habt, oder?«, fragte Gessner.

»Doch, eine.«

Plötzlich war es mucksmäuschenstill im Zimmer. Alle hielten den Atem an.

»Allerdings stammt sie von einer Frau«, sagte Mur lapidar. »Ich habe unter Ileana Rozeanus Bett eine Haarklammer gefunden, in der zwei Haare samt Wurzeln hingen. Deren DNA stimmt mit der von den Hautpartikeln überein, die wir in Sunee Schäfers Bett gefunden haben.«

»Was für eine Haarklammer?«, fragte Wünnenberg argwöhnisch.

»Diese hier.« Mur zog aus dem vor ihr liegenden Aktendeckel ein kleines Plastiktütchen hervor, in dem sich eine einfache braune Klammer befand, wie sie von Frauen benutzt wurde, um bei einer Hochsteckfrisur einzelne Haarsträhnen unauffällig zu fixieren. »Die beiden Haare waren übrigens dunkelbraun und nur zirka fünf Zentimeter lang.«

»Oh weh, oh weh«, stöhnte Wünnenberg. »Damit wären wir wieder an der Stelle angelangt, an der wir uns fragen müssen, wie eine fremde Frau in das Zimmer einer Prostituierten kommt.«

»Darüber habe ich den ganzen gestrigen Abend nachgegrübelt«, sagte Hackenholt, der den Zeitpunkt gekommen sah, seine Theorie von einer heutigen Marie Ströhlein in die Diskussion einzubringen. Er begann vom Gelesenen zu berichten.

»Natürlich! Du hast recht!« Gessner schlug sich mit der flachen Hand an die Stirn. »Die Streetworkerin vom Gesundheitsamt. An die habe ich gar nicht mehr gedacht.«

Stellfeldt nickte. »Bei deiner Erzählung von Marie Ströhlein ist mir gerade durch den Kopf gegangen, ob nicht vielleicht eine der Mitarbeiterinnen von ›Kassandra e.V.‹ die beiden Sexworkerinnen besucht haben könnte. Dann hätten wir eine ganz einfache Erklärung, wie die weiblichen DNA-Spuren dorthin gekommen sind. Mit denen haben wir bislang noch überhaupt keinen Kontakt aufgenommen. Das sollten wir dringend nachholen.«

»Es gibt aber noch eine weitere Übereinstimmung«, fuhr Christine Mur unbeirrt fort. »Und die finde ich um einiges interessanter. An Sunee Schäfers Bettwäsche haben wir Fasern entdeckt, die farblich und in ihrer Zusammensetzung mit Fasern übereinstimmen, die wir auch am Rückenteil des Bademantels gefunden haben, der in Ileana Rozeanus Zimmer über einem Stuhl hing.«

»Damit haben wir also in beiden Räumen dieselbe Frauen-DNA, eine übereinstimmende Faserspur, die aber an einer anderen Stelle anhaftete als die DNA, und eine identische CD«, fasste

Hackenholt zusammen. »Gleiche Fingerspuren gibt es hingegen nicht.«

Mur nickte.

»Es muss also irgendeine Verbindung zwischen den beiden Frauen geben«, fuhr Hackenholt in seiner Zusammenfassung fort. »Entweder wurden sie von derselben Sozialarbeiterin oder einer anderen Frau besucht, die die beiden Sexworkerinnen höchstwahrscheinlich ebenfalls wegen ihres Berufs kannte.«

»Ich habe vor einiger Zeit mal einen Bericht über eine Dienststelle gelesen, bei der Polizeibeamte quasi nichts anderes machen, als jeden Tag die Etablissements aufzusuchen, um die Betreiber und die Prostituierten zu kontrollieren. Aber ich glaube, das war nicht in Bayern, sondern in einem anderen Bundesland. Trotzdem: Irgendetwas in der Richtung muss es hier in Nürnberg doch auch geben. Habt ihr bei euch im Kommissariat Kollegen und Kolleginnen, die regelmäßig Prostituierte kontrollieren?«, fragte Stellfeldt an Gessner gewandt. »Nicht, dass wir hier am Ende der Spur einer Frau aus den eigenen Reihen hinterherjagen.«

Mur seufzte und murmelte einmal mehr: »Ich sag nur Nitribitt. Damals haben die Frankfurter Kollegen wochenlang rumermittelt, wem ein liegen gebliebener Herrenhut gehörte, bis ihnen auffiel, dass ihr eigener Herr Hauptkommissar ihn am Tatort vergessen hatte.«

Gessner schüttelte den Kopf. »Um auf Manfreds Frage zurückzukommen: Eine Dienststelle dieser Art gibt es bei uns nicht. Dabei ist deren Vorgehen gar nicht so verkehrt. Ich habe mir das mal von einem Kollegen erklären lassen, der bei dieser Abteilung in Stuttgart arbeitet. Sie nennt sich übrigens Ermittlungsdienst Prostitution. Die Kollegen haben eine etwas andere Sichtweise auf die Situation. Vor allem aber werden sie vom Milieu auch anders angesehen, da ihre Schwerpunkte eben nicht Anzeigen und Strafverfahren sind, sondern die Beamten mehr als ständige Ansprechpartner fungieren. Da für eine festgelegte Zeit derselbe Beamte für bestimmte Objekte zuständig ist, sind die Kontakte, die aufgebaut werden, von einer ganz anderen Qualität, als wenn man nur ab und zu mal vorbeischaut, weil wieder etwas vorgefallen ist. Dafür, dass Stuttgart Landeshauptstadt ist, gibt es dort vergleichsweise wenige Menschenhandelsdelikte. Die potenziellen Täter wissen genau, dass sie es dort mit Polizisten zu tun haben, die sich sehr genau auskennen und jeden Ausweis bei jeder Kontrolle im Original sehen wollen. Da fällt es auch eher mal auf, wenn der Passinhaber gar nicht mit der auf dem Foto abgebildeten Person übereinstimmt. Bei uns in Nürnberg führen die zuständigen Polizeiinspektionen mindestens zweimal im Jahr die Routineüberprüfungen durch. Daneben gibt es noch eine Handvoll Beamte in meinem Kommissariat, die ebenfalls regelmäßig kontrollieren. Aber aufgrund der enormen Anzahl von Etablissements ist die Frequenz der Besuche bei den einzelnen Sexworkerinnen ziemlich niedrig. Ihr müsst euch vor Augen halten, dass es allein schon in Nürnberg rund zweihundertfünfzig Wohnungen mit Prostitutionsbetrieb gibt. Dazu kommen noch die großen Clubs und Bordelle.«

»Gut«, entschied Hackenholt, »dann lasst uns heute zu ›Kassandra‹ und den anderen Vereinen fahren, die sich für Prostituierte einsetzen. Außerdem reden wir mit den Sozialarbeiterinnen der Stadt und dem Gesundheitsamt. Vielleicht stellen wir ja dabei fest, wer die Frau ist, die Kontakt zu Sunee Schäfer und Ileana Rozeanu hatte.«

Kurz nach dem Ende der Besprechung meldete sich der Pförtner vom Eingang Jakobsplatz beim Hauptkommissar, um ihm mitzuteilen, eine Frau Richter sei bei ihm. Sie habe einen Termin mit dem Kollegen Stellfeldt, der aber nicht am Platz sei. Hackenholt versprach, die Frau am Empfang abzuholen. Es war die Zeugin, die Stellfeldt gestern telefonisch vorgeladen hatte.

Nicole Richter war klein und zierlich. Ihr ohnehin schon schmales und längliches Gesicht wirkte durch die langen dunklen Haare noch schmaler. Ihre Augen huschten nervös hin und her, und auch ihre Hände wollten keinen Augenblick innehalten: Sie spielten pausenlos am Reißverschluss ihres Rucksacks herum.

»Worum geht es denn eigentlich?«, fragte sie den Hauptkommissar schon auf dem Weg ins Büro. »Ihr Kollege hat gestern am Telefon nur gesagt, ich wäre eine Zeugin, aber ich weiß nicht mal, wofür überhaupt. Ich überlege schon die ganze Zeit, was ich gesehen haben könnte, aber mir fällt absolut nichts ein.«

Hackenholt lächelt. »Es gibt nicht nur Zeugen, die etwas gesehen haben. Manchmal stößt die Polizei bei ihren Ermittlungen auch auf völlig unbeteiligte Menschen, von denen sie Informationen braucht. Von Ihnen möchten wir zum Beispiel wissen, was Sie am vorletzten Samstagnachmittag in der Innenstadt in der Nähe der Frauentormauer gemacht haben. Und zwar in der Zeit zwischen sechzehn und achtzehn Uhr.«

»Woher wissen Sie denn, dass ich in der Stadt war?« Die Frau sah ihn perplex an.

»Das haben wir ermittelt.«

»Ich war mit meiner Nichte im Theater ›Salz und Pfeffer‹ vorne am Frauentorgraben. Früher war da das ›KALI‹-Kino drin. Wir haben uns ›Das kleine Känguru und der Angsthase‹ angeschaut. Das Stück hat um vier angefangen und dauerte eine Dreiviertelstunde.«

»Und letzten Freitagvormittag? Warum waren Sie da in Ziegelstein?«

Jetzt bekam es die Frau mit der Angst zu tun. »Werde ich überwacht? Habe ich irgendwas falsch gemacht?«

Hackenholt schüttelte den Kopf. »Es gibt keinen Grund, sich zu beunruhigen.«

»Ja, aber woher wissen Sie dann, wann ich wo war? Ich finde das ziemlich unheimlich.«

»Sie haben sich zu einem Zeitpunkt in der Nähe von zwei Orten aufgehalten, an denen Verbrechen begangen wurden. Wir müssen mit all den Menschen sprechen, auf die das zutrifft.«

Sie riss die Augen auf. »Ich arbeite in Ziegelstein in einem Fotostudio. Ich war den ganzen Vormittag im Laden, wirklich. Von neun Uhr dreißig an.«

»Gut. Damit sind wir eigentlich auch schon fertig. Jetzt habe ich nur noch eine Bitte: Wir hätten von Ihnen gerne noch eine Speichelprobe für eine DNA-Analyse. Die Probe ist absolut freiwillig, aber Sie würden uns damit immens weiterhelfen und sicherstellen, dass wir Sie aus dem Kreis der Verdächtigen ausschließen können.«

Die junge Frau sah ihn wieder verunsichert an. »Aber ich habe wirklich nichts gemacht.«

»Es geht ja auch nur darum, Sie definitiv auszuschließen.«

Sie nickte zögerlich. »Okay, einverstanden.«

Nachdem Hackenholt die Zeugin hinausbegleitet hatte und wieder in seinem Büro war, schaute er auf die Uhr. Halb elf. Die andere Handybesitzerin, mit der er gestern selbst am Telefon gesprochen und einen Termin für zehn Uhr ausgemacht hatte, hatte sich bereits um eine halbe Stunde verspätet. Sie würde wohl nicht mehr erscheinen. Der Hauptkommissar ärgerte sich und rief sich das gestrige Telefonat noch einmal ins Gedächtnis. Anita Langer hatte ihn, genau wie Nicole Richter es gerade in ihrem Gespräch getan hatte, mehrfach gefragt, worum es ginge und wie er ausgerechnet auf sie käme. Auch ihr hatte er nur allgemeine Antworten gegeben, und offenbar hatte sie daraufhin keine Veranlassung gesehen, sich an den Termin bei der Polizei gebunden zu fühlen.

Er griff zum Telefon und wählte ihre Festnetznummer. Niemand meldete sich. Danach rief er sie auf dem Handy an. Nach drei Klingelzeichen wurde der Anruf an die Mailbox weitergeleitet. Hackenholt legte auf, ohne eine Nachricht zu hinterlassen. Stattdessen wandte er sich seinem Computer zu und füllte schnell eine schriftliche Vorladung aus, die er ausdruckte und in die Post gab. So hatte er wenigstens einen Nachweis, dass er Frau Langer auch wirklich vorgeladen hatte. Wenn sie es dann immer noch vorzog, zum gesetzten Termin nicht aufzukreuzen, würde sie als Nächstes der Staatsanwalt laden, bei dem eine Erscheinungspflicht bestand.

Hackenholt stand auf und machte sich auf die Suche nach Wünnenberg. Er fand ihn zusammen mit Roman Gessner in einem anderen Büro vor einem an der Wand befestigten Stadtplan. Die beiden Kollegen wandten sich um, als er eintrat.

»Ich habe die Adressen schon notiert«, Wünnenberg wedelte mit einem Zettel in der Hand in der Luft herum. »Wenn du fertig bist, können wir gleich los. Wir übernehmen die Streetworkerin vom Gesundheitsamt in der Burgstraße, ›Kassandra‹ in der Breiten Gasse und dann noch eine Beratungsstelle für Prostituierte direkt in einem Turm an der Mauer, die das Pfarramt Sankt Elisabeth betreibt. Wahrscheinlich wird da niemand sein, weil sie nur montagabends ein paar Stunden lang offen haben, aber wir können es im Pfarrbüro versuchen.«

Die Streetworkerin vom Gesundheitsamt trafen die beiden Ermittler tatsächlich in ihrem Büro an, womit Hackenholt eigentlich nicht gerechnet hatte. Da sie lange blonde Haare hatte, stand fest, dass sie nicht die gesuchte Verbindungsperson zwischen den beiden toten Frauen sein konnte. Trotzdem erläuterte sie den Beamten ihr Aufgabengebiet. Es umfasste, die Prostituierten – aber auch die Freier – für Gesundheitsthemen zu sensibilisieren und sie über Paragraph 6 der Bayerischen Hygiene-Verordnung aufzuklären. Außerdem wies sie die Sexarbeiterinnen und Freier auch immer auf die Möglichkeit hin, bei der Aids-Beratung des Gesundheitsamtes einen kostenlosen und anonymen HIV-Test machen zu lassen. Ein Angebot, das jährlich bis zu vierhundert Prostituierte in Anspruch nahmen – absolut freiwillig. Zu ihrer Arbeit gehörte nicht nur das Gespräch vor Ort, sie hielt auch Vorträge, gab Zeitungen aufklärende Interviews und postete in Internetforen. Ihre Beratungsgespräche führte sie zwar vornehmlich in den Gemeinschaftsräumen der Clubs und Wohnungen, ging aber manchmal dazu auch in die Zimmer der Prostituierten – die zwei Ermordeten hatte sie nicht gekannt. Die beiden Etablissements waren ihr dafür umso besser vertraut.

Nach dem Gespräch fuhren die Beamten in die Dienststelle zurück, stellten ihr Fahrzeug in die Tiefgarage und gingen zu Fuß in die Breite Gasse.

Die Mitarbeiterin, die sie in den Räumlichkeiten der Prostituierten-Selbsthilfe empfing, verhielt sich sehr korrekt, machte aber keinen Hehl daraus, dass ›Kassandra‹ eine Selbsthilfegruppe für Prostituierte war und die Mitarbeiterinnen parteilich arbeiteten sowie der Schweigepflicht unterlagen. Zu dem breiten Beratungsangebot zählten nicht nur anonyme telefonische, sondern auch persönliche Gespräche, die Begleitung zu Ämtern und Behörden, aber auch die Unterstützung beim Ein-, Um- und Ausstieg in und aus dem Berufszweig. Auch Informationen zur rechtlichen Situation und zu Gesundheitsfragen konnten die Betroffenen hier erhalten, wobei Hackenholt erstaunt feststellte, dass Letztere wiederum durch die Streetworkerin des Gesundheitsamtes erteilt wurden.

Ob eine der Mitarbeiterinnen die beiden Prostituierten gekannt hatte, konnte ad hoc nicht zweifelsfrei festgestellt werden. Auf den ersten Blick sah es eher nicht danach aus. Andererseits arbeitete der Verein mit vielen ehrenamtlichen Helferinnen aus diversen Berufsgruppen zusammen. Daher versprach die Ansprechpartnerin, der Frage nach einer Betreuerin nachzugehen, die beide Frauen gekannt hatte.

Auf dem Rückweg machten die zwei Kriminaler einen Abstecher über das Pfarrbüro von Sankt Elisabeth, das jedoch wegen Krankheit geschlossen war. Als sie wieder ins Büro kamen, wartete Roman Gessner schon auf sie.

»Bei den Hilfsvereinen, die wir überprüft haben, kannte niemand die toten Prostituierten. Ich habe sicherheitshalber noch mit allen Kolleginnen in meinem Kommissariat gesprochen, aber auch von ihnen hat keine etwas mit den beiden Ermordeten zu tun gehabt. Und in ihren Zimmern war erst recht keine Beamtin. Außerdem habe ich nachgeschaut, welche Einheit wann die letzten Razzien durchgeführt hat und ob dabei Kolleginnen eingesetzt wurden, aber auch hier gab es keine Übereinstimmungen.« Ein wenig ratlos zuckte er mit den Schultern. »Ich weiß im Moment wirklich nicht, wer sonst noch in Frage kommen könnte. Die Einzigen, die mir noch eingefallen sind, wären die Dessousverkäufer, aber die sind eigentlich immer männlich.«

Hackenholt zog die Augenbrauen hoch. »Dessousverkäufer?«

Gessner grinste. »Reisende Handelsvertreter, nur eben nicht für Vorwerk, sondern für Dessous, wie sie in Bordellen getragen werden. Gibt es nicht nur in Hamburg.«

Der Hauptkommissar schüttelte den Kopf. Was es nicht alles für Berufe gab! Sein Handy klingelte. Als das Display Sophies Nummer anzeigte, erschrak er. Normalerweise rief sie ihn nicht in der Arbeit an und schon gar nicht auf dem Handy, weil sie immer fürchtete, ihn bei etwas Wichtigem zu stören. Hastig zog er sich in sein Büro zurück.

»Ist etwas passiert?«, fragte er anstelle einer Begrüßung.

Am anderen Ende blieb es einen Moment lang still, dann sagte Sophie zögerlich: »Nein. Muss denn etwas passiert sein, damit ich dich anrufen darf?«

»Natürlich nicht.« Hackenholt war irritiert. »Ich bin gerade nur erschrocken, als ich gesehen habe, dass du es bist.« Er riss sich zusammen und fuhr in bedeutend freundlicherem Ton fort: »Es ist schön, dass du anrufst. Was gibt es denn?«

»Ich wollte eigentlich nur kurz fragen, ob du heute Nachmittag um fünf Uhr zur Burg kommen kannst. Sonja hat gerade zurückgerufen. Sie hat den Eigentümer von ihrem Haus erreicht. Er ist heute sowieso in Nürnberg, sodass wir uns mit ihm treffen könnten.«

Hackenholt schaute auf die Uhr. Es war schon halb drei. Einerseits passte ihm das spontane Treffen gar nicht, da es noch so viel zu tun gab, andererseits war es das erste Haus, das ihnen beiden gefallen hatte. Also versprach er, sich rechtzeitig von seiner Arbeit loszueisen und in die Burgstraße zu kommen.

In der Tat gelang es dem Hauptkommissar, pünktlich zu sein – eine Leistung, die der Eigentümer nicht zustande brachte. Er trudelte mit halbstündiger Verspätung ein, parkte seinen uralten Mercedes, der kurz davor stand, ein Oldtimerkennzeichen beantragen zu können, mitten vor der Tür quer über drei Parkbuchten in der Anwohnerregelung, und stieg dann so langsam aus, als müsse er jede Bandscheibe einzeln in Position schieben, um sich aufrichten zu können. Nachdem er das geschafft hatte, ging er derart steif, als trage er ein Korsett. Er war ein großer, sehr schlanker Mann mit schlohweißem Haar. Hackenholt bezweifelte allerdings, dass er so alt war, wie er aussah.

Sonja stellte sie einander vor und führte sie dann bei der ersten offiziellen Hausbesichtigung durch alle Stockwerke, wobei der Eigentümer immer wieder die Vorzüge des einen oder anderen Zimmers hervorhob.

»Steht das Haus denn unter Denkmalschutz?«, fragte Sophie.

Der Mann winkte ab. »Ach, Sie wissen doch, wie das hier ist. In Nürnberg steht die gesamte Altstadt unter der einen oder anderen Form von Denkmalschutz. Aber wir hatten nie Probleme mit dem Ensembleschutz. Nicht wahr, Frau Büttner?«

»Na ja«, sagte Sonja vorsichtig, »in den zehn Jahren, die wir jetzt hier wohnen, ist auch nicht sonderlich viel gemacht worden. Die Fenster zum Beispiel, also da zieht es schon –«

»Das ist natürlich klar, dass die Fenster mal wieder ordentlich abgeschliffen und neu lackiert werden müssen«, unterbrach sie der Eigentümer hastig.«

»Und wie steht es um die Heizung?«, wollte Hackenholt wissen. »Die Heizkörper sehen auch nicht gerade so aus, als wären sie das neueste Modell.«

»Seien Sie doch froh, dass es überhaupt schon eine Zentralheizung gibt«, protestierte der Eigentümer. »Früher hat man hier alles nur mit Kachelöfen geheizt.«

»Wann wurde denn das Dach zum letzten Mal gedeckt?«, fragte Sophie.

»Das ist noch gar nicht so lange her. Ich glaube, letztes Jahr im Sommer war der Dachdecker da.«

Sophie stutzte. Die Ziegel wirkten keinesfalls neu.

»Ja, nach dem Sturm hat der Dachdecker im letzten Sommer ein paar heruntergefallene Biberschwänze ersetzen müssen«, bestätigte Sonja Sophies Verdacht, dass der Eigentümer seine Antwort eigentlich auf eine andere Frage gegeben hatte.

»Ich habe gemeint, wann das Dach zuletzt komplett neu gedeckt worden ist«, hakte sie nochmals nach.

»Ach, da brauchen Sie sich keine Sorgen machen, das muss nur alle fünfzig bis hundert Jahre gemacht werden. Das Haus ist noch mit deutscher Wertarbeit gedeckt worden, nicht mit diesem neumodischen Zeug aus wer weiß welchem Ostblockland.«

»Können wir noch einen Blick in den Keller werfen?«, bat Hackenholt.

»Der ist absolut trocken. So weit oben auf dem Burgberg brauchen Sie keine Angst vor nassen Füßen zu haben.«

»Lassen Sie ihn uns trotzdem anschauen«, insistierte Hackenholt. Er wollte dem Eigentümer vor Augen führen, wie modrig es in dem alten Sandsteinkeller roch – das hatten er und Sophie schon bei ihrer Vorbesichtigung festgestellt. Nebenbei konnte er dem Verkäufer auch noch die alte Heizanlage unter die Nase reiben, und Sophie würde wie zufällig vor dem Sicherungskasten stehen bleiben und einen naserümpfenden Blick hineinwerfen.

Nachdem sie wieder im Erdgeschoss waren, stellte der Hauptkommissar die alles entscheidende Frage: »Was soll das Haus denn kosten?«

»Ich habe mir zweihundertfünfzigtausend vorgestellt«, lautete die prompte Antwort.

»Lire, D-Mark oder Euro? Ersteres wäre wirklich günstig, Zweiteres nicht sonderlich billig und Letzteres indiskutabel überteuert. Wir reden hier von einem Haus, an dem jahrzehntelang nichts gemacht wurde, das eine neue Heizung, Fenster, Elektrik, Wärmedämmung und Dach braucht und noch dazu vermietet ist.« Hackenholt schüttelte den Kopf. »Tut mir leid, aber da kommen wir nicht ins Geschäft.«

Sophie nickte. Zweihunderttausend war für so eine Bruchbude definitiv zu viel, auch wenn diese direkt unterhalb der Burg lag.

»Sie können Ihre Preisvorstellungen ja noch einmal überdenken und uns dann anrufen«, fuhr Hackenholt in bewusst geschäftsmäßigem Ton fort. »Wir wären durchaus interessiert, aber nur, wenn der Preis stimmt und sich alles *zeitnah* abwickeln lässt. Ich bin nicht der Mensch, der ein halbes Jahr lang um etwas feilscht.« Damit bedankte er sich für die Besichtigung und verabschiedete sich.

»Puh, du warst aber ganz schön schroff«, stellte Sophie fest, nachdem sich die Haustür hinter ihnen geschlossen hatte.

»Stimmt, aber ich habe ihm auch den einzigen Köder hingeworfen, der ihn interessieren dürfte, wenn er wirklich in finanziellen Schwierigkeiten steckt.«

»Ein Mann, ein Wort? Kein langes Feilschen?«, fragte Sophie mit einem Lächeln.

Der Hauptkommissar nickte.

»Musst du zurück in die Arbeit?«

Hackenholt schüttelte den Kopf.

»Und was machen wir dann jetzt mit dem unverhofften freien Abend?«

»Als Erstes gehen wir die wunderschöne Burgstraße immer geradeaus den Burgberg hinunter.«

»Und dann?«

»Biegen wir unterhalb der Sebalduskirche rechts ab und steigen ein paar Stufen hinauf.«

Sophie stutzte. Wo bitte gab es rund um die Sebalduskirche eine Straße mit Treppen?

»Dann machen wir die Türe auf, suchen uns einen schönen Tisch, setzen uns hin und bestellen bei der Bedienung acht Original Nürnberger Rostbratwürste vom Buchenholzgrill mit fränkischem Kartoffelsalat.« Er grinste Sophie breit an. »Du kannst von mir aus auch Saure Zipfel nehmen.«

Nun war Sophie klar, wohin er sie mit seiner Wegbeschreibung lotste: ins »Bratwursthäusle«.

Mittwoch

In der Besprechung am Vormittag hatte Christine Mur wieder Neuigkeiten zu berichten. Sie hatte die Resultate der DNA-Analysen von den Handybesitzern erhalten, die einer freiwilligen Probe zugestimmt hatten. Weder bei den Frauen noch bei den Männern gab es einen Treffer zu verzeichnen. Das Ergebnis der DNA-Untersuchung der einundachtzigjährigen Ansbacherin, welche die Todesanzeige in der Zeitung aufgegeben hatte, lag ebenfalls vor, doch auch sie konnte, was niemanden verwunderte, nicht mit den Tatorten in Verbindung gebracht werden.

Nachdem Mur gegangen war, schaute Hackenholt in die Runde. »Denkt ihr dran, dass Christine morgen Geburtstag hat?«

»Kannst du nicht Sophie fragen, ob sie Lust hat, uns einen Geburtstagskuchen zu backen?« fragte Wünnenberg. »Vielleicht einen Käsekuchen? Oder Donauwellen?«

»Christine hat Geburtstag, Ralph! Nicht du!«, brummte Stellfeldt. »Du weißt ganz genau, dass sie keine Donauwellen mag. Aber sie ist ein absoluter Muffinsfan.«

»Ich rufe Sophie sofort an«, versprach Hackenholt. »Das wird sie sicher machen. Soll ich sie auch gleich fragen, ob sie ein Geschenk besorgen kann?«

Die Kollegen nickten einstimmig.

»Vielleicht eine eigene Kaffeemaschine? Dann muss sie sich nicht immer meinen frisch gekochten Kaffee klauen«, schlug Wünnenberg vor.

Stellfeldt verdrehte die Augen.

»Ich plädiere für eine Großpackung Kugelschreiber von der Metro«, sagte Berger. »Aber möglichst welche, die nicht quietschen, wenn man sie auf- oder zudreht. Seit wir bei uns auf der Dienststelle eine solche Packung haben, klaut keiner mehr dem anderen den Kuli.«

»Das ist eine glänzende Idee!« Hackenholt konnte sich ein breites Grinsen nicht verkneifen. Offenbar ging Mur nicht nur ihm mit ihrem ständigen Stift-auf-und-zu-Gedrehe auf den Wecker. Berger hatte sich sehr schnell ins Team eingelebt.

»Das ist wirklich ein absolut passender Einfall. Aber bitte keine dieser Billig-Kugelschreiber. Nehmt ein paar schönere. Sie hat schließlich Geburtstag! Vielleicht diese bunten. Wenn mehrere von denen auseinander- und anders wieder zusammengebaut werden, kann man lauter neue Farbkombinationen kreieren«, regte Stellfeldt an.

»Wie alt wird unsere Femme fatale der Spurensicherung eigentlich?« Wünnenberg sah Hackenholt fragend an.

»Fünfundvierzig.«

Wünnenberg blies die Wangen auf. »Dafür hat sie sich aber gut gehalten. Vielleicht sollten wir ihr dann doch lieber eine Großpackung Antifaltencreme für die reife Haut schenken, damit das noch eine Weile so bleibt!«

Hackenholt warf ihm einen warnenden Blick zu. Wünnenberg schnitt eine Grimasse und verschanzte sich hinter seinem Kaffeebecher.

»Dann bitte Sophie, fünfundvierzig Kugelschreiber zu besorgen«, entschied Stellfeldt.

»Aber sie soll jeden einzeln verpacken, damit Christine mehr davon hat«, forderte Wünnenberg. Als er Hackenholts neuerlichen Blick gewahrte, verteidigte er sich schnell: »Ich meine, das ist immer noch besser, als wenn wir sie fünfundvierzig Kerzen auspusten lassen!«

Stellfeldt nickte. »Außerdem ist sie dann länger beschäftigt, und wir haben die Chance, auch etwas von ihren Geburtstagsmuffins abzubekommen.«

»Wenn es sonst nichts mehr zu besprechen gibt, beenden wir die Runde jetzt besser, bevor ihr euch noch weitere Gemeinheiten einfallen lasst.« Der Hauptkommissar konnte über seine Kollegen nur den Kopf schütteln.

»Also ich hätte da schon noch eine Idee, womit wir ihr eine ganz besonders große Freude machen würden«, murmelte Wünnenberg und fixierte demonstrativ seine Tasse.

»Lass mich raten«, antwortete Stellfeldt mit gesenkter Stimme. »Du meinst, wir sollten ihr ein Candle-Light-Dinner mit Dr. Puellen schenken?« Die beiden Beamten brachen in wieherndes Gelächter aus.

Noch immer kopfschüttelnd stand Hackenholt auf, ging in

sein Zimmer und wählte Sophies Nummer. Er fragte sie, ob sie im Stress sei, und als sie argwöhnisch erwiderte, was denn passieren würde, wenn sie mit Nein antwortete, erklärte er ihr seine Bitte.

»Kein Problem. Bunte Kugelschreiber habe ich neulich erst in einem Supermarkt gesehen. Ich bin mir nur nicht sicher, ob davon fünfundvierzig Stück vorrätig sind, aber ansonsten kann ich noch in ein anderes Geschäft fahren. Welche Sorte Muffins soll's denn sein?«

»Ich bin schon die ganze Zeit am Überlegen, welche Christines Lieblingssorte ist. Aber eigentlich ist sie sowieso ein Allesfresser, solange es sich nicht um Donauwellen handelt.« Betreten hielt er inne. Nun redete er schon genauso wie seine beiden Kollegen.

»Das war aber nicht sonderlich nett!«, rüffelte ihn Sophie denn auch prompt.

»Stimmt, den letzten Satz streichen wir aus dem Protokoll. Ich glaube, Christine mag die Karotten-Haselnuss-Muffins recht gerne. Allerdings sind die für Ralph zu ökomäßig. Könntest du vielleicht zwei Sorten machen?«, fragte Hackenholt

Sophie seufzte. »Ich mach euch auch gerne vier Sorten, ihr seid ja im Moment ein ziemlich großes Team – aber nur, wenn du dir endlich angewöhnst, ›Gelbe Rüben‹ anstelle von ›Karotten‹ zu sagen!«

»Nichts da! ›Gelbe Rüben‹, wie das schon klingt. Am Ende verlangst du eines Tages noch von mir, dass ich so reden soll wie Saskia!«

»Das würdest du sowieso nie im Leben schaffen«, prustete Sophie vor Lachen.

Hackenholt dankte ihr für das Vertrauen, das sie in seine sprachliche Lernfähigkeit setzte, und beendete schnell das Gespräch.

»Frank?«

Als er aufschaute, stand die Schreibkraft in der Tür.

»Der Chef hat gerade angerufen, ihr sollt sofort nach Erlangen fahren. Am Europakanal.«

»Warum denn das? Für den Bereich ist doch die Kripo Erlangen zuständig.«

Die Schreibkraft zuckte mit den Schultern. »Ich bin nur der Überbringer der Nachricht, weil bei dir belegt war.«

Der Hauptkommissar nickte, griff zum Hörer und rief selbst beim Dezernatsleiter an. Der teilte ihm mit, dass in einer kleinen Bordellwohnung eine nackte afrikanische Prostituierte erdrosselt aufgefunden worden war. Da die Erlanger Kollegen einen Zusammenhang mit den Nürnberger Fällen vermuteten, hatten sie ihren Dienststellenleiter informiert, der sich wiederum mit dem übergeordneten Abschnitt-K-Leiter und der Staatsanwaltschaft in Verbindung gesetzt hatte, die entschieden hatten, dass die Nürnberger Ermittlungsgruppe den Fall von Anfang an übernehmen sollte.

»Auch das noch«, stöhnte Wünnenberg, als Hackenholt den Dienstwagen gleich hinter Murs VW-Bus vor dem Anwesen Am Europakanal parkte. »Ein Hochhaus. Da hat mit Sicherheit niemand etwas gesehen oder gehört, und wir werden tagelang damit beschäftigt sein, die Bewohner zu befragen.«

Hackenholt nickte, dann stiegen beide aus und gingen zu dem uniformierten Kollegen, der die Pressevertreter auf Abstand hielt. Nachdem sie sich ausgewiesen hatten, schlüpften sie unter dem Trassierband hindurch und betraten das Gebäude. Zu Fuß stiegen sie in den dritten Stock, in dem die bewusste Wohnung lag, vor der sich mehrere Polizisten drängten. Mit Erleichterung vernahm Hackenholt, dass die örtlichen Kollegen von der Spurensicherung aufgrund von schlechten Erfahrungen mit sogenanntem Tatorttourismus bis zu Murs Eintreffen niemanden in die Wohnung gelassen hatten. So waren nur die Prostituierte, die die Tote gefunden hatte, und eine Streifenpolizistin in der Wohnung gewesen, bevor die Beamten der Spurensicherung sie betreten und sofort rigoros abgeriegelt hatten.

Ein Mann mittleren Alters trat auf Hackenholt zu und stellte sich als Kollege der Kripo Erlangen vor.

»Wir unterstützen euch gerne, wenn ihr das wollt. Aber bislang haben wir noch nichts unternommen, da wir euch nicht in die Quere kommen wollen.«

Hackenholt freute sich über die klare Ansage und hoffte, dass der Beamte sie auch so meinte.

»Laut Ausweis ist die tote Nigerianerin vierundzwanzig Jahre alt und heißt Lisha Nwokeabia. Allerdings soll sie sich Luba genannt haben. Sie ist mit einem fünfzehn Jahre älteren Afrikaner verheiratet, unter dessen Adresse sie in Frankfurt am Main gemeldet ist. Die Wohnung hier ist uns seit Langem als Bordellwohnung bekannt. Sie gehört einer in die Jahre gekommenen ehemaligen Prostituierten, die noch drei weitere solcher Etablissements in Erlangen betreibt. Sie selbst besucht die Wohnungen nur einmal am Tag, um nach dem Rechten zu sehen, soll heißen: um die Mieten zu kassieren. Pro Tag verlangt sie sechzig Euro – pro Person wohlgemerkt. Normalerweise arbeiten hier drei Prostituierte. Diese Woche waren sie aber nur zu zweit, wie uns die Kollegin der Toten sagte, die sie heute Morgen gefunden hat. Sie ist Studentin. Wir haben sie gleich zu uns in die Inspektion in der Schornbaumstraße gebracht.«

Hackenholt nickte. »Wie sieht es in der Wohnung mit Sicherheitsequipment aus?«

»Von der Studentin haben wir erfahren, dass es im Flur eine Webcam gegeben hat, die auf die Türe ausgerichtet war. Allerdings wurde sie wohl vom Täter heruntergerissen. Angeblich sind die Bilder aber immer sofort an die Betreiberin übertragen worden. Das müssen wir allerdings erst noch überprüfen. Ich habe bislang noch niemanden zu ihr geschickt, weil ich nicht wusste, ob ihr die Vernehmung nicht lieber selbst übernehmen wollt.«

»Lass mich noch schnell mit meiner Kollegin von der Spurensicherung sprechen, und dann machen wir uns zusammen auf den Weg zu der Dame.«

Hackenholt klopfte an der Wohnungstür. Es dauerte einen Moment, bis Christine Mur erschien. Ohne auf seine Fragen zu warten, legte sie los.

»Derselbe Täter. Die Frau wurde erdrosselt, sie ist nackt, liegt auf dem Bett, und ich habe eine unbeschriftete CD in einem CD-Player gefunden, in die ich aber noch nicht reingehört habe. Komm in einer Stunde wieder, dann kannst du in die Wohnung, wenn es unbedingt sein muss.« Damit schlug sie ihm die Tür vor der Nase zu.

Der Beamte von der Erlanger Dienststelle machte große Augen. »Wow! Die Frau Kollegin ist aber eine ganz toughe!«

Der Hauptkommissar lächelte. »Dafür ist sie aber auch eine extrem kompetente, und solche Leute brauchen wir in dem Fall mehr als alles andere. Kommt, fahren wir. Vielleicht hat dieses Mal ja die Videoaufzeichnung funktioniert. Ich wage es zwar nicht zu hoffen, aber irgendwann müssen wir bei unseren Ermittlungen endlich auch mal Glück haben.«

Auf dem Weg zum Auto zückte Hackenholt sein Handy und gab Stellfeldt im Büro die Personalien der Toten durch, damit die dortigen Kollegen schon mal mit der Recherche beginnen konnten.

Gemeinsam mit Wünnenberg und dem Erlanger Ermittler machte sich der Hauptkommissar auf den Weg in die Schillerstraße, wo die Betreiberin der Bordellwohnungen in einem schnieken, allein stehenden Haus wohnte. Wenn man bedachte, dass ihr auch noch vier Wohnungen in Erlangen gehörten, schien sie keine finanziellen Probleme zu haben. Offenbar hatte sie in jüngeren Jahren ihr Geld zusammengehalten – oder aber gut geheiratet.

Babette Schönweiß öffnete den Beamten die Tür im Morgenmantel und mit Haarwicklern und Haarnetz auf dem Kopf – obwohl es mittlerweile weit nach Mittag war. Derlei Staffage hatte Hackenholt schon seit Jahren nicht mehr gesehen, aber sie passte zu der Frau, wie er schnell herausfand. Frau Schönweiß war Mitte fünfzig, sah jedoch aus wie Mitte sechzig und rauchte eine Zigarette nach der anderen, wobei sie eine schwarze Zigarettenspitze mit Perlmutteinlage verwendete. Auch sonst gab sie sich ganz wie eine Dame von Welt. Sie war sichtlich schockiert, als sie erfuhr, was in einer ihrer Wohnungen geschehen war. Nachdem sie sich etwas gefasst hatte, führte sie die Beamten in ihr Arbeitszimmer, in dem ein Computer stand. Sie schaltete ihn ein und wartete ungeduldig darauf, dass er hochfuhr.

»Meine Wohnungen werden alle mit Netzwerkkameras überwacht«, erklärte sie in der Zwischenzeit.

»Ich dachte, Sie verwenden eine Webcam?«, fragte Hackenholt überrascht.

Babette Schönweiß schüttelte missbilligend den Kopf. »Das wäre viel zu umständlich, dann müsste ja in allen Wohnungen ein PC stehen. Sie kennen sich mit den neuesten Errungenschaften der Technik im Sicherheitsbereich wohl nicht sonderlich gut aus, oder? Passen Sie auf: In einer Netzwerkkamera ist, anders als bei einer Webcam, ein kleiner Computer bereits eingebaut. Sie ist also quasi eine Weiterentwicklung von der einfachen Webcam zum Stand-Alone-Gerät. Ein integrierter CPU, ein Flash- und ein DRAM-Speicher sorgen dafür, dass man die aufgenommenen Bilder nicht nur in der Cam speichern, sondern sie auch komprimieren und über eine IP-Adresse versenden kann. Da die Kamera mit einem Bewegungsmelder gekoppelt ist, nimmt sie zudem nicht pausenlos Bilder auf, sondern nur dann, wenn jemand in der Nähe der Wohnungstür vorbeigeht.«

Dem Hauptkommissar verschlug es bei der Belehrung die Sprache. Derlei unverständliches Kauderwelsch war er bislang allenfalls von Wünnenberg gewohnt – aber garantiert nicht von einer alternden Prostituierten.

»Das heißt, dass die Bilder unmittelbar nach der Aufnahme an Ihren PC weitergegeben werden?«, fragte der fachkundige Kollege denn auch prompt.

Die Frau nickte. »Das variiert natürlich je nach Software, aber wenn ich Ihnen das auch noch erklären muss, sitzen wir morgen noch hier. Ich habe es jedenfalls so geregelt, dass die Aufnahmen jederzeit über das Internet abrufbar sind.«

»Und die gehen auch nicht verloren, wenn wir sie uns jetzt ansehen?«, fragte Hackenholt zaghaft.

»Natürlich nicht! Ich kann Ihnen die Daten anschließend auch gleich auf eine DVD brennen. Lassen Sie uns aber erst einmal die letzten vier Mitschnitte anschauen.«

Gebannt starrten die drei Beamten auf den großen Flachbildschirm der auf Babette Schönweiß' überdimensionalem Schreibtisch stand. Der Film begann abrupt mit einem Mann, der die letzten drei Schritte zur Tür lief, sie öffnete und hinausging, ohne sich noch einmal umzusehen. Ihm folgend trat eine spärlich bekleidete Frau ins Bild. Sie schloss die Tür hinter ihm, drehte sich dann um und verschwand wieder aus dem überwachten Bereich des Wohnungsflurs. Der Monitor wurde schwarz, bevor plötzlich wieder der Gang zu sehen war. Dieselbe Frau, die gerade schon zu sehen gewesen war, trug jetzt Jeans und Jacke, verließ die Wohnung und zog die Tür hinter sich zu.

Hackenholt sah schnell auf die Zeiteinblendung rechts unten im Bild. Ein Uhr dreißig.

»Das war Layla. Sie wohnt in Erlangen und schläft daher nicht in der Wohnung«, informierte sie die Chefin.

Wieder wurde das Bild schwarz, bevor es erneut den Flur zeigte. Ein Uhr dreiundvierzig. Die Beamten sahen den Rücken einer Afrikanerin, die zielstrebig auf die geschlossene Tür zuging, sie öffnete, zur Seite trat und einen großen, hageren Mann hereinließ, ohne eine einzige Frage gestellt zu haben. Hinter ihm machte sie die Tür wieder zu und führte den Unbekannten dann in die Wohnung und außerhalb des Aufnahmebereichs der Kamera. Der Mann trug eine Baseballmütze, die er sich so tief ins Gesicht gezogen hatte, dass keinerlei Gesichtszüge zu erkennen gewesen waren. Zudem hielt er den Kopf gesenkt und hatte den Kragen seiner Adidas-Sportjacke in einer Art hochgeschlagen, die in den achtziger Jahren in Mode gewesen war. Seine Hände hielt der Mann in den Jackentaschen verborgen. Darüber hinaus war er mit einer blauen Jeans bekleidet und hatte weiße Turnschuhe an.

»Das war Luba«, sagte Babette Schönweiß leise. In ihren Augen glitzerten Tränen.

»Können wir uns die Aufnahme bitte gleich noch einmal ansehen«, bat Wünnenberg.

Babette Schönweiß spielte die gerade gesehene Sequenz noch einmal ab, dann folgte die letzte Szene, in der jedoch nichts weiter zu sehen war als das Wackeln der Kamera, die hektisch von der Tür zur Decke geschwenkt wurde, bevor das Bild erlosch. Offenbar der Moment, in dem der Täter die Kamera heruntergerissen und zerstört hatte. Bei der letzten Aufnahme war es ein Uhr sechsundfünfzig gewesen.

»Technik, die begeistert«, murmelte Wünnenberg kaum hörbar. »Warum sind nicht alle Häuser mit solchen Kameras ausgestattet?«

Plötzlich hatten es die Beamten eilig. Frau Schönweiß brannte ihnen die Daten auf eine DVD, dann vereinbarte der Hauptkommissar einen Termin mit ihr für den nächsten Vormittag im Polizeipräsidium in Nürnberg.

»Als Nächstes fahren wir zu euch auf die Dienststelle«, entschied Hackenholt. »Ich möchte jetzt mit der Frau sprechen, die die Tote gefunden hat. Aber vorher sehen wir uns die Sequenz noch einmal ganz in Ruhe an und suchen ein Bild von dem Mann heraus, auf dem seine Kleidung und Statur möglichst gut zu sehen sind. Das vervielfältigen wir und zeigen es bei der Befragung der Hausbewohner und in der Nachbarschaft herum. Könntet ihr diesen Teil der Ermittlungen übernehmen?«

Der Erlanger Beamte nickte.

Kaum hatten sie die PI Erlangen betreten, informierte sie eine junge Polizistin, dass sie die Kollegin der Ermordeten nach Hause hatten bringen müssen, da sie im Büro umgekippt war. Die Beamten hatten die Studentin in die Obhut ihrer WG-Mitbewohnerin übergeben, die versprochen hatte, ihren Hausarzt zu rufen. Vorher hatte die Prostituierte während einer kurzen Befragung noch gesagt, dass sie überhaupt nichts wisse. Luba habe noch gelebt, als sie in der Nacht die Wohnung verlassen habe. Die Polizei solle die Chefin fragen, die im Eingangsbereich eine Überwachungskamera installiert hatte.

Hackenholt verkniff sich ein Seufzen. Dann mussten sie mit der Befragung der jungen Studentin eben noch ein paar Stunden oder notfalls sogar bis zum morgigen Tag warten. Die Frau konnte ihnen mit Sicherheit etwas erzählen – und wenn auch nur von den Arbeitsgewohnheiten der Nigerianerin.

Im Büro des Kollegen schauten sie sich noch mehrmals das Video an und stoppten es an verschiedenen Stellen, um das Standbild des Täters zu betrachten. Er überragte die kleine schmächtige Frau um anderthalb Köpfe und musste damit wohl ungefähr so groß wie Hackenholt selbst sein. Allerdings ähnelte seine Statur einem Handtuch. Schmale Schultern, schmale Hüften, so wie Leon Rudolph ausgesehen hatte.

Nachdem die Ermittler zwei Bilder ausgewählt und davon Abzüge hatten ausdrucken lassen, fuhren sie an den Tatort zurück, an dem es nur so von Menschen wimmelte. Die Medienvertreter wurden vom mittlerweile eingetroffenen Pressesprecher auf eine Pressekonferenz im Polizeipräsidium vertröstet, was diese nicht davon abhielt, das Haus zu belagern und jedem Beamten oder Nachbarn, der hinein- oder hinausging, ihre Mikrofone entgegenzustrecken und die Kameras auf sie zu richten. Die drei Polizisten liefen zügig an ihnen vorbei und verschwanden im Haus.

»Ich muss gestehen, dass ich jetzt nicht in eurer Haut stecken möchte«, gab der Erlanger Kollege zu. »Der Ermittlungsdruck, unter dem ihr steht, wäre mir zu groß.«

Der Hauptkommissar zuckte mit den Schultern. »Ich habe das Gefühl, dass wir nunmehr seit anderthalb Wochen für die täglichen Schlagzeilen sorgen. Zumindest werden uns dadurch ausreichend Ermittlungsbeamte zugeteilt, und wir müssen nicht um jeden Mann kämpfen.«

Im dritten Stock kam Christine Mur auf Hackenholts Klingeln hin an die Tür. Sie informierte ihn über Dr. Holms kurzen Besuch, mit dem er sich ein Bild von dem neuerlichen Mord gemacht hatte, und gab seine Bitte um schnellstmöglichen Rückruf weiter. Danach brachte sie dem Hauptkommissar ein Set Schutzkleidung und ließ ihn schließlich in die Wohnung.

»Dr. Puellen war auch schon da. Ich habe ihm Beine gemacht und gesagt, er soll uns zur Abwechslung mal ein paar brauchbare Hinweise liefern und nicht immer nur sein übliches Blabla.« Mur grinste drakonisch. »Er meinte, er würde sich bemühen und auch die anderen beiden Obduktionsberichte noch einmal danach durchschauen, ob er auch wirklich nichts übersehen hat, was auf den Täter oder sonst etwas hinweisen könnte. Ich glaube, ich habe es endlich geschafft, ihn ein bisschen bei seiner Ehre zu packen«, sagte sie zufrieden.

Hackenholt warf ihr einen entsetzten Blick zu. »Christine, wenn du –«

Bevor er sie jedoch rügen konnte, fiel sie ihm ins Wort. »Keine Sorge, er redet schon noch mit dir. Ich wollte ihn nur ein bisschen anstacheln, damit auch er etwas mehr Einsatz zeigt. Immerhin hat er sich daraufhin ausnahmsweise dazu hinreißen lassen, sich zum Zeitpunkt des Todes ein wenig genauer als sonst zu äußern.«

»Den kann ich dir in diesem Fall sogar ganz genau sagen«, erwiderte Hackenholt. »Es gibt eine Videoaufzeichnung, auf der das Opfer den Täter zur Türe hereinlässt.«

»Kann man den Mann darauf erkennen?«, fragte Mur hoffnungsvoll.

Hackenholt schüttelte den Kopf. »Nicht wirklich.« Dann sah er sich interessiert in der Wohnung um. Die Leiterin der Spurensicherung zeigte ihm den CD-Player, in dem sie den unbeschrifteten Rohling gefunden hatte. Weder das Abspielgerät noch die CD wiesen Fingerspuren auf, und auch die Türklinken waren mit bloßen Händen nicht angefasst worden. Mist. An all diesen Stellen hätte der Täter eigentlich Spuren hinterlassen müssen, die ihm eindeutig zuzuordnen gewesen wären. Dem entgegen stand die Tatsache, dass es überall sonst im Zimmer nur so von anderweitigen Spuren wimmelte.

»Wir werden hier tagelang beschäftigt sein«, waren Murs abschließende Worte, als sie Hackenholt wieder zur Tür brachte.

»Diesmal haben wir eine genaue Zeitangabe und sogar Bilder vom Täter. So konkrete Informationen wie bislang noch nicht. Es muss uns jetzt einfach gelingen, den Mann zu identifizieren«, schwor Hackenholt sein Team ein, nachdem er alle über die bisher bekannten Einzelheiten des neuen Mordfalls unterrichtet hatte und sie sich gemeinsam das Video mehrere Male angesehen hatten.

»Dann hoffen wir mal, dass die Kollegen von der Spurensicherung einen entscheidenden Hinweis finden. Nur mit den Bildern werden wir den Täter garantiert nicht schnappen«, brummte Gessner pessimistisch. »Schau dir den Mann doch mal an. Man erkennt weder Mund noch Nase noch Augen. Alles, was wir haben, ist ein Gesamteindruck seiner Statur. Die Kleidung, die er getragen hat, hilft uns auch nicht weiter. Adidas-Sportjacken gibt es wie Sand am Meer. Die Jeans hat keine besonderen Merkmale, und das Auffälligste an dem Käppi ist, dass es keine Auffälligkeiten daran gibt. Kein Werbeaufdruck. Kein Schriftzug. Einfach nichts.«

»Wisst ihr, woran ich gerade denken musste? An die übereinstimmenden Fasern, die Christine an den beiden anderen Tatorten gefunden hat. Hat sie uns eigentlich deren Farbe und chemische Zusammensetzung genannt?« Stellfeldt schaute in die Runde, erntete aber nur überfragtes Schulterzucken. Unwillkürlich fuhr die Hand des Ermittlers zu seiner Glatze und strich mehrmals darüber. »Ich denke, wir sollten Christine fragen, ob sie vielleicht von dieser Sportjacke stammen könnten. Der Täter muss die Frau angegriffen haben, sobald sie in ihrem Zimmer waren. Wie wir an den Uhrzeiten erkennen können, hat er sich nicht lange im Apartment aufgehalten, ähnlich wie bei den beiden anderen Taten.«

»Aber im Fall der Rumänin wurden die Fasern auf dem Bademantel sichergestellt«, widersprach Wünnenberg. »Vielleicht hatte die Frau ihn zum Zeitpunkt ihrer Ermordung gar nicht mehr an?«

Stellfeldt schüttelte den Kopf. »Frank hat uns gesagt, dass die Nigerianerin ebenfalls nackt war. Und jetzt schau dir das Video an. Als sie den Täter einlässt, ist sie noch bekleidet. Das heißt doch, dass die Frau sich entweder selbst entkleidet hat oder dass es der Täter getan hat.«

Hackenholt kniff die Augen zusammen. »Du hast recht«, stieß er hervor. »Das ist mir bislang überhaupt nicht aufgefallen.« Ein quietschendes Geräusch ließ ihn zusammenzucken. Entsetzt merkte er, dass er unbewusst Christine Murs Angewohnheit übernommen hatte und nervös seinen Kugelschreiber auf und zu drehte. Peinlich berührt legte er ihn schnell auf seinen Notizblock. »Ich werde Christine sofort anrufen und nachfragen«, fuhr er hastig fort.

»Wird eins der Bilder nachher bei der Pressekonferenz an die Öffentlichkeit herausgegeben?«, fragte Berger.

»Ich gehe mal davon aus«, nickte der Hauptkommissar. »Der Chef wird den Medienvertretern irgendetwas präsentieren wollen, und etwas anderes haben wir im Moment nicht.«

»Dann müssen wir uns also wieder auf eine Flut von Anrufern gefasst machen, die den Mann gesehen und vor allem erkannt haben wollen?«

»Ich glaube nicht, dass wir aufgrund des Bildes einen konkreten Hinweis bekommen werden. Wenn wir Glück haben, meldet sich vielleicht jemand, der einen Mann in dieser Kleidung heute Nacht irgendwo hat vorbeilaufen sehen«, beruhigte Hackenholt. Er wusste, welches Szenario sich Berger gerade vorstellte. Der junge Kollege hatte Angst, wieder eine ähnliche Situation wie die vor dem McDonald's durchleben zu müssen. »Christine hat das Handy der Toten gefunden und mir mitgegeben«, wechselte er daher schnell das Thema und deutete auf das vor ihm auf dem Tisch liegende Gerät. »Einer von uns muss es auswerten. Außerdem brauchen wir einen Einzelverbindungsnachweis für die Gespräche, die die Nigerianerin geführt hat, wie auch die IMEI-Daten der Handys, die zum fraglichen Zeitpunkt in der Funkzelle eingeloggt waren. Bei dem engen Zeitfenster, in dem die Tat begangen wurde, dürften es diesmal weitaus weniger sein.«

»Ich werte das Handy aus«, bot Wünnenberg an.

»Dann kümmere ich mich um die richterlichen Genehmigungen und fordere die Datensätze an«, sagte Stellfeldt.

Hackenholt nickte und beendete die Besprechung, nachdem sie auch noch die anderen anstehenden Arbeiten untereinander aufgeteilt hatten.

Dem Hauptkommissar fiel es zu, bei den Kollegen in Frankfurt anzurufen, was er sofort in Angriff nahm. Lisha Nwokeabias in Deutschland lebender Mann musste von ihrem Tod unterrichtet werden. Außerdem erhoffte sich Hackenholt Informationen über die Gründe, die die Frau dazu getrieben hatte, in Erlangen anschaffen zu gehen. Angesichts der Tatsache, dass ihr Wohnsitz in Frankfurt lag, kam ihm das reichlich merkwürdig vor. Aber vielleicht war die Konkurrenz in Frankfurt so groß, dass man im fränkischen Erlangen mehr Geld verdienen konnte als in der Metropole.

Nachdem er den hessischen Kollegen instruiert hatte, wählte Hackenholt die Handynummer, welche die Erlanger Kripobeamtin von der Kollegin der Ermordeten notiert hatte. Es meldete sich jedoch nur die Mailbox. Er hinterließ eine Nachricht mit der Bitte, die junge Frau möge am folgenden Vormittag zu ihm ins Präsidium nach Nürnberg kommen.

Kaum hatte er aufgelegt, klingelte sein Telefon. Es war der Chef, der ihn zum Rapport bestellte. Siedend heiß fiel Hackenholt ein, dass er auch den Staatsanwalt noch nicht zurückgerufen hatte. Das erübrigte sich jedoch, da Dr. Holm im Zimmer des Dezernatsleiters saß, als der Hauptkommissar dort eintraf. Ebenso wie der Vizepräsident und die Leiterin der Pressestelle. Offensichtlich war der Fall durch den dritten Mord zur Chefsache mutiert. Hackenholt stand allen vieren ein Stunde lang Rede und

Antwort, dann besprachen sie, was ihre Hauptaussage war, die sie in der Konferenz kommunizieren wollten, und welche Informationen an die Öffentlichkeit herausgegeben werden durften und welche nicht. Hackenholt graute vor dem Termin, aber als Leiter der Ermittlungsgruppe konnte er sich nicht davor drücken und Stellfeldt als Vertretung schicken.

Die wenige Zeit, die ihm bis zum Beginn der Pressekonferenz um halb fünf noch blieb, nutzte er, um sich das Medientraining, das er schon vor Jahren in Münster absolviert hatte, wieder ins Gedächtnis zu rufen. Er überlegte sich gute Antworten auf die Fragen, die von den Reportern unter Garantie gestellt werden würden, und wie er eher ungelegene Fragen geschickt umlenken könnte.

Die Konferenz begann wie üblich damit, dass die Leiterin der Pressestelle mit ihrer ruhigen Stimme eine vorgefertigte Erklärung verlas, die der Dezernatsleiter weiter präzisierte und von Dr. Holm ergänzt wurde.

Nachdem sämtliche W-Fragen – nach dem Wer, Wie, Was, Wann, Wo, Warum – mehr als einmal durchgekaut worden waren, begannen die Journalisten nachzubohren.

Der Vizepräsident ging vor den Kameras auf wie frischer Hefeteig. Hackenholt beschränkte sich darauf, ein interessiertes Gesicht zum Besten zu geben – und ärgerte sich innerlich über die zum Fenster hinausgeworfene Zeit. Es störte ihn nicht im Geringsten, keine einzige Frage beantworten zu müssen, weil sein »großer Chef« zwischenzeitlich für alle anderen sprach. Was ihn jedoch gewaltig wurmte, war, dass er dies vorausgesehen und deswegen bei der Besprechung vorgeschlagen hatte, die beiden Vorgesetzten sollten die Konferenz doch ohne ihn bestreiten und ihm auf diese Weise den Rücken freihalten, damit er weiterarbeiten könne. Er, Hackenholt, sei sowieso absolut überflüssig, und niemand würde sein Fehlen bemerken, da ja auch Dr. Holm anwesend sein würde, und die durch seine Person vertretene Staatsanwaltschaft, die ja die eigentliche Herrin des Verfahrens war, eine gewichtige Stimme innehatte.

Hackenholt wurde von erhobenen Stimmen aus seinen Gedanken herausgerissen. Ein Journalist von einem überregionalen privaten Fernsehsender wollte sich nicht damit zufrieden geben, dass die Polizei allein aufgrund der Tatsache, dass es sich bei allen drei Ermordeten um Prostituierte handelte, einen Zusammenhang zwischen den Mordfällen sah. Schließlich lagen die Tatorte Frauentormauer, Ziegelstein und Erlangen doch recht weit auseinander. Vielmehr vermutete er, die Beamten enthielten der Öffentlichkeit mal wieder Details vor. Nach der ersten Antwort begann er intensiv nachzufragen, was die Ermittler denn so sicher mache. Ein anderer Journalist sprang ihm bei und fragte, ob es vielleicht im Bundesgebiet noch weitere Morde gäbe, die zu der Serie gehörten, und warum bisher kein Profiler eingeschaltet worden war. Indem er nachdrücklich bemerkte, die mittelfränkische Polizei habe offenbar gar kein Interesse an der Aufklärung, da es sich um Frauen mit ethnischem Hintergrund handelte, trieb er seine Behauptungen auf die Spitze.

Das konnte der Vize natürlich nicht auf sich sitzen lassen, und so entstand ein Wortgefecht, in dessen Verlauf es immer stärker um die Besonderheiten der Morde ging, bis schließlich die Frage nach der Handschrift des Mörders gestellt und auch beantwortet wurde: Der Chef erwähnte vor laufenden Kameras das Requiem von Mozart, von dem sie zuvor vereinbart hatten, dass dieses Detail unter keinen Umständen bekannt gegeben werden durfte. Gelassen lehnte sich der Journalist in seinem Stuhl zurück und musterte den Vizepräsidenten mit einem Siegergrinsen. Dann brandeten die erregten Stimmen der anderen Pressevertreter auf, die wissen wollten, wie denn Klassik mit Rockern und dem Rotlichtmilieu zusammenpasse.

Sobald der Hauptkommissar von der Pressekonferenz zurück war, klingelte sein Telefon Sturm. Am anderen Ende der Leitung war der Kollege aus Frankfurt, mit dem er vor drei Stunden gesprochen hatte. Die Zeit seither war für Hackenholts Begriffe verflogen.

»Ich hoffe, du sitzt gerade. Ich habe Neuigkeiten. Lisha Nwokeabia ist gar nicht tot. Als wir an der Adresse geklingelt haben, zu der du uns geschickt hast, hat uns die Dame höchstpersönlich die Tür aufgemacht.«

»Das darf doch wohl nicht wahr sein!« Hackenholt kniff die Augen zusammen. Wieder ein Rückschlag.

»Das haben wir auch gedacht, als uns die Frau, die da putzmunter in der Tür stand, sagte, sie sei Lisha Nwokeabia. Als wir sie um ihren Ausweis gebeten haben, hat sie eine filmreife Show abgezogen, weil sie angeblich erst in dem Moment bemerkt haben wollte, dass ihr jemand den Geldbeutel mit ihren Ausweispapieren geklaut hat. Wir haben sie daraufhin zu unserer Dienststelle mitgenommen und werden sie nachher an die Kollegen von der Kripo überstellen. Das schreit ja geradezu nach Dokumentenmissbrauch und damit nach Schleusungskriminalität und Menschenhandel. Aber ob viel bei der Befragung rauskommen wird, wenn die Kollegen sie nicht vorher schon im Visier gehabt haben, wage ich mal zu bezweifeln. Wer auch immer also deine Tote ist, es ist nicht Lisha Nwokeabia, und im Moment kann ich dir auch keine großen Hoffnungen machen, dass wir dir bei der Identifizierung werden weiterhelfen können.«

Kaum hatte Hackenholt aufgelegt, läutete sein Telefon erneut. Eine Stuttgarter Nummer. Verdutzt nahm er den Hörer ab. Die Frau, die sich am anderen Ende meldete, stellte sich als Kollegin von der GES vor: der Gemeinsamen Ermittlungsgruppe Schleuser. Wie sie ihm grob skizzierte, ermittelte ihre Dienststelle gegen einen Ring von Menschenhändlern, bei dem es um die Schleusung von Nigerianerinnen nach Deutschland ging.

Hackenholt hielt die Luft an. Welche Ausmaße nahmen diese Mordfälle denn noch an? Eine thailändische Prostituierte, die nach Deutschland verheiratet worden war, eine Rumänin, die höchstwahrscheinlich unter Vorspiegelung falscher Tatsachen nach Deutschland gelockt worden war, und nun eine Nigerianerin, die offenbar ebenfalls nicht freiwillig der Prostitution nachgegangen war. Sobald der Hauptkommissar der Kollegin vom Landeskriminalamt Baden-Württemberg bestätigt hatte, dass sich die Ermordete Luba genannt, aber den Pass einer legal in Frankfurt lebenden Nigerianerin bei sich gehabt hatte, bat ihn die schwäbische Beamtin um ein kurzfristiges Treffen noch für denselben Abend. Sie würde sich sofort auf den Weg machen und in spätestens zwei Stunden im Nürnberger Präsidium sein. Erstaunt willigte Hackenholt ein.

Da die Stuttgarter Kollegin ihn einstweilen um Stillschweigen gebeten hatte, erwähnte er nichts von ihrem überraschenden Anruf und dem vereinbarten Treffen, als die Mitglieder der Ermittlungsgruppe gegen sechs Uhr wieder zusammenkamen, um die Neuigkeiten auszutauschen, die sich seit ihrer letzten Versammlung ergeben hatten. Hackenholt erzählte stattdessen von den Erkenntnissen, die der Kollege in Hessen ihm mitgeteilt hatte, und der Pressekonferenz.

Auch im Team wurde heftig diskutiert, ob die Morde einen ausländerfeindlichen Hintergrund haben konnten. Schlussendlich waren das jedoch alles nur Spekulationen. Es konnte auch reiner Zufall sein, dass bislang ausschließlich Prostituierte mit ethnischem Hintergrund umgebracht worden waren, schließlich wurden manche Bordelle mit einer hundertprozentigen Ausländerquote betrieben. So lange nicht klar war, nach welchen Gesichtspunkten der Täter seine bisherigen Opfer ausgewählt hatte, ließ sich keine Aussage darüber treffen, welche Frauen besonders gefährdet waren.

»Hast du die Daten der Funkzellen angefordert?«, fragte Hackenholt an Stellfeldt gewandt.

»Ich habe die richterliche Anordnung besorgt, Christian hat sich um die Provider gekümmert.«

Der junge Kollege nickte. »Morgen Vormittag sind die Daten da, dann mache ich mich an den Abgleich.«

»Und was hast du auf dem Handy der Toten gefunden?«, wollte der Hauptkommissar von Wünnenberg wissen.

»Im Telefon waren nur wenige Nummern abgespeichert. Offenbar ihre Freundinnen, zumindest waren es ausschließlich Frauennamen. Den Einzelverbindungsnachweis habe ich übrigens auch schon. Sie hat keine einzige SMS geschrieben, aber eine Menge telefoniert. Immer mit den zehn, zwölf gleichen Nummern. Manchmal waren es kurze Gespräche, die nur ein paar Sekunden gedauert haben, manchmal gingen sie über eine Stunde.«

»Hast du schon herausgefunden, wem die Nummern gehören?«

Wünnenberg schüttelte den Kopf. »Das wollte ich morgen Vormittag machen.«

Hackenholt nickte und sah auf die Uhr. Es wurde allmählich Zeit, die Besprechung zu beenden, wenn die Kollegen nach Hause gegangen sein sollten, bevor sein abendlicher Besuch eintraf.

Ulla Eberle, die Ermittlerin aus Stuttgart, war eine große, hagere Frau Ende vierzig mit kurzen blonden Haaren und sportlicher Kleidung. Sie wartete beim Pförtner am Eingang Schlotfegergasse.

Sie sieht genauso aus wie unser Täter, dachte Hackenholt, als er über den dunklen Hof auf sie zuging. Wäre sie ein Mann, würde ich sie sofort um eine DNA-Probe bitten. Unwillkürlich schüttelte er den Kopf.

»Guten Abend, Frau Eberle. Kommen Sie, gehen wir in mein Büro. Meine Leute sind schon alle zu Hause, wir sind also unter uns.«

Sie schenkte ihm ein freundliches Lächeln. »Wollen wir uns nicht duzen? Ich heiße Ulla.«

»Gerne, ich bin Frank.«

»Ich weiß«, sagte sie kaum hörbar. Dann holte sie tief Luft. »Es wird dir wahrscheinlich früher oder später sowieso zu Ohren kommen, deshalb ist es besser, wenn du es von mir erfährst. Bevor ich dich vorhin anrief, habe ich ein paar Erkundigungen über dich eingeholt. Einer meiner Kollegen kennt dich von einer Tagung aus Ainring. Günther Rinner.«

Hackenholt sah sie überrascht an und nickte dann. Er hatte den Beamten aus dem Polizeipräsidium Schwaben Süd/West, mit dem er auf derselben Wellenlänge lag, ganz zu Beginn seiner Dienstzeit in Bayern kennengelernt und ihn zwei Jahre später bei einem anderen Seminar wiedergetroffen. Seither schrieben sie sich hin und wieder eine Mail.

»Du wirst sicher verstehen, warum ich so geheimniskrämerisch bin, wenn ich dir alles erklärt habe«, fuhr Ulla Eberle nach einem Moment fort. »Wir sind an einer ganz großen Sache dran, die unmittelbar vor dem Abschluss steht.«

Hackenholt wurde immer neugieriger.

»Günther hat mir versichert, dass man mit dir vertraulich sprechen kann.« Sie blieb stehen und sah ihn an. »Was ich dir zu sagen habe, darf auf keinen Fall publik werden. Die Informationen sollen dir bei deinen Ermittlungen helfen, aber ich will nicht, dass sie irgendjemand anderem zu Ohren kommen. Verstehst du? Wenn jetzt einer meint, er müsse einen auf wichtig machen, kann er unsere gesamte Ermittlungsarbeit versauen. Noch ein paar Wochen, dann haben wir genug in der Hand, um auch die Hintermänner hochgehen zu lassen. Da stecken ein halbes Jahr Arbeit und erhebliche finanzielle Mittel drin, die ich nicht in den Sand setzen darf.«

Im Büro bot Hackenholt ihr einen Kaffee an, den sie gerne annahm. Als sie das Etikett des Villinger Kaffeeladens sah, musste sie lachen.

»Soso, ihr importiert euren Kaffee also von unseren Röstereien.«

»Einer meiner Kollegen schwört darauf. Er ist ein absoluter Kaffeefanatiker. Mir persönlich ist es eher egal, ich schmecke keine großen Unterschiede.« Hackenholt lächelte.

Nachdem sie sich gesetzt hatten, begann Ulla Eberle endlich zu erzählen.

»Wie du weißt, leite ich die Gemeinsame Ermittlungsgruppe Schleuser. Die GES setzt sich aus Polizeibeamten des Landeskriminalamtes Baden-Württemberg und der Bundespolizeiämter Stuttgart und Weil am Rhein zusammen. Der Schwerpunkt unserer Ermittlungen liegt seit 2005 auf der Einschleusung von jungen Afrikanerinnen, hierbei insbesondere aus Nigeria, nach Deutschland. Die Frauen werden regelmäßig durch falsche Versprechungen angeworben, indem ihnen und ihren Familien vorgetäuscht wird, dass man in Europa mit wenig Arbeit als Putzhilfe, Kindermädchen oder in einer Schneiderei viel Geld verdienen kann.

Vor der Abreise in ihrem Heimatland werden Voodoo-Rituale an den Frauen vollzogen, in deren Verlauf sie versprechen müssen, das für ihre Reise vorgestreckte Geld zurückzuzahlen. Ihnen werden Kopf- und Schamhaare sowie Fingernägel abgeschnitten, die dann von einem Voodoo-Priester ›verhext‹ werden und in einem Behältnis in Nigeria bleiben. Bei den Ritualen sind immer auch die späteren Zuhälterinnen anwesend, die ›Madam‹ genannt werden. Einer nigerianischen Bezeichnung für Menschenhändlerinnen beziehungsweise Zuhälterinnen. Den Opfern wird eingebläut, dass bei einem Nichtbefolgen von Anweisungen der ›Madam‹ ihnen automatisch der ›Wahnsinn‹ droht. Erst in Deutschland erfahren die Frauen, was sie tatsächlich erwartet: mehrere Jahre in einem Bordell, um die angeblich für die Reise entstandenen Unkosten zwischen vierzig- und sechzigtausend Euro abzuarbeiten.

Im Moment sind wir an einem Schleuserring dran, der westafrikanische Frauen über Marokko und Spanien nach Deutschland schmuggelt, die hier dann zwangsweise der Prostitution zugeführt werden. Die Hauptverdächtigen sind, für afrikanische Länder absolut typisch, zwei Frauen, die aus Nigeria stammen. Beide sind vor Jahren selbst nach Deutschland eingeschleust worden und mussten so lange als Prostituierte arbeiten, bis ihre Schulden abbezahlt waren. Anschließend sind sie aber nicht etwa zurück in ihr Heimatland gegangen, sondern hiergeblieben und beuten seitdem ihrerseits unschuldige Landsmänninnen aus.

Im Laufe der Jahre haben sie sich verschiedene Identitäten aufgebaut: Kontoeröffnungen oder Wohnungsanmietungen haben sie mit illegal erlangten britischen Pässen abgewickelt, ihren Aufenthaltsstatus in Deutschland sichern sie durch Scheinehen mit deutschen Staatsangehörigen ab.«

»Und die ermordete Prostituierte war eine von diesen armen, illegal ins Land gebrachten Nigerianerinnen?«, fragte Hackenholt, der aufmerksam zugehört hatte.

Ulla Eberle nickte.

»Aber woher wisst *ihr*, dass sie ermordet wurde?«

»Dank unserer Telekommunikationsüberwachung. Die Afrikanerinnen sind durch das Voodoo-Ritual, an das sie fest glauben, sehr eingeschüchtert. Außerdem werden sie hier in Deutschland von ihren Zuhälterinnen regelmäßig bedroht und auch geschlagen. Keine von ihnen würde sich trauen, mit der Polizei zu sprechen. Unsere einzige Chance, an Beweismaterial zu kommen, ist, die Gespräche abzuhören, die die Prostituierten untereinander über ihre Handys führen. Heute Nachmittag haben wir eine SMS abgefangen, in der eine unserer beiden Hauptverdächtigen gewarnt wird: ›Lisha ist bei der Polizei, weil Luba tot ist.‹«

»Die Tote hatte den Ausweis einer in Frankfurt gemeldeten Lisha Nwokeabia bei sich. Wir haben die dortigen Kollegen unterrichtet und gebeten, dem Ehemann die Todesnachricht zu überbringen und ihn, wenn möglich, zu vernehmen. Kurze Zeit später haben die Beamten uns angerufen und mitgeteilt, dass unsere Tote nicht Lisha Nwokeabia sein kann, weil die noch lebt.«

Ulla Eberle nickte erneut. »Zu einem Schleuserring gehören immer auch legal in Deutschland lebende Schwarzafrikanerinnen, die den Opfern für rund dreihundert Euro im Monat ihren Pass überlassen, damit deren illegaler Aufenthalt bei Polizeikontrollen nicht auffällt. Eine Methode, die perfekt funktioniert. Kaum ein Kollege ist in der Lage, einen solchen Identitätsmissbrauch zu erkennen. Uns fehlt einfach das Auge für Nichteuropäer, wir erkennen nicht, dass auf dem Foto eine völlig andere Person abgebildet ist.«

Ein Faktum, das Hackenholt nicht bestreiten konnte. Auch in Erlangen war niemandem aufgefallen, dass die Tote eine andere Frau war als die auf dem Passbild.

»So, und an dem Punkt kommst du jetzt ins Spiel. Du würdest mir sehr helfen, wenn du mir zum einen alle Protokolle besorgen könntest, die die Kollegen in Frankfurt angefertigt haben. Damit können wir versuchen, die Passverleiherin nicht nur wegen einem Urkundsdelikt dranzukriegen, sondern auch wegen gewerbsmäßiger Schleusung. Zum anderen bitte ich dich, die Bordellbetreiberin ordentlich in die Mangel zu nehmen. Versuche neben deinen eigenen Ermittlungen herauszufinden, ob sie irgendetwas von den Schleusungen weiß. Damit der Straftatbestand der Förderung des Menschenhandels greift, müssen wir nachweisen können, dass der Bordellbetreiber von der Zwangslage des Opfers Kenntnis hatte und es trotzdem im Bordell beherbergt hat. Im Moment muss ich mich noch im Hintergrund halten, deshalb kann ich das nicht selbst übernehmen, aber durch den Mord und die Sache mit dem Pass hast du einen guten Grund, sie zu befragen.«

Hackenholt nickte.

»Die Hintermänner in Spanien sind seit mehr als fünf Jahren tätig und haben in der Zeit wahrscheinlich um die hundert Frauen nach Deutschland geschleust. Das nur mal, um dir die Dimensionen vor Augen zu führen, von denen wir hier reden.« Ulla Eberle erhob sich. »Ich mache mich jetzt besser auf den Rückweg. Es ist spät geworden, und ich habe noch zweihundert Kilometer vor mir, bis ich wieder zu Hause bin.«

»Eine letzte Frage habe ich noch«, sagte Hackenholt im Aufstehen. »Kennst du den richtigen Namen der toten Nigerianerin?«

»Natürlich. Sie heißt Luba Okon.«

An der Pforte verabschiedeten sie sich.

»Bei deinen Mordermittlungen kann ich dir leider nicht wirklich weiterhelfen. Das Einzige, was ich dir mit Sicherheit sagen kann, ist, dass die Tat nichts mit den Schleusern zu tun hat. Luba Okon wurde nicht von einer der beiden Zuhälterinnen getötet, um ein Exempel zu statuieren. Insofern hoffe ich, dass du eine andere brauchbare Spur hast.«

Als Hackenholt endlich nach Hause kam, fiel sein Blick sofort auf eine mit Muffins gefüllte Konditorschachtel, die auf dem Garderobentisch bereitstand. Daneben türmte sich ein Berg bunt eingepackter länglicher Gegenstände. Er schlüpfte aus seinen Schuhen, hängte die Jacke auf einen Bügel und schlich dann leise durch die Wohnung. Sophie lag schon im Bett und schlief. Nachdem er rasch etwas gegessen hatte, ging er ins Bad, zog sich aus und duschte. Anschließend betrat er so leise wie möglich das Schlafzimmer und legte sich neben Sophie. Wie immer, wenn er erst heimkam, nachdem sie schon schlafen gegangen war, dauerte es nicht lange, bis sie sich zu ihm umdrehte. Das war für ihn das Zeichen, dass ihr Radar ihn registriert hatte und sie in den Arm genommen werden wollte. Er rutschte näher an sie heran und gab ihr einen Kuss auf die Augenbraue.

»Weißt du, was heute für ein Tag ist?«, murmelte sie im Halbschlaf.

Er wollte schon »Ein schrecklicher« erwidern, entschied sich dann nach kurzem Nachdenken aber für ein einfaches »Nein«.

»Heute Abend vor zwei Jahren haben wir uns zum allerersten Mal gesehen. Wenn auch nur flüchtig.«

»Du meinst, bei Möllenhäußers in der Küche?«, fragte er leise, aber Sophie war schon wieder tief in das Reich ihrer Träume abgetaucht.

Donnerstag

Am folgenden Morgen fuhr Hackenholt nicht erst ins Kommissariat, sondern direkt zum rechtsmedizinischen Institut nach Erlangen, da Dr. Puellen die Obduktion für sieben Uhr angesetzt hatte. An allen Zeitungskästen, an denen der Hauptkommissar vorbeikam, prangten dicke Schlagzeilen wie »Die Handschrift des Mörders« oder »Der Requiem-Mörder«. Er beschloss, heute keinen Blick in den Pressespiegel zu werfen, das sollte jemand anderes für ihn erledigen.

Im Vorraum traf er auf den Gerichtsmediziner, der ihm in allerbester Laune und mit einem strahlenden Lächeln einen wunderschönen guten Morgen wünschte.

»Maurice, ich verstehe wirklich nicht, wie du es schaffst, so früh am Morgen schon immer so fit zu sein«, murmelte Hackenholt kopfschüttelnd. So viel gute Laune um diese Uhrzeit war sogar ihm ein wenig unheimlich. Er hoffte inständig, Christine Mur werde einen Vertreter schicken und wegen ihres Geburtstags nicht selbst zur Obduktion erscheinen, denn wenn Dr. Puellen mit seiner immensen Lebensfreude auf sie traf, würde sie, als notorischer Morgenmuffel, dem jedes Wort vor neun Uhr ein Wort zu viel war, Hackfleisch aus ihm machen. Doch noch während sich dieser Gedanke durch seine Gehirnwindungen schlängelte, ging die Tür auf und Mur trat herein.

Bevor Hackenholt es verhindern konnte, begrüßte der Gerichtsmediziner auch sie mit einem Wortschwall und allergrößtem Elan. Er wirkte so aufgeregt wie ein Kind unmittelbar vor der Bescherung. Entsetzt beobachtete der Hauptkommissar, wie sich Murs Augen zu schmalen Schlitzen verengten. Er wusste, dass ihm nur der Bruchteil einer Sekunde blieb, bevor die Situation eskalieren würde.

»Maurice«, sagte er daher schnell, während er neben seine Kollegin trat und ihr einen Arm um die Schultern legte, »wir haben heute ein Geburtstagskind unter uns.«

»Ich weiß, ich weiß«, triumphierte Dr. Puellen, räumte mit einer ausladenden Geste den Ermittler aus dem Weg, griff nach Murs

Hand und schüttelte sie ungestüm. »Verehrte Frau Kollegin, ich möchte Ihnen von Herzen alles erdenklich Gute wünschen. Ich weiß ja, dass man bei Damen immer ein wenig vorsichtig sein sollte, aber wie alt werden Sie denn? Es ist doch nicht etwa ein runder Geburtstag?«

»Nein, ich werde erst in fünf Jahren fünfzig«, fauchte Mur.

Als habe er ihren Tonfall nicht bemerkt, fuhr Dr. Puellen ungerührt fort, ihre Hand zu schütteln, und sagte dann: »Ah, dann brechen also auch bei Ihnen allmählich die stürmischen Zeiten an.«

Die Augen des Geburtstagskindes verengten sich wieder, und Hackenholt schluckte. Offenbar war der Schuss, Dr. Puellen von Murs Geburtstag erzählt zu haben, gewaltig nach hinten losgegangen!

»Meinen Sie nicht, verehrte Kollegin, wir sollten dieses schöne Ereignis zum Anlass nehmen, um endlich einmal gemeinsam essen zu gehen? Das wollten wir doch schon seit Jahren machen! Darf ich Sie einladen? Vielleicht gleich heute Abend? Ins ›Essigbrätlein‹ am Weinmarkt? Ich meine, natürlich nur, falls Sie heute Abend nicht zu Hause erwartet werden. Aber nachdem Ihr Kater ja schon seit geraumer Zeit tot ist, dürfte das doch eigentlich nicht der Fall sein.«

Mur erbleichte. Sie versuchte nicht einmal mehr ihre Hand aus der des Mediziners zu befreien, was der wohl als Zeichen ihrer Zustimmung wertete.

»Dann lassen Sie mich noch schnell meiner Sekretärin Bescheid geben, damit sie nachher gleich einen Tisch für uns reserviert. Hoffentlich ist es nicht zu kurzfristig, aber wie ich sie kenne, schafft sie es schon, noch ein Plätzchen für uns herauszuhandeln.« Damit ließ er endlich Murs Hand los, drehte sich um und verschwand durch die Tür in einem angrenzenden Büro.

Hackenholt sah betreten zu Boden. Den Mut, seiner Kollegin in die Augen zu sehen, brachte er nicht auf.

»Ins ›Essigbrätlein‹«, hauchte sie in einer Stimmlage, die der Hauptkommissar bei ihr noch nie gehört hatte.

»Ja, ich weiß, es ist meine Schuld. Ich habe ihm von deinem Geburtstag erzählt«, brummte er verlegen, »aber du hättest auch

Nein sagen können. Sonst bist du doch auch nicht auf den Mund gefallen.«

»Ins ›Essigbrätlein‹«, jammerte Mur erneut.

Hackenholt seufzte. »Wenn du Glück hast, bekommst du dort ein anständiges fränkisches Schäufele mit Klößen und nicht nur Saure Zipfel.« Allein beim Gedanken an Letztere konnte er Murs Entsetzen nachvollziehen. Wer seinem Lokal schon solch einen Namen gab, der war schließlich dafür prädestiniert, nicht nur unschuldigen Bratwürsten in einem Essigsud den Garaus zu machen. Saure Zipfel konnte Hackenholt gar nicht abhaben.

»Das ›Essigbrätlein‹«, flüsterte Mur einer Ohnmacht nahe, »ist ein vom ›Guide Michelin‹ mit zwei Sternen ausgezeichnetes Feinschmeckerlokal. Und ich habe nichts zum Anziehen.«

Nun war es Hackenholt, der an sich halten musste. Am liebsten hätte er seine Kollegin geschüttelt. Frauen und ihre Probleme! Nie im Leben hätte er vermutet, dass sich Mur auch nur fünf Minuten Gedanken um ihre Garderobe machte – zumindest sah sie des Öfteren nicht danach aus.

Während der gesamten Obduktion wurde Hackenholt den Eindruck nicht los, dass sich etwas verändert hatte. Irgendetwas war anders als sonst. Er fühlte sich, als stünde er allein im Obduktionssaal. Mur machte keine einzige schneidende Bemerkung, und auch Dr. Puellen, der sonst zum eifrigen Dozieren neigte, beschränkte sich darauf, dem ebenfalls anwesenden Landgerichtsarzt nur das Allernötigste in moderater Tonlage für das Protokoll zu diktieren.

Kaum war Hackenholt nach der Sektion ins Kommissariat zurückgekehrt, rief auch schon der Pförtner an und teilte ihm mit, Babette Schönweiß, die Betreiberin der Bordellwohnungen, sei zum vereinbarten Termin erschienen.

Hackenholt nahm sie von Anfang an hart ran und gönnte ihr keine Verschnaufpause. Er wollte herausfinden, ob sie von der Zwangslage der Nigerianerin gewusst und sie trotzdem in der Bordellwohnung beherbergt hatte. Frau Schönweiß beteuerte jedoch ein ums andere Mal, keine Ahnung gehabt zu haben, dass sich Luba offenbar in Schwierigkeiten befand. Sie hatte der jungen Frau auch geglaubt, dass Luba nur ihr Spitzname gewesen war, den sie sich zugelegt hatte, da sie nicht unter ihrem echten Namen arbeiten wollte. Das taten so gut wie alle Frauen, es war also nichts Ungewöhnliches. Sie gab zu Protokoll, sich ihren Ausweis genau angesehen und ihn für echt befunden zu haben. Sie hatte der Afrikanerin geglaubt, dass sie wirklich Lisha Nwokeabia hieß und sich legal in Deutschland aufhielt.

»Und was hat sie mit ihrem verdienten Geld gemacht?«, fragte Hackenholt scharf.

»Das weiß ich nicht. Das geht mich auch nichts an. Ich sage den Mädchen, die in meinen Wohnungen arbeiten, nur immer, sie sollen es nicht in der Wohnung deponieren, damit kein Freier auf die Idee kommt, ein Überfall würde sich lohnen. Ich predige ihnen wieder und wieder, dass sie es nicht ihren Freunden geben, sondern zur Bank bringen sollen. Sie erarbeiten sich das Geld, dann sollen sie es auch selbst verwalten. Viele haben einen Traum, den sie sich verwirklichen wollen. Ein kleines Café, einen Friseursalon, was weiß ich.«

»Aber die wenigsten schaffen es«, mischte sich Wünnenberg ein, der bei dem Verhör ebenfalls anwesend war.

»Das habe aber nicht ich zu verantworten. Ich kann nicht mehr tun, als ihnen immer wieder ans Herz zu legen, auf das Geld aufzupassen.«

»Wenn wir uns sämtliche Aufzeichnungen der Überwachungskamera anschauen, würden wir dann nicht einmal pro Tag einen Kunden beziehungsweise einen Mann sehen, der zu Luba kam und nach kurzer Zeit wieder ging? Oder vielleicht eine *Freundin*?«

Babette Schönweiß schüttelte den Kopf. »Zuhälter haben in meinen Wohnungen keinen Zutritt. Das wissen die Mädchen ganz genau. Wenn ich so etwas mitbekomme, schmeiße ich sie sofort raus. Sie können meinetwegen nachsehen, ich habe Ihnen gestern alle vorhandenen Aufzeichnungen aus der Wohnung auf DVD gebrannt.«

Hackenholt nickte. »Das waren aber nur die der letzten Tage.«

»Ich lösche sie immer relativ schnell. Würde ich mehr aufheben, würde das zu viel Speicherplatz belegen.«

»Wie lange hat Luba schon in Ihrer Wohnung gearbeitet?«

»Sie war immer in der ersten Woche im Monat bei mir in Erlangen. Von Montag bis Sonntag. Und das seit über einem Jahr. Ich habe sie recht gerne gehabt, auch wenn wir uns nicht viel unterhalten konnten, weil sie nur wenig Deutsch verstanden hat und ich kaum Englisch spreche.«

Während ein Kollege Babette Schönweiß nach der Vernehmung wieder an die Pforte begleitete, kam Stellfeldt in Hackenholts Büro und nahm den Besucherstuhl in Beschlag.

»Hat das mit Christines Geschenk geklappt?«

Der Hauptkommissar sah ihn einen Moment lang überrascht an. »Sag jetzt nicht, dass *ihr* in der Rechtsmedizin angerufen und Dr. Puellen dazu angestachelt habt!«

»Was?« Stellfeldt runzelte die Stirn. »Ich meinte eigentlich, ob Sophie die Kugelschreiber besorgt hat.«

»Und vor allem, ob sie die Muffins gebacken hat«, ergänzte Wünnenberg grinsend.

Hackenholt nickte. »Ich habe alles dabei. Ob Christine aber noch nach Feiern zumute ist, weiß ich nicht.«

»Macht nichts, die Muffins essen wir auch ohne sie auf, dann bleiben mehr für uns«, freute sich Wünnenberg.

»Warum sollte Christine die Geburtstagslaune denn vergangen sein?«, fragte Stellfeldt neugierig. »Hat ihr Dr. Puellen heute besonders freudig den Unterschied zwischen einer Drosselmarke und einer Strangulationsfurche erklärt?«

»Du weißt doch mehr, als du zugibst.« Hackenholt sah den älteren Kollegen argwöhnisch an, der derart unschuldig zurückblickte, dass es einem Geständnis gleichkam.

»Jetzt erzähl schon, wie es gelaufen ist«, drängte Wünnenberg.

»Dr. Puellen hat sie heute Abend zum Essen ins ›Essigbrätlein‹ eingeladen«, antwortete der Hauptkommissar widerstrebend. Er kam sich vor, als wäre er gegen seinen Willen Teil einer Verschwörung geworden.

Stellfeldt stieß einen anerkennenden Pfiff aus. »Da lässt sich der alte Leichenfledderer den Abend aber ganz schön was kosten. In dem Nobelschuppen gibt es kein Menü unter achtzig Euro. Aber genial gut ist das Essen, das muss man dem Chefkoch lassen.«

»Und warum soll Christine dann nicht in Feierlaune sein?«, fragte Wünnenberg. »Sie hätte doch auch Nein sagen können, wenn sie nicht gewollt hätte. Wir hatten schon Wetten abgeschlossen –« Erschrocken hielt er inne.

»Also doch!« Hackenholt schaute von Wünnenberg zu Stellfeldt. »Wer von euch beiden?«

»Ich mache von meinem Aussageverweigerungsrecht als Beschuldigter Gebrauch«, antwortete Wünnenberg schnell.

»Dito«, schloss sich Stellfeldt an. »Und nun sag endlich, welche Hürden wir jetzt noch beseitigen müssen, damit Christine einen schönen Abend hat. Ich habe Dr. Puellen schon instruiert, beim Essen möglichst keine Geschichten aus dem Sektionssaal zum Besten zu geben und auch sonst seine gute Laune niedrig zu dosieren. Vor allem, falls der Abend bis in die frühen Morgenstunden dauern sollte«, fügte der Kollege nach einer Pause mit einem schiefen Grinsen hinzu.

Hackenholt schnitt eine Grimasse, bis er schließlich doch sagte: »Ihr hättet Christine noch eine Outfit-Beratung buchen müssen.«

»Das kann doch wohl nicht wahr sein!« Stellfeldt schlug sich mit der Hand auf die Glatze und erhob sich dann schwerfällig. »Wenn ich mir das so anschaue, muss ich es mir wirklich gut überlegen, ob ich in Zukunft jemals wieder als Kuppler tätig werde.« In der Tür drehte er sich noch einmal um. »Ach ja, Layla hat angerufen. Ich soll dir ausrichten, sie könne heute Vormittag nicht zu dir kommen, weil es ihr nicht gut geht.«

»Layla?«

»Die Kollegin unserer Nigerianerin. Wenn sonst nichts anliegt, werde ich jetzt mal Christine anrufen und sie zu uns ins Kommissariat zitieren.«

»Und dann müssen wir ihr nur noch weismachen, dass die Jeans, die sie heute anhat, die tollste Hose ist, die sie jemals getragen hat«, seufzte Wünnenberg.

»Ja, leider. Denn wenn wir ihr verraten, dass es Dr. Puellen nicht einmal merken würde, wenn sie in einem Kartoffelsack käme, würde sie das vermutlich als persönlichen Affront auffassen.«

»Was es ja wohl auch wäre«, murmelte Hackenholt.

Stellfeldt schüttelte den Kopf. »Keineswegs. Natürliche Schönheit kann nichts entstellen«, sagte er weise. Dann fügte er hinzu: »In Gedanken sieht er sie garantiert sowieso immer splitterfasernackt vor sich. Genau wie seine geliebten Forschungsobjekte.«

Entgegen der Annahme des Hauptkommissars war Mur jedoch inzwischen in bester Feierlaune. Offenbar hatten ihre Kollegen von der Spurensicherung bereits damit begonnen, sie nach Strich und Faden zu verwöhnen. Als sie von der versammelten Mannschaft, bei der nur Berger fehlte, den Geschenkeberg und die Muffins überreicht bekam, war sie sichtlich gerührt. In einem der kleinen Kuchen steckte sogar eine bunte Geburtstagskerze, die Stellfeldt gerade noch rechtzeitig angezündet hatte. Mit kindlicher Hingabe packte Mur einen Kugelschreiber nach dem anderen aus und freute sich über jeden einzelnen. Sophie musste diverse Geschäfte geplündert haben, denn neben den von Stellfeldt gewünschten bunten Kugelschreibern hatte sie auch noch eine Vielzahl anderer Exemplare erstanden. Plötzlich blickte Mur auf und schaute Hackenholt entsetzt an.

»Ich hoffe, das ist jetzt kein versteckter Wink mit dem Zaunpfahl?«

Der Hauptkommissar runzelte die Stirn. »Wie meinst du das?«, fragte er vorsichtig.

»Na, dass ihr mich loswerden wollt!«

Stellfeldt verdrehte die Augen und ließ den Kopf in seine Hände sinken. Hackenholt glaubte, ein leise gemurmeltes »Frauen!« zu vernehmen.

»Glaubst du allen Ernstes, wir würden dich mit Kuchen durchfüttern und mit Geschenken überhäufen, wenn wir dich loswerden wollten?«, fragte Wünnenberg ehrlich beleidigt. »Sophie hat nur wegen dir diese Öko-Muffins mit ›Gelben Rüben‹ und Haselnüssen gebacken. Wäre es nach mir gegangen, hätte es Donauwellen gegeben!«

»Wie du siehst, haben wir alle Opfer gebracht, um dir einen schönen Tag zu bescheren. Tu uns also den Gefallen und genieße ihn«, sagte Stellfeldt. »Übrigens hast du heute eine ganz tolle Jeans an. Mit diesen roten und schwarzen Flecken sieht sie hypermodern aus.«

Wünnenberg nickte. »Ist die neu?«

Die Kollegin sah die beiden aus zusammengekniffenen Augen an. In ihrem Kopf ratterte es. »Hat Frank euch fürs Wochenende dienstfrei versprochen, wenn ihr heute ausnahmsweise mal nett zu mir seid, oder warum erzählt ihr einen solchen Schmarrn?«

»Aber wir sind doch immer nett zu dir, Christine«, protestierte Wünnenberg sofort.

In dem Augenblick erschien Berger mit einem Blatt Papier in der Hand in der Tür. »Erinnert ihr euch an eine Anita Langer?«

Der Hauptkommissar dachte einen Moment nach, bevor er schließlich nickte. »Das ist die Frau, deren Handy an beiden Tatorten in die Funkzelle eingeloggt war, und die weder auf meine telefonische noch auf meine schriftliche Vorladung hin hier aufgekreuzt ist.«

»Ich hatte sie auf der Liste«, meldete sich Gessner zu Wort. »Die Krankenschwester, die laut Ehemann nicht zu Hause war.«

»Was ist mit ihr?«

»Die neuen Handydaten sind vorhin reingekommen, und ich habe sie mit den beiden vorherigen Listen abgeglichen. Frau Langers Handy war zum Tatzeitpunkt wieder in unmittelbarer Nähe des Tatorts eingeloggt.«

Stellfeldt schaute auf. »Das kann kein Zufall sein.«

Hackenholt nickte. »Wie alt ist sie?«

Berger schaute auf den Ausdruck. »Jahrgang 1968.«

»Was meint ihr, wer könnte sonst noch mit ihrem Handy unterwegs gewesen sein?«

»Ihr Mann wäre wohl die naheliegendste Alternative«, antwortete Wünnenberg. »Hat sie Kinder?«

»Einen dreijährigen Jungen, glaube ich«, antwortete Berger.

Hackenholt rieb sich über das Kinn. »Der kommt als Täter wohl kaum in Frage«, murmelte er leise.

Ein quietschendes Geräusch ließ ihn zusammenzucken. Mur saß noch immer an Wünnenbergs Schreibtisch, war aber mittlerweile dazu übergegangen, ein paar ihrer neuen Stifte auf ihre Quietschfähigkeit zu untersuchen.

»Du musst alle Männer überprüfen, mit denen sie in Kontakt steht. Es könnte ja sein, dass einer darunter ist, zu dem sie ein besonders vertrauensvolles Verhältnis hat. Vielleicht läuft das Handy nur auf ihren Namen, weil der andere wegen einem negativen

Schufa-Eintrag keins mehr bekommt. Oder es war ein Geburtstagsgeschenk.«

»Roman, du hast doch am Sonntag bei der Überprüfung mit dem Ehemann von dieser Anita Langer gesprochen. Wie sah der aus?«

»Groß und breit. Dunkle grau melierte Haare, Halbglatze. Außerdem trug er einen Vollbart.«

»Könnte er der Mann sein, der auf dem Video zu sehen ist?«

»Definitiv nicht.«

»Gut, dann fahren wir jetzt sofort zu der Adresse und schauen, ob Frau Langer vielleicht heute zu Hause ist. Ansonsten kann uns sicher ihr Mann oder einer der Nachbarn verraten, wo sie arbeitet«, entschied Hackenholt. »Wo wohnt sie denn?«

»In der Flachsröststraße, draußen in Fischbach.«

Wünnenberg war schon aufgestanden und griff nach seiner Jacke. »Ich hol uns einen Autoschlüssel.«

Berger gab Hackenholt die Unterlagen, die er noch in der Hand hielt.

»Irgendwie ist es doch komisch, dass die Frau bisher nicht zu erreichen war. Wollt ihr nicht lieber eine Streife von der PI Süd mitnehmen?«, fragte Gessner.

Hackenholt nickte. »Das hatte ich vor, aber das organisieren wir von unterwegs.«

»Seid vorsichtig!« Die Warnung kam nicht etwa von Berger, sondern von Mur. »Wir wollen doch nachher noch alle zusammen meine Muffins essen.« Sie grinste schief.

Seit dem Morgen hatte es einen Wetterumschwung gegeben. Dicke Regenwolken wurden von einem stürmischen Wind über den Himmel gepeitscht. Das hübsche Einfamilienhaus von Familie Langer lag am nordöstlichen Ende von Fischbach, der große Garten grenzte an den Reichswald. Von der nahen Autobahn war nichts zu hören – das Rauschen des Windes in den Bäumen überdeckte alle anderen Geräusche. Als Hackenholt und Wünnenberg aus dem Auto stiegen, wurden sie fast weggeweht.

Wenige Minuten später bog auch schon der angeforderte Streifenwagen in die Straße. Der Hauptkommissar erklärte den Beamten kurz, worum es ging, dann trat er an die Gartentür und klingelte. Im Haus blieb es vollkommen still. Keine Schritte waren zu hören, kein Vorhang bewegte sich, niemand machte auf. Hackenholt klingelte erneut. Noch immer geschah nichts.

»Anscheinend sind alle unterwegs«, stellte der Uniformierte fest. »Sollen wir bei den Nachbarn fragen, ob sie uns sagen können, wo die beiden arbeiten?«

»Uns wird wohl nichts anderes übrig bleiben«, stellte Hackenholt seufzend fest. »Ralph, geh du mit dem Kollegen zu den Nachbarn dort drüben. Dann nehmen wir beide«, er nickte dem zweiten Streifendienstler zu, »uns den Nachbarn hier hinten vor. Falls die Leute neugierig sind, sagen wir einfach, dass wir die Eheleute suchen, weil jemand ihr Auto angefahren hat.«

Die Rentnerin, die Hackenholt und dem uniformierten Beamten die Tür öffnete, war sichtlich erfreut, Besuch von der Polizei zu bekommen. Sie lotste die Herren sofort in ihr ordentlich aufgeräumtes Wohnzimmer und bot ihnen einen Cognac an, den jedoch beide höflich dankend ablehnten. Wieder einmal stellte Hackenholt innerlich amüsiert fest, dass der Kollege von der Streife automatisch mit »Herr Wachdmasder« angesprochen wurde, wohingegen er selbst wegen seiner zivilen Kleidung sofort der »Herr Kommissår« war. Was ihn jedoch weniger amüsierte, war, dass die Dame tiefstes Fränkisch sprach. Immerhin wusste sie, wie es in so kleinen Wohnsiedlungen häufig der Fall war, bestens über ihre Nachbarn Bescheid.

»Also, der Herr Langer mäisserd eichendlich jedn Momend hamkummer. Der is Lehrer dräimer in Aldnfurd an dera Haubdscholl un däi ärbern ja blous bis Middåch. Gell, ersu er Leem hädd unseraaner aa gern! Fräiers, wäi iech nu ind Scholl ganger bin, då hodd mer aa nu die Namiddåch Underrichd ghadd. Obber des is ja zu åschdrengerd fier däi junger Kerl.«

Der Hauptkommissar war sich nicht sicher, ob sie mit ihrer letzten Bemerkung die Schüler oder die Lehrer meinte. Er ließ den Ausspruch unkommentiert im Raum stehen und wechselte stattdessen das Thema. »Wo arbeitet Frau Langer eigentlich?«

»Då froungs miech edzer fasd zvill, Herr Kommissår. Fräiers wårs ermål Grangnschwesder, obber sie hod aufgheerd, wäis des behinderde Kind ins Haus gnummer hodd. Des wassi, walsmers ermål derzilld hodd. Obber wos edzerd machd, wou des Kind gschdorm is, konn iech Ihner eichendlich ned sång. Seidher sichd mers nemmer ofd, un wenn, nåcherd huschds ganz schnell vorbei. Gråd, dass no Grüß Godd sachd. Auf jedn Fall schauds grangg aus. Wäi der Dood vo Forchheim. Jedn Dåch werds wenger. Nerja, rechd vill wår fräiers aa ned drou an ihrer. Mer kennd gråd maaner, dass er Moo is.«

Hackenholt hörte der alten Dame aufmerksam zu, fragte jedoch nicht nach, sondern sagte nur: »Na, vielleicht ist sie dann gerade beim Einkaufen und kommt auch gleich zurück?«

Die Nachbarin schüttelte den Kopf. »Des glaab iech ned. Am Mondåch is mid annerer grousn Reisedaschn fordganger, un seidher hobbi ihr Audo nimmer in der Schdrass gseeng. Vielleichd is in Urlaub gfårn, odder vielleicht is aa auszoong. Wassmers? Gschdriedn hams aaf alle Fäll wäi die roudn Hund, seid des Kind doud is.«

Auch diese Information speicherte der Hauptkommissar in seinem Kopf ab. »Wie dem auch sei, wir werden sie schon finden, zumindest einen von beiden. Ihnen erst einmal recht herzlichen Dank, dass Sie uns Ihre Zeit geschenkt haben.« Er nickte seinem Kollegen kaum merklich zu, woraufhin sie sich erhoben.

Als die Rentnerin ihnen die Haustür aufmachte, hielt schräg gegenüber ein Auto. Ein Mann stieg aus, öffnete erst das Garten- und dann das Garagentor, bevor er zu seinem Auto zurückging, einstieg und es in die Garage fuhr.

»Des is er fei, Herr Kommissår«, sagte die alte Dame mit verschwörerisch gesenkter Stimme.

»Herr Langer?« Hackenholt blieb am offenen Gartentor stehen und schrie gegen den Wind an. Der große, kräftige Mann war gerade dabei, einen Kasten Mineralwasser aus dem Kofferraum seines Autos zu heben. Er ließ ihn los und fuhr herum.

»Hackenholt, Kripo Nürnberg.« Der Hauptkommissar hielt ihm seinen Ausweis entgegen. Wünnenberg, der auch mit seiner Befragung fertig war, trat neben seinen Kollegen, die beiden Uniformierten blieben mit etwas Abstand stehen.

Der Mann erbleichte. »Ist Anita etwas passiert?«, fragte er hastig.

»Können wir vielleicht hineingehen?«, bat Wünnenberg.

»Ja, natürlich.« Langer sah geistesabwesend in Richtung Haus und nickte. Dann gab er sich einen Ruck, sperrte das Auto ab, schloss die Garagentür und ging den Beamten voran Richtung Haustür.

Im Haus herrschte eine herbstliche Kühle. Offenbar hatte der Mann die Heizung noch nicht in Betrieb genommen. Er führte die Beamten in ein Wohnzimmer, das mit hellen Buchenmöbeln und zwei bunt gestreiften Sofas eingerichtet war.

»Bitte, nehmen Sie doch Platz.« Wolfgang Langer wies in Richtung der Sitzmöbel. »Was ist passiert? Hatte Anita einen Unfall?«

»Wir sind nicht hier, weil Ihrer Frau etwas zugestoßen ist«, beruhigte der Hauptkommissar den Mann. »Vielmehr haben wir ein paar Fragen an Ihre Frau und hätten gerne gewusst, wo wir sie finden können.«

»Was ist denn nur los? Letztes Wochenende waren schon mal Polizisten hier, die Anita sprechen wollten, dann kam gestern dieser Brief mit der Vorladung, und heute stehen Sie vor dem Haus.«

Hackenholt nickte. »Es geht immer um ein und dieselbe Sache. Wir müssen unbedingt mit Ihrer Frau sprechen, da sie eine wichtige Zeugin für uns ist. Wo hält sie sich im Moment auf, Herr Langer?«

»Sie ist zur Kur gefahren.«

»Wann?«

»Am Montag.«

»Und in welche Klinik?«

»Eine im Allgäu.«

»Wir bräuchten bitte die genaue Anschrift und die Telefonnummer.«

»Die weiß ich leider nicht.«

»Herr Langer, Sie wollen uns doch nicht allen Ernstes erzählen, dass Ihre Frau zur Kur fährt und Sie nicht wissen, wohin?«

»Sie hat mir erst fünf Minuten, bevor sie gegangen ist, überhaupt davon erzählt«, brauste er auf.

»Und wie sieht es mit Unterlagen von Ihrer Krankenkasse aus? Da muss doch drinstehen, in welcher Klinik Ihre Frau untergebracht ist.«

»Die Unterlagen hat sie alle mitgenommen. Ich habe schon nachgeschaut. Das Einzige, was ich sicher weiß, ist, dass sie ihr Handy dabeihat, von dem sie mich anruft.«

»Könnten Sie mir bitte die Telefonnummer geben?«

»Einen Moment, die weiß ich nicht auswendig.« Der Lehrer stand auf, ging in die Diele und kam mit seinem eigenen Handy zurück. Er klickte sich durch das Menü, dann las er die Nummer seiner Frau laut vor. Sie gehörte zu dem Telefon, das zu den Tatzeiten in den Netzzellen rund um die drei Tatorte eingeloggt gewesen war.

»Wann ist Ihre Frau losgefahren?«

»Am Montagnachmittag. Das habe ich doch gerade schon gesagt.«

»Aber Montag war ein Feiertag.«

»Ich fand es ja auch komisch.« Der Mann zuckte mit den Schultern.

»Noch mal zurück zum Handy Ihrer Frau. Hat sie es immer bei sich, oder verleiht sie es manchmal?«

»Wem sollte sie es denn geben? Ich habe doch mein eigenes.«

»Und es ist ihr auch nicht gestohlen worden?«

Er schüttelte den Kopf. »Nicht, dass ich wüsste. Sie hat mich noch gestern Abend damit angerufen.«

»Herr Langer, wissen Sie, wo sich Ihre Frau am vorletzten Samstagnachmittag, letzten Freitagvormittag und am Dienstagmorgen gegen ein Uhr dreißig aufgehalten hat?«

Der Mann sah die Ermittler erschrocken an. »Warum fragen Sie mich das?«

»Weil wir wissen müssen, in welcher Beziehung Ihre Frau zu den drei ermordeten Prostituierten steht.«

Wolfgang Langer wich sämtliches Blut aus seinem Gesicht. »Was?«, keuchte er, bevor er die Augen schloss und den Kopf gegen die Sofakante lehnte. Immer wieder fuhr er sich mit der Hand über die Stirn, massierte seine Schläfen.

»Herr Langer, ich muss Sie an dieser Stelle darauf hinweisen, dass Sie keine Angaben zu machen brauchen, wenn Sie sich oder Ihre Frau damit belasten. Ihnen steht ein Zeugnisverweigerungsrecht zu. Wir sind jedoch dringend auf Ihre Mithilfe angewiesen. Falls Ihre Frau in diese Morde verwickelt sein sollte, müssen wir sie so schnell wie möglich finden.« Hackenholt ließ mehrere Minuten schweigend verstreichen.

»Haben Sie ein aktuelles Foto von Ihrer Frau, Herr Langer?«, fragte Wünnenberg schließlich.

Der Lehrer nickte, machte jedoch keine Anstalten, die Augen zu öffnen oder gar aufzustehen, um es zu holen. Stattdessen deutete er vage in Richtung der gegenüberliegenden Seite des Wohnzimmers. »Dort drüben, auf dem Klavier.«

Wünnenberg stand auf und ging hinüber. »Hier drin?« Er hob die Versandtasche eines Fotolabors hoch.

Wolfgang Langer nickte, ohne hinzusehen.

Wünnenberg öffnete den Umschlag, entnahm ihm einen Stapel Bilder und sah ihn sich – ein Foto nach dem anderen – durch, bevor er alle an Hackenholt weitergab.

»Das sind die letzten Bilder, die wir von Marek im Krankenhaus gemacht haben«, erklärte Herr Langer endlich. Offenbar hatte er sich dafür entschieden, den beiden Beamten zu helfen. »Marek war unser Sohn. Wir haben ihn nach seiner Geburt zu uns genommen und später adoptiert. Er wurde in dem Krankenhaus geboren, in dem meine Frau gearbeitet hat. Deswegen hat sie seine Geschichte mitbekommen. Marek wurde erst in der sechsundzwanzigsten Schwangerschaftswoche abgetrieben. Medizinische Indikation. Trisomie 21. Downsyndrom. Aber er hat die Abtreibung überlebt. Meine Frau hält es für einen Skandal, dass es bei einer medizinischen Indikation keine zeitliche Begrenzung gibt, bis wann abgetrieben werden darf, solange es nicht um das Leben der Mutter geht. Marek ist mit einem schweren Herzfehler und einer Fehlbildung des Magen-Darm-Trakts geboren worden. Beides musste gleich nach der Geburt operiert werden. Außerdem war er natürlich viel zu klein und musste wochenlang in der Kinderklinik beatmet und aufgepäppelt werden. Weil wir selbst keine Kinder haben können, bewarben wir uns um eine Adoption. Und da niemand ein behindertes Kind will, meine Frau vom Fach ist und sich von daher optimal um Marek kümmern konnte, wurde er bei uns in Pflege gegeben, nachdem er aus der Kinderklinik entlassen werden konnte.« Herr Langer hielt einen Moment inne, bevor er fortfuhr. »Mit zwei Jahren erkrankte Marek dann an Leukämie. Die Ärzte hatten uns schon gewarnt, dass

Kinder mit Downsyndrom für Krebserkrankungen anfälliger sind, aber wegen einer bestimmten Genmutation auch eine höhere Überlebenschance haben. Am Ende ist uns dann aber doch die Zeit davongelaufen. Marek ist gestorben.« Er wischte sich eine Träne aus dem Auge.

Hackenholt senkte den Blick auf den Stapel Fotos, den er noch immer in der Hand hielt. Auf dem obersten sah man einen aufgeweckt dreinschauenden Jungen mit einem blauen Kopftuch. Die schrägen Lidachsen gaben seinen Augen ein leicht mandelförmiges Aussehen. Er lachte über das ganze Gesicht und strahlte pure Lebensfreude aus. Auf dem nächsten Bild war nicht nur der Junge zu sehen, sondern auch Frau Langer. Sie trug eine Baseballkappe, die sie tief ins Gesicht gezogen hatte. Die Ähnlichkeit zu dem vermeintlichen Mann auf dem Video in der Bordellwohnung in Erlangen war umwerfend. Die nächste Fotografie zeigte die Frau ohne Käppi, während sie das schlafende Kind in den Armen hielt.

»Aber was soll Mareks Geschichte mit den Prostituierten zu tun haben?«, fragte Hackenholt leise.

»Da meine Frau in der Klinik gearbeitet hat, in der Marek abgetrieben wurde, ist das geschehen, was von behördlicher Seite streng verboten ist und nie hätte passieren dürfen: Sie hat nicht nur den Namen der Mutter erfahren, sondern auch ihren Beruf. Sie hat sogar mit ihr gesprochen. Es war eine junge Frau aus Lettland, die hier als Prostituierte gearbeitet hat. Sie hat Anita gesagt, dass sie das Kind so lange ausgetragen hat, weil sie als Schwangere mehr Geld von den Männern verlangen konnte. So war sie etwas Exotisches. Dabei hat sie während ihrer Schwangerschaft die ganze Zeit gewusst, dass sie das Kind schlussendlich wegen der Behinderung abtreiben würde.« Wieder hielt er inne. »Anita hat Mareks Tod nicht verwunden. Sie hat sich immer stärker von mir zurückgezogen. Anstatt näher zusammenzurücken, haben wir uns in den letzten Monaten auseinandergelebt. Als sie letzten Montag aus heiterem Himmel sagte, sie würde zur Kur fahren, dachte ich, es wäre eine Notlüge, um hier auszuziehen.«

»Können wir uns kurz in Ihrem Badezimmer umsehen?«, fragte Hackenholt.

Herr Langer sah den Hauptkommissar verwirrt an.

»Wir brauchen einen Spurenträger, den wir mit den am Tatort gefunden DNA-Spuren vergleichen können.«

Mit einem Seufzen stand der Ehemann auf. »Kommen Sie«, sagte er und ging den beiden Beamten voraus. Seine Frau hatte ihr Reisenecessaire mitgenommen, sodass ihre zwei Zahnbürsten noch in ihrem Zahnputzglas standen. Hackenholt tütete eine davon sorgfältig ein, bevor er sich an den Mann wandte: »Ich muss Sie bitten, uns ins Präsidium zu begleiten. Es gibt noch viele Dinge, die wir abklären müssen.«

Wolfgang Langer, der wie ein Häuflein Elend wirkte, nickte.

Zurück in seinem Büro hängte sich Hackenholt sofort ans Telefon und informierte den Staatsanwalt von der neuen Entwicklung. Dr. Holm musste eng in die nun folgenden Schritte eingebunden werden, da der Hauptkommissar nicht nur die Ortung von Anita Langers Handy, sondern auch eine Telekommunikationsüberwachung ihrer Telefonanschlüsse beantragen wollte. Nachdem der Anklagevertreter zugesichert hatte, die entsprechenden Genehmigungen beim Ermittlungsrichter einzuholen, brachte Hackenholt die Ermittlungsgruppe auf den aktuellen Sachstand und verteilte die Aufgaben neu. Sobald die richterlichen Anordnungen vorlagen, würde sich Stellfeldt um die Ortung kümmern und Gessner die Telefonüberwachung in die Wege leiten.

Anschließend widmete sich der Hauptkommissar der weiteren Vernehmung von Wolfgang Langer. Er ging mit ihm nochmals alle Details durch, verfasste ein Vernehmungsprotokoll und zeigte ihm schließlich auch das Foto des Täters, das dem Videofilm entnommen war. Nachdem der Mann das Bild lange angestarrt hatte, nickte er zögerlich.

»Es könnte meine Frau sein, sie hat solche Kleidung, die sie zum Joggen anzieht. Haben Sie noch ein anderes Foto?«

Hackenholt rang einen Moment mit sich, dann entschied er, Herrn Langer das gesamte Video zu zeigen. Als die Szene zu Ende war, musste der Ehemann keine Antwort mehr geben, sein tränenüberströmtes Gesicht sagte alles.

»Wo könnte sich Ihre Frau aufhalten? Sie muss noch hier im Großraum sein. Hat sie irgendwo einen Unterschlupf? Familienangehörige, die hier leben, oder Freundinnen?«

»Anitas Vater wohnt in einem Pflegeheim in der Nähe von Hamburg. Dort lebt auch ihr Bruder. Ihre Mutter ist seit fünf Jahren tot.« Er hielt inne und blickte auf den Boden. Ihm war anzusehen, dass er mit sich rang. Hackenholt ließ ihm die Zeit, die er brauchte. Schnell schaute der Hauptkommissar auf die Uhr. Zwei Stunden waren vergangen. Stellfeldt müsste die Handypeilung schon längst in die Wege geleitet haben. Die Daten sollten also demnächst vorliegen.

»In Günthersbühl gibt es ein Grundstück mit einem Häuschen, in dem Anita sein könnte«, sagte Wolfgang Langer schließlich. »Es hat ihren Eltern gehört und steht leer, seit der letzte Mieter ausgezogen ist. Das heißt, es ist nicht wirklich leer, denn wir haben es seither als Sommerhaus verwendet. Marek hat die ruhige, ländliche Umgebung gutgetan. Es gibt dort draußen sehr viele Tiere. Ziegen, Kühe, Pferde, Hühner.«

Hackenholt notierte die genaue Adresse, erhob sich und ging zu Stellfeldt ins Büro. Der Kollege blickte auf.

»Die Einsatzzentrale hat gerade angerufen. Wir haben ein erstes Ortungssignal.«

»Kann Frau Langer demnach in Günthersbühl sein?«

Stellfeldt nickte. »Das wäre möglich. Wie kommst du darauf?«

»Ihr Ehemann vermutet es.« Hackenholt legte ihm den Schmierzettel auf den Schreibtisch, auf den er die Adresse geschrieben hatte.

»Und jetzt? Fahren wir hin?«

Der Hauptkommissar schüttelte den Kopf. »Sie hat drei Frauen umgebracht, und die einzige Person, die in ihrem Leben für sie wichtig war, war ihr Sohn, der nicht mehr lebt. Auch wenn sie wahrscheinlich keine Schusswaffe bei sich hat, Messer gibt es in jedem Haushalt. Wir können ihr Verhalten bei der Festnahme nicht vorhersagen. Sie hat nichts mehr zu verlieren. Fordere über die Einsatzzentrale die Kollegen vom SEK an, ja? Der Rufbereitschaftsführer von der PI Spezialeinheiten soll herkommen. Herr Langer wird uns sicher eine Skizze vom Haus und der Lage des Grundstücks machen können.«

Im Flur begegnete er Christine Mur. »Was tust du denn noch hier? Solltest du nicht schon längst zu Hause sein, um dich für dein Date heute Abend schick zu machen?«

»Aber ich kann doch jetzt nicht essen gehen, wenn ihr gerade –«

»Das ist eine ganz schlechte Ausrede, Christine. Vergiss es einfach. Wozu sollten wir dich heute Abend brauchen?«

»Für die Spurensicherung in dem Haus natürlich.«

Hackenholt schüttelte den Kopf. »Maurice hat Himmel und Hölle in Bewegung gesetzt, um einen Tisch für euch zu ergattern, also tu dir und ihm den Gefallen und lass dich ordentlich verwöhnen. Du hast mir deine zwei besten Leute für die Ermittlungsgruppe überlassen, die heute Abend zur Stelle sein und dich vertreten werden. Denk auch mal an dich. Das Leben darf nicht nur aus Arbeit bestehen.«

Sie schnitt eine Grimasse. »Aber –«

»Kein Aber«, fiel ihr Hackenholt erneut ins Wort. »Erinnerst du dich, dass mir jemand erst vor zwei Tagen gesagt hat, er habe Angst, eines Tages aufzuwachen und etwas ganz anderes machen zu wollen?«

Mur wurde rot. Der Hauptkommissar fasste sie am Ellenbogen und schob sie sanft in Richtung Treppenhaus.

»Raus mit dir. Und viel Spaß heute Abend.«

Im gleichen Augenblick kam schwungvoll ein Mann in Jeans und kariertem Hemd herein. Seine Jacke troff vom Regen, der draußen niederging.

»Beyerlein, Norbert«, stellte er sich vor, »vom SEK. Ihr habt uns angefordert?«

Hackenholt nickte, dann erklärte er dem Kollegen, worum es ging. Gemeinsam befragten sie Wolfgang Langer zu dem Grundriss des Hauses und den Gegebenheiten des Grundstücks. Das Haus lag an einem Hang und wurde an drei Seiten von anderen Grundstücken begrenzt. Links gab es einen großen Garten, in dem der Nachbar seine Hühner und Gänse hielt, rechts schloss sich ein Bauer mit Rindern an, und an der Stirnseite, am Ende des lang gestreckten Grundstücks, lag eine Ziegenkoppel.

Das U-förmig errichtete Häuschen mit dem ausgebauten Dachboden hatte im Erdgeschoss zwei Eingänge. Linker Hand kam man über eine winzige Diele sofort in den Bereich mit der Essecke, von der die Küche abging. Wählte man die rechte Tür, betrat man einen kleinen Vorraum, von dem sowohl eine Treppe ins Dach hinauf als auch eine Tür direkt ins Badezimmer und das daran anschließende Schlafzimmer führte. Der Problembereich war der Wohnraum, der sich zwischen Schlaf- und Esszimmer befand: Er besaß eine Glasfront, von der aus man nicht nur in den Garten, sondern auch auf die beiden Türen blickte, die ins Haus führten. An alle anderen Fenster im Haus waren Bambusrollos angebracht worden, die stets geschlossen waren, nur die Glasfront hatte weder Rollladen noch Fensterläden.

Der Beamte vom Spezialeinsatzkommando hörte aufmerksam zu, machte sich ein paar Notizen und fertigte eine grobe Skizze vom Grundriss des Hauses. Dann signalisierte er dem Hauptkommissar, dass er im Nachbarbüro mit ihm reden wollte.

»Sollen wir bei der Baubehörde wegen einem Plan vom Haus nachfragen? Ich habe gesehen, dass du dir nur sehr vage Angaben notiert hast«, fragte Hackenholt.

Norbert Beyerlein schüttelte den Kopf. »Der Grundriss ist nicht der Punkt. Natürlich ist es gut zu wissen, wie es in dem Haus ausschaut, ob es Besonderheiten gibt, aber die eigene Aufklärung ist viel wichtiger. Was wir von anderen erfahren ist nur Hintergrundwissen, da sich in den seltensten Fällen alles genau so verhält wie beschrieben. Deshalb lege ich mich nicht fest. Ich gehe hinein und lasse mich dann von dem weiterleiten, was sich auftut. Das verlange ich auch von meinen Männern, damit sie flexibel bleiben. Viel schwieriger ist das Viehzeug auf den Nachbargrundstücken. Tiere sind immer unberechenbar, insbesondere Gänse. Sie sind sehr laut, eine sichere Alarmanlage. Wenn es nur zwei, drei Tiere wären, könnten wir sie notfalls erledigen, aber ein ganzer Bauernhof macht eine Annäherung aus dieser Richtung so gut wie unmöglich. Am sinnvollsten ist es zu warten, bis es Nacht ist. Dann überraschen wir die Täterin im Schlaf.«

Stellfeldt nickte. »Die Ortungsdaten sind immer noch dieselben. Sie scheint sich nicht zu bewegen.«

»Und was machen wir, wenn sie es sich plötzlich anders überlegt und aus Günthersbühl aufbricht?«, fragte Hackenholt zweifelnd.

»Wir gehen mit einer Großgruppe raus, also mit mindestens

vierzehn Mann. Ein oder zwei Teams werde ich jetzt sofort zum Anwesen verlagern, die anderen folgen. Sie stehen dann verdeckt bereit, um ein ungehindertes Verlassen unmöglich zu machen und die Zielperson gegebenenfalls abzufischen. Der Rest kümmert sich um die Aufklärung und bereitet den Zugriff vor. Außerdem nehmen wir die Kollegen vom Mobilen Einsatzkommando mit ihrem technischen Schnickschnack zur Observation dazu. Sie werden vor Ort die Lage erkunden und schauen auch, wo das Auto der Täterin abgestellt ist. Das können sie vorsorglich außer Gefecht setzen. Im Moment wird es ab viertel acht dunkel. Heute wegen den Regenwolken wahrscheinlich schon etwas früher. Bis dann ist die gesamte Gruppe draußen in Günthersbühl. Wenn sich eine geeignete Situation für einen Zugriff ergibt, führen wir ihn aus, ansonsten warten wir, bis sie schläft.«

»In Ordnung«, stimmte Hackenholt zu. »Aber seid bloß vorsichtig. In dem Fünf-Seelen-Dorf fällt jeder Fremde mit Sicherheit sofort auf.«

»Keine Sorge. Wir können uns tarnen und langsam annähern, wenn nötig, über Stunden hinweg. Wer von euch geht mit raus?«

»Ich komme selbst mit«, entschied Hackenholt.

»Dann halte ich hier so lange die Stellung, wenn du Ralph mitnimmst«, schlug Stellfeldt vor.

Der Hauptkommissar war einverstanden. »In der Zwischenzeit müssen ein paar unserer Kollegen in die Flachsröststraße fahren und das Haus durchsuchen. Sie sollen den Ehemann mitnehmen, damit er bei der Durchsuchung anwesend ist. Wenn wir Glück haben, finden wir Unterlagen, die erkennen lassen, nach welchem Schema die Täterin ihre Opfer ausgesucht hat.«

Dreieinhalb Stunden später, gegen acht Uhr abends, trafen Hackenholt und Wünnenberg im Schutz der Dunkelheit vor der Günthersbühler Gastwirtschaft wieder mit dem Großgruppenführer des Spezialeinsatzkommandos zusammen.

»Bisher ist alles ruhig. Die Frau ist im Haus und hört Musik. Sie ist nur einmal herausgekommen, um einen Müllbeutel in die Tonne zu werfen. Die Lage des Grundstücks ist allerdings in der Tat denkbar ungünstig«, erklärte er den beiden Ermittlern. »Ich hatte gehofft, die Bauern würden ihre Viecher nachts in den Stall holen, aber anscheinend bleiben die alle draußen. Wir können also nur von der Straße her auf das Grundstück gelangen. Wie wir vom Ehemann wissen, geht die Täterin normalerweise früh schlafen, weil sie meist wegen ihrer Schlafprobleme gegen ein Uhr nachts wieder aufwacht. Den Zugriff habe ich deshalb für rund eine Stunde, nachdem sie ins Bett gegangen ist, geplant. Wenn alles gut geht, ist um halb elf schon alles vorbei.«

»Dann bleiben wir so lange hier. Haltet uns auf dem Laufenden.«

Der Kollege nickte und verschwand.

Während sie warteten, rief Stellfeldt an und teilte mit, dass die Durchsuchung des Hauses in der Flachsröststraße ergebnislos beendet worden sei.

Eine halbe Stunde später meldete der SEK-Beamte, das Licht im Haus sei gelöscht worden, die Musik liefe allerdings noch weiter. Genauso verhielt es sich auch eine weitere halbe Stunde später und auch noch um halb zehn.

»Wir warten noch bis zweiundzwanzig Uhr, dann gehen wir rein«, entschied der Spezialist.

Hackenholt gab sein Okay.

Um Punkt zweiundzwanzig Uhr erfolgte die Meldung, dass der Zugriff begonnen hatte. Exakt dreieinhalb Minuten später vermeldete der Großgruppenführer über Funk, das Haus sei leer, die Zielperson nicht aufzufinden. Im selben Moment ertönte im Hintergrund empörtes Blöken und Meckern.

»Zielperson im Garten gesichtet! Flüchtet über Weide in Richtung Wald.«

»So ein verdammter Mist!«, fluchte Wünnenberg und ließ den Motor des Autos an. Innerhalb einer Minute waren sie am anderen Ende von Günthersbühl.

Obwohl die Spezialeinsatzbeamten vollends durchtrainierte Männer waren, hatten sie, insbesondere in ihrer schweren Ausrüstung, gegen Anita Langer keine Chance. Ihr Vorsprung war enorm und ihre Ortskenntnis erstklassig. Am Waldrand mussten die Polizisten die Verfolgung abbrechen.

Hackenholt beorderte über die Einsatzzentrale alle verfügbaren Streifenwagen der PI Lauf in die Nähe des Einsatzortes. Auch die PI Ost wurde einbezogen, obwohl die Kollegen damit ihren Revierbezirk verlassen mussten. Die Schutzpolizisten fuhren die Staats- und Bundesstraßen sowie die Wald- und Feldwege rund um Günthersbühl ab. Währenddessen forderte der Hauptkommissar die diensthabenden Beamten von der Hundestaffel mit den Personensuchhunden und zusätzlich die zwei Hundeführer mit ihren Man-Trailing-Hunden an. Die Tiere hatten ihre Ausbildung erst vor Kurzem abgeschlossen und waren speziell dafür ausgebildet worden, gezielt einer bestimmten menschlichen Fährte über sehr weite Wegstrecken hinweg zu folgen. Sie sollten zur Verfolgung flüchtiger Personen eingesetzt werden und auch, wenn es galt, Verletzte in unwegsamem Gelände oder hilflos umherirrende Menschen aufzuspüren.

»Soll ich die zwei Hubschrauber aus Roth herbestellen?«, fragte Wünnenberg.

»Natürlich. Mit den Wärmebildkameras können sie uns immens helfen. Ich hoffe nur, dass sie bei dem windigen Wetter überhaupt starten können.«

»Wenigstens regnet es im Moment nicht. Sonst könnten wir uns auch die Suchhunde sparen.«

Nachdem alles erledigt war, informierte der Hauptkommissar Manfred Stellfeldt im Büro. Er würde sich um die Taxizentralen kümmern, die eine Warnmeldung an ihre Fahrer herausgeben sollten. Beförderte jemand eine große, extrem schlanke Frau ohne Gepäck oder Handtasche im Gebiet Oedenberg – Günthersbühl – Lauf an der Pegnitz, so wurde er gebeten, dies umgehend über einen besonderen Alarmcode der Zentrale mitzuteilen, damit diese sodann die Polizei verständigen konnte.

Anschließend wandte sich Hackenholt an den Großgruppenführer des Spezialeinsatzkommandos: »Was ist eigentlich genau passiert?«

»Die Frau muss irgendwann im Laufe des Abends in den Garten gegangen sein, ohne dass wir es bemerkt haben«, sagte er zerknirscht. »Ich habe allerdings keine Ahnung, ob sie nur ein bisschen frische Luft schnappen wollte und spazieren gegangen ist oder Verdacht geschöpft hat. Ich nehme allerdings Ersteres an, sonst wäre sie nicht zurückgekommen, während wir im Haus waren. Peter hat die Türe gesichert, als er eine Gestalt ganz am anderen Ende des Gartens gesehen hat. Sie hat ihn bemerkt und ist dann sofort losgerannt.«

»Aber dann muss sie doch bei ihrem Spaziergang an der Rinderkoppel oder der Ziegenweide vorbeigekommen sein.«

Der Kollege nickte. »Die Tiere haben keinen Mucks gemacht. Weder als sie in den Garten zurückkam, noch als sie davongerannt ist. Erst als meine Männer sie verfolgt haben, haben die Viecher einen Krach veranstaltet, als wäre der Teufel hinter ihnen her. Wenn die Frau viel Zeit hier verbracht und eine Beziehung zu den Tieren aufgebaut hat, kann sie natürlich an denen vorbeigehen, ohne dass die großen Lärm machen. Für uns ist das fast unmöglich.«

»Wollen wir ins Haus schauen?«, fragte Wünnenberg.

Der Hauptkommissar nickte. Die beiden Beamten von der Spurensicherung, die ebenfalls in der Nähe von Günthersbühl gewartet hatten und nach dem fehlgeschlagenen Zugriff zum Anwesen gefahren waren, hatten ihre Arbeit bereits aufgenommen. Der eine Kollege schaute auf, als Hackenholt eintrat, und nickte zu einem Tisch hinüber, auf dem mehrere Gegenstände in Plastiktüten verpackt lagen.

»Sie hat alles dagelassen: ihren Schlüsselbund, ihr Handy und ihre Reisetasche mit der Kleidung. Nur der Geldbeutel fehlt. Sollen wir einen Schlepper rufen und ihren Wagen ins Präsidium bringen lassen?«

»Ja, das Auto muss auf alle Fälle untersucht werden. Wenn du dich darum kümmern kannst, habe ich schon eine Sorge weniger.«

Der Beamte nickte und deutete dann mit einer behandschuhten Hand auf die Tür, die ins Wohnzimmer führte. »Soll ich euch das Nachthemd aus dem Schlafzimmer holen? Ihr habt doch sicher Suchhunde angefordert, oder?«

»Ja, wir brauchen etwas, woran sie Witterung aufnehmen können.«

Der Kollege ging nach nebenan und kam kurze Zeit später mit einem Asservatenbeutel zurück, in dem sich das Nachthemd befand.

Hackenholt sah auf die Uhr. Seit der Flucht der Frau waren fast zwanzig Minuten vergangen. Ging man davon aus, dass ein Mensch mit einfachem Gehen für einen Kilometer rund zwölf Minuten brauchte und wenn er rannte, mindestens doppelt so schnell war, konnte die Frau schon fast vier Kilometer Vorsprung haben. Keine der Streifen hatte bislang eine Rückmeldung gegeben, dass sie die flüchtige Person gesehen hatte. Der Hauptkommissar verließ das Haus und wartete ungeduldig auf der Terrasse, während er von einem Fuß auf den anderen trat.

Endlich kamen die ersten beiden Polizisten von der Hundestaffel an. Hackenholt instruierte sie knapp. Zeit war kostbar, da es wieder leicht zu regnen begonnen hatte. Er ließ die zwei Hunde an Frau Langers Nachthemd schnüffeln, dann machten sich die Hundeführer nacheinander mit jeweils einem Dreierteam der Spezialeinsatzbeamten, die sie unterstützen sollten, auf die Suche. Kurze Zeit später trafen im Abstand von nur wenigen Minuten auch der dritte und vierte Hundeführer mit ihren Man-Trailing-Hunden ein, die ebenfalls sofort die Fährte aufnahmen und losliefen. Gleichzeitig gab die Einsatzzentrale Bescheid, dass die Piloten der angeforderten Hubschrauber erklärt hatten, wegen eines in Roth herrschenden Gewitters nicht starten zu können.

Hackenholt ging wieder ins Haus. Ihm war eine Idee gekommen. »Habt ihr in ihrer Reisetasche eine Namensliste gefunden? Oder ein Adressbuch?«, fragte er den Kollegen von der Spurensicherung.

Der sah ihn mit gerunzelter Stirn an.

»Eine Aufstellung mit den Namen der Prostituierten. Die Täterin muss sich ihre Opfer doch irgendwie vorher ausgesucht haben. Ich glaube einfach nicht, dass sie wahllos drauflosgemordet hat, nur weil es Prostituierte waren.«

Jetzt verstand der Beamte. »Nein, derlei war nicht unter ihren persönlichen Sachen, aber wir haben ihr Auto noch nicht durchsucht.«

Der Hauptkommissar zog ein Paar Einweghandschuhe über und nahm sich Anita Langers Wagen vor, der ums Eck in einer Stichstraße abgestellt war. Im Handschuhfach wurde er fündig: Es enthielt mehrere zusammengerollte Blätter mit Tabellen, in deren unterschiedlichen Spalten sich Vor- und Zunamen, Alter, Nationalitäten, Zahlen und Abkürzungen fanden, die Hackenholt nicht verstand. Manche der Frauennamen waren mit einem

X-förmigen Kreuz gekennzeichnet, daneben stand ein Spitzname.

»Irgendjemand muss diese Unterlagen sofort zu Manfred ins Kommissariat schaffen. Er soll versuchen herauszufinden, ob all diese Frauen Prostituierte sind und ob sie gerade hier in Mittelfranken arbeiten. Es könnte sich bei ihnen um potenzielle weitere Opfer handeln.«

Wünnenberg nahm die Papiere in Empfang und kümmerte sich darum, dass sie von einer Streife nach Nürnberg gebracht wurden.

Um halb ein Uhr nachts brachen die Hundeführer die Suche ab. Es goss mittlerweile wie aus Kübeln. Die Hunde hatten jedwede Witterung verloren. Immerhin hatten die Beamten rekonstruieren können, dass Anita Langer im Wald einen Bogen um Günthersbühl geschlagen hatte, dann zunächst Richtung Oedenberg und von dort im Wald immer weiter Richtung Heroldsberg gelaufen war, wo sich ihre Spur auf einer Lichtung verlor. Wünnenberg und Hackenholt kehrten müde und erschöpft zu ihrer Dienststelle zurück. Auch die anderen an der Suche beteiligten Beamten waren enttäuscht. Die Streifen fuhren nach wie vor jede noch so kleine Nebenstraße ab und hielten die Augen nach der Flüchtigen offen.

»Jetzt rächt es sich, dass sich Prostituierte nicht bei irgendeiner amtlichen Stelle in der Stadt, in der sie gerade arbeiten, an- und abmelden müssen«, brummte Stellfeldt zur Begrüßung. »Wir haben nicht die geringste Chance herauszufinden, welche der gekennzeichneten Frauen derzeit in Mittelfranken arbeiten, beziehungsweise ob überhaupt alle Prostituierte sind. Drei haben wir bisher gefunden. Drei von zweiunddreißig auf der Liste!«

»Wir haben jedes Etablissement hier in Mittelfranken angerufen, von dem wir eine Nummer haben«, erklärte Roman Gessner, der zu Stellfeldts Unterstützung im Kommissariat geblieben war. »Von allen Bordellbetrieben habe ich mir eine aktuelle Belegungsliste faxen lassen. Außerdem sind wir alle Namenslisten im Computer durchgegangen. Aber es gibt so viele Frauen, die nicht registriert sind, weil sie noch nie bei einer Kontrolle anwesend waren. Die Fluktuationsrate unter den Sexworkerinnen ist einfach zu groß.«

Auch Christian Berger saß an einem der Computer. Er klickte

sich durch die einschlägigen Internetauftritte und notierte die Namen der als anwesend gekennzeichneten Damen. »Die drei Toten sind schon von den Seiten der Etablissements gelöscht worden, falls sie jemals dort zu sehen waren. Es ist wirklich erschreckend, wie viele Betriebe ungemein scheußliche Bilder von den Frauen ins Netz stellen. Da muss man sich doch echt fragen, ob die Betreiber alle nicht fotografieren können oder die Freier auf derart schlechte Bilder stehen.«

»Tröste dich, Christian, das habe ich auch noch nie verstanden«, murmelte Gessner. »Aber im Gegensatz zu dir müssen wir uns die Fotos regelmäßig anschauen, wenn wir die Internetseiten kontrollieren.«

»Und was ist mit den drei Frauen, die ihr ausfindig gemacht habt?«, ging Hackenholt ungeduldig dazwischen.

»Eine arbeitet in einer Modellwohnung in Tennenlohe, zwei in Bordellen an der Frauentormauer«, erklärte Berger. »Roman und ich sind hingefahren, haben ihnen die Situation erklärt und nahegelegt, zu ihrer eigenen Sicherheit so lange auf ihre Arbeit im Großraum zu verzichten, bis wir die Täterin gefasst haben. Wir können ihnen schließlich keine Kollegen ins Zimmer setzen. Alle drei Frauen haben das anstandslos eingesehen. Außerdem haben wir ihnen geraten, die Nacht bei einer Freundin zu verbringen und niemandem zu sagen, wo sie sich aufhalten. Für morgen Vormittag sind sie zur Vernehmung vorgeladen.«

»Sehr gut«, lobte Hackenholt, dann wandte er sich an Stellfeldt. »Habt ihr noch mal mit Herrn Langer gesprochen?«

Der Ermittler nickte. »Gleich nachdem du angerufen hast, habe ich zwei Beamte zu ihm geschickt. Ihm ist aber kein Ort eingefallen, an den seine Frau geflüchtet sein könnte. Ich habe eine Zivilstreife vor dem Haus postiert, falls sie zu ihm zurückkehrt.«

»Und wie machen wir jetzt weiter?«

»Im Moment können wir nichts mehr tun. Die Einsatzzentrale und die Kollegen von der Streife sind informiert und halten die Augen offen. Die Taxifahrer wissen Bescheid, das Haus des Ehemanns wird überwacht, und die Telekommunikationsüberwachung ist geschaltet. Falls Frau Langer von einem anderen Telefon bei ihrem Mann anruft, bekommen wir es sofort mit und können reagieren.«

Hackenholt rieb sich über das Kinn, an dem erste Bartstoppeln zu spüren waren. »Gut. Jemand muss die ganze Nacht vor der Abhöranlage sitzen und aufpassen. Insgesamt sollten wir hier mindestens zu dritt sein, falls wir wieder auf Frau Langers Spur stoßen. Der Rest geht nach Hause und sieht zu, dass er eine Mütze Schlaf bekommt. Ich leg mich eine Stunde im Büro aufs Ohr.«

Stellfeldt schüttelte den Kopf. »Du fährst heim und schläfst ein paar Stunden in deinem Bett und nicht hier auf dem Fußboden. Denk an die Pressekonferenz später. Da kannst du nicht mit tiefschwarzen Augenringen und in den gleichen, noch dazu völlig zerknitterten Klamotten vor die Kameras treten, in denen dich gestern schon der eine oder andere Journalist gesehen hat. Das hinterlässt keinen guten Eindruck bei der Bevölkerung. Schließlich wollen und sollen die Bürger Vertrauen in unsere Arbeit haben. Ich bleibe hier. In meinem Alter braucht man nicht mehr so viel Schlaf.«

»*Viel* Schlaf wird heute Nacht sowieso keiner von uns bekommen«, brummte Gessner mit einem Blick auf die Uhr. Es war mittlerweile nach halb zwei. »Bis ich zu Hause bin, kann ich gleich wieder umdrehen und zurückfahren. Das hat man davon, wenn man in der Pampa wohnt. Ich kann also genauso gut Manfred Gesellschaft leisten und auch hierbleiben.«

»Ich bleibe ebenfalls«, sagte Berger entschieden.

Der Hauptkommissar gab sich geschlagen. Mit einem Blick zu Stellfeldt sagte er: »Überredet. Ich bin um sechs Uhr wieder da. Aber falls sich in der Zwischenzeit etwas tut, rufst du mich sofort an.«

Der ältere Kollege nickte.

Freitag

Als sein Wecker klingelte, hatte Hackenholt das Gefühl, soeben erst eingenickt zu sein. Er hatte nur dreieinhalb Stunden geschlafen. Auch Sophie wachte auf und öffnete ein Auge.

»Du bist ja doch heimgekommen«, murmelte sie schlaftrunken.

»Ja, so wie ich mich gerade fühle, vor fünf Minuten«, seufzte er. Es fiel ihm enorm schwer, die Augen offen zu halten.

»Der Hauseigentümer hat gestern noch mal angerufen. Er wollte mit dir über den Preis sprechen. Ich habe ihm gesagt, dass er dich allenfalls am Wochenende erreichen kann.«

»Hmm«, brummte Hackenholt, der in dem Moment nicht daran glaubte, an diesem Wochenende auch nur eine freie Minute zu haben. Er beugte sich zu Sophie und küsste sie. »Schlaf noch eine Runde für mich mit, ja?« Dann wälzte er sich aus dem Bett und verschwand schnell unter der Dusche, damit ihm nicht doch noch die Augen zufielen und er wieder einschlief.

Auf dem Weg in die Arbeit machte er einen Umweg über die Fürther Straße, in der die Firma Brezen-Kolb ihren Fabrikverkauf hatte, und besorgte eine große Tüte frischen Brezenbruch für die gesamte Mannschaft. Er war stolz auf sein Ermittlungsteam, das so gut zusammenarbeitete und ohne Murren Überstunden *en masse* schob.

Der oder besser gesagt die Erste, die Hackenholt auf dem Flur begegnete, war Christine Mur.

»Da lässt man euch mal einen Abend alleine arbeiten, und was passiert? Schon entkommt euch der Täter«, frotzelte sie.

»Soll nie wieder vorkommen, liebste Christine. Wenn wir dich als Man-Trailer zur Verfügung gehabt hätten, hätten wir die Fährte garantiert auch im schlimmsten Regen nicht verloren.«

Als müsse sie ihre Suchhundqualitäten unter Beweis stellen, schnüffelte Mur demonstrativ. »Hier riecht es geradezu himmlisch nach frischen Brezen. Bist du beim ›Kolb‹ gewesen?«

Der Hauptkommissar nickte.

»Hast du auch einen Butter mitgebracht?«

Er sah sie mit hochgezogenen Augenbrauen an. »Es heißt *eine* Butter, nicht *einen*. Wie kannst du außerdem heute Morgen schon wieder Hunger haben, wenn du doch gestern einen Berg Muffins und dann noch ein Hundert-Gänge-Menü verdrückt hast?«

»Die Muffins sind fast alle noch da und warten darauf, dass wir ihnen heute gemeinsam den Garaus machen. Und gestern Abend habe ich mich mit sechs Gängen zufriedengegeben.«

Hackenholt sah sie von der Seite an. »Wie war es denn?«

»Ach, das hat schon gepasst«, sagte sie schulterzuckend.

»Mit anderen Worten also: einzigartig, traumhaft, ganz herrlich. Zumindest, wenn ich dein fränkisches ›Passt schon‹ in normale Menschensprache übertrage.«

Mur konnte sich ein Grinsen nicht verkneifen. Hackenholt lernte allmählich dazu.

»Also ganz im Vertrauen, und wehe, du erzählst das den anderen: Es war wirklich schön. Das Essen war herrlich, und Maurice konnte man auch ertragen. Trotzdem könntest du mir jetzt den Start in den Tag mit einer Laugenbreze versüßen, die riechen nämlich ganz abartig gut.«

Hackenholt hielt ihr die Tüte hin, während er in sich hineingrinste. Mur hatte Dr. Puellen zum ersten Mal beim Vornamen genannt. So schlimm konnte der Abend also nicht gewesen sein.

Am Vormittag vernahm der Hauptkommissar die drei Prostituierten, deren Namen auf der in Anita Langers Wagen gefundenen Liste gestanden hatten. Alle konnten jedoch weder mit deren Namen noch mit dem Bild der Frau etwas anfangen, geschweige denn sie mit etwas Erlebtem in Verbindung bringen.

Um elf Uhr wurde ein Lastwagenfahrer von der PI Mitte zu Hackenholt ins Kommissariat gebracht, der sich aufgrund eines Warnhinweises, der in den regionalen Radiosendern durchgegeben wurde, bei der Polizei gemeldet hatte. In der Nacht hatte er einen Anhalter mitgenommen. Zunächst dachte er, es wäre ein junger Mann, der groß und schlank mit einer Baseballmütze und Adidas-Sportjacke im strömenden Regen an der B 2 stand. Doch nachdem er ihn hatte einsteigen lassen, fiel ihm die ganz und gar nicht männliche Stimme auf. Die Fahrt war von Heroldsberg nach Nürnberg gegangen, wo die Frau am Bierweg wieder ausgestiegen war. Sie hatte keinerlei Gepäck dabeigehabt.

Wünnenberg ging mit dem Zeugen die Lichtbilder von Anita Langer durch, da Hackenholt zu der für halb zwölf anberaumten Pressekonferenz musste, zu der die Pressestelle sämtliche in ihren Alarmierungslisten genannten Journalisten eingeladen hatte.

Wieder war der Saal gerammelt voll. Der Hauptkommissar war froh, dass Stellfeldt in der Nacht darauf bestanden hatte, ihn nach Hause zu schicken. Frisch geduscht und in einem sauberen Hemd fühlte er sich deutlich wohler, als er es unter Garantie in seinen getragenen Klamotten getan hätte.

Auch diesmal eröffnete die Leiterin der Pressestelle die Konferenz, indem sie nach einer ausgesucht freundlichen Begrüßung eine schriftliche Mitteilung verlas. Anschließend wurden den Journalisten zwei Fotos der flüchtigen Tatverdächtigen gezeigt und die Handouts verteilt. Dr. Holm und der Dezernatsleiter bestritten die sich anschließende Fragerunde – der Vizepräsident war diesmal nicht mit von der Partie.

Kurz vor Ende der Pressekonferenz wurde die Tür am anderen Ende des Raumes schwungvoll geöffnet, und Wünnenberg kam in den Raum gestürmt. Gerade noch rechtzeitig mäßigte er seinen Schritt und ging möglichst würdevoll zum Podium, wo er sich zu Hackenholt beugte und ihm zuflüsterte, er werde sofort benötigt. Der Hauptkommissar entschuldigte sich kurz bei den anwesenden Journalisten und verließ hinter seinem Kollegen den Raum.

»Was gibt es denn?«

»Sie hat wieder zugeschlagen.«

»Was?«, rief Hackenholt entsetzt, während er im Laufschritt neben Wünnenberg den Flur entlangeilte.

»In Fürth. Die Einsatzzentrale hat uns gerade über einen Notruf aus einer Modellwohnung informiert, in der eine Prostituierte überfallen worden ist.«

Sie fuhren so schnell wie möglich die Fürther Straße hinaus, vorbei am Gericht, an der ehemaligen Quelle und an der Autobahnzufahrt. Gleich nach der Stadtgrenze, bevor es in die Fürther Innenstadt hineinging, bogen sie links in die Höfener Straße und schließlich in die Fronmüllerstraße ab, wo sie bereits zwei Streifen, mehrere Zivilfahrzeuge der Polizei sowie ein Rettungswagen und ein Notarzteinsatzfahrzeug empfingen. Gessner und Berger, die unmittelbar nach Eingang des Notrufs das Kommissariat verlassen hatten, warteten ebenfalls vor Ort.

»Es war wieder unsere Frau«, sagte Gessner. »Allerdings hatte sie dieses Mal nicht so viel Glück wie bisher. Die Prostituierte, auf die sie es abgesehen hatte, konnte sich durch einen Schrei bemerkbar machen, was ihr unter Umständen das Leben gerettet hat, weil sie nicht alleine in der Wohnung war. Ihre Kollegin hatte zwar gerade einen Freier, aber als sie ihren Hilferuf hörte, hat sie sich ihr Pfeffersspraydöschen geschnappt, das ja eigentlich zur Tierabwehr gedacht ist, und ist damit ins andere Zimmer gerannt, woraufhin die Angreiferin sofort von ihrem Opfer abgelassen hat und über den Balkon geflüchtet ist.«

»In welche Richtung ist sie davongelaufen?«, fragte Hackenholt hastig.

»Das ist der Clou überhaupt: Sie hatte ein Auto direkt vor dem Haus geparkt.«

»Aber ihr Auto steht doch –«, begann der Hauptkommissar, wurde von Berger jedoch sofort unterbrochen.

»Der Freier ist der Frau hinterhergerannt und hat gesehen, wie sie in einen silberfarbenen VW Golf eingestiegen ist. Er konnte sogar einen Teil des Kennzeichens erkennen: HH-S.«

Hackenholt überlegte kurz. »Könnte das vielleicht ein Mietwagen sein? Soweit ich weiß, verwendet unter anderem die Firma Sixt Hamburger Kennzeichen.«

Berger nickte. »Ich habe schon im Kommissariat angerufen. Manfred klärt gerade mit den Mietwagenfirmen ab, ob es sich um eins ihrer Fahrzeuge handeln könnte. Falls er erfolgreich ist, kennen wir bald das komplette Kennzeichen und wissen, wo Frau Langer das Auto angemietet hat.«

»Wie geht es dem Opfer?«

»Die Frau ist bewusstlos und hatte einen Atemstillstand«, sagte Gessner. »Die Leine, mit der sie gedrosselt wurde, hing beim Eintreffen der ersten Streife noch um ihren Hals.«

In diesem Moment brachten die Sanitäter die auf eine Trage geschnallte Frau heraus. Sie war intubiert und wurde beatmet. Gessner ging schnell zum Arzt, um sich zu vergewissern, dass sie ins Klinikum Fürth gebracht wurde.

Hackenholts Handy klingelte. Er schaute Berger an, während er sprach, und wiederholte, was Stellfeldt ihm sagte.

»Anita Langer hat den Golf heute Morgen um kurz nach sieben Uhr am Flughafen unter ihrem eigenen Namen angemietet. Okay. Und wie lautet das Kennzeichen?« Der Hauptkommissar zerrte einen Kugelschreiber aus der Hemdtasche und schrieb sich die Ziffern kurzerhand auf die Innenfläche seiner linken Hand, dann dankte er Stellfeldt und beendete das Gespräch. Sofort rief er einen Kollegen in der Einsatzzentrale an und teilte ihm das ermittelte Kennzeichen und die neuesten Informationen mit, damit die Fahndungsergänzung an die Streifen weitergegeben werden konnte.

»Jetzt bleibt uns nur noch zu hoffen, dass das Auto einer Streife auffällt«, meinte Berger. »Sollen wir auch losfahren und nach dem Wagen Ausschau halten?« Seine Augen funkelten. Das Jagdfieber hatte ihn gepackt, wie es jeden Polizisten in einer solchen Situation erfasste. Auch Hackenholt wäre am liebsten sofort wieder ins Auto gestiegen, um nach dem Golf zu suchen.

»Ja, fahrt los und haltet die Augen offen. Aber macht nicht den alten Fehler, einen zu engen Radius zu wählen. Sie kann inzwischen sonst wo sein. Wir beide werden jetzt erst mal die Kollegin des Opfers und ihren Freier vernehmen«, sagte er zu Wünnenberg, der nicht eben begeistert dreinschaute.

Christine Mur, die sich mit ihrem Team ebenfalls sofort nach dem Eingang des Notrufes auf den Weg gemacht hatte, war im Zimmer der lebensgefährlich verletzten Prostituierten gerade dabei, den Griff der Terrassentür und das Balkongeländer zu untersuchen. Der Geruch nach Pfefferspray stieg dem Hauptkommissar sofort in die Nase und reizte seine Augen. Er beneidete die Beamten nicht darum, in dem Raum arbeiten zu müssen. Als sich die beiden Ermittler abwenden wollten, langte Mur über die Brüstung, um einem ihrer Kollegen eine Tüte abzunehmen.

»Irgendwie ist es ja fast schon schade, dass wir keinen Grund haben, Dr. Puellen anzufordern«, bedauerte Wünnenberg im Flüsterton.

Hackenholt sah ihn entgeistert an. »Wäre es dir etwa lieber, wenn es noch eine Tote gegeben hätte?«

»Nein, natürlich nicht! Aber es wäre doch gerade heute sehr interessant gewesen zu sehen, wie Christine sich ihm gegenüber verhält. Ob sie ihn noch immer anfaucht, oder ob die beiden sich vielleicht sogar zum Du durchringen konnten.«

»Du hast echt Probleme.« Der Hauptkommissar schüttelt den Kopf. »Meinst du nicht, dass es Dinge gibt, die den Kollegenkreis nichts angehen?«

»Schon, aber nicht, nachdem wir uns so ins Zeug gelegt haben, um Dr. Puellen den Abend zu ermöglichen.«

»Dann sollte es dir mit deinen guten Verbindungen in die Rechtsmedizin doch ein Leichtes sein, deine Neugier zu befriedigen.«

Hackenholt fiel es nicht im Traum ein, ein Wort über das zu verlieren, was die Kollegin ihm vor wenigen Stunden über den Abend erzählt hatte.

Mur drehte sich auf dem Balkon um und trat zurück ins Zimmer. »Schaut mal, was wir gefunden haben«, sagte sie zu den beiden Ermittlern, während sie eine Tüte in der Hand schwenkte. »Auf dem Weg vom Balkon zu der Stelle, an dem die Täterin ihren Wagen abgestellt hatte, lag ein getragener Einweghandschuh. Sie muss ihn verloren haben, als sie ihn im Rennen ausgezogen hat.«

»Woher weißt du, dass er von ihr stammt? Kann er nicht schon länger dort gelegen haben?«

Mur schüttelte den Kopf. »Ich habe kurz mit der anderen Prostituierten gesprochen. Sie hat gesagt, der Täter habe Handschuhe getragen. Deswegen habe ich Martin dazu abgestellt, den Rasen zwischen Balkon und Parkplatz abzusuchen. Die Kollegin des Opfers hat Frau Langer übrigens auch für einen Mann gehalten. Gibt es etwas Neues von der Fahndung?«

Hackenholt schüttelte den Kopf.

»Hoffentlich erwischt ihr sie schnell. Die Prostituierte, die es diesmal getroffen hat, ist lebensgefährlich verletzt. Der Notarzt meinte, dass ihr Kehlkopf wahrscheinlich gebrochen ist. Es ist unvorstellbar, mit welcher Brutalität die Täterin vorgeht.«

»Was hat sie dieses Mal zum Drosseln benutzt?«

Mur ging zu einem Tisch, auf dem die Asservate lagen, und hob eine weitere beschriftete Tüte hoch. »Wieder ein Stück einer Wäscheleine.«

»Wenn sie eine Wäscheleine und Handschuhe dabeihatte, muss

sie heute Vormittag irgendwo in einem Drogeriemarkt einkaufen gewesen sein«, schlussfolgerte Wünnenberg. »Wir müssen unbedingt die Öffentlichkeitsfahndung vorantreiben und wenn sich keine Zeugen melden, die sie gesehen haben, notfalls ganz gezielt solche Läden ansprechen.«

Im Nebenzimmer wartete die Kollegin des Opfers. Der Freier wurde bereits von zwei weiteren Mitgliedern der Ermittlungsgruppe in der Küche vernommen.

»Was genau ist passiert?«, fragte Hackenholt die kettenrauchende junge Frau.

»Wir arbeiten hier nur zu zweit, deshalb höre ich immer auf alle Geräusche in der Wohnung, auch wenn ich einen Kunden habe. Als es vorhin an der Tür klingelte, hat Anna aufgemacht. Zumindest habe ich sie im Flur reden hören. Dann ist ihre Zimmertür gegangen, und plötzlich hat etwas geklirrt, so als ob etwas heruntergefallen und zerbrochen wäre. Wenige Sekunden später hat Anna um Hilfe geschrien. Ich habe sofort mein Pfefferspray genommen und bin nach drüben zu ihr gelaufen. Als ich ins Zimmer kam, lag Anna bäuchlings auf dem Bett, so als habe der Mann sie darauf gestoßen. Mit einem Bein hat er auf ihrem Rücken gekniet und sich über sie gebeugt. Am Anfang habe ich gar nicht gesehen, dass er ihr etwas um den Hals gewickelt hatte.« Die junge Frau hielt zitternd inne. Als sie ihre Stimme wieder unter Kontrolle hatte, fuhr sie fort: »Ich habe geschrien und bin mit dem Pfefferspray auf ihn los. Er hat sich zu mir umgedreht, ist dann aber zur Balkontür gerannt, hat sie aufgerissen und ist rausgesprungen. In dem Augenblick kam auch mein Kunde ins Zimmer, einer meiner Stammfreier. Er ist dem Kerl hinterhergelaufen, während ich Notarzt und Polizei gerufen habe, weil Anna ganz furchtbar geröchelt und nicht mehr reagiert hat.«

Der Hauptkommissar zog eine Kopie des Standbilds aus dem Video der Erlanger Überwachungskamera aus der Tasche und zeigte es der Prostituierten. Sie nickte.

»Ja, genau so sah er aus. Das ist er. Das Foto hat mir vorhin schon der andere Polizist gezeigt.«

»Warum denken Sie, dass die Person auf dem Foto ein Mann ist?«

»Weil eine Frau nicht zu einer Prostituierten geht.« Sie sah Hackenholt erstaunt an. »Schauen Sie sich doch mal an, wie groß und schlank der ist.«

»Der vermeintliche Mann ist aber –«, setzte Hackenholt zu einer Erwiderung an, als die Tür aufgerissen wurde.

»Eine Streife von der PI Mitte hat die Frau gesichtet«, berichtete ein Beamter von der Kripo Fürth atemlos.

Wünnenberg sprang auf. »Wo?«

»Im Handwerkerhof beim Hauptbahnhof.«

Nun konnte sich auch Hackenholt nicht mehr zurückhalten. Im Aufstehen erklärte er der Prostituierten noch schnell, dass sich die Kollegen weiter um sie kümmern würden, dann stürmte er einmal mehr an diesem Tag Wünnenberg hinterher.

Die Ermittler rasten die Strecke, die sie vor nicht einmal einer halben Stunde erst von Nürnberg nach Fürth gefahren waren, wieder zurück. Vom Plärrer ging es über den Frauentorgraben Richtung Bahnhofsplatz. Als sie auf Höhe des Opernhauses waren, erreichte sie über Funk die Meldung, die Frau sei aus dem Handwerkerhof verschwunden. Offenbar hatte sie sich im dichten Touristengedränge unter eine Reisegruppe gemischt und war durch einen der drei Ausgänge wieder entkommen. Wünnenberg umrundete den Bahnhofsplatz und bog in die Königsstraße ein. Die Einsatzzentrale hatte bereits die Koordination der Fahndung übernommen und den einzelnen Fußstreifen und Streifenbesatzungen die jeweiligen Fahndungsräume zugeteilt.

»Vergesst nicht, dass sie den Golf irgendwo in der Nähe abgestellt haben muss. Haltet auch nach dem Wagen Ausschau«, wies Hackenholt seine Kollegen aus der Ermittlungsgruppe an. »Wenn sie es bis zum Auto schafft, ist sie innerhalb weniger Minuten in einem ganz anderen Stadtteil.«

Berger gab durch, Gessner und er würden das Parkhaus am Bahnhof überprüfen. Der Beamte von der PI Mitte und ein weiterer Kollege übernahmen das Parkhaus am Sterntor. Wünnenberg fuhr so langsam die Königsstraße entlang, dass sie die zu beiden Seiten abgestellten Fahrzeuge und die Passanten im Blick hatten. Weit und breit war weder ein silberfarbener Golf mit Hamburger Kennzeichen zu sehen noch eine auffallend große Frau – egal, ob mit oder ohne Baseballmütze.

»Und jetzt?«, fragte Wünnenberg, kurz bevor sie das Ende des für Autos freigegebenen Teils der Königsstraße erreichten. »Soll ich weiter in die Fußgängerzone fahren?«

Hackenholt schüttelte den Kopf. »Dort sind Fußstreifen unterwegs. Bieg hier rechts in die Theatergasse ein, dann schauen wir zur Lorenzer Straße.«

Wünnenberg blinkte und bog ab. Vor dem kleinen Kreisverkehr am Lorenzer Platz staute es sich. Es hatte einen Unfall gegeben. Langsam schob sich ein Auto nach dem anderen an den beiden Wagen vorbei. Als die zwei Beamten nur noch wenige Meter von dem Kreisverkehr entfernt waren, sahen sie, dass ein silberfarbener Golf seitlich auf Höhe der Beifahrertür von einem Mercedes gerammt worden war. Der Golf hatte ein Hamburger Kennzeichen.

Ohne auf den nachfolgenden Verkehr zu achten, zog Wünnenberg auf die Gegenfahrbahn und überholte die vor ihm wartenden Fahrzeuge. In dem Moment, in dem er wie bei einer klassischen Anhaltung schräg vor dem Golf zum Stehen kam, raste dieser im Rückwärtsgang aus der Einkeilung heraus und legte einen bühnenreifen Abgang mit quietschenden Reifen in Richtung Kunsthalle hin.

Wünnenberg fühlte sich sofort in seine über zehn Jahre zurückliegende Zeit als Streifenpolizist versetzt, als er die eine oder andere halsbrecherische Verfolgungsfahrt hatte bestreiten dürfen, und heftete sich mit Blaulicht und Sirene an die Stoßstange des Fluchtfahrzeugs. Durch die Lorenzer Straße ging es in die Marienstraße und dann weiter in die Gleißbühlstraße. Kurz vor dem Rathenauplatz wurden sie von zwei Streifenwagen von der PI Mitte und Ost eingeholt, doch Wünnenberg dachte gar nicht daran, seine Poleposition aufzugeben.

Auf Höhe der Bowlinghalle versuchte ein aus dem Rennweg kommender Streifenwagen dem Golf den Weg abzuschneiden, doch die Fahrerin wich kurzerhand über den abgesenkten Randstein mitten durch die Straßenbahnhaltestelle aus. Wünnenberg folgte ihr, um nicht mit den Kollegen zu kollidieren. Weiter ging es im freitagnachmittäglichen Feierabendverkehr die stark befahrene Bayreuther Straße hinaus. Wegen der vielen Martinshörner, die einen Höllenlärm verbreiteten, machten die anderen Verkehrsteilnehmer sofort Platz. Zum Glück, denn der Konvoi bretterte trotz der widrigen Umstände streckenweise mit mehr als hundert Stundenkilometern dahin.

Der nächste Versuch, den flüchtenden Golf kurz vor dem Leipziger Platz anzuhalten, verlief ebenfalls erfolglos, und in dem dichten Verkehr war es schon allein wegen der Gefahr von Querschlägern nicht möglich, auf die Reifen des Fluchtfahrzeugs zu schießen. Außerdem war es in der Vergangenheit schon mehr als einmal vorgekommen, dass die Munition die Lauffläche oder die Flanke eines Reifens zwar durchdrungen hatte, jedoch kein Loch gestanzt worden war, sodass die Luft nur sehr langsam entwichen und die Flucht damit nicht beeinträchtigt worden war.

Je weiter sie auf der B 2 aus der Stadt hinausrasten, desto nervöser wurde Hackenholt.

»Wenn sie es bis zur Autobahn schafft, haben wir ein richtiges Problem. Wir müssen uns irgendetwas einfallen lassen.«

»Vorsichtshalber sollten wir schon mal den Hubschrauber aus Roth anfordern.«

Doch noch bevor der Hauptkommissar über Funk die Einsatzzentrale verständigen konnte, war plötzlich in der Äußeren Bayreuther Straße, kurz vor dem Nordostpark, alles zu Ende. Der pure Zufall wollte es, dass genau in dem Moment, als sich die Wagenkolonne näherte, ein vom Bierweg kommendes Pannenhilfefahrzeug mit dem von ihm abgeschleppten Lastwagen in die Neumeyerstraße einbog und damit die gesamte Kreuzung blockierte. Nach einem heftigen Bremsmanöver, um nicht in den Sattelschlepper zu rasen, riss die Golffahrerin das Steuer herum und nahm die einzige, sich ihr vermeintlich anbietende Ausweichmöglichkeit: den Fußweg in die Effeltricher Straße.

Beim Herumreißen des Steuers geriet der Golf jedoch ins Schleudern und fuhr noch immer viel zu schnell auf den Fußgängerweg. Der Druck in den Reifen hielt der Wucht des Aufpralls gegen den Randstein nicht stand. Mit einem enormen Knall platzten beide Vorderreifen. Der Golf schlingerte wild und schlidderte in die nach wenigen Metern in der Effeltricher Straße angebrachten Sperrbügel, die für jedermann die Weiterfahrt blockieren sollten, rammte die Barken, die durch die Kollision einknickten, und kam schließlich zum Stehen. Wünnenberg stieg gerade noch rechtzeitig in die Eisen, um die Reifen seines eigenen Fahrzeugs zu schonen. In Sekundenschnelle war der Golf von Polizeibeamten umringt, die Frau aus dem Wagen gezogen und auf dem Boden liegend mit Handschellen gefesselt worden.

Anita Langer wurde ins Kommissariat gebracht, wo der Hauptkommissar ihr den Haftbefehl eröffnete. Sie schwieg während ihrer gesamten Vernehmung. Jede einzelne von Hackenholts Fragen quittierte sie nur mit einem starren Blick, der durch ihn hindurchzugehen schien. Auch als Dr. Holm sie befragte, kam ihr kein Wort über die Lippen. Man hätte glauben können, sie habe ihre Sprache verloren. Sie sah die Beamten nur unbeteiligt an, ganz so, als ginge sie das, was um sie herum und mit ihr geschah, nichts an.

Wünnenberg und Stellfeldt übernahmen die Vorführung beim Richter und die daran anschließende Einlieferung in die JVA. Hackenholt wurde erneut das für ihn mehr als zweifelhafte Vergnügen zuteil, sich der versammelten Pressemannschaft stellen zu dürfen, die zum zweiten Mal an diesem Tag in aller Eile von der Leiterin der Pressestelle zusammengerufen worden war.

Es wurde wieder sieben Uhr abends, bis der Hauptkommissar endlich das Polizeipräsidium verlassen konnte – diesmal jedoch mit dem Wissen, dass zwei freie Tage vor ihm lagen.

Er war todmüde und schlief ein, kurz nachdem er sich auf das Sofa gelegt und in einem von Sophies Büchern über die Sebalder Altstadt zu lesen begonnen hatte. Sophie weckte ihn erst, als es Zeit war, ins Bett zu gehen. In den wenigen Minuten, in denen er ansprechbar war, eröffnete sie ihm, dass sie für Samstagvormittag einen Termin mit einem befreundeten Architekten vereinbart hatte, der sich das Haus in der Burgstraße ansehen sollte, um den zu erwartenden Renovierungsaufwand zu schätzen.

»Das hast du sehr gut gemacht, Schatz«, murmelte Hackenholt. »Morgen habe ich dafür Zeit, und danach gehen wir Saskia und Trigger besuchen, ja?«

Bevor Sophie noch etwas erwidern konnte, war er schon wieder eingeschlafen.

Epilog

Obwohl die Täterin gefasst worden war, wurde die Ermittlungsgruppe nicht sofort aufgelöst, da sich die Nachermittlungen äußerst schwierig gestalteten.

Wie sich herausstellte, war auch das vierte, überlebende Opfer auf der Liste vermerkt gewesen. Die aus Riga stammende Lettin wurde zu Hackenholts wichtigster Zeugin, nachdem sie sich von der Notoperation erholt hatte. Auch wenn sie wegen des gebrochenen Kehlkopfes lange Zeit nicht sprechen durfte, konnte der Hauptkommissar sie mit Hilfe einer Dolmetscherin und eines Laptops vernehmen. Die Prostituierte sagte aus, Anita Langer habe sich in einer Arztpraxis und auch noch nach der Abtreibung, die sie dort hatte vornehmen lassen, rührend um sie gekümmert.

An diesem Punkt setzten die Beamten an. Wochenlang waren sie damit beschäftigt, die Frauen, die auf der in Anita Langers Wagen gefundenen Liste standen, aufzuspüren und zu befragen. Mit jeder Zeugenvernehmung erhärtete sich der Verdacht, dass es sich höchstwahrscheinlich bei allen Frauen um Prostituierte handelte. Gleichzeitig zeigte sich aber auch, dass diese Berufsgruppe nomadengleich durch ganz Europa zog oder von ihren Zuhältern von Land zu Land geschoben wurde. Ein Großteil der Frauen konnte nie gefunden werden.

Hackenholt telefonierte in den folgenden Wochen auch nochmals mit seiner Kollegin Ulla Eberle von der GES. Da sie in den Augen des Hauptkommissars Expertin in puncto Menschenhandel war, bat er sie um Anregungen, wie er den Weg der Prostituierten verfolgen konnte.

Gegen Ende des Gesprächs erzählte die baden-württembergische Beamtin ihm dann noch kurz vom erfolgreichen Abschluss ihrer Ermittlungen gegen die Schleuserbande. Die beiden nigerianischen Zuhälterinnen waren zwischenzeitig festgenommen worden. Aufgrund der mustergültigen Zusammenarbeit mit den spanischen Behörden war es der dortigen Polizei gelungen, den sechsunddreißigjährigen mutmaßlichen Kopf der Organisation und acht weitere Mitglieder zu verhaften, die die Opfer aus Marokko über den Seeweg nach Spanien geschleust und dann nach Deutschland weitervermittelt hatten. Zudem hatte es noch weitere Festnahmen im Umfeld der Tätergruppe gegeben. Unter den Verhafteten waren auch vier Frauen, die ihre Pässe den Prostituierten überlassen hatten und nun nicht nur wegen Urkundsdelikten, sondern auch wegen des Tatbestandes der gewerbsmäßigen Einschleusung angeklagt werden würden.

Zwei Monate nach ihrer Festnahme beging Anita Langer in der U-Haft Selbstmord, nachdem ihr mitgeteilt worden war, dass ihr Mann die Scheidung eingereicht hatte. Aufgrund ihres medizinischen Fachwissens schnitt sie sich formvollendet die Pulsadern mit einer Rasierklinge auf, die sie aus einem Einwegrasierer herausgebrochen hatte. Obwohl sie noch lebend von einer Vollzugsbeamtin auf ihrem Kontrollgang gefunden wurde, verstarb sie kurz darauf in den frühen Morgenstunden an einem Verblutungsschock. Die im Fahrwasser ihres Selbstmords anfallenden Ermittlungen führte nicht Hackenholt, sondern ein Kollege aus der anderen Mordkommission des K11.

In ihrer Zelle hinterließ Anita Langer einen an ihren verstorbenen behinderten Sohn Marek gerichteten Abschiedsbrief, der in Kopie schließlich auch auf dem Schreibtisch des Hauptkommissars landete. In dem Geständnis beschrieb sie, wie sie an die Daten der Frauen gelangt war, die Opfer aufgespürt, die Verbrechen geplant und schließlich ausgeführt hatte.

In den drei Jahren, in denen sie sich aufopferungsvoll um Marek gekümmert hatte, hatte sie zwei Nachmittage die Woche unter der Hand in einer Arztpraxis gearbeitet. Das Geld war zu Hause knapp gewesen, und sie hatte ihrem Sohn jede nur erdenkliche Förderung zukommen lassen wollen, die natürlich nicht von der Krankenkasse bezahlt worden war.

In der gynäkologischen Praxis waren vorwiegend ambulante Abtreibungen vorgenommen worden. Anita Langer hatte viele Patientinnen vor, während und nach dem Eingriff betreut und drei Jahre lang darüber Listen geführt. Eines Tages hatte ihr eine der Frauen erzählt, sie arbeite als Prostituierte, und Anita Langer dadurch auf die Idee gebracht, im Internet nachzuschauen, ob sie nicht auch andere Patientinnen auf den einschlägigen Rotlichtmilieuseiten wiedererkennen würde. Prompt war sie fündig geworden.

Unmittelbar nach Mareks Tod hatte sie in der Arztpraxis Bescheid gegeben, dass sie fortan nicht mehr zur Verfügung stünde, da sie sich wieder eine Vollzeitanstellung suchen wolle. Entgegen dieser Ankündigung begann sie jedoch die Frauen, deren Eingriffe weniger als ein Jahr zurücklagen und die zu dem Zeitpunkt in Nürnberg als Prostituierte arbeiteten, unter dem Vorwand aufzusuchen, nochmals mit ihnen über den Eingriff sprechen zu wollen.

Bei ihrem ersten Besuch in einem Bordell war sie von allen für einen Mann gehalten worden. Die Sexworkerin, die sie besucht hatte, hatte ihr zu ihrer einfachen, aber effektiven Verkleidung gratuliert. So hatte sie die Zimmer und Lebensverhältnisse der Frauen ausgekundschaftet.

Schließlich erklärte Anita Langer in ihrem Abschiedsbrief auch ihre Motivation, die sie dazu getrieben hatte zu morden: In ihrem Leben und vor allem während ihrer Arbeit als Krankenschwester hatte sie zahlreiche Situationen extremer Gefühlskälte und Gleichgültigkeit erlebt und jahrelang Dinge mitansehen müssen, die andere Menschen selbst bei einem einmaligen Anblick nicht verkraftet hätten. Das Schlimmste seien die Abtreibungen gewesen, vor allem für sie, die sich selbst immer Kinder gewünscht hatte.

Ihr Brief endete mit den Worten, dass sie nichts bereue und alles genau so wieder machen würde.

Danksagung

Auch diesmal ist es mir ein großes Bedürfnis, darauf hinzuweisen, dass das Gelingen eines Buches immer von der Zusammenarbeit vieler Menschen abhängt, die den Autor zum rechten Zeitpunkt an der rechten Stelle unterstützen. Mit Anekdoten, Fachwissen, Lob und Tadel.

Das größte aller Dankeschöns geht an Steffen Maresch, der mich diesmal als heimlicher Co-Autor hinter den Kulissen auf Schritt und Tritt be- und geleitet hat, und an Tina, weil sie mir ihren Mann so lange »ausgeliehen« hat.

Frank danke ich ganz herzlich für seine stete Hilfe und seinen Berufsoptimismus – insbesondere, wenn mein Berufspessimismus zum Vorschein kam.

Den namentlich nicht genannt werden wollenden Sexworkerinnen danke ich für ihre Offenheit bei unseren Gesprächen und den Einblick in ein sehr privates Tagebuch.

Ein herzlicher Dank geht an all die Mitarbeiter der Nürnberger und Stuttgarter Polizei, die sich auch diesmal wieder die Zeit für mich genommen haben, um mir ihr Leben und ihre Arbeit ein weiteres Stück näher zu bringen. Jeder einzelne Kontakt ist für mich etwas ganz Besonderes. Namentlich möchte ich in diesem Zusammenhang danken: der Leiterin der Pressestelle des PP Mittelfranken, Frau EKHK'in Elke Schönwald für die Beantwortung meiner Fragen, Herrn PHK Stefan Schuster für die Vermittlung der ersehnten Kontakte und natürlich auch den ungenannt bleiben wollenden Herren selbst, die mir einen Nachmittag lang ihre Zeit geschenkt und Fragen beantwortet haben. Sie haben mir auf ihre Art bei der Bewältigung der gewählten Thematik geholfen und die Augen geöffnet. Und ein ganz liebes Dankeschön an den Beta-1-Testleser!

Wer sich näher über das in diesem Roman erwähnte »Ermittlungsverfahren Voodoo« informieren möchte, dem seien die Internetseiten des Bundeskriminalamtes ans Herz gelegt. www.bka.de

Die Details über die Entwicklung der Prostitution in Nürnberg entstammen der Schriftenreihe des Stadtarchivs Nürnberg, Nürnberger Werkstücke zur Stadt- und Landesgeschichte, Band 65: Claudia Thoben, Prostitution in Nürnberg – Wahrnehmung und

Maßregelung zwischen 1871 und 1945, Verlagsdruckerei Schmidt, Neustadt an der Aisch, 2007.

Gunter Hackel danke ich wieder herzlichst für seine großartigen Übersetzungen Deutsch-Fränggisch!

Christian Heißler, meinem Vater und Susanne Wengrzik danke ich für ihre Dienste als Delta-, Gamma- und Beta-2-Leser und ihre damit verbundenen Ideen und Anmerkungen.

Meiner lieben Lektorin Susanne Bartel danke ich sehr für die wie immer äußerst angenehme und konstruktive Zusammenarbeit – so macht Arbeiten einfach Spaß!

Ein Last-but-not-least-Dankeschön möchte ich den fleißigen Bienchen in meinem Verlag aussprechen, die auch dieses Mal wieder aus einem Manuskript ein Buch gezaubert haben.

Zuletzt noch kurz in eigener Sache: Ich möchte an dieser Stelle ausdrücklich darauf hinweisen, dass die hier geschilderte dilettantische Vorgehensweise des Sondereinsatzkommandos Nordbayern ausschließlich der Phantasie der Autorin entsprungen ist – in Wirklichkeit möchten Sie, lieber Leser, diesen Herren besser nie begegnen.

Stefanie Mohr
DAS LETZTE LÄCHELN
Broschur, 224 Seiten
ISBN 978-3-89705-643-5

»Ein gelungener atmosphärisch dichter Krimi.« Bayern im Buch

»Mohrs Figuren zeigen, jenseits der Tätersuche, Charakter, Ecken und Kanten, fränkisch radebrechende Zeugen amüsieren uns und manche bekannte Nürnberger Ecke sorgt für Schmunzeln.« primaSonntag

Stefanie Mohr
DIE DUNKLE SEITE DES SOMMERS
Broschur, 224 Seiten
ISBN 978-3-89705-760-9

»Eindrucksvoll und bewegend seziert Stefanie Mohr die verkorksten Schicksale von Täter und Opfer.« Abendzeitung

»Für Frankenkrimi-Fans ein absolutes Muss.« Doppelpunkt

www.emons-verlag.de